Die deutsche Literatur

Ein Abriß in Text und Darstellung

Herausgegeben von
Otto F. Best und Hans-Jürgen Schmitt

Band 15

Philipp Reclam jun. Stuttgart

Neue Sachlichkeit Literatur im ›Dritten Reich‹ und im Exil

Herausgegeben von
Henri R. Paucker

Philipp Reclam jun. Stuttgart

Allgemeine Angaben zu Leben und Werk der Autoren finden sich an den im Inhaltsverzeichnis mit einem Sternchen versehenen Stellen.

Universal-Bibliothek Nr. 9657
Alle Rechte vorbehalten
© 1974 Philipp Reclam jun. GmbH & Co., Stuttgart
Gesamtherstellung: Reclam, Ditzingen. Printed in Germany 1995
RECLAM und UNIVERSAL-BIBLIOTHEK sind eingetragene
Warenzeichen der Philipp Reclam jun. GmbH & Co., Stuttgart
ISBN 3-15-009657-X

Inhalt

Einleitung

Die Literatur der Jahre 1925 bis 1945 terminologisch in den Griff zu bekommen, eine sie bestimmende grundsätzliche Strömung herauszuarbeiten, scheint zunächst ein Ding der Unmöglichkeit zu sein: Schon die ausgehende Zeit der Weimarer Republik zeichnete sich durch eine kaum überschaubare Vielfalt und Gegensätzlichkeit der literarischen Richtungen aus; und als 1933 mit der Machtübernahme der Nationalsozialisten Exil und Odyssee der meisten deutschen Schriftsteller über die ganze Welt begannen, war von einer Einheitlichkeit der deutschen Literatur, einer Gemeinsamkeit aller Zersprengten untereinander *und* der in Deutschland verbliebenen Nationalsozialisten und »Stillen im Lande«, ohnehin nicht mehr die Rede. Vielmehr brachen die Gegensätze auf, Kulturregelung, »Arisierung«, Unterdrückung kritischer Stimmen im totalitären Staat stand den ideologisch mannigfaltigen Bemühungen der sich in verschiedenen Zentren Europas und Amerikas notdürftig organisierenden Exilautoren gegenüber. Das Elend der Verfolgten, die Auseinandersetzung um das »wahre« Deutschland, der inner- und außerdeutsche Versuch, dem Faschismus entgegenzutreten, suchten nach Ausdruck.
Sprache und Dichtung erhalten somit ihre unmittelbarste Funktion zurück: Mitteilung, Aufrüttelung, Veränderung. Selbst eine dieser Aufgabe so entfremdete Richtung der Literatur wie der am Formalen, Spielerischen, Nuancenreichen interessierte bürgerliche Ästhetizismus versucht, sich dieser alten Funktion wieder zu unterziehen: Thomas Manns »mythisches Spiel« der Josephs-Romane etwa wird zum bewußten antifaschistischen Kampfmittel.
Dieser allen literarischen Richtungen gemeinsame, im Laufe der nationalsozialistischen Jahre immer deutlichere Zug läßt aber auch deren fast unversöhnliche Gegensätzlichkeit um so

schärfer erkennen. Trotz der Einzigartigkeit der Ereignisse, die einen großen Teil der Intellektuellen und Künstler der Nation ins Exil trieb, trotz der gemeinsamen Erfahrungen der Exilautoren, kam eine Vereinigung der deutschen Schriftsteller in der Verbannung auch nach verschiedenen Bemühungen nicht zustande; der Unterschied des literarischen Einsatzes ließ sich nicht überspielen.

Der Begriff der »Exilliteratur« wird fraglich, sobald man von ihm mehr als die Feststellung des außerdeutschen Entstehungs- oder Verlagsortes eines Werks erwartet. Denn seit 1933 die Nationalsozialisten zur Macht gekommen waren und die Bücherverbrennungen, Ächtung und Ausbürgerung gewisser Schriftsteller und die Regelung der Kulturpolitik begonnen hatten, waren Autoren der verschiedensten literarischen Strömungen emigriert – das Verdikt des »Nichtariers« konnte Anhänger aller Richtungen treffen.

Vom erwähnten funktionalen Zug der außerhalb Deutschlands erschienenen Literatur abgesehen, ist es deshalb wohl zweckmäßiger, auf die Kontinuität der literarischen Entwicklung über das Entscheidungsjahr 1933 hinaus hinzuweisen und eine Verschärfung der schon vorher bestehenden Fronten festzustellen: wer eine faschistische Entartung der bürgerlich-konservativen Haltung befürchtet und sich dem marxistisch-sozialistischen Lager angenähert hatte, wurde von den Ereignissen zum kompromißlosen Engagement geradezu gedrängt; völkisch-nationalistische Kreise standen dem Nationalsozialismus nahe und identifizierten sich leicht mit seiner rechtsextremen Haltung (die eigentliche Gefahr ist links – so lautete das Losungswort aller, die in Hitler eine unangenehme, aber notwendige Übergangslösung erblicken wollten). Selbst die seit Hofmannsthals Chandos-Brief allgemein bewußte Krise, in der sich die individualistisch-bürgerliche Literatur befand, erfuhr im Exil nicht eine Veränderung, sondern eine Verschärfung: Die bittere Erfahrung, daß sich die politischen Ereignisse durch Literatur nicht aufhalten ließen, verstärkte das Gefühl der Ausweglosigkeit, in dem angesichts des Reichtums der Traditionen viele zu erstarren drohten.

Die deutsche Literatur der Jahre 1925 bis 1945 bietet sich somit dar als eine Literatur der Extreme, der (im national-sozialistischen Fall) unmenschlichen Konsequenz, der bis zum Äußersten vorangetriebenen Folgerichtigkeit der verschiedensten Richtungen. In diesem Sinne unterscheidet sie sich von der europäischen Literatur derselben Jahre, wie sich auch die deutsche Form des Faschismus in eben diesem Sinn von den europäischen Faschismen unterscheidet: die Unerbittlichkeit, mit der theoretische Erwägungen in die Tat umgesetzt wurden (was sich z. B. deutlich in der Terminologie äußerte: »*End*lösung der Judenfrage«, »*Aus*radieren von Städten« usf.), nicht das Faschistische an sich, ist das spezifisch Deutsche an den Ereignissen.

Dies weist auf eine grundsätzliche Spannung der Epoche hin: die Spannung zwischen Rationalismus und Irrationalismus. Der Nationalismus verstand sich ausdrücklich als Gegenbewegung gegen die »dekadente«, »zersetzende« Wirkung des rationalen Intellekts; vom Irrationalen her, von »Blut«, »Boden«, »Rasse« sollte die Erneuerung herkommen. Aber wie rational wurde diese irrationale Lehre verwirklicht: sowohl in der bis ins letzte geplanten Industrialisierung des Genozids in den Konzentrationslagern wie in den so scharf logischen Begründungen eines Benn oder der Brüder Jünger, mit denen sie ihren Irrationalismus zum System erhoben.

Wie um einen geheimen Brennpunkt lassen sich heute, aus größerer zeitlicher Distanz, die Bemühungen all derer ordnen, die gegenüber dem Nationalsozialismus in offene oder verschleierte Opposition traten: alle versuchten sie, dem Irrationalen, dem Rauschhaft-Mythischen, etwas Rationales entgegenzustellen und (insofern sie sich als Träger der Tradition verstanden) die europäische Aufklärung statt der deutschen Romantik fortzusetzen. Hierin treffen sich selbst so grundverschiedene Werke wie diejenigen von Thomas

Mann und Bertolt Brecht: die Ironie des einen wie der szenische Verfremdungseffekt des andern stellen allgemein verbreitete Vorstellungen in Frage, versuchen, den Denkprozeß von Leser oder Zuschauer neu anzuregen. Dem nämlichen Ziel dienen der Spott des Moralisten Kästner, die Schockwirkungen Remarques, der jeden irrationalen Idealismus ausschließende Realismus von Arnold Zweig und Anna Seghers. Selbst Witz, Charme, Beweglichkeit und weltmännische Oberflächlichkeit der »Literaten« (Tucholsky, Klaus Mann) wenden sich absichtlich gegen den »deutschen« Hang zur Tiefe, zur Abgründigkeit, und nicht umsonst sehen gerade diese Autoren sich selbst in einer Tradition, die seit Heinrich Heine immer wieder als »undeutsch« verschrien und in der Tat an den Rand des literarischen Geschehens in Deutschland gedrängt wurde.

Auch die vor 1933 angelegten Werke stehen schon im Zeichen dieser Auseinandersetzung zwischen Rationalismus und Irrationalismus: Musil und Broch schildern beide, von verschiedenen Seiten herkommend, die Krise eines Denkens, das sich über der eigenen Komplexität selbst zur Last wird, und aus dem schwache Geister nur allzuleicht in einen »Rausch«, ins Irrationale also, fliehen wollen.

In eigenartiger Lage zwischen den Polen befinden sich viele derjenigen Autoren, die, obwohl in der neoromantisch-irrationalisierenden Tradition der deutschen Literatur stehend, von dem sich im Grunde aus derselben Quelle nährenden Nationalsozialismus als Juden in die äußere, als Humanisten in die innere Emigration gedrängt wurden: Wassermann (dem nur der frühe Tod das Exil oder die Deportation ersparte) gerät unfreiwillig nahe an die spätere nationalsozialistische Verherrlichung des Mythischen und Germanischen; Wiechert (selbst ein Opfer der Nationalsozialisten), Carossa und Hesse gelingt es nicht, sich selbst von der irrational-idealistischen Tradition, deren unmenschliche Verabsolutierung und Perversion sie erleben, zu befreien.

Die literarische Auseinandersetzung zwischen dem Irrationalismus und dem Rationalismus ist im Grunde der Ausdruck einer grundsätzlichen Veränderung des gesellschaftlichen Bewußtseins. Die Wirtschaftskrise – die von ihr aus-
gelöste Proletarisierung immer weiterer Kreise wurde vom
Euphemismus der »goldenen zwanziger Jahre« nur scheinbar überspielt – drohte in eine Revolution zu münden, die
von der bürgerlich-kapitalistischen Herrschaft mit allen Mitteln bekämpft wurde. Der Irrationalismus war dabei ihre
stärkste kulturelle Waffe: Die Auffassung von der Geschichte als einem irrationalen Geschehen, dem, wie Nietzsche
und Spengler es gelehrt hatten, der Schwache ausgeliefert
war und der Starke – als »Übermensch« oder »Raubtier« –
ein »tragisches« Lebensgefühl abgewinnen konnte, enthob
die Gesellschaft der Aufgabe, revolutionär, also: ver-
ändernd, in die »Geschicke« einzugreifen, die nach unveränderlichen Natur-»Gesetzen« abzurollen schienen. Der
Irrationalismus war Garant des gesellschaftlichen Status
quo.
Der entschiedenste Widerstand gegen den Irrationalismus
stammte aus dem marxistischen Lager. Hier wurde die Geschichte als *rationaler* Prozeß verstanden, in den aufgrund
genauer Kenntnis der wirtschaftlich-ökonomischen Verhältnisse einzugreifen möglich und notwendig war.
Die übliche Einteilung der literarischen Strömungen in
»Neue Sachlichkeit«, »Exilliteratur« und »Nationalsozialis-
stische Literatur« macht die Spannung zwischen Rationa-
listen und Irrationalisten nicht deutlich, da sie chronologische Aspekte mit inhaltlich-anschaulichen mischte. Es ist
ja keinesfalls so, daß die Machtübernahme der Nationalsozialisten und ihre Kulturregelung ab 1933 eine prinzipiell
neue Lage schufen. Die »Neue Sachlichkeit« (der Begriff
war schon 1925 von Gustav Friedrich Hartlaub für eine
Kunstausstellung »realistischer« junger Maler in Mannheim
verwendet worden und setzte sich allgemein durch zur Bezeichnung der Rückkehr zur Nüchternheit nach dem expres-

sionistischen Sturm) hört nicht auf im Schicksalsjahr 1933; und die Literatur nationalsozialistischen Gepräges hat ihre Vorläufer in der »völkischen« Bewegung und der kaum unterbrochenen Tradition der Romantik und damit – über Nietzsche und Wagner – überhaupt im 19. Jahrhundert.

Der Einteilung des folgenden Kapitels – und, mutatis mutandis, derjenigen des Bandes überhaupt – liegt deshalb ein Orientierungsprinzip mit den Koordinaten Rationalismus-Irrationalismus zugrunde. Je mehr man sich mit der Literatur dieser an der Oberfläche so extrem unterschiedlichen Epoche (man ermesse den Graben zwischen Thomas Manns abgeklärtem Humanismus und dem »Furor Teutonicus«) beschäftigt, desto deutlicher kristallisiert sich das Kernthema heraus, das alle Autoren aller Richtungen in der einen oder anderen Weise umkreisen: das Verhältnis des Menschen zur Ratio.

Die Parole der »Neuen Sachlichkeit« läßt sich zunächst leicht aus der Spannung zwischen rationalen und irrationalen Tendenzen der Literatur begreifen: Das Feuer des Expressionismus war erloschen, der Versuch, Sachliches – die sozialen und wirtschaftlichen Zustände in der Epik, die Natur in der lyrischen Schule des »Magischen Realismus« – zu erfassen, war naheliegend.

Aber nicht immer bedeutete die »Neue Sachlichkeit« einen wirklichen Bruch mit der Tradition des Irrationalismus. Kästners *Fabian* z. B. ist zwar vom Thema her »sachlich«: die wirtschaftliche, politische und »moralische« Krise wird durchleuchtet. Aber in dem Maße, wie der Autor die Katastrophe als unabwendbar, dem rationalen Zugriff entzogen, darstellt, steht auch dieser Roman, trotz seiner sozialkritischen Aussage, in einer Entwicklung, die dem bürgerlichen Irrationalismus verpflichtet ist. Die »Sachlichkeit«, die Abwendung vom Emotionalen und von der realitätsfeindlichen Tradition des Ästhetizismus, führte zu einer facettenreichen, ja widersprüchlichen Darstellung der Sache, der Wirklichkeit; der Begriff bezeichnet eine Tendenz, keineswegs ein erreichtes Resultat. Denn die Vorstellung von »Wirklichkeit«, der man sich nun erneut zuwandte, hatte in den letzten Jahren eine so weitgehende Veränderung erfahren – durch Freuds Psychoanalyse, Einsteins Relativitätstheorie, durch die vom bloßen »Sein« ausgehende Existentialphilosophie, durch die Verbreitung marxistischer Anschauungen –, daß die Literatur, die sich mit ihr auseinandersetzen wollte, notgedrungenerweise sich durch besondere Vielfältigkeit, je nach Standpunkt und Zielsetzung des Autors, auszeichnete. (Unter »Die ›neue Wirklichkeit‹« sind deshalb einige der neuen Theorien als Einleitung zur Literatur der Epoche zusammengestellt.) Die neue, vielschichtige Auffassung von Wirklichkeit schlug sich, wohl am unmittelbarsten, nieder in Döblins *Berlin Alexanderplatz*.

Die am bürgerlichen Pessimismus von Nietzsche und Spengler geschulte Konzeption von Geschichte fand ihre stärksten Vertreter im völkisch-nationalsozialistischen Irrationalismus, der die Ratio als Zeichen der Dekadenz verurteilte und den rasse- und blutgeprägten Übermenschen als notwendige Folge einer Entwicklung heraufbeschwor, die zyklisch oder biologisch – also dem politischen Geschehen enthoben – verstanden sein wollte.

Hingegen sind Erscheinungen wie Brechts »episches Theater« und andere desillusionierende Formen Zeugnis einer (marxistisch-)rationalen Auffassung der Geschichte, in deren Verlauf einzugreifen deshalb Aufgabe und Fähigkeit des Menschen ist.

I. Zeitgeist und Literaturtheorie

1. Die »neue Wirklichkeit«

Die Wirklichkeit, der man sich nach dem Höhepunkt des Expressionismus in »neuer Sachlichkeit« zuwenden wollte, war nicht mehr die positivistisch-lineare, wie sie noch dem Naturalismus zugrunde gelegen hatte. Ihr Konzept war von allen Naturwissenschaften her, aber auch von Psychologie, Philosophie und Soziologie, grundsätzlich revidiert worden. Die Impulse, die der Literatur aus diesen Bereichen zukamen, sollen folgende Beispiele illustrieren.

Die Absage an den Determinismus

Max Planck, Albert Einstein, Niels Bohr und Werner Heisenberg gehören zu den Wissenschaftlern, deren Gedanken der Franzose Louis de B r o g l i e (geb. 1892) in seiner Schrift »Licht und Materie. Ergebnisse der Neuen Physik«, der die folgenden Auszüge entnommen sind, auf eine dem Laien verständliche Weise summarisch darstellt. Der Abschnitt handelt von der Quantentheorie.

Die »alte Physik« – die Physik des Determinismus – hatte versprochen, »alle Erscheinungen strengen und unerbittlichen Gesetzen zu unterstellen«. Jedes Ereignis schien also determiniert zu sein: in einer unzerreißbaren Kette von Ursache und Wirkung zu stehen. Im Rahmen der deterministischen Auffassung war es, zumindest in der Theorie, möglich, künftige Ereignisse vorherzusagen; sobald alle Ursachen bekannt waren, mußte sich deren Wirkung folgerichtig und mit Bestimmtheit berechnen lassen. Physikalisch gesprochen: genaue Auskunft über Position und Geschwindigkeit einer Korpuskel zum Zeitpunkt A ermöglichte die Berechnung

von deren Position und Geschwindigkeit zum Zeit-
punkt B.
Indem nun aber eine Unbestimmtheitsrelation zwischen
Position und Geschwindigkeit einer Wellenkorpuskel fest-
gestellt wurde (je genauer die Kenntnis der einen, desto
ungenauer die der anderen), mußte der Determinismus auf-
gegeben werden. Somit veränderte sich die Auffassung von
Wirklichkeit grundlegend: Sie war nicht mehr zu verstehen
als Summe der genau erfaßbaren Situation Einzelner, son-
dern nur noch über Massen und Wahrscheinlichkeit ließen
sich Aussagen machen.

Es gibt also in der neuen Mechanik stets eine gewisse Unbestimmtheit hinsichtlich der Position der Korpuskel und
ebenfalls eine gewisse Unbestimmtheit hinsichtlich ihres Be-
wegungszustands. Wenn man die mathematischen Eigenschaften der Wellen studiert, ist es leicht einzusehen, daß
diese beiden Unbestimmtheiten nicht unabhängig voneinander sind: je kleiner die eine ist, um so größer wird die
andere. [...] Eine vollständige Kenntnis der Bewegung
führt also zu einer absoluten Unbestimmtheit der Position.
[...] Wenn es keine Unbestimmtheit der Position mehr gibt,
gibt es eine vollständige Unbestimmtheit der Geschwindigkeit.
Werner Heisenberg [...] zeigte, daß kein Messungs- und
Beobachtungsverfahren existiert, mit dessen Hilfe wir zu
gleicher Zeit die Position und die Geschwindigkeit einer
Korpuskel scharf erkennen können. Jede Vorrichtung, welche zur Messung der Position dient, stört die Geschwindigkeit auf unbekannte Art und Weise, und zwar um so stärker, je genauer die Positionsmessung ist. Umgekehrt stört
jede Vorrichtung, die zur Messung der Geschwindigkeit
dient, die Position auf unbekannte Art und Weise, und
zwar um so stärker, je genauer die Messung der Geschwindigkeit ist. Wenn man die Messungsmöglichkeiten näher
prüft, findet man die Unbestimmtheitsrelationen wieder,

die wir schon aus den Eigenschaften der zugeordneten Wellen abgeleitet haben.

Da man also in der neuen Mechanik niemals Anfangsposition und Anfangsgeschwindigkeit der Korpuskeln gleichzeitig als bekannt voraussetzen kann, muß der strenge Determinismus verschwinden. [...] daraus ergibt sich für die Entwicklung der Korpuskel kein strenger Determinismus, da die Tatsache, daß wir die Welle in jedem Augenblick kennen, uns über Position und Geschwindigkeit der Korpuskel nur Wahrscheinlichkeitshypothesen aufzustellen erlaubt. Kurz, während die alte Physik den Anspruch erhob, alle Erscheinungen strengen und unerbittlichen Gesetzen zu unterstellen, liefert uns die neue Physik nur Wahrscheinlichkeitsgesetze. [...] Es bleibt also in allen physikalischen Erscheinungen ein gewisser Unbestimmtheitsrand [...]. Um das bildhaft auszudrücken, hat man gesagt, daß in der Mauer des physikalischen Determinismus eine Spalte existiere, deren Weite durch die Plancksche Konstante gemessen wird. So ergibt sich für die Konstante *h* eine recht unerwartete Deutung: sie ist der Markstein, der die Grenze des Determinismus bezeichnet.

Das kollektive Unbewußte

Auch auf nicht-naturwissenschaftlicher Ebene wurde der Begriff des »Individuums« in Frage gestellt. Im Gegensatz zu Freud geht der Schweizer Psychiater Carl Gustav J u n g (1875–1961) nicht nur von einem persönlichen Unbewußten aus, sondern auch vom umfassenderen kollektiven Unbewußten, das auf einem allen Menschen inhärenten Unterbau beruht. Besonders Hermann Hesse und Thomas Mann haben sich mit C. G. Jungs Lehre auseinandergesetzt.

Es gibt in jedem einzelnen, außer den persönlichen Reminiszenzen, die großen »urtümlichen« Bilder, wie sie *Jakob*

Burckhardt einmal passend bezeichnete: d. h. die vererbten Möglichkeiten menschlichen Vorstellens, wie es von jeher war. Die Tatsache dieser Vererbung erklärt das eigentlich sonderbare Phänomen, daß gewisse Sagenstoffe und Motive auf der ganzen Erde in identischen Formen sich wiederholen. Sie erklärt ferner, wieso zum Beispiel unsere Geisteskranken genau die gleichen Bilder und Zusammenhänge reproduzieren können, wie wir sie aus alten Texten kennen. Ich habe einige Beispiele dieser Art in meinem Buch über »Wandlungen und Symbole der Libido« gegeben. Damit behaupte ich keineswegs die *Vererbung von Vorstellungen*, sondern nur von der *Möglichkeit des Vorstellens*, was ein beträchtlicher Unterschied ist.

In diesem weitern Stadium der Behandlung also, wo diese Phantasien, die nicht mehr auf persönlichen Reminiszenzen beruhen, reproduziert werden, handelt es sich um die Manifestationen der tiefern Schicht des Unbewußten, wo die allgemein menschlichen, urtümlichen Bilder schlummern. Ich habe diese Bilder oder Motive als *Archetypen* (etwa auch als »Dominanten«) bezeichnet.

Körperbau und Charakter

Psychosomatische Zusammenhänge zwischen Temperament und Körperbau hat Ernst Kretschmer *(1888–1964) 1921 systematisch zu erfassen versucht. Er will seine Untersuchung ausdrücklich wertfrei verstanden wissen.*

Wir stehen also auf dem Standpunkt: den ganzen Menschen nach Soma und Psyche umfassende und die wirklichen biologischen Zusammenhänge treffende Konstitutionstypen können wir vor allem dann als gefunden annehmen, wenn wir zwischen rein empirisch gefundenen komplexen Körperbautypen und ebenso komplexen psychisch endogenen Typen (wie etwa dem zirkulären und schizophrenen Formkreis) gesetzmäßige Beziehungen aufgedeckt haben. [...]

Die Typen, wie sie im folgenden geschildert werden, sind keine »Idealtypen«, die durch bestimmte Leitideen oder Wertsetzungen willkürlich heraushebend entstanden wären. [. . .]
Mit den beschriebenen Methoden haben sich an unserem klinischen Material zunächst drei immer wiederkehrende Haupttypen des Körperbaues ergeben, die wir den *asthenischen*, den *athletischen* und den *pyknischen* nennen wollen. [. . .] Auch im gesunden Leben finden wir diese drei Typen allenthalben wieder, sie [. . .] bezeichnen bestimmte normalbiologische Anlagen.

Die germanische Rasse

Seine deutlichste Ausprägung erfuhr der Irrationalismus in den Theorien des Nationalsozialismus und in dessen Vorläufern. »Die Geschichte hat mit menschlicher Logik nichts zu tun«, lehrte Spengler, unveränderlich und chaotisch fließt sie wie ein »Lavastrom«. Das einzige erfaßbare »Gesetz« der geschichtlichen Ereignisse ist der ständige Kampf ums Überleben.
Hitler versuchte sich auf Darwin zu berufen, wenn er darin das Prinzip der »Auslese« erkannte. Aber die elitäre Ausdeutung, welche der keineswegs neue Gedanke vom »Krieg als Vater aller Dinge« im Faschismus erfuhr, ging weit über den Darwinismus hinaus. Eine neue Ethik wurde aufgestellt, die ganz auf den »Starken«, den übermächtigen Einzelnen, zugeschnitten sein sollte und laut welcher »Humanität«, die Erhaltung des »Schwächeren«, als unnatürlich verurteilt wurde. Die (pseudo-)wissenschaftliche Beobachtung wurde umfunktioniert zur Herrenmoral. Die politisch wirksame »geistesgeschichtliche« Untermauerung dieser Tendenz lieferte Alfred Rosenberg mit seinem »Mythus des 20. Jahrhunderts«. Gemäß der Schule des Irrationalismus bestimmte er den »neuen Typus« ausschließlich von der

»Rasse«, vom »Blut« her und forderte nichts weniger, als diesen Menschen zu »züchten«. Indem er ausschließlich der »deutschen« Rasse diese Fähigkeit der Regeneration zuschrieb, gelang es ihm, die starken Ressentiments der Niederlage von 1918 und der Wirtschaftskrise für den nationalsozialistischen Machtapparat zu mobilisieren.

Damit hatte der Irrationalismus sein Extrem erreicht: Nicht nur der Verlauf der Geschichte war »der menschlichen Logik« entzogen, sondern die Ratio überhaupt war diffamiert, sie erhielt das Etikett »undeutsch« und galt als Zeichen einer auszurottenden »Dekadenz«.

OSWALD SPENGLER

Jahre der Entscheidung (1933, Auszug)

Auch Zivilisationen unterstehen laut Spengler (1880–1936) dem biologischen Gesetz von Aufgang und Niedergang. Der tragischen Epoche des Untergangs entspreche ein »heroischer« Pessimismus. Nietzsches Übermensch wird gefordert: das »Barbarentum« soll erwachen, »der Mensch ist ein Raubtier«. Dieses neue »Weltgefühl« ist »nordisch«.

Die Zeit kommt – nein, sie ist schon da! – die keinen Raum mehr hat für zarte Seelen und schwächliche Ideale. Das uralte Barbarentum, das jahrhundertelang unter der Formenstrenge einer hohen Kultur verborgen und gefesselt lag, wacht wieder auf, jetzt wo die Kultur vollendet ist und die Zivilisation begonnen hat, jene kriegerische gesunde Freude an der eigenen Kraft, welche das mit Literatur gesättigte Zeitalter des rationalistischen Denkens verachtet, jener ungebrochene Instinkt der Rasse, der anders leben will als

*Bücherverbrennung der NSDAP am 10. Mai 1933. Der Scheiter-
haufen vor der Berliner Oper (Ullstein-Bilderdienst)*

unter dem Druck der gelesenen Büchermasse und Bücher-
ideale. [...]
Es gibt ein nordisches Weltgefühl – von England bis nach
Japan hin – voll Freude gerade an der Schwere des menschlichen Schicksals. [...] Deshalb sind alle ganz großen Dichter aller nordischen Kulturen Tragiker gewesen und die
Tragödie über Ballade und Epos hinaus die tiefste Form
dieses *tapferen* Pessimismus. [...] Das Leben des einzelnen
ist niemand wichtig als ihm selbst: ob er es aus der Geschichte flüchten oder für sie opfern will, darauf kommt es
an. Die Geschichte hat mit menschlicher Logik nichts zu tun.
Ein Gewitter, ein Erdbeben, ein Lavastrom, die wahllos
Leben vernichten, sind den planlos elementaren Ereignissen
der Weltgeschichte verwandt. [...]
Der Mensch ist ein *Raubtier.*
[...] der Kampf ist die *Urtatsache des Lebens,* ist *das Leben
selbst.* [...]
Je tiefer wir in den Cäsarismus der faustischen Welt hinein-
schreiten, desto klarer wird sich entscheiden, wer ethisch
zum Subjekt und wer zum Objekt des historischen Geschehens bestimmt ist.

ADOLF HITLER

Rede vor deutschen Offizieren (Auszug)

*Wenige Monate vor seinem Tod faßte Hitler (1889–1945)
seine schon in »Mein Kampf« (1927) deutlich ausgedrückte
»Philosophie« noch einmal zusammen:*

Zu den Vorgängen, die wesentlich unveränderlich sind,
durch alle Zeiten hindurch gleich bleiben und sich nur in der
Form der angewandten Mittel ändern, gehört der Krieg.

Die Natur lehrt uns bei jedem Blick in ihr Walten, in ihr Geschehen hinein, daß das Prinzip der Auslese sie beherrscht, daß der Stärkere Sieger bleibt und der Schwächere unterliegt ... Es ist eine andere Weltordnung und ein anderes Weltgesetz nicht denkbar, in einem Universum, in dem die Fixsterne Planeten zwingen, um sie zu kreisen, und Planeten Monde in ihre Bahn zwingen, in dem im gewaltigsten, gigantischen Geschehen Sonnen eines Tages zerstört werden und andere an ihre Stelle treten. Sie lehrt uns auch, daß, was im Großen gilt, im Kleinen genau so als Gesetz selbstverständlich ist. Sie kennt vor allem nicht den Begriff der Humanität, der besagt, daß der Schwächere unter allen Umständen zu erhalten und zu fördern sei ... Diese Welt haben nicht wir Menschen geschaffen, sondern wir sind nur ganz kleine Bakterien oder Bazillen auf diesem Planeten. Wir können diese Gesetze nicht ableugnen, wir können sie nicht beseitigen ... Das, was dem Menschen als grausam erscheint, ist vom Standpunkt der Natur aus selbstverständlich weise. Ein Volk, das sich nicht zu behaupten vermag, muß gehen und ein anderes an seine Stelle treten ... Die Natur streut die Wesen auf die Welt aus und läßt sie dann um ihr Futter, um ihr tägliches Brot ringen, und der Stärkere behält oder erobert diesen Platz und der Schwächere verliert ihn oder er bekommt keinen.

ALFRED ROSENBERG (1893–1946)

Der Mythus des 20. Jahrhunderts (1930, Auszug)

Diese innere Stimme fordert heute, daß der Mythus des Blutes und der Mythus der Seele, Rasse und Ich, Volk und Persönlichkeit, Blut und Ehre, allein, ganz allein und kompromißlos das ganze Leben durchziehen, tragen und bestimmen muß. Er fordert für das deutsche Volk, daß die zwei Millionen toter Helden nicht umsonst gefallen sind, er fordert eine Weltrevolution und duldet keine anderen Höchstwerte mehr neben sich. Um das Zentrum der Volks- und Rassenehre müssen sich die Persönlichkeiten schließen, um jenes geheimnisvolle Zentrum, das von je den Takt des deutschen Seins und Werdens befruchtete, wenn Deutschland sich ihm zuwandte. Es ist jener Adel, jene Freiheit der mystischen ehrbewußten Seele, die im noch nie gesehen breiten Strome über Deutschlands Grenzen sich zum Opfer brachte und keine »Stellvertretung« forderte. Die Einzelseele starb für Freiheit und Ehre ihrer eigenen Erhöhung, für ihr Volkstum. *Dieses* Opfer darf allein den künftigen Lebensrhythmus des deutschen Volkes bestimmen, den neuen Typus des Deutschen züchten. In harter bewußter Zucht durch jene, die ihn gelehrt und *gelebt* haben.

ARTHUR MOELLER VAN DEN BRUCK

Das dritte Reich (1923, Auszug)

Aus einer »konservativen Revolution« läßt Moeller van den Bruck (1876–1925) den mittelalterlichen Begriff des Dritten Reichs neu entstehen, dessen Führerschicht – im Sinne eines Nietzscheschen und Spenglerschen Machiavellismus – aus den besten Kämpfern bestehen wird.

Wir verloren den Krieg gegen den bewußten politischen britischen Geist, den die Engländer seit der englischen Revolution besitzen, und gegen den bewußten politischen gallischen Geist, der über die Franzosen mit der Französischen Revolution kam. Wir sind jünger als beide Völker. Wir haben vor ihnen die Möglichkeiten eines unfertigen, aber auch unerschöpften Volkstums voraus, das noch nicht zu seinem nationalen, geschweige denn politischen Ich kam. Wir besitzen jetzt keine Gegenwart, und unsere Vergangenheit ist wie abgerissen, so daß wir ins völlig Ungewisse hineintreiben. Aber wir sind an den Wendepunkt gelangt, an dem sich entscheiden muß, ob wir ewig dieses kindhafte Volk bleiben, das seine Zukunft solange leicht nimmt, bis es vielleicht keine mehr hat – oder ob wir willens und fähig werden, nach dieser letzten Erfahrung, die wir mit uns selbst machten, unserem politischen Dasein die nationale Gestalt zu geben. [...]

Die Gründung des Reiches bestätigte abermals, daß alle großen Gedanken im Grunde einfache Gedanken sind. Nur die Verwirklichung ist schwer. Aber wir besaßen damals einen Staatsmann, der mit seinem Willen horchend an demjenigen des Schicksals lag und aus dessen Stimmen die Kraft zog, selber Schicksal zu sein. Bismarck setzte sich gegen alle Widerstände durch. [...] Er wartete auf den richtigen Augenblick: und wenn der Augenblick nicht kam, dann führte er ihn herbei. Er brauchte Anlässe: und wenn die Anlässe sich nicht einstellten, dann zauderte er nicht, auch sie herbeizuführen. [...] Die Einigung der Deutschen wirkte wie ein Naturereignis, das gar nicht aufzuhalten war und das die Nationen, die Kabinette, die Diplomaten hinnehmen mußten, ob sie wollten oder nicht. [...]

Die deutsche Unendlichkeit, die sich nicht mit Namen abgrenzen läßt, ist auch ihnen verschlossen, weil sie eine eigene Grenzenlosigkeit besitzen, die nicht die unsere ist, vielmehr von dem Abendlande hinweg und hinüber nach Asien weist. [...]

Der deutsche Nationalismus ist Streiter für das Endreich. Es ist immer verheißen. Und es wird niemals erfüllt. Es ist das Vollkommene, das nur im Unvollkommenen erreicht wird. [...]

Es gibt nur Ein Reich, wie es nur Eine Kirche gibt. Was

sonst diesen Namen beansprucht, das ist Staat, oder das ist
Gemeinde oder Sekte. Es gibt nur Das Reich.

In dieser sinkenden Welt, die heute die siegreiche ist, sucht
er [der deutsche Nationalist] das Deutsche zu retten. Er
sucht dessen Inbegriff in den Werten zu erhalten, die unbesiegbar blieben, weil sie unbesiegbar in sich sind. Er sucht
ihnen die Dauer in der Welt zu sichern, indem er, für sie
kämpfend, den Rang wiederherstellt, auf den sie ein An-
recht haben. [...]

Wir denken nicht an das Europa von heute, das zu veräch-
lich ist, um irgendwie gewertet zu werden. Wir denken an
das Europa von gestern, und an das, was sich auch aus ihm
vielleicht noch einmal in ein Morgen hinüberretten wird.
Und wir denken an das Deutschland aller Zeiten, an das
Deutschland einer zweitausendjährigen Vergangenheit, und
an das Deutschland einer ewigen Gegenwart, das im Geistigen lebt, aber im Wirklichen gesichert sein will und hier nur
politisch gesichert werden kann.

Das Tier im Menschen kriecht heran. Afrika dunkelt in
Europa herauf. Wir haben die Wächter zu sein an der
Schwelle der Werte.

HANS GRIMM

Volk ohne Raum (1926, Auszug)

*Der monumentale Roman (1299 Seiten) des völkischen Er-
zählers Hans Grimm (1875–1959) stellt der Dekadenz des
Lebens im übervölkerten Deutschland (»Volk ohne Raum«)
den Individualismus gegenüber, den sein Held, Cornelius
Friebott, auf einer afrikanischen Farm zu verwirklichen
vermag. Der Autor – er tritt im Roman selbst in Erscheinung – versucht, die Deutschen zur Expansionspolitik auf-*

*zurufen, und zieht das koloniale England als Vorbild her-
an. Um seinem politischen Ziel größeren Nachdruck zu verleihen, entwirft Grimm eine Darstellung der aktuellen
deutschen Situation, verbindet aber die realistische Schilderung mit utopischen Entwürfen. Die Grenze zwischen Wirklichkeit und epischer Fiktion wird verwischt, das erträumte
größere Deutschland erscheint in unmittelbarer Reichweite.
Cornelius Friebott ist Sozialist. Aber sein Sozialismus ist
nicht das Resultat einer rationalen Überlegung, sondern er
entstammt einer nächtlichen, gefühlten Erkenntnis der Seele,
daß sie sich »mitkümmern und mitquälen müsse« um den
»blutvollen, ringenden Mitmenschen«. In seinem Irrationalismus, im völkischen Nationalismus und in der manieriert
archaisierenden Sprache gehört das einflußreiche Werk zu
den direkten literarischen Vorbereitern der nationalsozialistischen Ära.*

Der Sprecher an der Eiche sagte: »Ich will hier eins ein-
schalten. Ich weiß, daß ihr in diesem Dorfe wie in vielen
Dörfern beinah alle verwandt seid. Jedoch auch bei Verwandten kommt vor, das wißt ihr wohl, daß sie aufein-
ander neidisch sind. Und also gibt es auch hier welche, die
für sich meinen: ›Ja, ek hebbe te wenig Land, awer men
Naber het te vile.‹ Das Teilen möchte diesem und jenem
Einzelnen auf ein paar Jahre in der Tat helfen, bis alles
wieder in neue Teile geht bei den Kindern. Und neu geteilt
wird in Wahrheit fortwährend. Durch alles Teilen, ob es
nun langsam geschieht auf natürlichem Wege oder ob es
einer mit Gewalt heute einrichtete, wird das Land eurer
Gemeinde nicht mehr. [...]
Nur ist bei dem Ändern bis zu diesem Tage nichts heraus-
gekommen, weil auch für uns in Deutschland alles mit dem
Lande anfängt und weil wir verkehrt meinten, in Deutschland wäre es anders, weil wir auch meinten, in Deutschland
käme alles vom Menschen. Aber wie es in Hilwartswerder zu-
geht, so geht es in Deutschland zu, Deutschland hat zu wenig

Land, Deutschland hat zu wenig Land und zu viel Menschen seit vielen Jahren; und durch den Betrug von Versailles ist das Verhältnis noch viel schlimmer geworden.« [...]
Der Sprecher sagte: »Ihr in Hilwartswerder konntet nur leben, weil ihr Deutschland hinter euch hattet und in eurem Deutschland wart ihr willkommen. Jetzt hört wohl zu: Deutschland mit uns zu vielen deutschen Menschen konnte nur leben, weil es die Welt weit und breit hinter sich zu haben glaubte, aber in der Welt waren die Deutschen meistens nicht willkommen. Nein, auch nicht, wenn sie von Hilwartswerder kamen und dazu Deutsche bleiben wollten!«
Der Sprecher sagte: »Als Deutschland zu klein zu werden anfing, baute es die Fabriken hin und baute immerfort Fabriken zu, Fabriken für richtiges Werkzeug und Spielzeug und auch Lumperei, dabei Verrat geschieht an Menschenarbeit. Aber von Schloten und Kesseln und Treibriemen und Rädern und auch vom starken Arm kann noch keiner leben, und nicht einmal das Lohngeld selbst kann einer essen. Sondern Verkauf war nötig und vorher Besorgung von Arbeitsstoffen und nachher, daß einer mit dem erlösten Gelde an Nahrung und Kleidung ankäme, die die deutschen Bauern für die vielen deutsche Lohnarbeiter nicht mehr übrig hatten; und hierzu, zu Verkauf und Kauf, mußten wir zwischen die andern Völker gehen, so viel wie kein anderes Volk zwischen die andern Völker gehen muß außer den Juden. Denn so wenig Raum wie wir hatte nie ein anderes Volk. Wir mußten in den anderen Völkerländern tauschen und pachten und verkaufen, nicht nur da, wo unsere Mitarbeit diesen nötig war, sondern, wo sie den andern ganz und gar unnötig schien. Und dagegen hat sich die Welt gewehrt, erst mit Anschwärzen und Unliebe, und zuletzt mit dem Kriege und dem großen Betruge von Versailles.«
Der Sprecher sagte: »Wie meint ihr nun, daß alles weiter geht, wenn ihr innen keinen Raum und außen kein Recht habt?«

Er sagte: »Vor dem Kriege ist das so gewesen: Vor dem Kriege gehörte ein Fünftel der Erde den Engländern und ein Sechstel der Erde den Russen und ein Zwölftel der Erde den Franzosen, und ein Vierzigstel der Erde den Deutschen. Und nach dem verlorenen Kriege steht es so: Nach dem verlorenen Kriege haben je fünfzehn Engländer eintausend Meter im Geviert zu eigen, und je acht Franzosen haben eintausend Meter im Geviert zu eigen, und je sieben Russen haben eintausend Meter im Geviert zu eigen, und je sechs Belgier haben eintausend Meter im Geviert zu eigen, wie alles verteilt ist, und hundertzweiunddreißig Deutsche müssen sich also mit eintausend Meter im Geviert begnügen.« [...]

Der Sprecher fragte: »Welches Recht ist das, daß allein in Europa und ohne den Weltenraum, den sie dazu haben und dahin sie kaum je gehen, sechsunddreißig Millionen Franzosen ein größeres und dazu fruchtbareres Land eignen als zweiundsiebenzig Millionen Deutsche? Welches Recht ist das, daß ein deutsches Kind, wenn es geboren wird, in solche Enge hineingeboren wird, daß es bald nicht weiter kann, daß es bald ein Zänker werden m u ß , daß, wenn es mit Eigenschaften der Kühnheit geboren wird, es vor lauter Mangel auf den bösen Weg gedrängt wird? Welches Recht ist das, daß die andern – wer von ihnen es will – als Bauern auf Bauernland leben können und daß die Deutschen, wenn sie deutsch bleiben wollen, sich seit Jahren in Werkstätten vermehren müssen? Welches Recht ist das, daß der Engländer, sobald er Mut hat und Fleiß und Tüchtigkeit, den weiten englischen Raum der Welt jederzeit vor sich hat, um das Glück für sich und seine Kinder zu wenden, und der Deutsche nichts als die deutsche Enge, darin Verbesserung des einen nur mehr zu haben ist um die Verschlechterung des andern? Welches Recht ist das? Ist das Menschenrecht oder ist das Gottesrecht oder nur ein faules, gemeines, ererbtes dummes Unrecht?« –

2. Essay und Literaturtheorie

Auch die essayistischen und literaturtheoretischen Äußerungen der Epoche stehen im Spannungsfeld von Rationalismus und Irrationalismus. Der Sieg des letzteren, den die faschistische Machtübernahme in Deutschland bedeutete, wird verständlich, wenn man sich klarmacht, in wie hohem Maße der Rationalismus schon vor 1933 durch eine innere Krise gefährdet war.

Besonders in den essayistischen Arbeiten von Musil und Broch (die dem Rationalismus der Naturwissenschaften näherstanden als etwa der »Künstler« Thomas Mann) zeigt sich, daß die Ratio an sich selbst irre geworden war. Das lineare Denken des Positivismus schien nicht mehr möglich, statt dessen fand eine endlose Aufsplitterung, eine Auffächerung in die Unendlichkeit der subjektiven Perspektiven statt, aus denen heraus eine objektive Kongruenz aller Teilaspekte immer unwahrscheinlicher erschien. Auf viele der in diesem bürgerlichen Pessimismus hoffnungslos Verstrickten übte deshalb der Nationalsozialismus eine außerordentliche Faszination aus: Sein systematischer Irrationalismus schien die unbeantwortbaren Fragen mit brutaler Kraftgebärde vom Tisch zu fegen.

Die folgenden vier Abschnitte tragen dieser Entwicklung Rechnung: Die Krise der Ratio weist unter »Vernunftkritik« auf Aufsätze hin, welche die Zerfaserung des Denkens veranschaulichen, und unter »Irrationalismus« auf solche, die aus dieser Krise heraus für eine Absage an die Ratio optieren. Der Appell an die Vernunft belegt am Falle Thomas Manns paradigmatisch den Versuch eines Bürgerlichen, trotz der eigenen irrationalistisch-romantischen Herkunft die faschistischen Lehren zu bekämpfen. Vom bedingungslosen und systematischen Rationalismus des sozialistisch-marxistischen Standpunkts aus hingegen stammt Brechts Theorie des »epischen Theaters«, während im »Entwurf eines Aktionsprogramms« pragmatisch die Inhalte der neuen pro-

*letarisch-revolutionären Literatur umrissen werden. Ihm
folgt in seiner ganzen antisemitischen Niveaulosigkeit ein
Beispiel für die Maßstäbe nationalsozialistischer Literaturkritik.*

Die Krise der Ratio

Vernunftkritik

*Für die Romanciers Musil und Broch ist der Essay eine
wesentliche Ausdrucksform: Den Stil seines Romans »Der
Mann ohne Eigenschaften« nennt Musil »essayistisch«, und
Broch durchsetzt den dritten Teil der Trilogie »Die Schlafwandler« mit Essays. Die in beiden Romanen essayistisch
ausgeführten Reflexionen handeln von der Krise der Ratio
und weisen schon vor 1933 auf die Möglichkeit hin, aus
dieser Krise zu fliehen und sich, unter Leitung eines »Führers«, dem »Wahn« und dem »Rausch« ganz zu überlassen.
In beiden Romanen sind die Essays so mit dem Kontext
verknüpft, daß sie sich nicht einfach davon ablösen lassen.
Sie sind aber im Epik-Kapitel dieses Bandes auszugsweise
wiedergegeben.*

Irrationalismus

*Weder Jünger noch Benn können als Nationalsozialisten im
engeren Sinne gelten. Aber mit ihrem – wenn auch philosophisch unterschiedlich begründeten – Irrationalismus gehören
sie zu dessen namhaftesten Wegbereitern. Nach einigen Jahren
der Herrschaft des mehr oder weniger begrüßten Regimes
gerieten sie mit ihm in Konflikt.*

ERNST JÜNGER

Geb. 29. März 1895. Freiwilliger in der Fremdenlegion und im Ersten
Weltkrieg. Studium der Zoologie und Philosophie. Mitherausgeber rechts-
gerichteter Zeitschriften. Keinerlei Funktionen im NS-Staat. Offizier im
Zweiten Weltkrieg. Erzähler, Kulturkritiker, Tagebuchautor.
Mit *In Stahlgewittern, Tagebuch eines Stoßtruppführers* (1920) und dessen
positiver Wertung des Krieges als tiefste Erlebnismöglichkeit wurde Jünger
zum Exponenten eines «heroischen Realismus« und einer »stählernen Romantik«.

Werke: *Der Kampf als inneres Erlebnis* (1922); *Die totale Mobilmachung*
(1931); *Auf den Marmorklippen* R. (1939); *Strahlungen,* Kriegstagebuch
(1949); *Heliopolis* R. (1949), *Jahre der Okkupation,* Tagebuch (1958).
Kulturkritische Essays, Überarbeitung des Gesamtwerks.

In Stahlgewittern (Auszug)

Wir können heute nicht mehr die Märtyrer verstehen, die
sich in die Arena warfen, ekstatisch schon über alles
Menschliche, über jede Anwandlung von Schmerz und
Furcht hinaus. Der Glaube besitzt heute nicht mehr lebendige Kraft. Wenn man dereinst auch nicht mehr verstehen
wird, wie ein Mann für sein Land das Leben geben konnte
– und diese Zeit wird kommen – dann ist es vorbei. Dann
ist die Idee des Vaterlandes tot. Und dann wird man uns
vielleicht beneiden, wie wir jene Heiligen beneiden um ihre
innerliche und unwiderstehliche Kraft. Denn alle diese großen und feierlichen Ideen blühen aus einem Gefühl heraus,
das im Blute liegt und das nicht zu erzwingen ist. Im kalten
Licht des Verstandes wird alles zweckmäßig, verächtlich
und fahl. Uns war es noch vergönnt, in den unsichtbaren
Strahlen großer Gefühle zu leben, das bleibt uns unschätz-
barer Gewinn.

GOTTFRIED BENN

Geb. 2. Mai 1886 in Mansfeld (Westpriegnitz), gest. 7. Juli 1956 in Berlin. 1903/04 Studium der Theologie und Philosophie in Marburg a. d. Lahn, 1905–12 der Medizin in Berlin. Seit 1912 Publikation von Lyrik und Prosa. Im Ersten Weltkrieg Militärarzt. 1917–35 Facharzt für Haut- und Geschlechtskrankheiten. Seit 1948 Spätwerk: Lyrik, Erzählungen, Essays.

Werk und Denken des Autors kennzeichnet eine extreme Einsamkeit. In dem Maße, wie das Alleinstehen des Dichters, seine Entfernung von der Gesellschaft, in der deutschen Literatur besonders häufig zu beobachten ist, darf auch in Hinsicht auf Benn das Bild vom elfenbeinernen Turm erwähnt werden. Die Distanz zur Gesellschaft und zu ihrer aktuellen Wirklichkeit ist die Grundvoraussetzung für Benns anfängliches Einverständnis mit dem Programm des Nationalsozialismus: Die Unfähigkeit, Konkretes und Naheliegendes zu sehen und den theoretisch-philosophischen Standpunkt aufzugeben, erklärt Benns Irrtum. Als er ihn einsah und endlich die katastrophale Wirklichkeit zur Kenntnis nahm, war es zu spät.
Benns Auffassung vom Menschen als nicht »realistisch, materialistisch«, als »unauflösbar«, seine Hoffnung auf eine Erneuerung des deutschen Volkes, »das einen Ausweg aus Rationalismus, Funktionalismus, zivilisatorischer Erstarrung finden« sollte, sein zum Prinzip erhobener Irrationalismus, rücken ihn, der doch ausdrücklich die Reinheit der Kunst an sich zu vertreten glaubte und jedes politische Engagement zurückwies, in die Reihe der den Nationalsozialismus vorbereitenden und ihn zunächst entschieden begrüßenden Autoren. Benns Rundfunkantwort auf einen Brief des Emigranten Klaus Mann (24. Mai 1933), der Nachweis der »arischen Reinheit« seiner eigenen »Erbmasse«, den er im »Lebensweg eines Intellektualisten« (1934) zu leisten versuchte, »Der neue Staat und die Intellektuellen« (1933) und »Kunst und Macht« (1934) sind die hervorstechendsten Beweise für sein geistiges Vorbereiter- und Mitläufertum, vor

*allem auch für ihn selbst unvergeßlich, obwohl er seit 1936
in Deutschland nicht mehr publizierte, 1938 Ausschluß aus
der Reichsschrifttumskammer und Schreibverbot erfuhr und
im Eintritt als Militärarzt ins von ihm als »antihitlerisch«
bezeichnete Heer die »aristokratische Form der Emigration«
wählte.*

*Gerade die Unfreiwilligkeit von Benns Mitverantwortung
ist bezeichnend. Oft ist, im Zusammenhang mit dem Überhandnehmen des Nationalsozialismus in Deutschland, von
einem Versagen der Intellektuellen gesprochen worden. In
Benn sind die beiden Kräfte, die dieses Versagen ermög-
lichten, da sie das geistige Leben Deutschlands weitgehend
bestimmten (man denke etwa an Thomas Manns »Betrachtungen eines Unpolitischen«): Irrationalismus und (politische) Wirklichkeitsferne, besonders deutlich faßbar.*

Antwort an die literarischen Emigranten (Auszug)

Rundfunkrede Mai 1933

Verstehen Sie doch endlich dort an Ihrem lateinischen Meer,
daß es sich bei den Vorgängen in Deutschland gar nicht um
politische Kniffe handelt, die man in der bekannten dialek-
tischen Manier verdrehen und zerreden könnte, sondern es
handelt sich um das Hervortreten eines neuen biologischen
Typs, die Geschichte mutiert und ein Volk will sich züchten.
Allerdings ist die Auffassung vom Wesen des Menschen, die
dieser Züchtungsidee zugrunde liegt, dahingehend, daß er
zwar vernünftig sei, aber vor allem ist er mythisch und
tief. [...] Eigentlich ist er ewiges Quartär, schon die letzten
Eiszeiten feuilletonistisch überladener Hordenzauber, diluvia-
les Stimmungsweben, tertiäre Bric à Brac; eigentlich ist er
ewiges Urgesicht: Wachheit, Tagleben, Wirklichkeit: locker
konsolidierte Rhythmen verdeckter Schöpfungsräusche. Wollen Sie, Amateure der Zivilisation und Troubadoure des westlichen Fortschritts, endlich doch verstehen, es handelt sich

hier gar nicht um Regierungsformen, sondern um eine neue
Vision von der Geburt des Menschen, vielleicht um eine alte,
vielleicht um die letzte großartige Konzeption der weißen
Rasse, wahrscheinlich um eine der großartigsten Realisatio-
nen des Weltgeistes überhaupt, präludiert in jenem Hymnus
Goethes »An die Natur«. [...]

Appell an die Vernunft

*Thomas Manns »Deutsche Ansprache. Ein Appell an die
Vernunft« (1930) und »Deutschland und die Deutschen«
(1945), die als Auseinandersetzung mit der deutschen Geistesgeschichte weltweites Gehör fanden, gehören ganz in die
Rückbesinnung aufs Rationale, die Werk und öffentliche
Auftritte dieses Autors in den Jahren des deutschen Nationalsozialismus kennzeichnete.*

THOMAS MANN

Deutsche Ansprache. Ein Appell an die Vernunft
(Auszug)

Eine neue Seelenlage der Menschheit, die mit der bürgerlichen und ihren Prinzipien: Freiheit, Gerechtigkeit, Bildung, Optimismus, Fortschrittsglaube, nichts mehr zu schaffen haben sollte, wurde proklamiert und drückte sich künstlerisch im expressionistischen Seelenschrei, philosophisch als
Abkehr vom Vernunftglauben, von der zugleich mechanisti-
schen und ideologischen Weltanschauung abgelaufener Jahrzehnte aus, als ein irrationalistischer, den Lebensbegriff in
den Mittelpunkt des Denkens stellender Rückschlag, der die
allein lebenspendenden Kräfte des Unbewußten, Dynami-

schen, Dunkelschöpferischen auf den Schild hob, den Geist,
unter dem man schlechthin das Intellektuelle verstand, als
lebensmörderisch verpönte und gegen ihn das Seelendunkel,
das Mütterlich-Chthonische, die heilig gebärerische Unter-
welt, als Lebenswahrheit feierte. Von dieser Naturreligiosi-
tät, die ihrem Wesen nach zum Orgiastischen, zur bacchi-
schen Ausschweifung neigt, ist viel eingegangen in den Neo-
Nationalismus unserer Tage, der eine neue Stufe gegen den
bürgerlichen, durch stark kosmopolitische und humanitäre
Einschläge doch ganz anders ausgewogenen Nationalismus
des neunzehnten Jahrhunderts darstellt. Er unterscheidet
sich von diesem eben durch seinen orgiastisch naturkulti-
schen, radikal humanitätsfeindlichen, rauschhaft dynamisti-
schen, unbedingt ausgelassenen Charakter. Wenn man aber
bedenkt, was es, religionsgeschichtlich, die Menschheit ge-
kostet hat, vom Naturkult, von einer barbarisch raffinierten
Gnostik und sexualistischen Gottesausschweifung des Mo-
loch-Baal-Astarte-Dienstes sich zu geistigerer Anbetung zu
erheben, so staunt man wohl über den leichten Sinn, mit
dem solche Überwindungen und Befreiungen heute verleugnet werden, – und wird zugleich des wellenhaften, fast
modisch-ephemeren und, ins Große gerechnet, bedeutungs-
losen Charakters eines solchen philosophischen Rückschlages
inne.
Vielleicht scheint es Ihnen kühn, meine geehrten Zuhörer,
den radikalen Nationalismus von heute mit solchen Ideen
einer romantisierenden Philosophie in Zusammenhang zu
bringen, und doch ist ein solcher Zusammenhang da und
will erkannt sein von dem, dem es um Verstehen und Einsicht in den Zusammenhang der Dinge zu tun ist. Es findet
sich mehr zusammen, um die politische Bewegung, von der
wir sprechen, die nationalsozialistische, vom Geistigen her
zu stärken. Dazu gehört eine gewisse Philologen-Ideologie,
Germanisten-Romantik und Nordgläubigkeit aus akade-
misch-professoraler Sphäre, die in einem Idiom von mysti-
schem Biedersinn und verstiegener Abgeschmacktheit mit

Vokabeln wie rassisch, völkisch, bündisch, heldisch auf die
Deutschen von 1930 einredet und der Bewegung ein Ingre-
diens von verschwärmter Bildungsbarbarei hinzufügt, ge-
fährlicher und weltentfremdender, die Gehirne noch ärger
verschwemmend und verklebend als die Weltfremdheit und
politische Romantik, die uns in den Krieg geführt
haben. [. . .]

Sein[1] Hauptziel, so scheint es immer mehr, ist die innere
Reinigung Deutschlands, die Zurückführung des Deutschen
auf den Begriff, den der Radikal-Nationalismus davon
hegt. Ist nun, frage ich, eine solche Zurückführung, gesetzt,
daß sie wünschenswert sei, auch nur möglich? Ist das
Wunschbild einer primitiven, blutreinen, herzens- und ver-
standesschlichten, hackenzusammenschlagenden, blauäugig
gehorsamen und strammen Biederkeit, diese vollkommene
nationale Simplizität, auch nach zehntausend Ausweisungen
und Reinigungsexekutionen zu verwirklichen in einem alten,
reifen, vielerfahrenen und hochbedürftigen Kulturvolk, das
geistige und seelische Abenteuer hinter sich hat wie das
deutsche, das eine weltbürgerliche und hohe Klassik, die
tiefste und raffinierteste Romantik, Goethe, Schopenhauer,
Nietzsche, die erhabene Morbidität von Wagners Tristan-
Musik erlebt hat und im Blute trägt? Der Nationalismus
will das Fanatische mit dem Würdigen vereinigen; aber die
Würde eines Volkes wie des unsrigen kann nicht die der
Einfalt, kann nur die Würde des Wissens und des Geistes
sein, und die weist den Veitstanz des Fanatismus von sich.

Deutschland und die Deutschen (Auszug)

Reich und faszinierend sind die Verdienste des Romantizis-
mus um die Welt des Schönen, auch als Wissenschaft, als
ästhetische Lehre. Was Poesie ist, weiß der Positivismus,

---

1. *des militanten Nationalismus.*

weiß die intellektualistische Aufklärung überhaupt nicht;
erst die Romantik lehrte es eine Welt, die im tugendhaften
Akademismus vor Langerweile umkam. Die Romantik poe-
tisierte die Ethik, indem sie das Recht der Individualität
und der spontanen Leidenschaft verkündete. Märchen- und
Liederschätze hob sie aus den Tiefen völkischer Vergangenheit und war überhaupt die geistvolle Schutzherrin der
Folkloristik, die in ihrem farbigen Lichte als eine Abart des
Exotismus erscheint. Das Vorrecht vor der Vernunft, das
sie dem Emotionellen, auch in seinen entlegenen Formen als
mystischer Ekstase und dionysischem Rausch einräumte,
bringt sie in eine besondere und psychologisch ungeheuer
fruchtbare Beziehung zur Krankheit, – wie denn noch der
Spätromantiker Nietzsche, ein selbst durch Krankheit ins
Tödlich-Geniale emporgetriebener Geist, nicht genug den
Wert der Krankheit für die Erkenntnis feiern konnte. In
diesem Sinn ist selbst noch die Psychoanalyse, die einen
tiefen Vorstoß des Wissens vom Menschen von der Seite der
Krankheit her bedeutete, ein Ausläufer der Romantik.
Goethe hat die lakonische Definition gegeben, das Klassische
sei das Gesunde und das Romantische das Kranke. Eine
schmerzliche Aufstellung für den, der die Romantik liebt bis
in ihre Sünden und Laster hinein. Aber es ist nicht zu leugnen, daß sie noch in ihren holdesten, ätherischsten, zugleich
volkstümlichen und sublimen Erscheinungen den Krank-
heitskeim in sich trägt, wie die Rose den Wurm, daß sie
ihrem innersten Wesen nach Verführung ist, und zwar Verführung zum Tode. Dies ist ihr verwirrendes Paradox, daß
sie, die die irrationalen Lebenskräfte revolutionär gegen die
abstrakte Vernunft, den flachen Humanitarismus vertritt,
eben durch ihre Hingabe an das Irrationale und die Vergangenheit, eine tiefe Affinität zum Tode besitzt. Sie hat in
Deutschland, ihrem eigentlichen Heimatland, diese irisie-
rende Doppeldeutigkeit, als Verherrlichung des Vitalen
gegen das bloß Moralische und zugleich als Todesverwandt-
schaft, am stärksten und unheimlichsten bewährt. Sie hat als

deutscher Geist, als romantische Gegenrevolution dem europäischen Denken tiefe und belebende Impulse gegeben, aber ihrerseits hat ihr Lebens- und Todesstolz es verschmäht, von Europa, vom Geist der europäischen Menschheitsreligion, des europäischen Demokratismus, irgendwelche korrigierenden Belehrungen anzunehmen. In ihrer realistisch-machtpolitischen Gestalt, als Bismarckismus, als deutscher Sieg über Frankreich, über die Zivilisation und durch die Errichtung des scheinbar in robustester Gesundheit prangenden deutschen Machtreiches hat sie der Welt zwar Staunen abgenötigt, sie aber auch verwirrt, deprimiert und sie, sobald nicht mehr das Genie selbst diesem Reiche vorstand, in beständiger Unruhe gehalten.

Eine kulturelle Enttäuschung war das geeinte Machtreich außerdem. Nichts geistig Großes kam mehr aus Deutschland, das einst der Lehrer der Welt gewesen war. Es war nur noch stark. Aber in dieser Stärke und unter aller organisierten Leistungstüchtigkeit dauerte und wirkte fort der romantische Krankheits- und Todeskeim. Geschichtliches Unglück, die Leiden und Demütigungen eines verlorenen Krieges nährten ihn. Und, heruntergekommen auf ein klägliches Massenniveau, das Niveau eines Hitler, brach der deutsche Romantismus aus in hysterische Barbarei, in einen Rausch und Krampf von Überheblichkeit und Verbrechen, der nun in der nationalen Katastrophe, einem physischen und psychischen Kollaps ohnegleichen, sein schauerliches Ende findet. –

Über die Josephs-Romane

Die theoretischen Äußerungen Thomas Manns zu seinen Josephs-Romanen formulieren das literarische Programm, das der Dichter sich angesichts der im »Appell an die Vernunft« dargelegten politischen und geistigen Situation stellt.

Aus den Briefen an Karl Kerényi

20. Februar 1934

Tatsächlich ist in meinem Fall das allmählich zunehmende Interesse fürs Mythisch-Religionshistorische eine ›Alterserscheinung‹, es entspricht einem mit den Jahren vom Bürgerlich-Individuellen weg, zum Typischen, Generellen und Menschheitlichen sich hinwendenden Geschmack. [...]

[...] ich sage, daß mit der ›irrationalen‹ *Mode* häufig ein Hinopfern und bubenhaftes Über-Bord-Werfen von Errungenschaften und Prinzipien verbunden ist, die nicht nur den Europäer zum Europäer, sondern sogar den Menschen zum Menschen machen. Es handelt sich da um ein ›Zurück zur Natur‹ von menschlich wesentlich unedlerer Art als dasjenige, welches die Französische Revolution vorbereitete ...

7. September 1941

Dies Einander-in-die-Hände-Arbeiten von Mythologie und Psychologie ist eine höchst erfreuliche Erscheinung! Man muß dem intellektuellen Faschismus den Mythos wegnehmen und ihn ins Humane umfunktionieren. Ich tue längst nichts anderes mehr.

Aus dem Vortrag »Joseph und seine Brüder« (1942)

Dies Künstler-Ich ist in der Jugend von sträflicher Egozentrizität, es lebt in der halsbrecherischen Voraussetzung, daß jedermann es mehr lieben müsse als sich selbst. Aber kraft seiner Sympathie und Freundlichkeit, die es denn doch niemals verleugnet, findet es reifend seinen Weg ins Soziale, wird zum Wohltäter und Ernährer fremden Volkes und seiner Nächsten: in Joseph mündet das Ich aus übermütiger Absolutheit zurück ins Kollektive, Gemeinsame, und der Gegensatz von Künstlertum und Bürgerlichkeit, von Vereinzelung und Gemeinschaft, Individuum und Kol-

lektiv hebt sich im Märchen auf, wie er sich nach unserer
Hoffnung, unserem Willen aufheben soll in der Demokratie
der Zukunft, dem Zusammenwirken freier und unter-
schiedener Nationen unter dem Gleichheitszepter des
Rechts. [...]

Sollte ich bestimmen, was ich persönlich unter Religiosität
verstehe, so würde ich sagen: sie ist *Aufmerksamkeit* und
Gehorsam; Aufmerksamkeit auf innere Veränderungen der
Welt, auf den Wechsel im Bilde der Wahrheit und des
Rechten; Gehorsam, der nicht säumt, Leben und Wirklichkeit diesen Veränderungen, diesem Wechsel anzupassen und
so dem Geiste gerecht zu werden. In Sünde leben heißt
gegen den Geist leben, aus Unaufmerksamkeit und Ungehorsam am Veralteten, Rückständigen festhalten und fort-
fahren, darin zu leben. [...] Die »Gottessorge« ist die Besorgnis, das, was einmal das Rechte war, es aber nicht mehr
ist, noch immer für das Rechte zu halten und ihm anachro-
nistischerweise nachzuleben; sie ist das fromme Feingefühl
für das Verworfene, Veraltete, innerlich Überschrittene, das
unmöglich, skandalös oder, in der Sprache Israels, ein
»Greuel« geworden ist. Sie ist das intelligente Lauschen auf
das, was der Weltgeist will, auf die neue Wahrheit und
Notwendigkeit. [...]

Soll ich hinzufügen, daß wir die Leiden, durch die wir jetzt
zu gehen haben, die Katastrophe, in der wir leben, der
Tatsache zu danken haben, daß wir der Gottesklugheit in
einem Grade, der längst sträflich geworden war, ermangel-
ten? Europa, die Welt waren voll von Überständigkeiten,
von offenkundigen und schon frevelhaften Obsoletheiten
und Anachronismen, über die der Weltwille klar hinaus war
und die wir, im Ungehorsam gegen ihn, stumpfen Sinnes
bestehen ließen.

Der sozialistisch-marxistische Standpunkt

BERTOLT BRECHT

Theorie des »epischen Theaters«

Es ist oft darüber diskutiert worden, ob es Brecht gelungen sei, seine auf einer »nichtaristotelischen Dramatik« beruhende Theorie des neuen, »epischen« Theaters im eigenen Bühnenwerk vollständig zu verwirklichen. Die S. 270 ff. abgedruckten Auszüge aus »Leben des Galilei« dienen u. a. dazu, diese Frage zu illustrieren. Trotzdem ist die einschneidende Wirkung, die sowohl vom theoretischen als auch vom dramatischen Werk Brechts ausging, unbestritten. Die meisten seiner Stücke haben sich auch dort durchgesetzt, wo die sozialistische Aussage des Autors auf Widerstand stieß. Die »Dreigroschenoper« z. B. hatte schon 1961 sechs Jahre Spielzeit in New York hinter sich und gehört immer noch, neben andern Stücken Brechts, zum Standardrepertoire des amerikanischen Theaters. Die unverwechselbare Eigenart des (z. T. in Zusammenarbeit mit Erwin Piscator entwickelten) Brechtschen Stils: die scheinbar mühelose, rhythmisch profilierte Handhabe der Volkssprache, der leicht typisierende, zwingende psychologische Realismus der Charaktere, die Durchsetzung des Bühnengeschehens mit brillant-ordinären oder lyrisierenden Songs und deren Anlehnung an die Tradition des Bänkelsangs, mit direkt ans Publikum gerichtetem Kommentar, mit Lichtbildprojektionen, Schildern, Filmstücken, die Wiedereinführung der Maske und des nur andeutenden Bühnenbildes (Einfluß des chinesischen und elisabethanischen Theaters), die Entlarvung jeder Art bürgerlichen Klischees durch dessen Gebrauch unter ungewohnten Umständen – alle diese Elemente des Brechtschen Theaters sind heute von der Bühne nicht mehr wegzudenken. Die auf

der »Einfühlung« des Zuschauers beruhende Form des Illu-
sionstheaters hat seither ständig an Bedeutung verloren.
Selbst das heutige Theater der Avantgarde steht noch im
Zeichen der Absage an die aristotelische Dramatik. Das
Theater soll den Zuschauer nicht mehr als passiven »Kon-
sumenten« behandeln; er soll, mit allen Mitteln, schockiert,
aufgerüttelt werden: zum Mitdenken, zum Mitspielen, zum
Eingreifen in die als veränderbar dargestellte Welt. Auch
wenn heutige Ansprüche und Mittel des Theaters über die-
jenigen Brechts hinausgehen, veranschaulicht doch das fol-
gende Beispiel aus Brechts Schriften zum Theater, wo die
Grundlage der noch immer gültigen Auffassung vom Thea-
ter zu finden ist: Verurteilung der »Einfühlung« als dra-
matisches Prinzip, »Verfremdung« statt »Illusion« – das
sind Folgerungen einer Konzeption, die auch das heutige
»Dokumentationstheater« bestimmt. Der Zu-Schauer wird
zum Mit-Wirkenden, »das Theater legt ihm nunmehr die
Welt vor zum Zugriff«.

Die Einfühlung ist ein Grundpfeiler der herrschenden Ästhetik. Schon in der großartigen Poetik des Aristoteles wird
beschrieben, wie die Katharsis, das heißt die seelische Läu-
terung des Zuschauers, vermittels der *Mimesis* herbeigeführt
wird. Der Schauspieler ahmt den Helden nach (den Oedipus
oder den Prometheus), und er tut es mit solcher Suggestion
und Verwandlungskraft, daß der Zuschauer ihn darin nachahmt und sich so in Besitz der Erlebnisse des Helden setzt.
Hegel, der meines Wissens die letzte große Ästhetik verfaßt
hat, verweist auf die Fähigkeit des Menschen, angesichts der
vorgetäuschten Wirklichkeit die gleichen Emotionen zu erleben wie angesichts der Wirklichkeit selber. Was ich Ihnen
nun berichten wollte, ist, daß eine Reihe von Versuchen,
vermittels der Mittel des Theaters ein praktikables Weltbild
herzustellen, zu der verblüffenden Frage geführt haben, ob
es zu diesem Zweck nicht notwendig sein wird, die Einfühlung mehr oder weniger preiszugeben.

Faßt man nämlich die Menschheit mit all ihren Verhältnissen, Verfahren, Verhaltensweisen und Institutionen nicht als etwas Feststehendes, Unveränderliches auf und nimmt man ihr gegenüber die Haltung ein, die man der Natur gegenüber mit solchem Erfolg seit einigen Jahrhunderten einnimmt, jene kritische, auf Veränderungen ausgehende, auf die Meisterung der Natur abzielende Haltung, dann kann man die Einfühlung nicht verwenden. Einfühlung in änderbare Menschen, vermeidbare Handlungen, überflüssigen Schmerz und so weiter ist nicht möglich. Solange in der Brust des König Lear seines Schicksals Sterne sind, solange er als unveränderlich genommen wird, seine Handlungen naturbedingt, ganz und gar unhinderbar, eben schicksalhaft hingestellt werden, können wir uns einfühlen. Jede Diskussion seines Verhaltens ist so unmöglich, wie für den Menschen des zehnten Jahrhunderts eine Diskussion über die Spaltung des Atoms unmöglich war.

Kam der Verkehr zwischen Bühne und Publikum auf der Basis der Einfühlung zustande, dann konnte der Zuschauer nur jeweils so viel sehen, wie der Held sah, in den er sich einfühlte. Und er konnte bestimmten Situationen auf der Bühne gegenüber nur solche Gefühlsbewegungen haben, wie die »Stimmung« auf der Bühne ihm erlaubte. Die Wahrnehmungen, Gefühle und Erkenntnisse des Zuschauers waren denjenigen der auf der Bühne handelnden Personen gleichgeschaltet. Die Bühne konnte kaum Gemütsbewegungen erzeugen, Wahrnehmungen gestatten und Erkenntnisse vermitteln, welche auf ihr nicht suggestiv repräsentiert wurden. [...] Die gesellschaftlichen Phänomene traten so als ewige, natürliche, unänderbare und unhistorische Phänomene auf und standen nicht zur Diskussion. [...]

Die Einfühlung ist das große Kunstmittel einer Epoche, in der der Mensch die Variable, seine Umwelt die Konstante ist. [...]

Was konnte an die Stelle von *Furcht* und *Mitleid* gesetzt werden, des klassischen Zwiegespanns zur Herbeiführung

der aristotelischen Katharsis? Wenn man auf die Hypnose
verzichtete, an was konnte man appellieren? Welche Haltung sollte der Zuhörer einnehmen in den neuen Theatern,
wenn ihm die traumbefangene, passive, in das Schicksal ergebene Haltung verwehrt wurde? Er sollte nicht mehr aus
seiner Welt in die Welt der Kunst entführt, nicht mehr
gekidnappt werden; im Gegenteil sollte er in seine reale
Welt eingeführt werden, mit wachen Sinnen. War es möglich,
etwa anstelle der Furcht vor dem Schicksal die Wissens-
begierde zu setzen, anstelle des Mitleids die Hilfsbereit-
schaft? Konnte man damit einen neuen Kontakt schaffen
zwischen Bühne und Zuschauer, konnte das eine neue Basis
für den Kunstgenuß abgeben?
Ich kann die neue Technik des Dramenbaus, des Bühnen-
baus und der Schauspielweise, mit der wir Versuche anstell-
ten, hier nicht beschreiben. Das Prinzip besteht darin, anstelle der Einfühlung die *Verfremdung* herbeizuführen.
Was ist Verfremdung?
Einen Vorgang oder einen Charakter verfremden heißt
zunächst einfach, dem Vorgang oder dem Charakter das
Selbstverständliche, Bekannte, Einleuchtende zu nehmen und
über ihn Staunen und Neugierde zu erzeugen. Nehmen wir
wieder den Zorn des Lear über die Undankbarkeit seiner
Töchter. Vermittels der Einfühlungstechnik kann der Schauspieler diesen Zorn so darstellen, daß der Zuschauer ihn für
die natürlichste Sache der Welt ansieht, daß er sich gar
nicht vorstellen kann, wie Lear nicht zornig werden könnte,
daß er mit Lear völlig solidarisch ist, ganz und gar mit ihm
mitfühlt, selber in Zorn verfällt. Vermittels der Verfrem-
dungstechnik hingegen stellt der Schauspieler diesen Lear-
schen Zorn so dar, daß der Zuschauer über ihn staunen
kann, daß er sich noch andere Reaktionen des Lear vorstellen kann als gerade die des Zornes. Die Haltung des Lear
wird verfremdet, das heißt, sie wird als eigentümlich, auffallend, bemerkenswert dargestellt, als gesellschaftliches Phänomen, das nicht selbstverständlich ist. [...] Verfremden

heißt also Historisieren, heißt Vorgänge und Personen als historisch, also als vergänglich darstellen. Dasselbe kann natürlich auch mit Zeitgenossen geschehen, auch ihre Haltungen können als zeitgebunden, historisch, vergänglich dargestellt werden.

Was ist damit gewonnen? Damit ist gewonnen, daß der Zuschauer die Menschen auf der Bühne nicht mehr als ganz unänderbare, unbeeinflußbare, ihrem Schicksal hilflos ausgelieferte dargestellt sieht. Er sieht: dieser Mensch ist so und so, weil die Verhältnisse so und so sind. Und die Verhältnisse sind so und so, weil der Mensch so und so ist. Er ist aber nicht nur so vorstellbar, wie er ist, sondern auch anders, so wie er sein könnte, und auch die Verhältnisse sind anders vorstellbar, als sie sind. Damit ist gewonnen, daß der Zuschauer im Theater eine neue Haltung bekommt. Er bekommt den Abbildern der Menschenwelt auf der Bühne gegenüber jetzt dieselbe Haltung, die er als Mensch dieses Jahrhunderts der Natur gegenüber hat. Er wird auch im Theater empfangen als der große Änderer, der in die Naturprozesse und die gesellschaftlichen Prozesse einzugreifen vermag, der die Welt nicht mehr nur hinnimmt, sondern sie meistert. Das Theater versucht nicht mehr, ihn besoffen zu machen, ihn mit Illusionen auszustatten, ihn die Welt vergessen zu machen, ihn mit seinem Schicksal auszusöhnen. Das Theater legt ihm nunmehr die Welt vor zum Zugriff.

Der Messingkauf. Die Straßenszene (Auszug)

Sehr genau gibt die im folgenden gekürzt wiedergegebene »Straßenszene« als »Grundmodell einer Szene des epischen Theaters« darüber Auskunft, welche Forderungen sich aus der oben dargestellten grundsätzlichen Überlegung an Inszenierung und Schauspieler ergeben. Es sind allerdings gerade diese Brechtschen Forderungen an den Schauspieler, nur zu »demonstrieren« und keine »Illusion« auf der Bühne zu

*schaffen, die zu Lebzeiten des Dichters und auch bei den
meisten heutigen Aufführungen übersehen bleiben. Die In-
terpretinnen der großen Brechtschen Frauenrollen wie Helene Weigel, Lotte Lenya und Therese Giehse verdanken
ihren Erfolg der ausgesprochen realistisch-illusionierenden
Darstellungsweise, wozu – man vergleiche hierzu wieder
die Auszüge aus »Leben des Galilei« – sie zweifellos durch
das (unfreiwillige?) dramatische Talent des Dichters ver-
führt wurden. Im Dokumentationstheater eines Peter Weiss
oder eines Rolf Hochhuth wird aber diese bloß demonstrierende Aufgabe des Schauspielers durchaus ernst genommen.*

Es ist verhältnismäßig einfach, ein Grundmodell für episches
Theater aufzustellen. Bei praktischen Versuchen wählte ich
für gewöhnlich als Beispiel allereinfachsten, sozusagen »natürlichen« epischen Theaters einen Vorgang, der sich an
irgendeiner Straßenecke abspielen kann: Der Augenzeuge
eines Verkehrsunfalls demonstriert einer Menschenansamm-
lung, wie das Unglück passierte. Die Umstehenden können
den Vorgang nicht gesehen haben oder nur nicht seiner
Meinung sein, ihn »anders sehen« – die Hauptsache ist, daß
der Demonstrierende das Verhalten des Fahrers oder des
Überfahrenen oder beider in einer solchen Weise vormacht,
daß die Umstehenden sich über den Unfall ein Urteil bilden
können. [...]
Man bedenke: Der Vorgang ist offenbar keineswegs das,
was wir unter einem Kunstvorgang verstehen. Der Demonstrierende braucht kein Künstler zu sein. Was er können
muß, um seinen Zweck zu erreichen, kann praktisch jeder.
Angenommen, er ist nicht imstande, eine so schnelle Bewegung auszuführen, wie der Verunglückte, den er nachahmt,
so braucht er nur erläuternd zu sagen: er bewegte sich dreimal so schnell, und seine Demonstration ist nicht wesentlich
geschädigt oder entwertet. Eher ist seiner Perfektion eine
Grenze gesetzt. Seine Demonstration würde gestört, wenn
den Umstehenden seine Verwandlungsfähigkeit auffiele. Er

hat es zu vermeiden, sich so aufzuführen, daß jemand aus-
ruft: »Wie lebenswahr stellt er doch einen Chauffeur dar!«
Er hat niemanden »in seinen Bann zu ziehen«. Er soll niemanden aus dem Alltag in »eine höhere Sphäre« locken. Er
braucht nicht über besondere suggestive Fähigkeiten zu
verfügen.

Völlig entscheidend ist es, daß ein Hauptmerkmal des
gewöhnlichen Theaters in unserer *Straßenszene* ausfällt: die
Bereitung der *Illusion*. Die Vorführung des Straßendemonstranten hat den Charakter der Wiederholung. Das Ereignis
hat stattgefunden, hier findet die Wiederholung statt. Folgt
die *Theaterszene* hierin der *Straßenszene*, dann verbirgt
das Theater nicht mehr, daß es Theater ist, so wie die
Demonstration an der Straßenecke nicht verbirgt, daß sie
Demonstration (und nicht vorgibt, daß sie Ereignis) ist.
Das Geprobte am Spiel tritt voll in Erscheinung, das aus-
wendig Gelernte am Text, der ganze Apparat und die ganze
Vorbereitung. [...]

Ein wesentliches Element der *Straßenszene*, das sich auch in
der *Theaterszene* vorfinden muß, soll sie episch genannt
werden, ist der Umstand, daß die Demonstration gesellschaftlich praktische Bedeutung hat. Ob unser Straßendemonstrant nun zeigen will, daß bei dem und dem Verhalten
eines Passanten oder des Fahrers ein Unfall unvermeidlich,
bei einem andern vermeidlich ist, oder ob er zur Klärung
der Schuldfrage demonstriert − seine Demonstration ver-
folgt praktische Zwecke, greift gesellschaftlich ein. [...]

Ein weiteres wesentliches Element der *Straßenszene* ist, daß
unser Demonstrant seine Charaktere ganz und gar aus ihren
Handlungen ableitet. Er imitiert ihre Handlungen und
gestattet dadurch Schlüsse auf sie. Ein Theater, das ihm
hierin folgt, bricht weitgehend mit der Gewohnheit des
üblichen Theaters, aus den Charakteren die Handlungen zu
begründen, die Handlungen dadurch der Kritik zu entziehen, daß sie als aus den Charakteren, die sie vollziehen,
unhinderbar, mit Naturgesetzlichkeit hervorgehend darge-

stellt werden. Für unseren Straßendemonstranten bleibt der *Charakter* des zu Demonstrierenden eine Größe, die er nicht völlig auszubestimmen hat. Innerhalb gewisser Grenzen kann er so und so sein, das macht nichts aus. Den Demonstranten interessieren seine unfallerzeugenden und unfallverhindernden Eigenschaften. [...]
Der Demonstrant des Theaters, der Schauspieler, muß eine Technik aufwenden, vermittels der er den Ton des von ihm Demonstrierten mit einer gewissen Reserve, mit Abstand wiedergeben kann (so, daß der Zuschauer sagen kann: »Er regt sich auf – vergebens, zu spät, endlich« und so weiter). Kurz gesagt: der Schauspieler muß Demonstrant bleiben; er muß den Demonstrierten als eine fremde Person wiedergeben, er darf bei seiner Darstellung nicht das »*er* tat das, *er* sagt das« auslöschen. Er darf es nicht zur *restlosen Verwandlung* in die demonstrierte Person kommen lassen. [...]
Wir kommen zu einem der eigentümlichen Elemente des epischen Theaters, dem sogenannten V-Effekt *(Verfremdungseffekt).* Es handelt sich hierbei, kurz gesagt, um eine Technik, mit der darzustellenden Vorgängen zwischen Menschen der Stempel des Auffallenden, des der Erklärung Bedürftigen, nicht Selbstverständlichen, nicht einfach Natürlichen verliehen werden kann. Der Zweck des Effekts ist, dem Zuschauer eine fruchtbare Kritik vom gesellschaftlichen Standpunkt zu ermöglichen. [...]
Indem der Demonstrant nunmehr auf seine Bewegung genau achtet, sie vorsichtig, wahrscheinlich verlangsamt, vollzieht, erzielt er den V-Effekt; das heißt, er verfremdet den kleinen Teilvorgang, hebt ihn in seiner Wichtigkeit hervor, macht ihn merkwürdig. Tatsächlich erweist sich der V-Effekt des epischen Theaters als nützlich auch für unsern Straßendemonstranten, anders ausgedrückt: kommt auch in dieser alltäglichen, mit Kunst wenig zu schaffen habenden, kleinen Szene natürlichen Theaters an der Straßenecke vor. Leichter erkennbar als Element jeder beliebigen Demonstration auf

der Straße ist der unvermittelte Übergang von der Darstellung zum Kommentar, der das epische Theater charakterisiert. Der Straßendemonstrant unterbricht, so oft es ihm möglich erscheint, seine Imitation mit Erklärungen. Die Chöre und projizierten Dokumente des epischen Theaters, das Sich-direkt-an-die-Zuschauer-Wenden seiner Schauspieler sind grundsätzlich nichts anderes.

Theoretisch gibt es verschiedene Möglichkeiten, die Bühne als »Moralische Anstalt« (Schiller) zu benützen, d. h. dem Theater eine über sich selbst hinausweisende Funktion zuzumessen. Brechts Verzicht auf »Einfühlung«, sein Wille, aktive Kritik und nicht passive Illusion beim Zuschauer zu erwecken, ist nur eine von mehreren denkbaren Techniken, deren sich das Theater in seinem Wunsch, zu erziehen, bedient hat. Schon die aristotelische Ästhetik operiert mit den Begriffen von »Furcht« und »Mitleid«, auch ihnen liegt eigentlich ein moralisch-erzieherisches Prinzip zugrunde. Besonders deutlich tritt ähnliches bei den religiösen Spielen des Mittelalters zutage, aber auch der Dichter der Aufklärung hat dem Theaterpublikum eine Moral oder eine den Fortschritt der Menschheit befördernde Information mitzuteilen. Auch das zu jeder Zeit vorhandene Hetz- oder Pamphletstück stellt diesen Anspruch, den Zuschauer zu »verändern«.
Im Rahmen dieses Bandes ist es von besonderem Interesse zu sehen, welcher ganz speziellen Technik sich Brecht bedient, um sein erzieherisches Ziel zu erreichen. Es mag aufgefallen sein, daß ausnahmslos alle Mittel, die Brecht einführt oder aus älteren Traditionen entlehnt, immer dem einen Ziel dienen: die Ratio, das Bewußtsein des Zuschauers zu aktivieren. Deshalb ist Brecht gegen die dumpfe, gefühlsbezogene Illusion, deshalb unterbricht er immer wieder das szenische Geschehen, deshalb verfremdet er bürgerliche Sprachklischees – dem Zuschauer soll Anlaß und Zeit gegeben werden, nachzudenken, sich den Eindrücken des

Bühnengeschehens zu entziehen und sie geistig, »kritisch« zu verarbeiten.

Warum und woher dieser ständige Appell an die Vernunft, dieses Insistieren und Vertrauen auf den »gesunden Menschenverstand« (emotional-agitatorische Beeinflussung des Zuschauers im marxistischen oder anti-bourgeoisen Sinn wäre gerade angesichts der hohen politischen Spannungen zur Zeit der Weimarer Republik und danach ja durchaus möglich und wirksam gewesen)?

Die Frage trifft den Kern der geistigen Auseinandersetzungen der Epoche, an dem sich so verschiedenartige schriftstellerische Welten wie diejenigen von Brecht und Thomas Mann; von Musil, Broch, Wassermann und Jünger; von Benn und Becher; von dem frühen und dem späten Arnold Zweig und anderen berühren. Welches Erbe sollte angetreten werden, dasjenige der Aufklärung oder dasjenige der Romantik, des Rationalismus oder des Irrationalismus? Die nationalsozialistische Ideologie war ein eigentümlicher Synkretismus aus manchen in der Romantik wurzelnden und in der neueren deutschen Geistesgeschichte nicht unterbrochenen Traditionen des Irrationalismus. Die Gegenbewegung war weniger einheitlich und von weniger einschneidender Bedeutung als etwa in Frankreich, sie traf sich allenfalls in dem einen Punkt: dem Appell an die Vernunft. Dabei braucht die Gleichsetzung von Vernunft und sozialistischer Weltanschauung, die bei so vielen frühen und entschiedenen Gegnern des Faschismus (Becher, Brecht, Seghers, A. Zweig) auffällt, nicht zu erstaunen: im selben Maß, wie die romantisch-irrationale Tradition vom Bürgertum vertreten ist, neigt die Kritik daran, die Besinnung auf die Ratio, zum anti-bourgeoisen Sozialismus. Oder, historisch gesprochen: Schon Marx' Rückführung der ideellen Werte auf die Basis des Materiellen kann durchaus als Reaktion auf den Irrationalismus der Romantik begriffen werden.

Entwurf eines Aktionsprogramms des Bundes proletarisch-revolutionärer Schriftsteller

Der am 19. Oktober 1928 in Berlin gegründete Bund proletarisch-revolutionärer Schriftsteller (BPRS) war ein Zusammenschluß der in der Arbeitsgemeinschaft kommunistischer Schriftsteller im SDS (Schutzverband Deutscher Schriftsteller) und der in der Proletarischen Feuilleton-Korrespondenz tätigen Autoren und bildete die deutsche Sektion der Internationalen Vereinigung Revolutionärer Schriftsteller (IVRS). Der Bund, der sowohl in der Theorie wie in der Praxis eine spezifisch »proletarisch-revolutionäre« Literatur fördern und entwickeln wollte, verabschiedete nie ein einhellig akzeptiertes Programm, diskutierte jedoch verschiedene programmatische Standpunkte innerhalb seines Arbeitsbereichs.

Die Literatur als wichtiger Bestandteil des ideologischen Überbaus der Gesellschaft tritt in der Epoche der proletarischen Revolution in ein neues Stadium. Nicht allein, daß die bürgerliche Literatur von diesem Kampf beeinflußt wird, auch innerhalb des Proletariats beginnt eine neue Literatur. So sehen wir das Entstehen einer proletarisch-revolutionären Literatur nicht allein nach der Machteroberung durch das Proletariat wie in der Sowjetunion, sondern auch schon als Begleiterscheinung der Zuspitzung der Klassengegensätze und der fortschreitenden Klassenkämpfe in den bürgerlichen Staaten. Auch die Befreiungsbewegung des deutschen Proletariats hat einen Niederschlag in der proletarisch-revolutionären Literatur Deutschlands gefunden.

Wenn auch vorerst qualitativ und quantitativ noch schwach, ist sie dennoch da, und mit der Tatsache ihrer Existenz beweist sie die Unhaltbarkeit jener Lehren, die sogar die Möglichkeit einer besonderen proletarisch-revolutionären Literatur anzweifeln.

Es besteht also die Aufgabe, die Ansätze der proletarisch-

revolutionären Literatur in Deutschland bewußt weiterzu-
entwickeln, ihr die führende Stellung innerhalb der Arbeiter-
literatur zu verschaffen und sie zur Waffe des Proletariats
innerhalb der Gesamtliteratur zu gestalten.

In der Annahme, daß ein endgültiges Programm nur im
Prozeß der Arbeit entsteht, legt der BPRS als Grundlage
seiner Tätigkeit folgende Richtlinien vor:

1. In der Klassengesellschaft dient die Literatur, wie die
übrige Ideologie, den Aufgaben einer bestimmten Klasse.
Daraus folgt, daß die proletarisch-revolutionäre Literatur
eine solche ist, die Herz und Hirn der Arbeiterklasse und
der breiten werktätigen Massen für die Aufgaben des Klassenkampfes, für die Vorbereitung der proletarischen Revolution gewinnt, entwickelt und organisiert.

2. Im Prozeß des Klassenkampfes hat die proletarisch-revolutionäre Literatur ferner die Aufgabe, neben dem Proletariat die werktätigen Mittelschichten und Kopfarbeiter für
die proletarische Revolution zu gewinnen oder zum min-
desten zu neutralisieren.

3. Die proletarisch-revolutionäre Literatur steht in schärf-
stem Gegensatz zur bürgerlichen. Die bürgerliche Literatur
verwischt bewußt oder unbewußt die Klassengegensätze,
flüchtet oft aus der Wirklichkeit und verhüllt ihren Inhalt
in kunstreichen, von geschulten Literaten handwerksmäßig
gemeisterten Formen. Hingegen bleibt die proletarisch-
revolutionäre Literatur in der Wirklichkeit, deckt die Klassengegensätze auf und enthüllt den wahren bürgerlichen
Klassencharakter der »überpolitisch« sein wollenden Literatur.

4. Die proletarisch-revolutionären Schriftsteller betonen
gegenüber dem bürgerlichen Kunstbetrieb den Vorrang des
Inhalts vor der Form. Sie lehnen alle literarischen Richtungen ab, die sich höchst »revolutionär« dünken, weil sie die
bestehenden Formen umstürzen oder auf den Kopf stellen.
Nicht durch die Revolutionierung der Form bekommt die
Literatur einen revolutionären Wert, sondern die neue revo-

lutionäre Form kann und muß ein organisches Produkt des revolutionären Inhalts sein.

5. Die proletarisch-revolutionären Schriftsteller bekennen sich in vollem Bewußtsein dazu, daß ihr Schaffen eine Waffe der Agitation und Propaganda im Klassenkampf sein soll, und betrachten die (künstlerisch gestaltete) »Tendenz« als notwendigstes Rückgrat ihres Werkes.

Die Aufgaben des BPRS sind:

1. Durch Zusammenfassung derjenigen Schriftsteller, die bereits in proletarisch-revolutionärem Sinne schaffen, sie zu stärken und vorwärtszubringen;

2. das Arbeitsgebiet dieser Literatur mit allen zur Verfügung stehenden und noch zu schaffenden Mitteln zu verbreitern und ihre bis jetzt noch lückenhafte Theorie auf dialektisch-materialistischer Grundlage auszuarbeiten;

3. den Kampf gegen die bürgerliche Kunst theoretisch und praktisch, also durch Kritik und Schaffen, wachzuhalten und zu verschärfen;

4. diejenigen Elemente der Arbeiterklasse, von denen eine fruchtbare Weiterentwicklung der proletarisch-revolutionären Literatur zu erwarten ist, vor allem die Arbeiterjugend und Arbeiterkorrespondenten, heranzuziehen, sie zu schulen und zu fördern;

5. an der Verteidigung der Sowjetunion als des Staates des schon zur Macht gelangten Proletariats aktiv teilzunehmen; aus der Praxis und Theorie der proletarisch-revolutionären Literatur der Sowjetunion zu schöpfen und die eigenen praktischen und theoretischen Ergebnisse ihr zur Verfügung zu stellen.

Nationalsozialistische Literaturkritik

ADOLF BARTELS

Geschichte der Deutschen Literatur (Auszug)

Adolf Bartels (1862–1945) führte den Antisemitismus als grundsätzliche Kategorie in die Literaturwertung ein. Er schuf damit eine Kanonisierung des Bildungsgutes, deren Veröffentlichung zu für Literaturgeschichten ungewöhnlichen Auflageziffern führte.

Das Unglück unserer ganzen neueren Entwicklung seit den siebziger Jahren ist, daß sie unter der Herrschaft des Geistes der Sensation erfolgt, der uns wesentlich vom Judentum gekommen ist. [...] wahrhaft gefährlich ist aber die übermäßige Öffentlichkeit der Entwicklung unserer Dichtung erst geworden, seitdem die Presse unter den jüdischen Sensationsgeist geriet und die Behandlung der Literatur statt auf ernste Betrachtung auf jüdische Geistreichelei und, was noch schlimmer, verwerfliche Suggestionskünste gestellt wurde. [...] Dennoch würde der deutsche Individualismus sich jederzeit stärker geltendmachen, wenn nicht die unheilvolle Verjudung der Presse und unseres geistig-seelischen Lebens überhaupt eingetreten wäre, die es uns schon beinahe unmöglich macht, starken Lebensäußerungen unseres Volkes, die der fremden Rasse aus irgendeinem Grunde nicht genehm sind, in der Öffentlichkeit Ausdruck zu verleihen, Talenten, die es verdienen, aber die die herrschenden Moden nicht mitmachen, zum Durchbruch zu verhelfen und den bekanntgewordenen die natürliche und unbeirrte Weiterentwicklung zu sichern. [...] Dagegen anzukämpfen ist die wichtigste Aufgabe der Gegenwart, wichtiger als alle politischen Aufgaben, denn was nützte es uns, politisch wieder groß zu werden, selbst die Herrschaft der Welt zu erringen, wenn wir in Deutschland selber, als Nation, seelisch und geistig zugrunde gingen! Die Hauptsache ist auf allen Gebieten des Lebens die Erhaltung der Kraft. [...] Nur ein unermüdlicher, heißer, selbstloser Kampf um unsere höchsten Güter mit dem Ziel reinlicher Scheidung zwischen Deutsch und Undeutsch kann uns noch retten – das ist die Überzeugung aller Besten unseres Volkes, kaum einer, der sich dem ungeheuren Ernst der Zeit noch verschließt. Mögen uns die guten Geister unseres Volkes unterstützen, möge die Fortwirkung all der Dichter, die wahrhaft deutsch sind, immer gewaltiger zunehmen, mögen auch die jüngeren Dichter alle begreifen, daß sie vor allem ihrem Volke gehören, daß in Zeiten wie der unsrigen alles rein persönliche Bestreben, internationale Weltläufigkeit oder pazifistisches Europäertum und nationale und sittliche Laxheit geradezu Frevel sind.

II. Lyrik

Bedeutsam für die Entwicklung der Lyrik in der ausgehenden Weimarer Republik waren die Impulse, die ihr aus dem »Kolonne«-Kreis zukamen. An die Stelle der Subjektivität, welche die nun verebbende expressionistische Bewegung gekennzeichnet hatte, trat ein neuer Sinn für das Sachliche, aus dem heraus die präzis-liebevollen Landschafts- und Naturschilderungen vom Norden (Huchel) bis zum Süden (Britting) Deutschlands entstanden, die für das Programm der naturmagischen Schule typisch sind.

Gerade in ihrer Bemühung um Wahrnehmung des objektiv Gegebenen, der Natur, schien es diesen Autoren jedoch ungemäß, das »Magische«, die Ordnung hinter den Dingen und das Traumhafte von der Realität abzusondern. Deshalb ist diese Lyrik ihrem Anspruch nach immer kosmisch, d. h. von einer Konzeption ausgehend, nach der das Naturgeschehen ganzheitlich, im Rahmen einer alles umfassenden Ordnung, verstanden wird. Der Begriff dieser Ordnung freilich unterscheidet sich von Dichter zu Dichter, wandelt sich oft auch von einer Schaffensperiode zur andern innerhalb des Gesamtwerks eines einzelnen Autors. Für Elisabeth Langgässer z. B. wird er weitgehend bestimmt von christlichen Vorstellungen, während er sich bei Günter Eich dadurch auszeichnet, daß er in der Sprache selbst, die immer nur einen schmalen Bereich des Erfahrbaren decken kann, nicht unverfälscht zu fassen ist.

Die »Sachlichkeit« von Autoren wie Tucholsky oder Erich Kästner hingegen strebt gerade die Vermittlung einer solchen – ausgesprochenen oder nicht ausgesprochenen – Ordnung nicht an. Sie ist nicht kosmisch, sondern absichtlich partiell. Sie ist »journalistisch«, gegenwartsbezogen, sie greift – in scharf gesellschaftskritischer Tendenz – einzelne Themen der politischen und sozialen Aktualität auf. Nur

*als Gesamtwerk – und gerade als solches wollten die einzeln
und als »Gelegenheitsgedichte« erscheinenden Verse nicht
aufgefaßt werden – offenbaren sie den bürgerlichen Pessimismus ihrer Autoren; als einzelne Gedichte aber sind sie
Warnungen vor der sich immer drohender am Horizont
abzeichnenden Katastrophe und somit – indem sie wach-
rütteln, zur Veränderung auffordern wollten – von einem
bitteren, oft verzweifelten Optimismus.*

*Die Sachlichkeit solcher Autoren wie Brecht und Becher hin-
gegen entspricht immer deutlicher, je mehr der Faschismus
an Einfluß gewinnt, einer konkreten, den bürgerlichen
Pessimismus wie den Nationalsozialismus als Irrationalismen
ablehnenden, politischen Überzeugung, dem Marxismus.
Diese Dichtung – obwohl in Thematik und Tendenz der auf
die Aktualität bezogenen von Tucholsky und Kästner verwandt – steht deshalb derjenigen der von einer umfassenden
»Weltanschauung« ausgehenden Naturmagiker näher, als es
zunächst scheint. Besonders die Sprache Brechts, obwohl
meist einem aktuellen Gegenstand zugeordnet, ist weniger
mit der sensibel-nervösen Rhetorik Tucholskys zu verglei-
chen als mit der nüchtern-präzisen, absichtlich entsentimen-
talisierten, aber rhythmisch durchgestalteten und schwebenden Diktion mancher Naturmagiker.*

*Der so verschiedenartig motivierten und durchgeführten
Hinwendung zur Sachlichkeit widersetzt sich die Dichtung
konservativen und ästhetisierenden Gepräges mit ihrem
Versuch, das klassische Erbe in Form (Schröder) und Gehalt
(Carossa) der Lyrik zu bewahren. Denn die Berufung auf
das Zeitlose bedingt eine Regression gegenüber dem Zeitge-
mäßen, die »Sache« hat zugunsten des »Geistes« zurückzu-
treten. Diese »inneren Werte« des deutschen Idealismus, seit
Schillers Aufruf zur Mitarbeit an den »Horen« stets als
Gegensatz zum »bloß« zeitgebunden Aktuellen verstanden,
offenbaren ihre Problematik spätestens unter der Diktatur
des Faschismus. Die ihnen innewohnende Tendenz der Weltfremdheit verleitete viele Intellektuelle zur Abstinenz von*

politischer Stellungnahme, zur Flucht ins Ideale, zur »inneren Emigration«, die zwar vom Einzelnen aus als (stummer) Widerspruch zum Regime verstanden, von diesem aber zum Einverständnis oder zur Ausschaltung kritischer Stimmen umfunktioniert werden konnte.

Auch die streng nationalsozialistische Dichtung steht natürlich außerhalb der Neuen Sachlichkeit. Im Sprachlichen ist sie durch Archaismen, im Formalen durch Festhalten an konservativen Gestaltungsprinzipien gekennzeichnet.

Konservativ in der Form erscheint auch – obgleich aus ganz anderen Gründen – die Lyrik der Opfer des Nationalsozialismus. (Auf die dafür repräsentative Sammlung – »An den Wind geschrieben« – muß aus Platzgründen ein Hinweis im Anhang dieses Bandes genügen.) Dem Chaos, dem diese Autoren in den Lagern, auf den Schlachtfeldern und auf den langen Fluchtwegen der Emigration ausgesetzt waren, versuchten sie wenigstens die Ordnung der durchgestalteten lyrischen Aussage als letzte Vergewisserung ihrer sonst ganz auf den physischen Lebenskampf ausgerichteten Conditio humana entgegenzuhalten. Nur in der Kunst war, wenigstens zum »Schein«, die »Bewältigung« einer sonst unerträglichen und gefährdeten Existenz noch zu leisten.

1. Gedichte der Neuen Sachlichkeit und Naturmagie

In der Einleitung zur »Menschheitsdämmerung«, der großen Gedichtsammlung des Expressionismus, hatte Kurt Pinthus 1919 geschrieben: »Weil der Mensch so ganz und gar Ausgangspunkt, Mittelpunkt und Zielpunkt dieser Dichtung ist, deshalb hat die Landschaft wenig Platz in ihr.« Schon 1925 war die Abkehr von diesem Programm und die erneute Zuwendung zu Fakten (»Kunst langweilt, man will Fakta, Fakta!« rief Döblin) so deutlich, daß von einer gemeineuropäischen, Künste wie die Malerei einschließenden Bewegung gesprochen werden konnte. Die Natur wurde wieder

*zum zentralen Thema der Lyrik, die oft sogar eine das Ich
des Dichters ausschließende (Wilhelm Lehmann: »Bukoli-
sches Tagebuch aus den Jahren 1927–1932«) Dinglichkeit
und Präzision des Details zu erreichen suchte.*
*Wie die Mitglieder des Kreises um die Zeitschrift »Kolonne«
(Horst Lange, Peter Huchel, Hermann Kasack, Elisabeth
Langgässer, Günter Eich, Georg von der Vring) hervorho-
ben, ging es aber nicht darum, den »Dichter zum Reporter«
zu erniedrigen, denn diese neue »Sachlichkeit« sollte ausdrücklich nicht vom »Wunder« abgegrenzt werden. Allein
schon die »Ordnung des Sichtbaren« – und sie galt es aufzuzeigen – erschien als »Wunder genug«. »Magisch« ist dieser
Realismus deshalb insofern, als das poetische Sprechen als
ein »Beschwören« verstanden wird (»Ich spreche Mond. Da
schwebt er . . .«, Lehmann: »Mond im Januar«). Die lyrische
Aussage ist zugleich Deutung, Freilegung der Erscheinung
als solcher hinter der Zufälligkeit des Dings. In diesem
Sinne will Loerke zwischen Gedankenlyrik und Gefühls-
lyrik nicht mehr unterscheiden. Da die nationalsozialistische
Kulturregelung das weitere Erscheinen der erst 1929 ge-
gründeten Zeitschrift »Kolonne« unmöglich machte, sind
Autoren wie Loerke und Lehmann nie in diesem Organ zu
Wort gekommen.*

PETER HUCHEL

Geb. 3. April 1903 in Berlin. Bleibt verbunden mit der märkischen
Landschaft seiner Kindheit. Studium der Literatur und Philosophie.
Wurde 1940 Soldat; 1945 Rückkehr aus russischer Kriegsgefangenschaft.
Leitende Tätigkeit am Ostberliner Rundfunk. Chefredakteur der Zeit-
schrift *Sinn und Form* von 1949 bis 1962. Nationalpreis der DDR 1951;
Fontane-Preis 1963; seit 1971 in Italien, jetzt in Staufen bei Frei-
burg i. Br.

Werke: *Gedichte* (1948); *Chausseen, Chausseen* G. (1963); *Die Sternenreuse* Gedichte aus den Jahren 1925–1947 (1967); *Gezählte Tage* G.
(1972).

*Landschafts- und Naturbezogenheit der Neuen Sachlichkeit,
wie sie für die Gruppe der »Kolonne«-Lyriker typisch ist,
kennzeichnet auch die Gedichte »Späte Zeit« und »Wintersee« des Brandenburgers Peter Huchel. Die Natur erscheint
nicht als romantisches Ziel der dichterischen Sehnsucht; auf
den elegischen Ton, mit dem beide Gedichte einsetzen, folgt
unmittelbar eine Metaphorik des Kampfes und des Krieges:
Eis und Nebel wurden »beschossen«, Eicheln liegen »wie
Patronen«. Der Dichter erfaßt Landschaft und Naturgeschehen mit seiner glasklaren, einfach-präzisen Sprache und
macht sie durchsichtig im Hinblick auf die in ihr enthaltenen
Zeichen der Aggressivität. Huchels Naturlyrik ermöglicht
nie eine Flucht ins Unverbindliche. Der kriegserfahrene
Dichter ist – wie es in einem anderen Gedicht heißt – ein
unwilliger, aber, wie das zitternde Schilf des »Wintersees«,
direkt betroffener »Zeuge«.*

Späte Zeit

Still das Laub am Baum verklagt.
Einsam frieren Moos und Grund.
Über allen Jägern jagt
hoch im Wind ein fremder Hund.

Überall im nassen Sand
liegt des Waldes Pulverbrand,
Eicheln wie Patronen.

Herbst schoß seine Schüsse ab,
leise Schüsse übers Grab.

Horch, es rascheln Totenkronen,
Nebel ziehen und Dämonen.

Wintersee

Ihr Fische, wo seid ihr
mit schimmernden Flossen?
Wer hat den Nebel,
das Eis beschossen?

Ein Regen aus Pfeilen,
ins Eis gesplittert,
so steht das Schilf
und klirrt und zittert.

GÜNTER EICH

Geb. 1. Februar 1907 in Lebus a. d. Oder, gest. 20. Dezember 1972 in
Salzburg. Verbrachte Kindheit und Jugend in Brandenburg und Berlin.
Studierte Jura und Sinologie in Leipzig, Berlin und Paris. Freier
Schriftsteller, Soldat, amerikanische Gefangenschaft. Verheiratet mit
der Schriftstellerin Ilse Aichinger. Büchner-Preis 1958.

Werke: *Gedichte* (1930). Seit 1933 und v. a. nach dem Krieg: Gedichte
und Hörspiele.

Günter Eichs lyrische Anfänge gehören in den Kreis um die
»Kolonne«. Noch mischt sich viel Subjektives und Reflektier-
tes in die Naturschilderungen der frühen Gedichte. Doch
die Tendenz zur äußersten, unsentimentalen Verknappung
der lyrischen Aussage, die Eichs Werk nach 1945 auszeichnet,
wird schon in den beiden folgenden Gedichten deutlich: Im
1928 entstandenen »Anfang kühlerer Tage« wird selbst die
überflutende Natur innerhalb eines Fensterausschnitts ge-
nau gesehen, und das einige Jahre später entstandene Ge-
dicht »Die Häherfeder« kulminiert in dem einen konkreten
Zeichen, der blauen Feder. Die tiefere Wirklichkeit anhand
von solchen »Zeichen« und »Botschaften« zu entziffern ist
die Aufgabe, die sich der Dichter in Lyrik und Hörspiel
stellt. Lesbar wird das Zeichen allerdings nicht als »Wort«;

daß das »Geheimnis [...] nicht ins Bewußtsein reicht«, wird schon in der ersten Strophe – fast umständlich explizit – festgestellt. Aber außerhalb des gewohnten, intellektuellen Verstehens wird die »schlaue Antwort« faßbar für die Hand dessen, der aus dem gewohnten Sinnzusammenhang »jäh« aufschreckt und sich über das Zeichen wundert. Von dieser plötzlichen Verwunderung spricht Eich auch – wie in fast allen seinen Gedichten – im »Anfang kühlerer Tage«. Die Natur, zuerst nur »klein« und vom Fenster umrahmt, »überschwemmt«, »fällt in uns«. Jetzt erst werden die von der Zivilisation verschütteten »vergeßnen Wege« instinktiven Erkennens wieder geweckt, so sehr, daß die scheinbar geordnete Vordergründigkeit der Welt »in Gefahr« gerät und die gesicherte, präsentische »Wirklichkeit« von Raum und Zeit des ersten Verses (»Fenster«, »Herbst«) in die Frage und die Vergangenheit des letzten versinkt.

Die Häherfeder

Ich bin, wo der Eichelhäher
zwischen den Zweigen streicht,
einem Geheimnis näher,
das nicht ins Bewußtsein reicht.

Es preßt mir Herz und Lunge,
nimmt jäh mir den Atem fort,
es liegt mir auf der Zunge,
doch gibt es dafür kein Wort.

Ich weiß nicht, welches der Dinge
oder ob es der Wind enthält.
Das Rauschen der Vogelschwinge,
begreift es den Sinn der Welt?

Der Häher warf seine blaue
Feder in den Sand.
Sie liegt wie eine schlaue
Antwort in meiner Hand.

Der Anfang kühlerer Tage

Im Fenster wächst uns klein der Herbst entgegen,
man ist von Fluß und Sternen überschwemmt,
was eben Decke war und Licht, wird Regen
und fällt in uns verzückt und ungehemmt.

Der Mond wird hochgeschwemmt. Im weißen Stiere
und in den Fischen kehrt er ein.
Uns überkommen Wald und Gras und Tiere,
vergeßne Wege münden in uns ein.

Uns trifft die Flut, wir sind uns so entschwunden,
daß alles fraglich wird und voll Gefahr.
Wo strömt es hin? Wenn uns das Boot gefunden,
was war dann Wirklichkeit, was Wind, was Haar?

OSKAR LOERKE

Geb. 13. März 1884 in Jungen a. d. Weichsel, gest. 24. Februar 1941 in
Berlin. Studium der Philosophie, Germanistik, Geschichte und Musik.
Von 1917 bis zu seinem Tod Lektor im S. Fischer Verlag. 1933 aus der
Preußischen Akademie ausgestoßen. Starb nicht »an meinem Herzlei-
den [. . ., sondern] durch die feindlichen Handlungen und Anschauun-
gen [. . .] in langen Jahren« (»Letztwillige Bitten für den Fall meines
Todes«).

Werke: *Gedichte* (1916; 1929 u. d. T. *Pansmusik*); *Die heimliche Stadt* G.
(1921); *Der längste Tag* G. (1926); *Atem der Erde* G. (1930); *Der
Silberdistelwald* G. (1934); *Die Abschiedshand* G. (1949). Erzählungen,
Romane, Essays.

Loerkes Lyrik ist vor allem Ausdruck einer poetischen Ord-
nung. Selbst in der Beschreibung der Großstadt Berlin setzt
der Dichter statische und dynamische Kräfte ins Gleichge-
wicht: die Strenge der Sonettform wird aufgewogen von
der fließenden Kraft der Hauptmetapher, des Wassers,
welche Verse, ja sogar Strophen im Enjambement überspült.
Ebenso ausgewogen sind Gedankliches und Empfundenes:
Aus der Grundmetapher des Wassers entwickelt der Dichter
das konkret Erlebte, die Stadt. Zwar ist das tragende Symbol
des Gedichts subjektiv, aber indem Loerke von hier aus alle
realen Schilderungen entwirft (z. B. Straßen als »steinerne
Kanäle«) und darüber hinaus die analogische Beschreibung
durch Ausdrücke wie »gleichen«, »sind wie« usf. als solche
kenntlich macht, erhält das Gedicht Konsequenz und Ord-
nung, die über das Subjektive hinausreichen.
Im »Strom« sind Innen und Außen vertauscht, ineinander-
gespiegelt, und es ist auch die »Zeit« selbst, die den Dichter
»den Zeiten« entrückt: Loerke greift auf das alte, mythische
Verständnis des Stroms zurück, aber es ist die konzise
Naturbeobachtung, die diese Vergeistigung des Naturbildes
erst neu möglich macht.

Blauer Abend in Berlin

Der Himmel fließt in steinernen Kanälen;
Denn zu Kanälen steilrecht ausgehauen
Sind alle Straßen, voll vom Himmelblauen;
Und Kuppeln gleichen Bojen, Schlote Pfählen

Im Wasser. Schwarze Essendämpfe schwelen
Und sind wie Wasserpflanzen anzuschauen.
Die Leben, die sich ganz am Grunde stauen,
Beginnen sacht vom Himmel zu erzählen,

Gemengt, entwirrt nach blauen Melodien.
Wie eines Wassers Bodensatz und Tand
Regt sie des Wassers Wille und Verstand

Im Dünen, Kommen, Gehen, Gleiten, Ziehen.
Die Menschen sind wie grober bunter Sand
Im linden Spiel der großen Wellenhand.

Strom

Du rinnst wie melodische Zeit, entrückst mich den Zeiten,
Fern schlafen mir Fuß und Hand, sie schlafen an meinem
                                        Phantom.
Doch die Seele wächst hinab, beginnt schon zu gleiten,
Zu fahren, zu tragen, – und nun ist sie der Strom,
Beginnt schon im Grundsand, im grauen,
Zu tasten mit schwebend gedrängtem Gewicht,
Beginnt schon die Ufer, die auf sie schauen,
Spiegelnd zu haben und weiß es nicht.

In mir werden Eschen mit langen Haaren,
Voll mönchischer Windlitanei,
Und Felder mit Rindern, die sich paaren,
Und balzender Vögel Geschrei.
Und über Gehöft, Wiese, Baum
Ist viel hoher Raum;
Fische und Wasserratten und Lurche
Ziehn, seine Träume, durch ihn hin –.
So rausch ich in wärmender Erdenfurche,
Ich spüre schon fast, daß ich bin:

Wie messe ich, ohne zu messen, den Flug der Tauben,
So hoch und tief er blitzt, so tief und hoch mir ein!
Alles ist an ein Jenseits nur Glauben,
Und Du ist Ich, gewiß und rein.

Zuletzt steigen Nebel- und Wolkenzinnen
In mir auf wie die göttliche Kaiserpfalz.
Ich ahne, die Ewigkeit will beginnen
Mit einem Duft von Salz.

WILHELM LEHMANN

Geb. 4. Mai 1882 in Puerto Cabello (Venezuela), gest. 17. November
1968 in Eckernförde. Jugend in Hamburg. Studium der neueren Sprachen, Naturwissenschaft und Philosophie. Unterrichtete neuere Sprachen an verschiedenen Landschulheimen und zuletzt am Gymnasium in
Eckernförde. Kleist-Preis 1923, Lessing-Preis 1953 u. a.

Werke: *Antwort des Schweigens* G. (1935); *Der grüne Gott* G. (1942).
Weitere Gedichtbände, Romane und Erzählungen.

*Natur und Mythos sind die Themen von Lehmanns Lyrik.
Sie sind untrennbar, Sinn-Bild von ein und derselben Ord-
nung, die unzerstörbar ist wie die Folge von Abend und
Morgen, der Gang der Jahreszeiten, Zeugung und Tod.
Das subjektiv-individuelle Ich des Dichters kann beinahe
ausgeschlossen werden, denn die präzise Dinglichkeit der
Sprache, ganz auf das zu schildernde Objekt gerichtet,
öffnet die Sicht auf eine Ordnung, in der das Ich des
Dichters wie alle andern (»jede Zeit ist nah«) gleicher-
maßen aufgehoben ist. Besonders deutlich zeigt die dritte
Strophe des Gedichtes »Atemholen«, daß in Lehmanns
Naturlyrik, wie der Dichter selbst sagt, »auch das Unwirkliche, das Traumhafte, im Wirklichen liegt«. Stimmung,
Zeitpunkt und Situation, schon in der ersten Strophe umrissen, werden nochmals präzise konkretisiert: ein »Aus-
schnitt« wird gefüllt. Dem Fallen des Apfels und dem
Rupfen der Kühe, vorwiegend akustischen Ereignissen, entsprechen die Zithertöne des Don Giovanni, während im
optischen Eindruck »blaut das Meer« schon Bassanios Ru-
derfahrt enthalten ist. Die Gestalten von Mozart und*

*Shakespeare – in anderen Gedichten diejenigen von Sage
und Mythologie – verbürgen die Ordnung des Unveränderlichen (»Es hat sich nicht geändert«): Obwohl sie, wie es im
Gedicht über den Elfenkönig »Oberon« heißt, »längst die
Sagenzeit hinabgeglitten« sind, wiederholt sich ihre Erscheinung, das Klirren von Oberons Reitgeschirr »Bleibt, / Wenn
der Wind die Haferkörner reibt«. Dieses Unveränderliche
ist bei Lehmann nie starr, sondern ein zyklisches Geschehen,
im Gedicht »Ahnung im Januar« z. B. wird es gefaßt als die
Bewegung von winterlicher Erstarrung über Frühlingsverheißung zur sommerlichen Erfüllung.*

Ahnung im Januar

Münchhausens Horn ist aufgetaut,
Zerbrochene Gefangenschaft!
Erstarrter Ton wird leise laut,
In Holz und Stengel treibt der Saft.

Dem Anruf als ein Widerhall,
Aus Lehmesklumpen, eisig, kahl,
Steigt Ammernleib, ein Federball,
Schon viele Male, erstes Mal.

Ob Juniluft den Stier umblaut,
Den Winterstall ein Wald durchlaubt?
Ist es Europa, die ihn kraut?
Leicht richtet er das schwere Haupt.

So warmen Fußes, Sommergeist,
Daß unter dir das Eis zerreißt –
Verheißung, und schon brenne ich,
Erfüllung, wie ertrag ich dich?

Oberon

Durch den warmen Lehm geschnitten
Zieht der Weg. Inmitten
Wachsen Lolch und Bibernell.
Oberon ist ihn geritten,
Heuschreckschnell.

Oberon ist längst die Sagenzeit hinabgeglitten.
Nur ein Klirren
Wie von goldnen Reitgeschirren
Bleibt,
Wenn der Wind die Haferkörner reibt.

Atemholen

Der Duft des zweiten Heus schwebt auf dem Wege,
Es ist August. Kein Wolkenzug.
Kein grober Wind ist auf den Gängen rege,
Nur Distelsame wiegt ihm leicht genug.

Der Krieg der Welt ist hier verklungene Geschichte,
Ein Spiel der Schmetterlinge, weilt die Zeit.
Mozart hat komponiert, und Shakespeare schrieb Gedichte,
So sei zu hören sie bereit.

Ein Apfel fällt. Die Kühe rupfen.
Im Heckenausschnitt blaut das Meer.
Die Zither hör ich Don Giovanni zupfen,
Bassanio rudert Portia von Belmont her.

Auch die Empörten lassen sich erbitten,
Auch Timon von Athen und König Lear.
Vor dem Vergessen schützt sie, was sie litten.
Sie sprechen schon. Sie setzen sich zu dir.

Die Zeit steht still. Die Zirkelschnecke bändert
Ihr Haus. Kordelias leises Lachen hallt
Durch die Jahrhunderte. Es hat sich nicht geändert.
Jung bin mit ihr ich, mit dem König alt.

ELISABETH LANGGÄSSER

Geb. 23. Februar 1899 in Alzey, gest. 25. Juli 1950 in Rheinzabern.
1929/30 Dozentin für Pädagogik. Berufsverbot 1936 durch Reichsschrifttumskammer, da Halbjüdin. Büchner-Preis 1950.

Werke: *Der Wendekreis des Lammes* G. (1924); *Die Tierkreisgedichte*
(1935); *Der Gang durch das Ried* R. (1936); *Das unauslöschliche Siegel*
R. (1946); *Der Laubmann und die Rose* G. (1947).

*Die Dichterin hat dem »Kolonne«-Kreis nahegestanden wie
der naturmagischen Schule überhaupt; vor allem Lehmann,
aber auch Loerke beeinflußten ihre Lyrik: Naturschilderung,
Präsenz von Mythen bestimmen auch ihre Einbildungskraft.
Das in schläfriger Mittagshitze einsetzende Gedicht »In den
Mittag gesprochen« steigert sich leise, denn nicht nur »Saft«,
sondern auch »Magie« schwillt in den Früchten, die so prall
sind, daß ihre Konturen verflimmern und sie ihre Farbe von
außen zu erhalten scheinen. Der »pochende Aufschlag« der
endlich fallenden Frucht löst, nach kurzem Zögern, die Magie
in die Erkenntnis der für die Langgässer alle Mythen und
Naturgeschehen umfassenden Ordnung des Christentums.
Doch diese Ordnung ist nicht immer selbstverständlich und
gewährleistet. In der Gedichtsammlung »Der Laubmann und
die Rose« (1947) ruft die gefallene Natur (»Laubmann«)
nach der Erlösung, für welche die »Rose« (z. B. im Gedicht
»Rose im Oktober«), »nicht Geist noch Fleisch«, zum
Symbol wird. Erlöste und gefallene Natur bestehen gleich-
zeitig. Im herbstlichen Augenblick, wenn die unruhige
»Hacke schweigt« und nur das Fallen der Eicheln und das
Kochen der Beeren vernehmbar sind, wird im »hellen Ton«*

der zeitlose Mythos (»ein Sagenroß aus Avalon«) gegenwärtig. Zwar sind die Laute kämpferisch – »es knallt . . .« –,
und die Eichel wird mit der Granate verglichen. Aber die
Vielfalt der Geräusche, vom »eignen Ort« ausgehend, den
sie überspringen und mit Echo um Echo erweitern, ist »vielblättrig« wie der »Bau« der »in das Ätherreich« ragenden
Rose. Für die Dichterin bleibt selbst in der Gefährdung der
Kriegsjahre das »Magische« in der Realität faßbar als Hoffnung auf Erlösung im Sinne des Christentums.

In den Mittag gesprochen

Schläfriger Garten. Gedankenlos
wie der Daume über dem Daume.
Sage, wer trägt die Birne im Schoß,
den Apfel, die Eierpflaume?

Breit auseinander setzt Schenkel und Knie',
weil schon Spilling und Mirabelle
höher sich wölben voll Saft und Magie,
die Natur auf der Sommersschwelle.

Bis an den Umkreis der Schale erfüllt,
sind die Früchte nur mit sich selber,
und in die flimmernden Lüfte gehüllt,
überläuft es sie blauer und gelber.

Pochender Aufschlag. Was trägt und enthält,
ist das Ganze von Allen geboren.
Innen ward Außen. Was ungepflückt fällt,
geht wie Traum an das Ganze verloren.

Scharren im Laube. Ein brütendes Huhn
sitzt getrost auf zerbrochenem Rade.
Zeit, wohin fließest du? Nach Avalun . . .

Süßes, wie heißest du? Kern in den Schuhn
purpurblaun, gelben? Du wirkendes Ruhn?
Und ein Jegliches antwortet: Gnade!

Rose im Oktober

Die Hacke schweigt.
Am Waldrand steigt
mit hellem Ton
ein Sagenroß
aus Avalon.
Was ist's? Der Herbst verschoß
in seinem Kupferschloß
die sanfte Munition.

Die Eichel fällt
und fallend, schellt
entzwei am Grund
(o leichte Schlacht!)
in Pfeifchen und
Granate, nun gib acht,
wie Tag sich trennt und Nacht,
Frucht, Schale, Hauch und Mund.

Es knallt, es pocht,
und brausend, kocht
ein fernes Tal
der Beere Sud
und Mark zumal,
wie es ein Kessel tut,
wenn Windes Liebeswut
entfaltet sein Fanal.

Die Flamme singt.
Es überspringt
den eignen Ort

ihr zarter Laut
und zeugt sich fort.
Die Luft, wie aufgerauht,
gibt Echo ihm und baut
vielblättrig Wort um Wort.

Tief im Azur
– Kondwiramur
und Gral zugleich –
trägt, Rot in Blau,
nicht Geist, noch Fleisch,
die Rose ihren Bau
hoch über Feld und Au
ein in das Ätherreich.

GEORG BRITTING

Geb. 17. Februar 1891 in Regensburg, gest. 27. April 1964 in München.
Im Ersten Weltkrieg schwer verwundet. Lebte seit 1920 in München.

Werke: *Gedichte* (1930); *Lebenslauf eines dicken Mannes, der Hamlet
hieß R.* (1932); *Der irdische Tag G.* (1935); *Rabe, Roß und Hahn G.*
(1939); *Lob des Weines G.* (1944 u. 1950); *Die Begegnung G.* (1947);
Unter hohen Bäumen G. (1951). Erzählungen.

*Bevorzugter Gegenstand von Brittings Naturlyrik ist die
bayrische Landschaft. Aber Idylle und bukolische Alltäg-
lichkeit sind nur vordergründig, der Realismus schlägt um
in die Erfahrung von Magischem: Der Flug der schwarzen
Krähen vor der »bleichen Himmelswand« erscheint im
pandämonischen Weltbild des Dichters als »Schrift«, deren
Sinn aber verschlossen bleibt. Nur den »Anblick« vermag
die Dichtung wiederzugeben, es muß ihr genügen, das Naturgeschehen als »Zeichen« zu verstehen.
Dieses Zeichen nicht lesen zu können, sich auf den Anblick
beschränken zu müssen, kann aber auch als »beruhigend«*

empfunden werden. Im Gedicht »Mondnacht« steht der
emotional-dynamischen, expressionistischen Mondschilde-
rung die »sachlich« entdämonisierte gegenüber; die bren-
nende, gefährliche Eigenschaft des Mondes wird nur noch
konzessiv eingestanden und schon am Anfang mit »Fürchte
ihn nicht« eingeschränkt.
In ihrer unauflösbaren Verbindung von sinnlicher Vorstellung mit Gedanklichem ist Brittings Lyrik repräsentativ für
den magischen Realismus.

Krähenschrift

Die Krähen schreiben ihre Hieroglyphen
In den Abendhimmel, in den bleichen:
Wunderliche, schnörkelhafte Zeichen,
Tun geheimnisvoll mit ihren schiefen
Schwarzen Flügen.

Was sie schreiben, ob es uns betrifft?
Wer es deuten könnte, wär ein weiser Mann.
Ach, der Anblick nur muß uns genügen!

Hilflos sind wir vor der schwarzen Schrift
An der bleichen Himmelswand,
Wie ein Kind, das noch nicht lesen kann,
Und das Blatt verkehrt hält in der Hand.

Mondnacht

Nun kommt der Mond herauf.

Fürchte ihn nicht,
Wenn er auch
Wie eine Feuerkugel
Glut um sich spritzt,

Die Wipfel der Bäume in Brand setzt,
Daß bald der Wald
Dort am Hang
Auflodert in seinem Licht.

Sieh, er beruhigt sich jetzt,
Und brennt gelassen dann
Hoch in der Nacht,
Die ewige Lampe, die tröstlich
Jeglichem leuchtet
In die Stube hinein,
Der schlagenden Herzens allein,
Mit bestäubtem Gewand,
Am Herd sitzt,
Und dem Fuchs noch,
Der im Röhricht am See
Das klagende Reh jagt –
Unhörbar dem weidenden Vieh,
Herläutend vom Waldrand
Und der tiefträumenden Magd.

2. Politisch-soziale Sachlichkeit

Nicht nur dem Expressionismus, sondern überhaupt der deutschen Literatur seit Idealismus und Romantik ist immer wieder vorgeworfen worden, die äußere, politisch-soziale Wirklichkeit zu sehr außer acht gelassen und sich auf ästhetische oder subjektive Werte beschränkt zu haben. Seit Heinrich Heines Absage an die »Kunstperiode« hat deshalb die Literatur »journalistischen« Gepräges immer entschiedener versucht, eine breitere Gesellschaftsschicht zu erreichen als die meist konservativen gebildeten bürgerlichen Leser. Vor allem Chanson, Bänkelsang und Ballade vertreten diese Strömung sehr deutlich in den zwanziger und dreißiger Jahren.

KURT TUCHOLSKY

Geb. 9. Januar 1890 in Berlin, gest. 21. Dezember 1935 in Hindås bei Göteborg (Schweden). Promotion zum Dr. jur. 1914. Mitarbeiter der *Weltbühne*, kurze Zeit ihr Herausgeber. Korrespondent in Paris bis 1928, in Schweden ab 1929. Ausbürgerung und Bücherverbrennung 1933.

Werke: *Das Lächeln der Mona Lisa* Ges. Feuilletons (1929); *Deutschland, Deutschland über alles* (1929); *Schloß Gripsholm* R. (1931); *Lerne lachen, ohne zu weinen* (1931).

Neben Brecht und Kästner gehört vor allem Tucholsky zu den Repräsentanten dieser Neuen Sachlichkeit, für deren Zielsetzung das folgende Gedicht schon vom Titel her symptomatisch ist. Nicht zufällig unterstreicht Tucholsky den gewollt saloppen Ton mit dem französischen Refrain »C'est la vie –!«: Der Einfluß der französischen Literatur und Kultur im weitesten Sinne war bei allen Kritikern der deutschen »Tiefe« sehr stark, eine Tatsache, die auch von den Gegnern der »journalistischen« Richtung immer mit Empörung hervorgehoben wurde.

Ideal und Wirklichkeit

In stiller Nacht und monogamen Betten
denkst du dir aus, was dir am Leben fehlt.
Die Nerven knistern. Wenn wir das doch hätten,
was uns, weil es nicht da ist, leise quält.
    Du präparierst dir im Gedankengange
    das, was du willst – und nachher kriegst dus nie ...
    Man möchte immer eine große Lange,
    Und dann bekommt man eine kleine Dicke –
        C'est la vie –!

Sie muß sich wie in einem Kugellager
in ihren Hüften biegen, groß und blond.

Ein Pfund zu wenig – und sie wäre mager,
wer je in diesen Haaren sich gesonnt ...
    Nachher erliegst du dem verfluchten Hange,
    der Eile und der Phantasie.
    Man möchte immer eine große Lange,
    und dann bekommt man eine kleine Dicke –
        Ssälawih –!

Man möchte eine helle Pfeife kaufen
und kauft die dunkle – andere sind nicht da.
Man möchte jeden Morgen dauerlaufen
und tut es nicht. Beinah ... beinah ...
    Wir dachten unter kaiserlichem Zwange
    an eine Republik ... und nun ists die!
    Man möchte immer eine große Lange,
    und dann bekommt man eine kleine Dicke –
        Ssälawih –!

BERTOLT BRECHT

Mit dem Begriff des »epischen Theaters« hat Brecht die traditionelle Trennung der literarischen Gattungen aufgehoben. Der Dichter verwendet ja nicht nur die epische Diktion für seine »Stücke«, er durchsetzt sie auch mit lyrischen Partien, z. B. mit den auf die Tradition des Bänkelsangs zurückgreifenden »Songs«. Die Zerstörung der dramatischen Illusion, die Brecht damit bezweckte, entsprach seinem Wunsch, das Theater der Gesellschaftskritik nutzbar zu machen.

»Episch« – also distanzierend, beschreibend, Kritik statt Einfühlung ermöglichend – darf man deshalb auch Brechts Lyrik nennen. Denn die Gedichte brechen ebenfalls mit der bürgerlichen Tradition: Ästhetizismus, Natur- und Bekenntnislyrik scheinen Brecht unmöglich geworden zu sein. »Zu-

*kunft«, also Veränderung, stellt deshalb der Dichter in
»Warum soll mein Name genannt werden?« über die »Vergangenheit«, von der die Lyrik des persönlichen Erlebnisses
und der Er-innerung vor allem seit der Romantik ausgegan-
gen war. Deren Subjektivität, das Ich – oder der »Name« –
des Dichters muß überwunden werden, denn jetzt ist – wie
es in einem weiteren Gedicht programmatisch im Titel
heißt – eine »schlechte Zeit für Lyrik«. Ästhetisches Spiel,
»ein Reim«, wäre »Übermut«, nur das »Entsetzen über die
Reden des Anstreichers [Hitler]« drängt den Dichter zum
Schreibtisch.*
*Damit wird auch deutlich, daß Brechts politisches und
soziales Engagement nur scheinbar zusammenfällt mit der
Bewegung der Neuen Sachlichkeit. Sachlichkeit als Reaktion
auf die subjektive Emphase des Expressionismus ist für die
nicht-sozialistischen Autoren immer auch, wo nicht ausschließlich, eine ästhetisch-literarische Forderung; es gilt, die
Kunst zu erneuern. Brecht hingegen leitet seine Sachlichkeit
nicht aus ästhetischen Überlegungen ab; sie ist ihm ein Gebot der »finsteren Zeiten«, der sozialen Verantwortung.
Nach wie vor lockt den Dichter der »blühende Apfelbaum«
– wie im dramatischen Werk Brechts bleiben auch in der
Lyrik »bürgerliche« Elemente, Lyrismen, erhalten. Aber da*

   Ein Gespräch über Bäume fast ein Verbrechen ist
   Weil es ein Schweigen über so viele Untaten einschließt,

*gibt Brecht solcher Sehnsucht keinen Raum; sich ihr zu über-
lassen wird vielleicht den »Nachgeborenen« wieder erlaubt
sein.*
*Nur noch diese nicht mehr erfüllbare Sehnsucht (nie aber
eine direkt ausgesprochene Empfindung) verleiht Brechts
Lyrik einen fast schüchternen Schmelz, der im Rhythmus
– vor allem in den Pausen der Enjambements – faßbar
wird; Sprache, Diktion und Wortschatz aber sind streng,
nüchtern, von gläserner und unsentimentaler Präzision.*

Warum soll mein Name genannt werden?

1

Einst dachte ich: in fernen Zeiten
Wenn die Häuser zerfallen sind, in denen ich wohne
Und die Schiffe verfault, auf denen ich fuhr
Wird mein Name noch genannt werden
Mit andren.

2

Weil ich das Nützliche rühmte, das
Zu meinen Zeiten für unedel galt
Weil ich die Religionen bekämpfte
Weil ich gegen die Unterdrückung kämpfte oder
Aus einem andren Grund.

3

Weil ich für die Menschen war und
Ihnen alles überantwortete, sie so ehrend
Weil ich Verse schrieb und die Sprache bereicherte
Weil ich praktisches Verhalten lehrte oder
Aus irgendeinem andren Grund.

4

Deshalb meinte ich, wird mein Name noch genannt
Werden, auf einem Stein
Wird mein Name stehen, aus den Büchern
Wird er in die neuen Bücher abgedruckt werden.

5

Aber heute
Bin ich einverstanden, daß er vergessen wird.
Warum
Soll man nach dem Bäcker fragen, wenn genügend Brot
                                          da ist?

Warum
Soll der Schnee gerühmt werden, der geschmolzen ist
Wenn neue Schneefälle bevorstehen?
Warum
Soll es eine Vergangenheit geben, wenn es eine
Zukunft gibt?

6
Warum
Soll mein Name genannt werden?

Schlechte Zeit für Lyrik

Ich weiß doch: nur der Glückliche
Ist beliebt. Seine Stimme
Hört man gern. Sein Gesicht ist schön.

Der verkrüppelte Baum im Hof
Zeigt auf den schlechten Boden, aber
Die Vorübergehenden schimpfen ihn einen Krüppel
Doch mit Recht.

Die grünen Boote und die lustigen Segel des Sundes
Sehe ich nicht. Von allem
Sehe ich nur der Fischer rissiges Garnnetz.
Warum rede ich nur davon
Daß die vierzigjährige Häuslerin gekrümmt geht?
Die Brüste der Mädchen
Sind warm wie ehedem.

In meinem Lied ein Reim
Käme mir fast vor wie Übermut.

In mir streiten sich
Die Begeisterung über den blühenden Apfelbaum

Und das Entsetzen über die Reden des Anstreichers.
Aber nur das zweite
Drängt mich zum Schreibtisch.

An die Nachgeborenen (1938)

I

Wirklich, ich lebe in finsteren Zeiten!
Das arglose Wort ist töricht. Eine glatte Stirn
Deutet auf Unempfindlichkeit hin. Der Lachende
Hat die furchtbare Nachricht
Nur noch nicht empfangen.

Was sind das für Zeiten, wo
Ein Gespräch über Bäume fast ein Verbrechen ist
Weil es ein Schweigen über so viele Untaten einschließt!
Der dort ruhig über die Straße geht
Ist wohl nicht mehr erreichbar für seine Freunde
Die in Not sind?

Es ist wahr: ich verdiene noch meinen Unterhalt
Aber glaubt mir: das ist nur ein Zufall. Nichts
Von dem, was ich tue, berechtigt mich dazu, mich
                                        sattzuessen.
Zufällig bin ich verschont. (Wenn mein Glück aussetzt bin
                                        ich verloren.)

Man sagt mir: Iß und trink du! Sei froh, daß du hast!
Aber wie kann ich essen und trinken, wenn
Ich dem Hungernden entreiße, was ich esse, und
Mein Glas Wasser einem Verdurstenden fehlt?
Und doch esse und trinke ich.

Ich wäre gerne auch weise.
In den alten Büchern steht, was weise ist:

Sich aus dem Streit der Welt halten und die kurze Zeit
Ohne Furcht verbringen
Auch ohne Gewalt auskommen
Böses mit Gutem vergelten
Seine Wünsche nicht erfüllen, sondern vergessen
Gilt für weise.
Alles das kann ich nicht:
Wirklich, ich lebe in finsteren Zeiten!

II
In die Städte kam ich zur Zeit der Unordnung
Als da Hunger herrschte.
Unter die Menschen kam ich zur Zeit des Aufruhrs
Und ich empörte mich mit ihnen.
So verging meine Zeit
Die auf Erden mir gegeben war.

Mein Essen aß ich zwischen den Schlachten
Schlafen legte ich mich unter die Mörder
Der Liebe pflegte ich achtlos
Und die Natur sah ich ohne Geduld.
So verging meine Zeit
Die auf Erden mir gegeben war.

Die Straßen führten in den Sumpf zu meiner Zeit.
Die Sprache verriet mich dem Schlächter.
Ich vermochte nur wenig. Aber die Herrschenden
Saßen ohne mich sicherer, das hoffte ich.
So verging meine Zeit
Die auf Erden mir gegeben war.

Die Kräfte waren gering. Das Ziel
Lag in großer Ferne.
Es war deutlich sichtbar, wenn auch für mich
Kaum zu erreichen.
So verging meine Zeit
Die auf Erden mir gegeben war.

III

Ihr, die ihr auftauchen werdet aus der Flut
In der wir untergegangen sind
Gedenkt
Wenn ihr von unseren Schwächen sprecht
Auch der finsteren Zeit
Der ihr entronnen seid.

Gingen wir doch, öfter als die Schuhe die Länder wechselnd
Durch die Kriege der Klassen, verzweifelt
Wenn da nur Unrecht war und keine Empörung.

Dabei wissen wir doch:
Auch der Haß gegen die Niedrigkeit
Verzerrt die Züge.
Auch der Zorn über das Unrecht
Macht die Stimme heiser. Ach, wir
Die wir den Boden bereiten wollten für Freundlichkeit
Konnten selber nicht freundlich sein.

Ihr aber, wenn es so weit sein wird
Daß der Mensch dem Menschen ein Helfer ist
Gedenkt unsrer
Mit Nachsicht.

Über die Bezeichnung Emigranten

Immer fand ich den Namen falsch, den man uns gab:
                                        Emigranten.
Das heißt doch Auswanderer. Aber wir
Wanderten doch nicht aus, nach freiem Entschluß
Wählend ein anderes Land. Wanderten wir doch auch nicht
Ein in ein Land, dort zu bleiben, womöglich für immer.
Sondern wir flohen. Vertriebene sind wir, Verbannte.
Und kein Heim, ein Exil soll das Land sein, das uns da
                                        aufnahm.

Unruhig sitzen wir so, möglichst nahe den Grenzen
Wartend des Tags der Rückkehr, jede kleinste Veränderung
Jenseits der Grenze beobachtend, jeden Ankömmling
Eifrig befragend, nichts vergessend und nichts aufgebend
Und auch verzeihend nichts, was geschah, nichts verzeihend.
Ach, die Stille der Sunde täuscht uns nicht! Wir hören die
                                                        Schreie
Aus ihren Lagern bis hierher. Sind wir doch selber
Fast wie Gerüchte von Untaten, die da entkamen
Über die Grenzen. Jeder von uns
Der mit zerrissenen Schuhn durch die Menge geht
Zeugt von der Schande, die jetzt unser Land befleckt.
Aber keiner von uns
Wird hier bleiben. Das letzte Wort
Ist noch nicht gesprochen.

THOMAS RING

Geb. 28. November 1892 in Nürnberg, gest. 28. August 1983 auf Burg
Stettenfels bei Heilbronn. Studium am Berliner Kunstgewerbemuseum. Im
Weltkrieg schwer verwundet. Veröffentlichungen in *Der Sturm*. In den Weimarer Jahren Mitarbeiter der *Arbeiter-Internationale Zeitung (AIZ)*, *Arbeiter-
stimme*, *Die Rote Fahne*, *Das Rote Sprachrohr*, *Die Trommel*. Später wandte
sich Ring ganz der Astrologie zu.

Schlaf der Ausrangierten

Erwerbslosenversicherung, Krisenunterstützung, Wohlfahrt –
abgelaufen.
Exmittiert. Asyl überfüllt.
Verdammt, es ist hundekalt.
Verflucht, der Magen ist ein leerer Sack.
Kein Bett.
Wer hat heute alles seine Papiere gekriegt?
Die Wärmehallen schließen pünktlich.

Feine Ordnung.
Schlafen muß der Mensch und wenn der Himmel Kleister
spuckt.

Egal.
Wir kleben nicht am falschen Plunder.
Der Sipo schielt. Die Jacke wird davon nicht wärmer.
Ja – die Bonzen haben ihren Wirtschaftsfrieden.
Schleimschnauzen.
Der Bürger zwinkert: deklassiert.
Det möchste woll!
Auf Brett und Stein wird kein Gehirn zu Sülze.
Den Kragen hoch. Heut wird nochmal geschlafen.
Reserve in Bereitschaft.
Bald pfeift die Internationale in alle Löcher –

3. Konservatismus und Ästhetizismus

RUDOLF ALEXANDER SCHRÖDER

Geb. 26. Januar 1878 in Bremen, gest. 22. August 1962 in Bad Wiessee (Obb.). Mitbegründer der Zeitschriften *Die Insel* und *Bremer Presse*. Auch als Innenarchitekt, Maler und Graphiker tätig. Seit 1942 Lektor der bayrischen evangelischen Landeskirche. 1946 Dr. h. c. der Universität Tübingen, 1946 Direktor der Bremer Kunsthalle, 1947 Lessing-Preis der Stadt Hamburg.

Gesammelte Werke, 8 Bde., 1952–65.

Als Lyriker, Erzähler und Essayist hat sich Schröder bemüht um die Erhaltung des Erbes der abendländischen Humanität, das Vermächtnis von Christentum und Antike. Den reinen Ästhetizismus und den Jugendstil der Jahrhundertwende erweiterte er zu seinem klaren und strengen Sinn für die Form, die er in den Dienst seiner humanistisch-religiösen Dichtung stellte. Sie umschließt die Erneuerung der alten Formen des geistlichen und weltlichen Liedes sowie dichte-

rische Übersetzungen der antiken und französischen Klassi-
ker.
Wie viele Epigonen der humanistisch-bürgerlichen Tradition
– Schröder war eng mit Hofmannsthal befreundet – emp-
findet der Dichter die Entwicklung der Ratio als unüber-
windliche Trennung vom unreflektiert Lebendigen – davon
spricht das folgende Gedicht.

Die Zwillingsbrüder (1)

Wenn du mit Feuern aus dem tiefen Kummer
Des einsamen Gedankens mich erwecktest
Und mir die Flammenhand entgegenrecktest,
Durch Blendung scheuchend meinen Seelenschlummer,

Wenn du von jeder runden Himmelswarte
Mich stürmend suchtest mit verschiedenen Winden,
Du würdest doch nicht jene Höhlung finden,
In die hinein Bedenken mich verscharrte.

Und sag, was hülf es, wenn zu mir dein Blick,
Wenn mir von deiner Burg Befehle kämen?
Ich hab mich unter jeglichem Geschick
Hinweggebückt. Und jeden Arm zu lähmen,

Taucht ich ins dumpfe Wasser, wenn er schlug.
Lebendiger, was hülf es? Ich bin klug.

HANS CAROSSA

Geb. 15. Dezember 1878 in Bad Tölz (Obb.), gest. 12. September 1956 in
Rittsteig bei Passau. Seit 1903 Arzt in Passau und München. Bataillons-
arzt im Ersten Weltkrieg. Seit 1929 freier Schriftsteller.

Werke: *Gedichte* (1910); *Doktor Bürgers Ende* E. (1913); *Der Arzt Gion* R. (1931); *Gedichte* (1932); *Führung und Geleit. Ein Lebensgedenkbuch* (1933); *Geheimnisse des reifen Lebens* R. (1936); *Das Jahr der schönen Täuschungen* Aut. (1941); *Ungleiche Welten* Lebensbericht (1951).

Zur »inneren Emigration« gelangte Carossa in den Jahren des nationalsozialistischen Regimes nicht aus politischer Indifferenz. Sein schmales Gesamtwerk ist ganz ausgerichtet auf einen Bereich von innerer Harmonie und Maß, seine künstlerische Haltung ist die eines weltfrommen Humanisten, seine Leitbilder sind Goethe und Stifter. Aber Konservativismus und Klassizismus wurden in jenen Jahren zum Politikum; nolens volens ließ Carossa – dem es darum ging, dem gebildeten Bürgertum den inneren Halt der »Ideale« zu bieten – seinen Namen vom Regime mißbrauchen und übernahm sogar gemäßigte kulturpolitische Funktionen. Die geistige Isolation vieler deutscher Intellektuellen – ihre Fragwürdigkeit und politische Manipulierbarkeit – wurde am Fall dieses ganz dem zeitlos Humanen und Ästhetischen verpflichteten Dichters besonders evident.

Alter Baum im Sonnenaufgang

Frühnebel steigt aus einsam altem Baum.
Es lichten sich die weiten Astwerkräume,
Die purpurbraunen, rostbespritzten Blätter,
Die nur der Frost noch festhält. Schwarz von Osten
Aufwogt Gebirg. Aus hoher Gipfelzacke
Strömt weißer Brand und saugt in großen Zügen
Den Dunst nach oben, schräge Strahlen lagern
Herab, leis knisternd fallen Blätter –
Und stärker schüttert Licht. Es klingt, braust, – schaudernd
Erwacht der dunkle Baumgeist; in die Sonne
Reckt er sich tausendzweigig, nieder
Wirft er die breite purpurne Belaubung,
Und Himmel, Himmel füllt das nackte Holz.

FINSTERNISSE FALLEN DICHTER
Auf Gebirge, Stadt und Tal,
Doch schon flimmern kleine Lichter
Tief aus Fenstern ohne Zahl.

Immer klarer, immer milder,
Längs des Stroms gebognem Lauf,
Blinken irdische Sternenbilder
Nun zu himmlischen hinauf.

JOSEF WEINHEBER

Geb. 9. März 1892 in Wien, gest. 8. April 1945 in Kirchstetten b.
St. Pölten. Postbeamter, Weiterbildung in Abendkursen. Verschiedene
Preise, Dr. h. c. der Universität Wien 1942, Ehrenmitglied der Akademie
der Bildenden Künste in Wien.

Werke: *Der einsame Mensch* G. (1920); *Das Waisenhaus* R. (1924); *Späte
Krone* G. (1936); *O Mensch, gib acht* G. (1937); *Dokumente des Herzens*
G. (1944).

*Weinhebers Talent war vor allem an klassischen Mustern ge-
schult. Mit der Gedichtsammlung »Adel und Untergang«
wurde er 1934 berühmt. Er wurde von den Nationalsozialisten gefördert. Obwohl eigentlich nur am Formalen und
Ästhetischen der Lyrik interessiert, unterstützte er das Regime mit schriftstellerischen Beiträgen (z. B. mit dem Gedicht
»Treue«). Sich mit der nationalsozialistischen Ideologie iden-
tifiziert zu haben, erkannte er gegen Ende des Kriegs als
Fehler und nahm sich in einer tiefen Depression das Leben.
Aus dem Nachlaß (»Hier ist das Wort«, 1947) stammt die
sapphische Ode »An den Genius Hölderlins«, mit dem sich
Weinheber zeitlebens auseinandergesetzt hat. Bezeichnend
sind der formale und musikalische Reichtum ebenso wie der
vor allem Anfang und Ende bestimmende Grundton der
Resignation.*

Treue

Es war seit je der Deutschen Brauch
die Treue bis zum letzten Hauch.
So schwören wir in großer Not
die alte Treue bis zum Tod!
Wem schwören wir? Dem starken Mann,
dem Führer schwören wir voran,
alsdann dem Blut, dem Land, dem Reich,
ist keine Treu der unsern gleich.
Ist keine Treu der *seinen* gleich,
so fügte sich, so strahlt das Reich.
In fernen Sagen sei's gesagt,
was Treu um Treu getan, gewagt.

An den Genius Friedrich Hölderlins

Einmal noch dies Bild: Wie die zarten, stillen
Vögel über purpurne Flut heraufziehn,
näher schon mir Einsamen, nah schon, daß ich
deiner gewahr nun,

rauschen hör' wie Sturm die verschwebte Schwinge,
die sich aufhob hehr von der Insel, irr in
unserm Meer, doch heilig, zu deuten: Meins und
jedes Geschickte –

So ein größres Leben beschwörend, an der
Flamme dein sich mächtig entzündend, fortan
stolz von dir zu zeugen gewillt, gewillt zu
Liebe und Wohllaut,

da noch immer nicht der verarmte Erdkreis
dich zu fassen, dich zu erschaun sich anschickt,
immer noch, in wildre Geschäfte nah ver-
strickt, der sich Mensch nennt,

störrisch leugnet, er zu sein: Bruchstück, aber
eins von jener traurigen Schönheit, Schönheit
hohen Standbilds, das du gestiftet, eh es
Götter zerschlugen ..

4. Nationalsozialistische Lyrik

ERWIN GUIDO KOLBENHEYER

Geb. 30. Dezember 1878 in Budapest, gest. 12. April 1962 in München.
Studium von Naturwissenschaften, Philosophie und Psychologie.
Dr. phil. und Dr. med. h. c. Erzähler, Dramatiker, Lyriker und Philosoph.

Verschiedene historische Dramen und Romane, darunter eine *Paracelsus-Trilogie* (1917–25); *Die Bauhütte. Elemente einer Metaphysik der Gegenwart* (1925); *Sebastian Karst über sein Leben und seine Zeit* (autobiogr. R., 1957/58).

Kolbenheyer ist der wohl bedeutendste nationalsozialistische Schriftsteller. Sein Œuvre ist gekennzeichnet durch eine ungewöhnliche Breite, die sämtliche literarischen Genres umfaßt: Lyrik, Dramatik, Epik und Essayistik. Ebenso vielseitig ist auch die Unterstützung, die der Nationalsozialismus durch Kolbenheyer erfahren hat, dessen Berechtigung, ja unabwendbare geschichtliche Notwendigkeit der Autor aus »philosophischen«, »historischen«, »politischen«, »wirtschaftlichen«, »biologischen«, »religiösen« und »kulturellen« Überlegungen herleitet.
Diese gedankliche und stilistische Vielfalt bestimmt die faszinierende und abstoßende Qualität des Werkes; es entwirft einen Kosmos, dessen Umfang überrascht und dessen Harmonie aber nur möglich wird durch die barbarische Vergewaltigung alles Individuellen. Kolbenheyers kosmisch-philosophischer Faschismus der »weißen Menschheit«, die nur durch ihren »nordisch-germanischen Bestandteil« ihrer weltgeschichtlichen

Arno Breker: Der Wächter (Gips für Stein) – ein Beispiel der Monumentalplastik in der Zeit des Nationalsozialismus (Ullstein-Bilderdienst)

*Bestimmung zugeführt werden kann, ist Ausdruck eines
außer-rationalen, unveränderlichen »tiefsten biologischen Geschehens«. Der Anspruch, dem sich der Einzelne zu fügen hat,
ist totalitär. »Über dich hin« etwa lautet der Titel eines
Gedichts, in dem in wenigen Versen die Grenzen des Individuums aufgehoben werden, denn die Vergangenheit ist
ebenso überpersönlich:*

> Aus tiefem Born bist du geborn.
> Von Urwelt her lebt deine Welt.

wie die Zukunft:

> Über dich hin, durch dich muß gehn,
> Was Frucht vom Baum wird fallen sehn.

Der Einzelne ist nur noch »Brücke«, »Weg« und »Feld«,

> Selber nur Fleisch und Kern,
> Gesät auf den rollenden Stern.

*Mit beängstigender Mühelosigkeit gelingt es Kolbenheyer,
selbst die unverblümteste Propaganda-Dichtung als Schilderung universaler Vorgänge auszugeben. Das Gedicht »Der
Führer« aus dem Jahre 1937 läßt z. B. Hitler »im Schicksals-
sturm der Völker« wachsen und verleiht ihm – etwa mit
Hilfe lapidar-sprichwörtlicher Diktionen wie*

> Er sucht die Tat. Die Tat nur hat Gewicht.

*den Anschein der Selbstverständlichkeit. Partei-Slogans ver-
mischen sich mit »Dichtung«:*

> Und Grenzlandsehnsucht schärft ihm das Gesicht.
> Er weiß, hoch über allem Ränkespiel
> Wird sich sein Volk als Führervolk erweisen:
> Das weite Volk, geeint durch Blut und Eisen!

*Dieses Verschmelzen von Individuellem und Allgemeinem
(Hitler, nationalsozialistische Partei – Völker, Dichtung)
wird dadurch möglich, daß Kolbenheyer, wie es die letzte*

Strophe des Gedichts noch einmal deutlich macht, den »Füh-
rer« auftreten läßt als gezeugt von »deutschem Boden«,
»schicksalüberwittert«, also als Konsequenz einer schicksal-
haften, fatalistisch-überpersönlichen Entwicklung:

> So dankt er Gott in strömendem Gefühl,
> Daß ihm die Gnade wird, Soldat zu sein
> In einer Stunde, da der Erdkreis zittert
> Und deutscher Boden, schicksalüberwittert,
> Den Führer zeugt, ein Herz in Flammen kühl,
> Ein Wille planvoll, hart, kristallenrein.

Kolbenheyers monumentales Werk illustriert und rechtfertigt
die deutschen Ansprüche auf Expansion und Hegemonie ex-
plizit und allegorisch. Als Mitglied der Preußischen Dichter-
akademie und vielfacher Ehrenpreisträger verfügte der Au-
tor denn auch über eine der gewichtigsten Stimmen im lite-
rarischen Geschehen des ›Dritten Reiches‹.

HANNS JOHST

Geb. 8. Juli 1890 in Seershausen b. Oschatz (Sa.). Lyriker, Erzähler,
Dramatiker. Kriegsfreiwilliger im Ersten Weltkrieg. Bekleidete hohe
politische und kulturelle Ämter im ›Dritten Reich‹. 1949 von der
Hauptspruchkammer München als »Hauptschuldiger« eingestuft.

Wie viele frühe Werke Johsts enthält auch »Consuela. Aus
dem Tagebuch einer Spitzbergenfahrt«, das im Jahre 1925
erschienen ist, noch deutlich expressionistische Züge. Sie fin-
den sich vor allem zu Anfang und Ende der geschilderten
Reise – Hamburg z. B. empfängt den im Taxi Heimkehren-
den so: »Häuser fallen übereinander her. Die Straßen drehen
Menschen durcheinander. Eine Allee läuft auf uns zu.« Das
Kernstück des Werks aber gilt ganz einem völkischen Thema:
der Begegnung mit dem Norden, mit »der Genesis seines
Volkstums« – es ist ein Gang »mystisch zur Mutter zurück«:

[. . .]
Aller Gang führt so zur Tiefe.
Aller Untergang macht rein.
Oder könnte es sonst sein,
Daß das Herz im Blute riefe?
In dem Blut und seiner Tiefe,
Oder dürfte das sonst sein?

Den Übergang vom Stürmisch-Expressionistischen zum strikt sich auf die nationalsozialistische Parteiideologie Beschränkenden vollzieht Johst konsequent und reibungslos. Die schon 1925 im Norden gesuchte Erneuerung aus der »Tiefe« gestaltet sich 1935 folgendermaßen:

Und aus der Tiefe steigt es empor,
Und immer höher treibt es der Chor
Dem Segen des Führers entgegen.
Und Führer und Himmel sind ein Gesicht.
Im Glockenstuhl schwingt das beseelte Erz,
Erde und Himmel haben ein Herz,
Das deutsche Herz dröhnt im jungen Licht!

Im Zuge der ›Gleichschaltung‹ des Kultursektors und der Neubesetzung der Hauptämter mit zuverlässigen Nationalsozialisten wurde Hanns Johst 1935 Präsident der Reichsschrifttumskammer. Sein eigenes schriftstellerisches Werk stellte er gegenüber den offiziellen Aufgaben etwas in den Hintergrund, forderte die »deutschen Dichter« aber auf, in einer an Nietzsche gemahnenden Säkularisierung nach dem militärischen Sieg auch »geistigen Raum« zu schaffen, damit das »Reich zum Himmelreich« werde.

GERHARD SCHUMANN

Geb. 14. Februar 1911 in Eßlingen am Neckar. Studium der Germanistik.
NS-Studentenführer. Leiter der Gaukulturamtsstelle für Württemberg.
Heute Verleger und Schriftsteller.

*Daß »im Elternhaus die Pflege des völkischen Gedankens
und die Liebe zur Kunst an erster Stelle« stand, war – so
urteilte Gerhard Schumann 1944 über sich selbst – »für meinen Lebensweg von entscheidender Bedeutung«. Schumanns
Engagement im Nationalsozialismus ist typisch für eine Reihe
von Autoren, die sich in jungen Jahren vorbehaltlos der Partei verschrieben und sie auch weiterhin, selbst wenn später
Zweifel aufkamen, bis zum Ende aktiv unterstützten. Schumanns Karriere umfaßt verschiedene Positionen in der SA,
der SS, im kulturpolitischen Sektor und im Heer. Auch er
begreift die politischen Ereignisse als Naturgeschehen, das
den (bereitwilligen) Einzelnen mitreißt:*

Deutschland

Du ewiges Feuer,
Das uns verzehrt –
Du fuhrst in unsere Stuben und schrecktest uns auf.
Wir haben unsere Mädchen verlassen,
Weinend in der einsamen Nacht der Städte.
Unsre Seele hungert.
Fern von unsrem Innigsten
Marschieren wir auf den dröhnenden Straßen
In deinem Takt.

Deutschland,
Du stummer Acker,
Der um uns wächst –
Deine verlorenen Unendlichkeiten schrien nach uns,
Der Jammer deiner brachen Weiten riß uns von uns weg.

Nimmer entrinnen wir deiner schweren Erde.
Schon sind wir begraben in deine Dunkelheit,
Pflugscharen, die eine gewaltige Faust führt,
Die nichts wissen von der überquellenden
Der endlichen Ernte.

Doch du kommst.

*Oft steht die parteikonforme, propagandistische Aussage so
sehr im Vordergrund solcher Lyrik, daß auf innere Stim-
migkeit – etwa im Sinne eines konsequenten Irrationalismus –
nicht geachtet wird. So wirkt etwa in dem unter dem Eindruck der Ermordung Röhms entstandenen »Lied der
Kämpfer« die Verwendung von Partei-Parolen besonders
aufdringlich und vermag doch die Widersprüchlichkeit der
Aussagen nicht zu übertönen: Es schlagen z. B. gerade die
Herzen derjenigen »herrisch«, die sich auf ihr »treu und
stumm« Marschieren, ihren blinden Gehorsam (»wir fragten
nicht und wußten kaum warum«!) etwas zugute halten.*

Lied der Kämpfer

Als wir die Fahne durch das Grauen trugen –
Wir fragten nicht und wußten kaum warum.
Wir folgten, weil die Herzen herrisch schlugen,
Durch Hohn und Haß, marschierten treu und stumm.

So sind wir drohend in den Sieg gezogen.
Wir fragten nicht, wir dienten unserm Schwur.
Die Banner rauschten und die Lieder flogen –
Wir ruhten nicht. Uns riß des Sternbilds Spur.

Auch als der schwarze Tag uns schier zerschmettert,
Wir fragten nicht, wir brachen nicht ins Knie.
Wir folgten dem, das aus der Fahne wettert.
Wir zogen stumm, wenn auch das Herz uns schrie.

Die Vielzuvielen sind versprengt, verlaufen,
Vom Feuer blind, das über uns gebraust.
Die heut marschieren in den erznen Haufen,
Wir fragen nicht. Wir sind des Führers Faust.

*Von Resignation und Erneuerung sprechen Schumanns »Lie-
der von der Umkehr« und »Lieder vom Reich« aus den frühen dreißiger Jahren. Die Gegensätze ausgleichende Form
des Sonetts faßt in beiden Fällen eine Bewegung des sich
Bückens und Aufrichtens, einmal im religiösen, einmal im
völkischen Sinne:*

Ja Herr der Welt, du mußtest uns verdammen.
[...]

Und frieren, in das völlige Nichts verstoßen,
Und ohne Trost der eigenen Sakramente.
Zerschlagen, dunkel in der grenzenlosen

Verzweiflung hingekauert. Und das ist das Ende.
Wir bitten nicht. Schlag zu, o Gott, schlag zu.
Wir löschen unser Licht. Nun leuchte du.

(Die Lieder von der Umkehr VI)

Und:

Da bückte ich mich tief zur Erde nieder
[...]

Und aus des Herzens aufgerißnen Schollen
Brach heiß das Blut und schäumte Frucht und Tat.
Wie Innen–Außen zueinander quollen!

Und rot aufwehend, Fahne junger Saat,
Schwang durch die Lüfte hin der Jubelleich.
So wuchs aus Blut und Erde neu das Reich.

(Die Lieder vom Reich III)

III. Epik

Das Kunstwerk »ist ja Arbeit, Kunstarbeit zum Zweck des Scheins – und nun fragt es sich, ob bei dem heutigen Stande unseres Bewußtseins, unserer Erkenntnis, unseres Wahrheitssinnes dieses Spiel noch erlaubt, noch geistig möglich, noch ernst zu nehmen ist, ob das Werk als solches, das selbstgenügsam und harmonisch in sich geschlossene Gebilde, noch in irgendeiner legitimen Relation steht zu der völligen Unsicherheit, Problematik und Harmonielosigkeit unserer gesellschaftlichen Zustände, ob nicht aller Schein, auch der schönste, und gerade der schönste, heute zur Lüge geworden ist«.

In seiner Auseinandersetzung mit der deutschen Geistesgeschichte, dem Roman »Doktor Faustus«, stellt Thomas Mann mit diesen Worten den Roman überhaupt in Frage. Denn mehr als jede andere literarische Form erhebt ja der Roman den Anspruch, Ausdruck einer »Harmonie«, einer Ordnung zu sein: die umfangsmäßige Beschränkung, die dem einzelnen lyrischen oder dramatischen Werk auferlegt ist, entfällt hier; der »Weltausschnitt«, den der Dichter im Roman entwirft und künstlerisch gestaltet, ist unvergleichbar größer, und die unvermeidliche Deutung, auf die hin der Autor seine Darstellung durchsichtig macht oder von der er ausgeht, wird deshalb umfassend. Gerade die umfassende Aussage aber droht – nicht nur für Thomas Mann – »heute zur Lüge« zu werden.

In einer Krise befindet sich deshalb der Roman insofern, als viele der für seine Entwicklung im zweiten Viertel des 20. Jahrhunderts repräsentativen Werke ihre eigene Form anzweifeln, ja sogar die Kritik ihrer selbst zum eigentlichen Thema werden lassen (so z. B., außer den Werken Thomas Manns, vor allem Hermann Brochs »Tod des Vergil«).

Mit den Begriffen »Unsicherheit«, »Problematik« und »Har-

monielosigkeit unserer gesellschaftlichen Zustände« umreißt
Thomas Mann die wesentlichen Gründe für die Fragwürdigkeit der Romanform: Versteht man unter »Unsicherheit«
die wachsende Unfähigkeit des Autors, sich weltanschaulich-
philosophisch zu orientieren, verweist einen der Begriff auf
die in den frühen dreißiger Jahren so deutlich faßbare
»Krise der Ratio«. Musils und Brochs Romane illustrieren
den Zerfall der Hoffnung auf verbindliche »Wahrheits«-
Findung in episch detaillierter Breite. Auch Kafkas Werk
ist Ausdruck dieser Erkenntniskrise: In seiner »Unsicherheit«
geht der Autor so weit, sogar die Feststellung der Unmöglichkeit, zu einer Erkenntnis vorzustoßen, wieder aufzuheben und sie bloß im persönlichen Versagen des Protago-
nisten-Erzählers zu begründen; Kafkas Romane sind gegen
den ausdrücklichen Wunsch des Dichters posthum veröffentlicht worden. Zeichen derselben, nur nicht ebenso unerbittlich konsequenten »Unsicherheit« ist der geradezu zum
Topos gewordene wiederholte Ausdruck der Unzulänglich-
keit, mit dem sich Rahmen-Erzähler oder der Erzähler
selbst direkt an den Leser wenden.

Konkret verschärft wurde diese Unsicherheit, als sie sich
unter dem Druck der politischen Ereignisse seit 1933 für die
meisten Exil-Autoren und für viele der in Deutschland Verbliebenen zum existentiellen Problem zuspitzte. Das immer
deutlicher als ausweglos erkannte Unternehmen, vom
Schreibtisch aus, ohne Zugang zu den großen deutschen
Verlagen, den Vormarsch des Faschismus zu bekämpfen,
ließ »Kunstarbeit zum Zweck des Scheins« so absurd werden, daß Autoren wie Klaus Mann versuchten, gerade in
dem »Umsonst!«, von dem ihnen ihre Arbeit gekennzeichnet
zu sein schien, einen mehr oder weniger wirksamen existen-
tialistischen Trost zu finden.

Im Bereich des Formal-Ästhetischen äußert sich die Unsicherheit – wie auch die »Problematik« – der Situation des
Schriftstellers in seinem gebrochen-reflektierten Verhältnis
zum entstehenden Werk. Die traditionelle Form des Ro-

mans, vor allem die chronologische Anordnung des Berichtens, wird zerstört. Das »Erzählen« weicht z. T. zugunsten der Reflexion so sehr zurück, daß die bis dahin gültige Minimaldefinition des Romans als längeres erzählendes Prosawerk ungenügend wird angesichts von »Der Mann ohne Eigenschaften« oder »Der Tod des Vergil«. Nicht einmal das Kriterium der Prosa hält stand, da alle Formen der dichterischen Aussage (lyrisch-gebundene, dialogisierenddramatische, essayistische usw. in den »Schlafwandlern«) und der nicht-dichterischen Sprache (Döblins Montagetechniken im »Alexanderplatz« verbinden u. a. Zeitungsnotizen, statistische Informationen, Bibelzitate) in den kaum mehr als definitorische Einheit erfaßbaren »Roman« einbezogen werden. Mit dieser absichtlich amorphen Tendenz einher geht eine andere, die zwar die Form des Romans erhält, diese aber als Travestie, Parodie, Imitation entlarvt und somit trotzdem in Frage stellt. Als »Anstrengungen, intellektuelle Tricks, Indirektheiten und Ironien« bezeichnet Thomas Mann ironisch die eigene, grundsätzliche Stillage.

Einen Hinweis auf die sozial-ökonomischen Bedingungen dieser Krise leistet der Dichter mit dem summierenden Ausdruck der »Harmonielosigkeit unserer gesellschaftlichen Zustände«. (Zusammenhänge zwischen dem bürgerlichen Pessimismus der Erkenntniskritik und dem Überhandnehmen des Nationalsozialismus feststellen zu müssen war für niemanden schwieriger als für einen früher sich selbst so unbedingt zum »Bürgerlichen« zählenden Autor wie Thomas Mann.) Nur in der – oft notgedrungenen – inneren Emigration, dem Verzicht auf Stellungnahme zum Tagesgeschehen, war es möglich, die Illusion von der Harmonie der bürgerlichen Gesellschaftsordnung aufrechtzuerhalten; wo aber die Problematik dieser Gesellschaft empfunden und ausgedrückt wurde, mußte die literarische Form, die am ehesten dazu bestimmt gewesen war, ihre »Harmonie« auszudrücken, aufgehoben, durchbrochen und zersprengt werden.

Von einem den Krisenjahren bis 1945 schon wieder entfern-

teren Standpunkt aus will es allerdings scheinen, als hätte
die Konzeption des Romans eher eine (im Rahmen seiner
Geschichte nur vereinzelte) Wandlung als eine unwiderruf-
liche Infragestellung erfahren. Nicht nur die außerordentliche Blüte und Vielfältigkeit, welche die Entwicklung und
Verbreitung der Gattung trotz der »Krise« auszeichnen,
berechtigen zu dieser Annahme – die historische Situation
allein, in der keine freie deutsche Bühne erreichbar und die
komplexen Probleme anders als in epischer Ausführlichkeit
kaum dazustellen waren, hätte wohl höchstens einen tempo-
rären Aufschwung mit sich bringen können. Vielmehr lassen
sich doch, mit aller der mangelnden historischen Distanz
gebührenden Vorsicht, einige Züge ablesen, die wohl allgemein für den neueren Roman maßgeblich sind:
– Der Held wird zum Protagonisten. Nicht er bestimmt das
  Geschehen, sondern das Geschehen bestimmt ihn. Er ist
  nicht dessen Urheber, sondern er wird vom Autor als
  willkürlicher, wo nicht gleichgültiger Katalisator über-
  persönlicher Kräfte und Ereignisse verwendet.
– Somit gilt das Interesse des Schriftstellers weniger dem
  Einzelnen, als, mutatis mutandis, der Gesellschaft. Dies
  gilt, erstaunlicherweise, auch für die anscheinend rein
  konservativen historischen Romane. Nicht immer war das
  unter den Exilautoren oft diskutierte Ausweichen ins
  Historische ein Zeichen der Flucht vor der Zeit; und
  selbst wo es als solches aufgefaßt werden mochte, zwang
  die unüberhörbare Gegenwart zu einer mehr oder weni-
  ger gesellschaftskritischen, den Einzelnen in ein größeres
  Beziehungsfeld stellenden, bewußt oder unbewußt im
  Historischen die Aktualität als Analogie bewältigenden
  Darstellung.
– Überpersonal, sich nicht bloß mit dem Individuellen be-
  gnügend, war auch die wissenschaftliche Tendenz der
  Zeit, die nicht ohne Einfluß auf die Romanliteratur blei-
  ben konnte. Das »kollektive Unbewußte«, »Mengen- und
  Wahrscheinlichkeitstheorien«, Erforschung »psychosoma-

tischer« Zusammenhänge, »Rassenlehre« (s. Kap. Zeitgeist und Literaturtheorie), Marxismus sehen den Einzelnen ebenso als »Opfer« oder »Produkt« umfassender
Vorgänge, wie Kafka, über dessen Gestalten ein anony-
mes Geschehen hereinbricht, wie Döblin, dessen Franz
Biberkopf von der Großstadt zurechtgebogen wird, wie
Thomas Manns Joseph, dessen Leben sich auf die Erfüllung vorgegebener Mythen beschränkt.
– Andeutungsweise, aber unmittelbar nach 1945 sich durchsetzend, läßt sich als Tendenz eine Versachlichung der
epischen Sprache feststellen. Nur die rein parteipolitische
nationalsozialistische Literatur schwelgt im Pathetischen.
In den bürgerlichen Romanen wird oft das direkt Emo-
tionale vermieden, ironisch gebrochen oder der Äußerung
eines zwischen Leser und Autor stehenden Zwischenerzäh-
lers zugesprochen. Die Romane sozialistischer Provenienz
(Seghers, A. Zweig) nähern sich der Dokumentation.
Vergleicht man diese Veränderungen der Roman-Konzep-
tion mit den Verhältnissen in der gesamteuropäischen Literatur, so bestätigt sich die Vermutung, die »Krise« sei vielleicht nichts anderes als eine sich unter besonderen Schwierigkeiten vollziehende Wandlung. Zunächst fällt auf, daß
schon angesichts der Geschichte des deutschen Romans seit
der Klassik die Veränderungen der epischen Techniken in
den Jahren 1925 bis 1945 einen weitgehend traditionellen
Aspekt besitzen. Die eigene Aussage sogleich wieder aufzuheben, sie mit den Mitteln der Ironie oder des Wechsels der
Perspektive in Frage zu stellen gehörte schon zu den wesentlichen Forderungen der frühromantischen Dichtungs-
theorie. Der Utopismus von Musil wie die Ironie Thomas
Manns verlieren, vom literarhistorischen Standpunkt aus
gesehen, ihren den Roman als solchen in Frage stellenden,
seine Entwicklung abschließenden Charakter. Vielmehr ver-
absolutieren sie eine ihm seit langem innewohnende (und
nur vom Realismus und Naturalismus übertünchte) Tendenz
und unterstützen somit die in der Einleitung geäußerte Ver-

mutung, die Literatur dieser Jahre sei gekennzeichnet durch die Entwicklung verschiedener, im Grunde nicht wesentlich neuer Anliegen und Merkmale ins Extreme.
Besonders von komparatistischer Warte aus zeigt sich in der Tat, daß die notwendige Erneuerung der Romanform schon geleistet war und daß die »Krise« innerhalb der deutschen epischen Literatur eher auf einen besonders intensiv – also extrem – durchlittenen Wandlungsprozeß hinweist. Proust, und vor allem James Joyce, war es gelungen, nicht nur den Engpaß zu beklagen, in den die realistisch-chronologische Erzählweise aufgrund der wissenschaftlichen Ausweitung des Wirklichkeitsverständnisses geraten war. Sie bedauerten zwar das Ende der als Illusion entlarvten, von einer fixierbaren äußeren Realität ausgehenden epischen Kunst des späten 19. Jahrhunderts (eine ähnliche Erkenntnis sprach auch Fontane aus), aber sie erweiterten auch, vor allem mit dem Stream of consciousness (innerer Monolog) die Erzähltechnik um die den neuen Erkenntnissen gemäßen künstlerischen Ausdrucksmittel. Und simultan statt chronologisch von mehreren Schauplätzen berichtende Werke wie Döblins »Alexanderplatz« tragen der Wandlung des Helden zum Protagonisten konsequenter Rechnung als die im Grunde nur mit »Tricks« eine abgestorbene Tradition aufrechterhaltenden Romane Thomas Manns – sie sind auch, zusammen mit ihren amerikanischen Vorbildern (z. B. Dos Passos) maßgeblicher gewesen für die neueste Entwicklung der epischen Literatur als diejenigen Werke, deren Autoren die Geschichte des Romans als solchen beendet zu haben glaubten.

FRANZ KAFKA

Geb. 3. Juli 1883 in Prag, gest. 3. Juni 1924 im Sanatorium Kierling bei Wien. Entstammt jüdisch-bürgerlicher Familie. Promotion zum Dr. jur. 1906. Seit 1908 Angestellter der Arbeiter-Unfall-Versicherungsanstalt in

Prag. Verlobung und Entlobung mit Felice Bauer 1914. Konstatierung
einer Tuberkulose 1917, seitdem verschiedene Kuraufenthalte. Als freier
Schriftsteller in Berlin 1923.

Werke: *Das Urteil* E. (1912); *Die Verwandlung* E. (1912); *Der Ver-
schollene* R. (falscher Titel von M. Brod: *Amerika*; 1912–14); *In der
Strafkolonie* E. (1914); *Der Prozeß* R. (1914/15, ersch. 1925); *Ein
Landarzt* E. (1916/17); *Ein Bericht für eine Akademie* E. (1916/17);
Das Schloß R. (1921/22, ersch. 1926); *Ein Hungerkünstler* E. (ersch.
1924); *Briefe an Milena* (1952); *Brief an den Vater* (1952).

Der Prozeß (Auszug)

*Kaum ein Autor hat je zu widersprüchlicheren Deutungen
Anlaß gegeben als Kafka. Schon die bloße Geschichte der
Rezeption seines Werkes ist paradox: Was heute zur Welt-
literatur gezählt wird, wurde gegen den ausdrücklichen
Willen des Autors zumeist erst nach seinem Tod von seinem
Freund und Nachlaßverwalter Max Brod veröffentlicht;
am Rande des deutschen Sprachbereichs – im vorwiegend
tschechischen Prag – entstanden, erreichte das Werk des
jüdischen Dichters Deutschland zunächst über den Umweg
der Rückübersetzung aus dem Französischen (da die nationalsozialistische Zensur die direkte Verbreitung für Jahre
unmöglich machte). Ebenso paradox ist die Wirkung der
unmittelbaren Lektüre auf den Leser: In glasklarer Sprache
von höchster syntaktischer Präzision, deren hypotaktische
Verschachtelung ein Phänomen von allen Seiten her mit
logischer Konsequenz einkreist und analysiert, bieten sich
surrealistisch-traumartige Bilder: der in einen Käfer ver-
wandelte Mensch (»Die Verwandlung«), der zum Kranken
ins Bett gelegte »Landarzt«, der durch freiwilligen Selbstmord das »Urteil« des alten Vaters vollstreckende Sohn,
der Ablauf eines »Prozesses«, in dem weder Anklage noch
gerichtliche Instanz dem Angeklagten bekannt werden. Es
ist wohl gerade dieses Paradox: die einzigartige und lücken-
lose Verschmelzung von logischer Präzision und Irrealität,
die eine so außerordentliche Fülle von Deutungsversuchen*

*verursacht hat. Aber die Übersetzungen der Kafkaschen
Bilder in »Alltagssprache« vermögen allein schon deshalb
nicht zu befriedigen, weil sie so widersprüchlich ausfallen
können; von Atheisten und Religionsstiftern, Psychoanaly-
tikern und Gesellschaftskritikern gleichermaßen in Anspruch
genommen, scheint sich das Werk immer mehr der Deutung
überhaupt zu entziehen. Die neuere Forschung tendiert deshalb eher dazu, Kafka auf seine Struktur hin zu untersuchen, anstatt solche Bilder wie »Vater«, »Gesetz«, »Käfer« usw. aufzuschlüsseln. Denn es steht fest, daß Kafka
selbst jede solche Deutung vermieden hat. Der folgende
Textauszug aus dem Roman »Der Prozeß« (1925) enthält
die vom Autor selbst auch als einzelnes Prosastück veröffentlichte Erzählung »Vor dem Gesetz«. Da sie im Roman
selbst Josef K. vom »Geistlichen« erzählt wird und an-
schließend von beiden eine Exegese erfährt, gibt die Stelle
Gelegenheit, Kafkas eigene Vorstellung von Interpretation
zu überprüfen.
Auffällig ist dabei, daß gerade die naheliegendsten Fragen
der traditionellen Interpretation – Was ist das »Gesetz«?
Was will der Mann vom Lande von diesem Gesetz? Warum
wird der Zugang zu ihm so erschwert? – überhaupt nicht
gestellt werden. Vielmehr werden, mit geradezu minuziöser
Genauigkeit, die Verhältnisse der verschiedenen Größen zueinander untersucht. Das sich mit unerbittlicher Folgerichtigkeit ergebende Resultat ist bloß dies: daß jede Interpretation der Erzählung voreilig ist, da sie auf dem Übersehen
verschiedener Umstände beruht, und daß Josef K., der sich
von der Parabel eine Lehre hinsichtlich seines Verhaltens zu
den unerreichbaren obersten Behörden seines Gerichtes versprochen hatte, am Schluß vom vielen Denken müde wird.
»Die einfache Geschichte war unförmlich geworden«, heißt
es. Nicht einmal die Erkenntnis, daß Interpretation überhaupt – verstanden als Finden der Wahrheit hinter den
Dingen – unmöglich sei, bleibt bestehen; das im Werke Kafkas häufige Müdewerden des Protagonisten weist nur auf*

die menschliche, ja vielleicht bloß individuelle Unmöglich-
keit der Wahrheitsfindung hin, die aber vielleicht von an-
deren durchaus geleistet werden könnte. Somit löst sich
unter dem Lichte der analytischen Intelligenz K.s alles,
selbst die Fragestellung, schließlich auf.

»Willst du nicht herunterkommen?« sagte K. »Es ist doch
keine Predigt zu halten. Komm zu mir herunter.« »Jetzt
kann ich schon kommen«, sagte der Geistliche, er bereute
vielleicht sein Schreien. Während er die Lampe von ihrem
Haken löste, sagte er: »Ich mußte zuerst aus der Entfernung mit dir sprechen. Ich lasse mich sonst zu leicht beein-
flussen und vergesse meinen Dienst.«
K. erwartete ihn unten an der Treppe. Der Geistliche
streckte ihm schon von einer oberen Stufe im Hinunter-
gehen die Hand entgegen. »Hast du ein wenig Zeit für
mich?« fragte K. »Soviel Zeit, als du brauchst«, sagte der
Geistliche und reichte K. die kleine Lampe, damit er sie
trage. Auch in der Nähe verlor sich eine gewisse Feierlich-
keit aus seinem Wesen nicht. »Du bist sehr freundlich zu
mir«, sagte K., sie gingen nebeneinander im dunklen Seiten-
schiff auf und ab. »Du bist eine Ausnahme unter allen, die
zum Gericht gehören. Ich habe mehr Vertrauen zu dir als
zu irgend jemandem von ihnen, so viele ich schon kenne.
Mit dir kann ich offen reden.« »Täusche dich nicht«, sagte
der Geistliche. »Worin sollte ich mich denn täuschen?«
fragte K. »In dem Gericht täuschst du dich«, sagte der
Geistliche, »in den einleitenden Schriften zum Gesetz heißt
es von dieser Täuschung: Vor dem Gesetz steht ein Türhüter. Zu diesem Türhüter kommt ein Mann vom Lande
und bittet um Eintritt in das Gesetz. Aber der Türhüter
sagt, daß er ihm jetzt den Eintritt nicht gewähren könne.
Der Mann überlegt und fragt dann, ob er also später werde
eintreten dürfen. ›Es ist möglich‹, sagt der Türhüter, ›jetzt
aber nicht.‹ Da das Tor zum Gesetz offensteht wie immer
und der Türhüter beiseite tritt, bückt sich der Mann, um

durch das Tor in das Innere zu sehen. Als der Türhüter das
merkt, lacht er und sagt: ›Wenn es dich so lockt, versuche es
doch, trotz meinem Verbot hineinzugehen. Merke aber: Ich
bin mächtig. Und ich bin nur der unterste Türhüter. Von
Saal zu Saal stehen aber Türhüter, einer mächtiger als der
andere. Schon den Anblick des dritten kann nicht einmal ich
mehr vertragen.‹ Solche Schwierigkeiten hat der Mann vom
Lande nicht erwartet, das Gesetz soll doch jedem und immer
zugänglich sein, denkt er, aber als er jetzt den Türhüter in
seinem Pelzmantel genauer ansieht, seine große Spitznase,
den langen, dünnen, schwarzen, tartarischen Bart, entschließt
er sich doch, lieber zu warten, bis er die Erlaubnis zum Eintritt bekommt. Der Türhüter gibt ihm einen Schemel und
läßt ihn seitwärts von der Tür sich niedersetzen. Dort sitzt
er Tage und Jahre. Er macht viele Versuche, eingelassen zu
werden und ermüdet den Türhüter durch seine Bitten. Der
Türhüter stellt öfters kleine Verhöre mit ihm an, fragt ihn
nach seiner Heimat aus und nach vielem anderen, es sind
aber teilnahmslose Fragen, wie sie große Herren stellen, und
zum Schlusse sagt er ihm immer wieder, daß er ihn noch
nicht einlassen könne. Der Mann, der sich für seine Reise
mit vielem ausgerüstet hat, verwendet alles, und sei es noch
so wertvoll, um den Türhüter zu bestechen. Dieser nimmt
zwar alles an, aber sagt dabei: ›Ich nehme es nur an, damit
du nicht glaubst, etwas versäumt zu haben.‹ Während der
vielen Jahre beobachtet der Mann den Türhüter fast ununterbrochen. Er vergißt die anderen Türhüter, und dieser
erste scheint ihm das einzige Hindernis für den Eintritt in
das Gesetz. Er verflucht den unglücklichen Zufall in den
ersten Jahren laut, später, als er alt wird, brummt er nur
noch vor sich hin. Er wird kindisch, und da er in dem jahre-
langen Studium des Türhüters auch die Flöhe in seinem
Pelzkragen erkannt hat, bittet er auch die Flöhe, ihm zu
helfen und den Türhüter umzustimmen. Schließlich wird
sein Augenlicht schwach, und er weiß nicht, ob es um ihn
wirklich dunkler wird oder ob ihn nur die Augen täuschen.

Wohl aber erkennt er jetzt im Dunkel einen Glanz, der un-
verlöschlich aus der Türe des Gesetzes bricht. Nun lebt er
nicht mehr lange. Vor seinem Tode sammeln sich in seinem
Kopfe alle Erfahrungen der ganzen Zeit zu einer Frage, die
er bisher an den Türhüter noch nicht gestellt hat. Er winkt
ihm zu, da er seinen erstarrenden Körper nicht mehr aufrichten kann. Der Türhüter muß sich tief zu ihm hinunter-
neigen, denn die Größenunterschiede haben sich sehr zu-
ungunsten des Mannes verändert. ›Was willst du denn jetzt
noch wissen?‹ fragt der Türhüter, ›du bist unersättlich.‹
›Alle streben doch nach dem Gesetz‹, sagt der Mann, ›wie
kommt es, daß in den vielen Jahren niemand außer mir
Einlaß verlangt hat?‹ Der Türhüter erkennt, daß der Mann
schon am Ende ist, und um sein vergehendes Gehör noch zu
erreichen, brüllt er ihn an: ›Hier konnte niemand sonst
Einlaß erhalten, denn dieser Eingang war nur für dich bestimmt. Ich gehe jetzt und schließe ihn.‹«
»Der Türhüter hat also den Mann getäuscht«, sagte K. sofort, von der Geschichte sehr stark angezogen. »Sei nicht
übereilt«, sagte der Geistliche, »übernimm nicht die fremde
Meinung ungeprüft. Ich habe dir die Geschichte im Wort-
laut der Schrift erzählt. Von Täuschung steht darin nichts.«
»Es ist aber klar«, sagte K., »und deine erste Deutung war
ganz richtig. Der Türhüter hat die erlösende Mitteilung erst
dann gemacht, als sie dem Manne nicht mehr helfen konnte.«
»Er wurde nicht früher gefragt«, sagte der Geistliche, »bedenke auch, daß er nur Türhüter war, und als solcher hat er
seine Pflicht erfüllt.« »Warum glaubst du, daß er seine
Pflicht erfüllt hat?« fragte K., »er hat sie nicht erfüllt. Seine
Pflicht war es vielleicht, alle Fremden abzuwehren, diesen
Mann aber, für den der Eingang bestimmt war, hätte er
einlassen müssen.« »Du hast nicht genug Achtung vor der
Schrift und veränderst die Geschichte«, sagte der Geistliche.
»Die Geschichte enthält über den Einlaß ins Gesetz zwei
wichtige Erklärungen des Türhüters, eine am Anfang, eine
am Ende. Die eine Stelle lautet: daß er ihm jetzt den Ein-

tritt nicht gewähren könne, und die andere: dieser Eingang war nur für dich bestimmt. Bestände zwischen diesen beiden Erklärungen ein Widerspruch, dann hättest du recht, und der Türhüter hätte den Mann getäuscht. Nun besteht aber kein Widerspruch. Im Gegenteil, die erste Erklärung deutet sogar auf die zweite hin. Man könnte fast sagen, der Türhüter ging über seine Pflicht hinaus, indem er dem Mann eine zukünftige Möglichkeit des Einlasses in Aussicht stellte. Zu jener Zeit scheint es nur seine Pflicht gewesen zu sein, den Mann abzuweisen, und tatsächlich wundern sich viele Erklärer der Schrift darüber, daß der Türhüter jene Andeutung überhaupt gemacht hat, denn er scheint die Genauigkeit zu lieben und wacht streng über sein Amt. Durch viele Jahre verläßt er seinen Posten nicht und schließt das Tor erst ganz zuletzt, er ist sich der Wichtigkeit seines Dienstes sehr bewußt, denn er sagt: ›Ich bin mächtig‹, er hat Ehrfurcht vor den Vorgesetzten, denn er sagt: ›Ich bin nur der unterste Türhüter‹, er ist nicht geschwätzig, denn während der vielen Jahre stellt er nur, wie es heißt, ›teilnahmslose Fragen‹, er ist nicht bestechlich, denn er sagt über ein Geschenk: ›Ich nehme es nur an, damit du nicht glaubst, etwas versäumt zu haben‹, er ist, wo es um Pflichterfüllung geht, weder zu rühren noch zu erbittern, denn es heißt von dem Mann, ›er ermüdet den Türhüter durch sein Bitten‹, schließlich deutet auch sein Äußeres auf einen pedantischen Charakter hin, die große Spitznase und der lange, dünne, schwarze, tartarische Bart. Kann es einen pflichttreueren Türhüter geben? Nun mischen sich aber in den Türhüter noch andere Wesenszüge ein, die für den, der Einlaß verlangt, sehr günstig sind und welche es immerhin begreiflich machen, daß er in jener Andeutung einer zukünftigen Möglichkeit über seine Pflicht etwas hinausgehen konnte. Es ist nämlich nicht zu leugnen, daß er ein wenig einfältig und im Zusammenhang damit ein wenig eingebildet ist. Wenn auch seine Äußerungen über seine Macht und über die Macht der anderen Türhüter und über deren sogar für ihn un-

erträglichen Anblick – ich sage, wenn auch alle diese Äußerungen an sich richtig sein mögen, so zeigt doch die Art,
wie er diese Äußerungen vorbringt, daß seine Auffassung
durch Einfalt und Überhebung getrübt ist. Die Erklärer
sagen hiezu: ›Richtiges Auffassen einer Sache und Mißver-
stehen der gleichen Sache schließen einander nicht vollständig aus.‹ Jedenfalls aber muß man annehmen, daß jene
Einfalt und Überhebung, so geringfügig sie sich vielleicht
auch äußern, doch die Bewachung des Eingangs schwächen,
es sind Lücken im Charakter des Türhüters. Hiezu kommt
noch, daß der Türhüter seiner Naturanlage nach freundlich
zu sein scheint, er ist durchaus nicht immer Amtsperson.
Gleich in den ersten Augenblicken macht er den Spaß, daß
er den Mann trotz dem ausdrücklich aufrechterhaltenen
Verbot zum Eintritt einlädt, dann schickt er ihn nicht etwa
fort, sondern gibt ihm, wie es heißt, einen Schemel und läßt
ihn seitwärts von der Tür sich niedersetzen. Die Geduld,
mit der er durch alle die Jahre die Bitten des Mannes er-
trägt, die kleinen Verhöre, die Annahme der Geschenke, die
Vornehmheit, mit der er es zuläßt, daß der Mann neben
ihm laut den unglücklichen Zufall verflucht, der den Türhüter hier aufgestellt hat – alles dieses läßt auf Regungen
des Mitleids schließen. Nicht jeder Türhüter hätte so gehandelt. Und schließlich beugt er sich noch auf einen Wink hin
tief zu dem Mann hinab, um ihm Gelegenheit zur letzten
Frage zu geben. Nur eine schwache Ungeduld – der Türhüter weiß ja, daß alles zu Ende ist – spricht sich in den
Worten aus: ›Du bist unersättlich.‹ Manche gehen sogar in
dieser Art der Erklärung noch weiter und meinen, die
Worte ›Du bist unersättlich‹, drücken eine Art freund-
schaftlicher Bewunderung aus, die allerdings von Herablas-
sung nicht frei ist. Jedenfalls schließt sich so die Gestalt des
Türhüters anders ab, als du es glaubst.« »Du kennst die
Geschichte genauer als ich und längere Zeit«, sagte K. Sie
schwiegen ein Weilchen. Dann sagte K.: »Du glaubst also,
der Mann wurde nicht getäuscht?« »Mißverstehe mich

nicht«, sagte der Geistliche, »ich zeige dir nur die Meinungen, die darüber bestehen. Du mußt nicht zuviel auf Meinungen achten. Die Schrift ist unveränderlich und die Meinungen sind oft nur ein Ausdruck der Verzweiflung darüber. In diesem Falle gibt es sogar eine Meinung, nach welcher gerade der Türhüter der Getäuschte ist.« »Das ist eine weitgehende Meinung«, sagte K. »Wie wird sie begründet?« »Die Begründung«, antwortete der Geistliche, »geht von der Einfalt des Türhüters aus. Man sagt, daß er das Innere des Gesetzes nicht kennt, sondern nur den Weg, den er vor dem Eingang immer wieder abgehen muß. Die Vorstellungen, die er von dem Innern hat, werden für kindlich gehalten, und man nimmt an, daß er das, wovor er dem Manne Furcht machen will, selbst fürchtet. Ja, er fürchtet es mehr als der Mann, denn dieser will ja nichts anderes als eintreten, selbst als er von den schrecklichen Türhütern des Inneren gehört hat, der Türhüter dagegen will nicht eintreten, wenigstens erfährt man nichts darüber. Andere sagen zwar, daß er bereits im Innern gewesen sein muß, denn er ist doch einmal in den Dienst des Gesetzes aufgenommen worden, und das könne nur im Innern geschehen sein. Darauf ist zu antworten, daß er wohl auch durch einen Ruf aus dem Innern zum Türhüter bestellt worden sein könnte und daß er zumindest tief im Innern nicht gewesen sein dürfte, da er doch schon den Anblick des dritten Türhüters nicht mehr ertragen kann. Außerdem aber wird auch nicht berichtet, daß er während der vielen Jahre außer der Bemerkung über die Türhüter irgend etwas von dem Innern erzählt hätte. Es könnte ihm verboten sein, aber auch vom Verbot hat er nichts erzählt. Aus alledem schließt man, daß er über das Aussehen und die Bedeutung des Innern nichts weiß und sich darüber in Täuschung befindet. Aber auch über den Mann vom Lande soll er sich in Täuschung befinden, denn er ist diesem Mann untergeordnet und weiß es nicht. Daß er den Mann als einen Untergeordneten behandelt, erkennt man aus vielem, das dir noch erinnerlich sein dürfte. Daß er ihm aber tatsächlich untergeordnet ist, soll nach dieser Meinung ebenso deutlich hervorgehen. Vor allem ist der Freie dem Gebundenen übergeordnet. Nun ist der Mann tatsächlich frei, er kann hingehen, wohin er will, nur der Eingang in das Gesetz ist ihm verboten, und überdies nur von einem einzelnen, vom Türhüter. Wenn er sich auf den Schemel seitwärts vom Tor niedersetzt und dort sein Leben lang bleibt, so geschieht dies freiwillig, die Geschichte erzählt von keinem Zwang. Der Türhüter dagegen ist durch sein Amt an seinen Posten gebunden, er darf sich nicht auswärts entfernen, allem Anschein nach aber auch nicht in das Innere gehen, selbst wenn er es wollte. Außerdem ist er zwar im Dienst des Gesetzes, dient aber nur für diesen Eingang, also auch nur für diesen Mann, für den dieser Eingang allein bestimmt ist. Auch aus diesem Grunde ist er ihm untergeordnet. Es ist anzunehmen, daß er durch viele Jahre, durch ein ganzes Mannesalter gewissermaßen nur leeren Dienst geleistet hat, denn es wird gesagt, daß ein Mann kommt, also jemand im Mannesalter, daß also der Türhüter lange warten mußte, ehe sich sein Zweck erfüllte, und zwar so lange warten mußte, als es dem Mann beliebte, der doch freiwillig kam. Aber auch das Ende des Dienstes wird durch das Lebensende des Mannes bestimmt, bis zum Ende also bleibt er ihm untergeordnet. Und immer wieder wird betont, daß von alledem der Türhüter nichts zu wissen scheint. Daran wird aber nichts Auffälliges gesehen, denn nach dieser Meinung befindet sich der Türhüter noch in einer viel schwereren Täuschung, sie betrifft seinen Dienst. Zuletzt spricht er nämlich vom Eingang und sagt: ›Ich gehe jetzt und schließe ihn‹, aber am Anfang heißt es, daß das Tor zum Gesetz offensteht wie immer, steht es aber immer offen, immer, das heißt unabhängig von der Lebensdauer des Mannes, für den es bestimmt ist, dann wird es auch der Türhüter nicht schließen können. Darüber gehen die Meinungen auseinander, ob der Türhüter mit der Ankündigung, daß er das Tor schließen wird, nur eine Antwort geben

oder seine Dienstpflicht betonen oder den Mann noch im
letzten Augenblick in Reue und Trauer setzen will. Darin
aber sind viele einig, daß er das Tor nicht wird schließen
können. Sie glauben sogar, daß er, wenigstens am Ende,
auch in seinem Wissen dem Manne untergeordnet ist, denn
dieser sieht den Glanz, der aus dem Eingang des Gesetzes
bricht, während der Türhüter als solcher wohl mit dem
Rücken zum Eingang steht und auch durch keine Äußerung
zeigt, daß er eine Veränderung bemerkt hätte.« »Das ist
gut begründet«, sagte K., der einzelne Stellen aus der Erklärung des Geistlichen halblaut für sich wiederholt hatte.
»Es ist gut begründet, und ich glaube nun auch, daß der
Türhüter getäuscht ist. Dadurch bin ich aber von meiner
früheren Meinung nicht abgekommen, denn beide decken
sich teilweise. Es ist unentscheidend, ob der Türhüter klar
sieht oder getäuscht wird. Ich sagte, der Mann wird getäuscht. Wenn der Türhüter klar sieht, könnte man daran
zweifeln, wenn der Türhüter aber getäuscht ist, dann muß
sich seine Täuschung notwendig auf den Mann übertragen.
Der Türhüter ist dann zwar kein Betrüger, aber so einfältig,
daß er sofort aus dem Dienst gejagt werden müßte. Du
mußt doch bedenken, daß die Täuschung, in der sich der
Türhüter befindet, ihm nichts schadet, dem Mann aber tau-
sendfach.« »Hier stößt du auf eine Gegenmeinung«, sagte
der Geistliche. »Manche sagen nämlich, daß die Geschichte
niemandem ein Recht gibt, über den Türhüter zu urteilen.
Wie er uns auch erscheinen mag, ist er doch ein Diener des
Gesetzes, also zum Gesetz gehörig, also dem menschlichen
Urteil entrückt. Man darf dann auch nicht glauben, daß der
Türhüter dem Manne untergeordnet ist. Durch seinen Dienst
auch nur an den Eingang des Gesetzes gebunden zu sein, ist
unvergleichlich mehr, als frei in der Welt zu leben. Der
Mann kommt erst zum Gesetz, der Türhüter ist schon dort.
Er ist vom Gesetz zum Dienst bestellt, an seiner Würdigkeit
zu zweifeln, hieße am Gesetz zweifeln.« »Mit dieser Mei-
nung stimme ich nicht überein«, sagte K. kopfschüttelnd,

»denn wenn man sich ihr anschließt, muß man alles, was der Türhüter sagt, für wahr halten. Daß das aber nicht möglich ist, hast du ja selbst ausführlich begründet.« »Nein«, sagte der Geistliche, »man muß nicht alles für wahr halten, man muß es nur für notwendig halten.« »Trübselige Meinung«, sagte K. »Die Lüge wird zur Weltordnung gemacht.«

K. sagte das abschließend, aber sein Endurteil war es nicht. Er war zu müde, um alle Folgerungen der Geschichte übersehen zu können, es waren auch ungewohnte Gedankengänge, in die sie ihn führte, unwirkliche Dinge, besser geeignet zur Besprechung für die Gesellschaft der Gerichtsbeamten als für ihn. Die einfache Geschichte war unförmlich geworden, er wollte sie von sich abschütteln, und der Geistliche, der jetzt ein großes Zartgefühl bewies, duldete es und nahm K.s Bemerkung schweigend auf, obwohl sie mit seiner eigenen Meinung gewiß nicht übereinstimmte.

Sie gingen eine Zeitlang schweigend weiter, K. hielt sich eng neben dem Geistlichen, ohne zu wissen, wo er sich befand. Die Lampe in seiner Hand war längst erloschen. Einmal blinkte gerade vor ihm das silberne Standbild eines Heiligen nur mit dem Schein des Silbers und spielte gleich wieder ins Dunkel über. Um nicht vollständig auf den Geistlichen angewiesen zu bleiben, fragte ihn K.: »Sind wir jetzt nicht in der Nähe des Haupteinganges?« »Nein«, sagte der Geistliche, »wir sind weit von ihm entfernt. Willst du schon fortgehen?« Obwohl K. gerade jetzt nicht daran gedacht hatte, sagte er sofort: »Gewiß, ich muß fortgehen. Ich bin Prokurist einer Bank, man wartet auf mich, ich bin nur hergekommen, um einem ausländischen Geschäftsfreund den Dom zu zeigen.« »Nun«, sagte der Geistliche, und reichte K. die Hand, »dann geh.« »Ich kann mich aber im Dunkel allein nicht zurechtfinden«, sagte K. »Geh links zur Wand«, sagte der Geistliche, »dann weiter die Wand entlang, ohne sie zu verlassen, und du wirst einen Ausgang finden.« Der Geistliche hatte sich erst ein paar Schritte entfernt, aber K.

rief schon sehr laut: »Bitte, warte noch!« »Ich warte«, sagte
der Geistliche. »Willst du nicht noch etwas von mir?« fragte
K. »Nein«, sagte der Geistliche. »Du warst früher so
freundlich zu mir«, sagte K., »und hast mir alles erklärt,
jetzt aber entläßt du mich, als läge dir nichts an mir.« »Du
mußt doch fortgehen«, sagte der Geistliche. »Nun ja«, sagte
K., »sieh das doch ein.« »Sieh du zuerst ein, wer ich bin«,
sagte der Geistliche. »Du bist der Gefängniskaplan«, sagte
K. und ging näher zum Geistlichen hin, seine sofortige
Rückkehr in die Bank war nicht so notwendig, wie er sie
dargestellt hatte, er konnte recht gut noch hierbleiben. »Ich
gehöre also zum Gericht«, sagte der Geistliche. »Warum
sollte ich also etwas von dir wollen. Das Gericht will nichts
von dir. Es nimmt dich auf, wenn du kommst, und es entläßt dich, wenn du gehst.«

Eine kaiserliche Botschaft

*Die Struktur der folgenden (ungekürzten) Erzählung ent-
spricht derjenigen des vorherigen Textbeispiels. In beiden
Fällen gerät eine Bewegung oder ein Geschehen, nach ver-
heißungsvollem und bestimmtem Anfang, immer mehr ins
Stocken, bis sie schließlich sich auflöst. Auch in der »Botschaft« wird – bei genauerem Zusehen – die »Geschichte
unförmlich« dadurch, daß sie einer genauen logischen Analyse unterzogen wird. Je mehr Umstände einbezogen werden (d. h. hier: je mehr der Erzähler sich und dem Leser
die unendlichen Schwierigkeiten des Botenweges bewußt
macht), desto unwahrscheinlicher wird es, daß die Botschaft
ihr Ziel erreicht. Sehr deutlich ist, daß die Bewegung selbst
– der auf sein Ziel zustrebende Bote – von konstanter Geschwindigkeit und Zielsicherheit bleibt, während der Standpunkt des Erzählers stufenweise vom Geschehen zurück-
weicht, mehr und mehr Raum überblickend, wodurch die
Botenbewegung asymptotisch dem Stillstand sich zu nähern*

*scheint. Gerade der analysierende Zugriff des Betrachters
also ist es, der das Verebben der Bewegung, deren Scheitern
verursacht.*

*Interessanterweise decken sich diese von Kafka poetisch aus-
gedrückten »Einsichten« mit theoretischen Ausführungen
von Einstein und Heisenberg, denen zufolge es sich nicht
vermeiden läßt, daß die Anordnung eines Experiments dessen Ausgang bestimmt und das Resultat also immer abhängt
von der Fragestellung selbst.*

Der Kaiser – so heißt es – hat dir, dem Einzelnen, dem
jämmerlichen Untertanen, dem winzig vor der kaiserlichen
Sonne in die fernste Ferne geflüchteten Schatten, gerade dir
hat der Kaiser von seinem Sterbebett aus eine Botschaft ge-
sendet. Den Boten hat er beim Bett niederknien lassen und
ihm die Botschaft ins Ohr geflüstert; so sehr war ihm an ihr
gelegen, daß er sich sie noch ins Ohr wiedersagen ließ.
Durch Kopfnicken hat er die Richtigkeit des Gesagten bestätigt. Und vor der ganzen Zuschauerschaft seines Todes
– alle hindernden Wände werden niedergebrochen und auf
den weit und hoch sich schwingenden Freitreppen stehen im
Ring die Großen des Reichs – vor allen diesen hat er den
Boten abgefertigt. Der Bote hat sich gleich auf den Weg gemacht; ein kräftiger, ein unermüdlicher Mann; einmal
diesen, einmal den andern Arm vorstreckend schafft er sich
Bahn durch die Menge; findet er Widerstand, zeigt er auf
die Brust, wo das Zeichen der Sonne ist; er kommt auch
leicht vorwärts, wie kein anderer. Aber die Menge ist so
groß; ihre Wohnstätten nehmen kein Ende. Öffnete sich
freies Feld, wie würde er fliegen und bald wohl hörtest du
das herrliche Schlagen seiner Fäuste an deiner Tür. Aber
statt dessen, wie nutzlos müht er sich ab; immer noch
zwängt er sich durch die Gemächer des innersten Palastes;
niemals wird er sie überwinden; und gelänge ihm dies,
nichts wäre gewonnen; die Treppen hinab müßte er sich
kämpfen; und gelänge ihm dies, nichts wäre gewonnen; die

Höfe wären zu durchmessen; und nach den Höfen der
zweite umschließende Palast; und wieder Treppen und
Höfe; und wieder ein Palast; und so weiter durch Jahr-
tausende; und stürzte er endlich aus dem äußersten Tor
– aber niemals, niemals kann es geschehen –, liegt erst die
Residenzstadt vor ihm, die Mitte der Welt, hochgeschüttet
voll ihres Bodensatzes. Niemand dringt hier durch und gar
mit der Botschaft eines Toten. – Du aber sitzt an deinem
Fenster und erträumst sie dir, wenn der Abend kommt.

ALFRED DÖBLIN

Geb. 10. August 1878 in Stettin, gest. 26. Juni 1957 in Emmendingen
b. Freiburg/Br. Sohn einer armen jüdischen Familie. Seit 1888 in Berlin.
Studium der Medizin. 1906 Arzt in einer Irrenanstalt. 1910 Mitbegründer der expressionistischen Zeitschrift *Der Sturm.* Militärarzt im Ersten
Weltkrieg. 1928 Aufnahme in die Preußische Akademie der Künste. 1933
Flucht: Zürich, Paris, USA. 1941 Konversion zum Katholizismus. 1945
als Chef des literarischen Büros der Direction de l'Education publique in
Baden-Baden und Mainz. Ohne Resonanz in Deutschland: 1951 Rückkehr
nach Paris.

Werke: *Die Ermordung einer Butterblume* En. (1913); *Die drei Sprünge
des Wang-lun* R. (1915); *Wadzeks Kampf mit der Dampfturbine* R.
(1918); *Wallenstein* R. (1920); *Berge, Meere und Giganten* R. (1924);
Manas Ep. (1927); *Das Ich über der Natur* (1927); *Berlin Alexanderplatz* R. (1929); *Babylonische Wandrung* R. (1934); *Pardon wird nicht
gegeben* R. (1935); *November 1918* R. (1948–50); *Schicksalsreise* Aut.
(1949); *Hamlet oder die lange Nacht nimmt ein Ende* R. (1956).

Berlin Alexanderplatz (Auszug)

*Der Untertitel des Romans, »Die Geschichte vom Franz
Biberkopf«, den Döblin nur auf Wunsch des Verlegers hin-
zugefügt hat, ist irreführend: Zwar wird wirklich die Geschichte Biberkopfs erzählt – von seiner Freilassung aus dem
Gefängnis über seine drei vergeblichen Versuche, »anstän-*

dig« zu werden, bis zur passiven Annahme des Platzes, an
den es ihn verschlägt –, aber das »aufhellende« Schicksal des
Einzelnen ist nur gleichnishaft für die Existenz der Großstadt, ist stellvertretend für »Millionen Namenlose« im
»Korallenstock für das Kollektivwesen Mensch«.

Döblin – dessen Odysseen, besonders während des Exils,
seine Wandlungen als Künstler und Denker widerspiegeln –
gelang mit »Alexanderplatz« (1929) mehr als eine der großen gesellschaftlichen Analysen unserer Zeit; seine Technik
der Montage erwies sich als wegweisend in der Literatur
und wird oft in Zusammenhang gebracht mit anderen
Städteromanen wie z. B. John Dos Passos' »Manhattan
Transfer« (1925, dt. 1927). Dem Phänomen der Großstadt
– und allgemeiner: der modernen, multiplen, vielschichtigen
Wirklichkeitsauffassung – wird die Döblinsche Montage
gerecht, indem sie die heterogensten Elemente zusammen-
fügt. Der Gleichzeitigkeit der unüberblickbaren Einzelereig-
nisse in der Großstadt entspricht Döblins ständiger Wechsel
im Standpunkt des Erzählers: die Geschehnisse um Biberkopf werden von Zeitungsmeldungen, statistischen Berichten, Beschreibungen anderer Stadtteile usw. unterbrochen;
Stilebenen wie Berliner Jargon und Bibel- oder Literatur-
zitate, Werbeslogans, Songs, innere Monologe oder direkte
Rede werden vermischt; der unvermittelte Wechsel von
Zeitformen beleuchtet Personen und Ereignisse aus Zukunft
und Vergangenheit. Was auf diese Weise entsteht, ist mehr
und anders als naturalistische Beschreibung: im unentwirrbar
dichten Geflecht der Assoziationen, Anspielungen, Beziehungen offenbart sich, vom sprachlichen Kunstwerk erfaßt,
aber nie direkt ausdrückbar, der Mythos von Mensch und
Schicksal, von Auflehnung und Einordnung, Individuum
und Organisation.

Die »Geschichte« – das Leben des ehemaligen Transport-
arbeiters Franz Biberkopf, der sich zu behaupten sucht,
strauchelt, auf die schiefe Bahn gerät, am Ende wieder auf
dem Alexanderplatz steht, »sehr verändert, ramponiert,

*aber doch zurechtgebogen« – ist also nur Gerüst, in das
Wirklichkeitsfetzen so eingesetzt werden, daß im freien
Spiel des Künstlers eine neue, supra-reale Ordnung entsteht.*

Denn es geht den Menschen wie dem Vieh;
wie dies stirbt, so stirbt er auch

[. . .]

Viehmarkt Auftrieb: 1399 Rinder, 2700 Kälber, 4654 Schafe, 18 864 Schweine. Marktverlauf: Rinder in guter Ware
glatt, sonst ruhig. Kälber glatt, Schafe ruhig, Schweine an-
fangs fest, nachher schwach, fette vernachlässigt.

Auf den Viehstraßen bläst der Wind, es regnet. Rinder blö-
ken, Männer treiben eine große brüllende, behörnte Herde.
Die Tiere sperren sich, sie bleiben stehen, sie rennen falsch,
die Treiber laufen um sie mit Stöcken. Ein Bulle bespringt
noch mitten im Haufen eine Kuh, die Kuh läuft rechts und
links ab, der Bulle ist hinter ihr her, er steigt mächtig immer
von neuem an ihr hoch.

Ein großer weißer Stier wird in die Schlachthalle getrieben.
Hier ist kein Dampf, keine Bucht wie für die wimmelnden
Schweine. Einzeln tritt das große starke Tier, der Stier,
zwischen seinen Treibern durch das Tor. Offen liegt die
blutige Halle vor ihm mit den hängenden Hälften, Vierteln,
den zerhackten Knochen. Der große Stier hat eine breite
Stirn. Er wird mit Stöcken und Stößen vor den Schlächter
getrieben. Der gibt ihm, damit er besser steht, mit dem flachen Beil noch einen leichten Schlag gegen ein Hinterbein.
Jetzt greift der eine Stiertreiber von unten um den Hals.
Das Tier steht, gibt nach, sonderbar leicht gibt es nach, als
wäre es einverstanden und willige nun ein, nachdem es alles
gesehn hat und weiß: das ist sein Schicksal, und es kann
doch nichts machen. Vielleicht hält es die Bewegung des
Viehtreibers auch für eine Liebkosung, denn es sieht so
freundlich aus. Es folgt den ziehenden Armen des Viehtreibers, biegt den Kopf schräg beiseite, das Maul nach oben.

Da steht der aber hinter ihm, der Schlächter, mit dem auf-
gehobenen Hammer. Blick dich nicht um. Der Hammer, von
dem starken Mann mit beiden Fäusten aufgehoben, ist hinter ihm, über ihm und dann: wumm herunter. Die Muskel-
kraft eines starken Mannes wie ein Keil eisern in das Ge-
nick. Und im Moment, der Hammer ist noch nicht abgeho-
ben, schnellen die vier Beine des Tieres hoch, der ganze
schwere Körper scheint anzufliegen. Und dann, als wenn es
ohne Beine wäre, dumpft das Tier, der schwere Leib, auf
den Boden, auf die starr angekrampften Beine, liegt einen
Augenblick so und kippt auf die Seite. Von rechts und links
umwandert ihn der Henker, kracht ihm neue gnädige Be-
täubungsladungen gegen den Kopf, gegen die Schläfen,
schlafe, du wirst nicht mehr aufwachen. Dann nimmt der
andere neben ihm seine Zigarre aus dem Mund, schnäuzt
sich, zieht sein Messer ab, es ist lang wie ein halber Degen,
und kniet hinter dem Kopf des Tieres, dessen Beine schon
der Krampf verlassen hat. Kleine zuckende Stöße macht es,
den Hinterleib wirft es hin und her. Der Schlächter sucht
am Boden, er setzt das Messer nicht an, er ruft nach der
Schale für das Blut. Das Blut kreist noch drin, ruhig, wenig
erregt unter den Stößen eines mächtigen Herzens. Das Rük-
kenmark ist zwar zerquetscht, aber das Blut fließt noch
ruhig durch die Adern, die Lungen atmen, die Därme bewegen sich. Jetzt wird das Messer angesetzt werden, und
das Blut wird herausstürzen, ich kann es mir schon denken,
armdick im Strahl, schwarzes, schönes, jubelndes Blut. Dann
wird der ganze lustige Festjubel das Haus verlassen, die
Gäste tanzen hinaus, ein Tumult, und weg die fröhlichen
Weiden, der warme Stall, das duftende Futter, alles weg,
fortgeblasen, ein leeres Loch, Finsternis, jetzt kommt ein
neues Weltbild. Oha, es ist plötzlich ein Herr erschienen,
der das Haus gekauft hat, Straßendurchbruch, bessere Kon-
junktur, er wird abreißen. Man bringt die große Schale,
schiebt sie ran, das mächtige Tier wirft die Hinterbeine
hoch. Das Messer fährt ihm in den Hals neben der Kehle,

behutsam die Adern aufgesucht, solche Ader hat starke
Häute, sie liegt gut gesichert. Und da ist sie auf, noch eine,
der Schwall, heiße dampfende Schwärze, schwarzrot spru-
delt das Blut heraus über das Messer, über den Arm des
Schlächters, das jubelnde Blut, das heiße Blut, die Gäste
kommen, der Akt der Verwandlung ist da, aus der Sonne
ist dein Blut gekommen, die Sonne hat sich in deinem Körper versteckt, jetzt kommt sie wieder hervor. Das Tier atmet
ungeheuer auf, das ist wie eine Erstickung, ein ungeheurer
Reiz, es röchelt, rasselt. Ja, das Gebälk kracht. Wie die
Flanken sich so schrecklich heben, ist ein Mann dem Tier
behilflich. Wenn ein Stein fallen will, gib ihm einen Stoß.
Ein Mann springt auf das Tier herauf, auf den Leib, mit
beiden Beinen, steht oben, wippt, tritt auf die Eingeweide,
wippt auf und ab, das Blut soll rascher heraus, ganz heraus.
Und das Röcheln wird stärker, es ist ein sehr hingezogenes
Keuchen, Verkeuchen, mit leichten abwehrenden Schlägen
der Hinterbeine. Die Beine winken leise. Das Leben röchelt
sich nun aus, der Atem läßt nach. Schwer dreht sich der
Hinterleib, kippt. Das ist die Erde, die Schwerkraft. Der
Mann wippt nach oben. Der andere unten präpariert schon
das Fell am Hals zurück.
Fröhliche Weiden, dumpfer, warmer Stall.

Der gut beleuchtete Fleischerladen. Die Beleuchtung des
Ladens und die des Schaufensters müssen in harmonischen
Einklang gebracht werden. Es kommt vorwiegend direktes
oder halb indirektes Licht in Betracht. Im allgemeinen sind
Leuchtkörper für vorwiegend direktes Licht zweckmäßig,
weil hauptsächlich der Ladentisch und der Hackklotz gut
beleuchtet werden müssen. Künstliches Tageslicht, erzeugt
durch Benutzen von Blaufilter, kann für den Fleischerladen
nicht in Betracht kommen, weil Fleischwaren stets nach
einer Beleuchtung verlangen, unter der die natürliche
Fleischfarbe nicht leidet.
Gefüllte Spitzbeine. Nachdem die Füße sauber gereinigt

sind, werden sie der Länge nach gespalten, so daß die Schwarte noch zusammenhängt, werden zusammengeklappt und mit dem Faden umwickelt.

– Franz, zwei Wochen hockst du jetzt auf deiner elenden Kammer. Deine Wirtin wird dich bald raussetzen. Du kannst ihr nicht zahlen, die Frau vermietet nicht zum Spaß. Wenn du dich nicht bald zusammennimmst, wirst du ins Asyl gehen müssen. Und was dann, ja was dann. Deine Bude lüftest du nicht, du gehst nicht zum Barbier, ein brauner Vollbart wächst dir, die 15 Pfennig wirst du schon aufbringen.

Gespräch mit Hiob, es liegt an dir, Hiob, du willst nicht

Als Hiob alles verloren hatte, alles, was Menschen verlieren können, nicht mehr und nicht weniger, da lag er im Kohlgarten.

»Hiob, du liegst im Kohlgarten, an der Hundehütte, grade so weit weg, daß dich der Wachhund nicht beißen kann. Du hörst das Knirschen seiner Zähne. Der Hund bellt, wenn sich nur ein Schritt naht. Wenn du dich umdrehst, dich aufrichten willst, knurrt er, schießt vor, zerrt an seiner Kette, springt hoch, geifert und schnappt.

Hiob, das ist der Palast, und das sind die Gärten und die Felder, die du selbst einmal besessen hast. Diesen Wachhund hast du gar nicht einmal gekannt, den Kohlgarten, in den man dich geworfen hat, hast du gar nicht einmal gekannt, wie auch die Ziegen nicht, die man morgens an dir vorbeitreibt und die dicht bei dir im Vorbeiziehen am Gras zupfen und mahlen und sich die Backen vollstopfen. Sie haben dir gehört.

Hiob, jetzt hast du alles verloren. In den Schuppen darfst du abends kriechen. Man fürchtet deinen Aussatz. Du bist strahlend über deine Güter geritten und man hat sich um

dich gedrängt. Jetzt hast du den Holzzaun vor der Nase,
an dem die Schneckchen hochkriechen. Du kannst auch die
Regenwürmer studieren. Es sind die einzigen Wesen, die
sich nicht vor dir fürchten.

Deine grindigen Augen, du Haufen Unglück, du lebender
Morast, machst du nur manchmal auf.

Was quält dich am meisten, Hiob? Daß du deine Söhne und
Töchter verloren hast, daß du nichts besitzt, daß du in der
Nacht frierst, deine Geschwüre im Rachen, an der Nase?
Was, Hiob?«

»Wer fragt?«

»Ich bin nur eine Stimme.«

»Eine Stimme kommt aus einem Hals.«

»Du meinst, ich muß ein Mensch sein.«

»Ja, und darum will ich dich nicht sehen. Geh weg.«

»Ich bin nur eine Stimme, Hiob, mach die Augen auf, so
weit du kannst, du wirst mich nicht sehen.«

»Ach, ich phantasiere. Mein Kopf, mein Gehirn, jetzt werde
ich noch verrückt gemacht, jetzt nehmen sie mir noch meine
Gedanken.«

»Und wenn sie es tun, ist es schade?«

»Ich will doch nicht.«

»Obwohl du so leidest, und so leidest durch deine Gedanken, willst du sie nicht verlieren?«

»Frage nicht, geh weg.«

»Aber ich nehme sie dir gar nicht. Ich will nur wissen, was
dich am meisten quält.«

»Das geht keinen etwas an.«

»Niemanden als dich?«

»Ja, ja! Und dich nicht.«

Der Hund bellt, knurrt, beißt um sich. Die Stimme kommt
nach einiger Zeit wieder.

»Sind es deine Söhne, um die du jammerst?«

»Für mich braucht keiner zu beten, wenn ich tot bin. Ich
bin Gift für die Erde. Hinter mir muß man ausspeien.
Hiob muß man vergessen.«

»Deine Töchter?«

»Die Töchter, ah. Sie sind auch tot. Ihnen ist wohl. Sie waren Bilder von Frauen. Sie hätten mir Enkel gebracht, und weggerafft sind sie. Eine nach der andern ist hingestürzt, als ob Gott sie nimmt an den Haaren, hochhebt und niederwirft, daß sie zerbrechen.«

»Hiob, du kannst deine Augen nicht aufmachen, sie sind verklebt, sie sind verklebt. Du jammerst, weil du im Kohlgarten liegst, und der Hundeschuppen ist das letzte, was dir geblieben ist, und deine Krankheit.«

»Die Stimme, du Stimme, wessen Stimme du bist und wo du dich versteckst.«

»Ich weiß nicht, worum du jammerst.«

»Oh, oh.«

»Du stöhnst und weißt es auch nicht, Hiob.«

»Nein, ich habe –«

»Ich habe?«

»Ich habe keine Kraft. Das ist es.«

»Die möchtest du haben.«

»Keine Kraft mehr, zu hoffen, keinen Wunsch. Ich habe kein Gebiß. Ich bin weich, ich schäme mich.«

»Das hast du gesagt.«

»Und es ist wahr.«

»Ja, du weißt es. Das ist das Schrecklichste.«

»Es steht mir also schon auf der Stirn. Solch Fetzen bin ich.«

»Das ist es, Hiob, woran du am meisten leidest. Du möchtest nicht schwach sein, du möchtest widerstreben können, oder lieber ganz durchlöchert sein, dein Gehirn weg, die Gedanken weg, dann schon ganz Vieh. Wünsche dir etwas.«

»Du hast mich schon soviel gefragt, Stimme, jetzt glaube ich, daß du mich fragen darfst. Heile mich! Wenn du es kannst. Ob du Satan oder Gott oder Engel oder Mensch bist, heile mich.«

»Von jedem wirst du Heilung annehmen?«

»Heile mich.«

»Hiob, überleg dir gut, du kannst mich nicht sehen. Wenn du die Augen aufmachst, erschrickst du vielleicht vor mir. Vielleicht laß ich mich hoch und schrecklich bezahlen.«

»Wir werden alles sehen, du sprichst wie jemand, der es ernst nimmt.«

»Wenn ich aber Satan oder der Böse bin?«

»Heile mich.«

»Ich bin Satan.«

»Heile mich.«

Da wich die Stimme zurück, wurde schwach und schwächer. Der Hund bellte. Hiob lauschte angstvoll: Er ist weg, ich muß geheilt werden, oder ich muß in den Tod. Er kreischte. Eine grausige Nacht kam. Die Stimme kam noch einmal:

»Und wenn ich der Satan bin, wie wirst du mit mir fertig werden?«

Hiob schrie: »Du willst mich nicht heilen. Keiner will mir helfen, nicht Gott, nicht Satan, kein Engel, kein Mensch.«

»Und du selbst?«

»Was ist mit mir?«

»Du willst ja nicht!«

»Was.«

»Wer kann dir helfen, wo du selber nicht willst!«

»Nein, nein«, lallte Hiob.

Die Stimme ihm gegenüber: »Gott und der Satan, Engel und Menschen, alle wollen dir helfen, aber du willst nicht – Gott aus Liebe, der Satan, um dich später zu fassen, die Engel und die Menschen, weil sie Gehilfen Gottes und des Satans sind, aber du willst nicht.«

»Nein, nein«, lallte, brüllte Hiob und warf sich.

Er schrie die ganze Nacht. Die Stimme rief ununterbrochen: »Gott und Satan, die Engel und die Menschen wollen dir helfen, du willst nicht.« Hiob ununterbrochen: »Nein, nein.« Er suchte die Stimme zu ersticken, sie steigerte sich, steigerte sich immer mehr, sie war ihm immer um einen

Grad voraus. Die ganze Nacht. Gegen Morgen fiel Hiob
auf das Gesicht.
Stumm lag Hiob.
An diesem Tag heilten seine ersten Geschwüre.

Und haben alle einerlei Odem, und der Mensch hat
nichts mehr denn das Vieh

Viehmarkt Auftrieb: Schweine 11 543, Rinder 2016, Kälber
1920, Hammel 4450.
Was tut aber dieser Mann mit dem niedlichen kleinen Kälb-
chen? Er führt es allein herein an einem Strick, das ist die
Riesenhalle, in der die Stiere brüllen, jetzt führt er das
Tierchen an eine Bank. Es stehen viele Bänke nebeneinander,
neben jeder liegt eine Keule aus Holz. Er hebt das zarte
Kälbchen auf mit beiden Armen, legt es hin auf die Bank,
es läßt sich ruhig hinlegen. Von unten faßt er noch das
Tier, greift mit der linken Hand ein Hinterbein, damit das
Tier nicht strampeln kann. Dann hat er schon den Strick
gefaßt, mit dem er das Tier hereingeführt hat, und bindet
es fest an die Wand. Das Tier hält geduldig, es liegt jetzt
hier, es weiß nicht, was geschieht, es liegt unbequem auf
dem Holz, es stößt mit dem Kopf gegen einen Stab und
weiß nicht, was das ist: das ist aber die Spitze der Keule,
die an der Erde steht und mit der es jetzt bald einen Schlag
erhalten wird. Das wird seine letzte Begegnung mit dieser
Welt sein. Und wirklich, der Mann, der alte einfache Mann,
der da ganz allein steht, ein sanfter Mann mit einer weichen
Stimme – er spricht dem Tier zu – er nimmt den Kolben,
hebt ihn wenig an, es ist nicht viel Kraft nötig für solch
zartes Geschöpf, und legt den Schlag dem zarten Tier in
den Nacken. Ganz ruhig, wie er das Tier hergeführt hat
und gesagt hat: nun lieg still, legt er ihm den Schlag in den
Nacken, ohne Zorn, ohne große Aufregung, auch ohne Weh-

mut, nein so ist es, du bist ein gutes Tier, du weißt ja, das muß so geschehen.

Und das Kälbchen: prrr–rrrr, ganz ganz starr, steif, gestreckt sind die Beinchen. Die schwarzen samtenen Augen des Kälbchens sind plötzlich sehr groß, stehen still, sind weiß umrandet, jetzt drehen sie sich zur Seite. Der Mann kennt das schon, ja, so blicken die Tiere, aber wir haben heute noch viel zu tun, wir müssen weitermachen, und er sucht unter dem Kälbchen auf der Bank, sein Messer liegt da, mit dem Fuß schiebt er unten die Schale für das Blut zurecht. Dann ritsch, quer durch den Hals das Messer gezogen, durch die Kehle, alle Knorpel durch, die Luft entweicht, seitlich die Muskeln durch, der Kopf hat keinen Halt mehr, der Kopf klappt abwärts gegen die Bank. Das Blut spritzt, eine schwarzrote dicke Flüssigkeit mit Luftblasen. So, das wäre geschehen. Aber er schneidet ruhig und mit unveränderter friedlicher Miene tiefer, er sucht und tastet mit dem Messer in der Tiefe, stößt zwischen zwei Wirbeln durch, es ist ein sehr junges, weiches Gewebe. Dann läßt er die Hand von dem Tier, das Messer klappert auf der Bank. Er wäscht sich die Hände in einem Eimer und geht weg.

Und nun liegt das Tier allein, jämmerlich auf der Seite, wie er es angebunden hat. In der Halle lärmt es überall lustig, man arbeitet, schleppt, ruft sich zu. Schrecklich hängt der Kopf abgeklappt am Fell herunter, zwischen den beiden Tischbeinen, überlaufen von Blut und Geifer. Dickblau ist die Zunge zwischen die Zähne geklemmt. Und furchtbar, furchtbar rasselt und röchelt noch das Tier auf der Bank. Der Kopf zittert am Fell. Der Körper auf der Bank wirft sich. Die Beine zucken, stoßen, kindlich dünne, knotige Beine. Aber die Augen sind ganz starr, blind. Es sind tote Augen. Das ist ein gestorbenes Tier.

Der friedliche alte Mann steht an einem Pfeiler mit seinem kleinen schwarzen Notizbuch, blickt nach der Bank herüber und rechnet. Die Zeiten sind teuer, schlecht zu kalkulieren, schwer mit der Konkurrenz mitzukommen.

ROBERT MUSIL

Geb. 6. November 1880 in Klagenfurt, gest. 15. April 1942 in Genf. Aus altösterreichischer Beamten-, Gelehrten-, Offiziersfamilie. Entdeckt seine technischen Fähigkeiten auf der Militärschule, die er vor der Ausmusterung verläßt. 1901 Staatsprüfung als Ingenieur, danach Studium der Philosophie, Logik und experimentellen Psychologie (1903–08). Konstruiert den Musilschen Farbkreisel. Erkenntnistheoretische Dissertation über Ernst Mach. Freier Schriftsteller, da internationales Echo auf *Die Verwirrungen des Zöglings Törleß* (1906). Als Offizier an der italienischen Front (1914–18). Politische, jounalistische und schriftstellerische Aktivität. 1933 Rückkehr aus Berlin nach Wien, dann im Exil, ab 1938 in Zürich und Genf, wo er, unter größten Schwierigkeiten, fast ausschließlich an der Vollendung seines Hauptwerks *Der Mann ohne Eigenschaften* arbeitet.

Werke: *Die Verwirrungen des Zöglings Törleß* R. (1906); *Die Schwärmer* Dr. (1921); *Die Portugiesin* N. (1923); *Vinzenz und die Freundin bedeutender Männer* K. (1924); *Drei Frauen* Nn. (1924); *Rede zur Rilke-Feier* (1927); *Der Mann ohne Eigenschaften* R. (1. Buch 1930, 2. Buch 1933, 3. Buch, Fragment, aus dem Nachlaß hrsg. von Martha Musil 1943).

Der Mann ohne Eigenschaften (Auszug)

Der Untergang einer Welt – zunächst der k. u. k. Monarchie »Kakanien« und schließlich der bürgerlichen überhaupt – ist wie in Thomas Manns »Buddenbrooks«, Hermann Brochs »Schlafwandlern«, Joseph Roths »Kapuzinergruft« und anderen Romanen der Epoche das Kernthema des rund 1700 Seiten starken Lebenswerks von Robert Musil, »Der Mann ohne Eigenschaften«. Ulrich, Hauptgestalt des Romans, ist kurz vor Ausbruch des Ersten Weltkriegs an einem Unternehmen beteiligt, das die Feiern zum siebzigsten Regierungsjubiläum des Kaisers Franz Joseph im Jahre 1918 vorbereiten soll. Ein Unterton von tragischer Ironie durchzieht somit von Anfang an das ganze Werk: der Leser weiß, daß es zu diesen Feierlichkeiten nicht kam. Die gigantischen Bemühungen des Komitees der »Vaterländischen Aktion«, nicht nur den Ablauf der Zeremonien zu organisie-

ren, sondern, als Krönung der ganzen Unternehmung, eine
»Idee« zu finden, die Wesen und Sendung Österreichs in
Vergangenheit und Zukunft ausdrücken und das Jubiläum
prägen soll, wird weiterhin dadurch ironisiert, daß es sich
dabei um eine »Parallelaktion« handelt (ein Konkurrenz-
unternehmen zu dem aufs gleiche Jahr fallenden Regierungsjubiläum Kaiser Wilhelms II.), das also seinen Sinn
und seine Berechtigung – eben die krönende »Idee« – erst
nachträglich suchen muß. Die Unmöglichkeit, in der sterbenden Donaumonarchie eine solche Idee zu finden, und
die Begegnungen und Verhältnisse der Mitglieder der
»Parallelaktion« und der ihr Nahestehenden bilden das
lockere Handlungsgerüst des Romans.
Damit ist aber über den Roman nur wenig gesagt. Trotz des
ausgearbeiteten zeitgenössischen Gehalts (wesentliche Charaktere sind historischen Persönlichkeiten nachgezeichnet)
geht es Musil und seiner Hauptgestalt gerade nicht um die
zufällige Wirklichkeit, sondern um die Möglichkeiten, von
denen die Wirklichkeit immer nur eine, eine zufällige, darstellt. Deshalb wird in dem Roman kaum erzählt; alles,
was an Ulrich herantritt, wird vielmehr bloßer Anlaß zu
unaufhörlicher Reflexion, deren essayistische Ausführungen
vom chronologischen Rahmen kaum zusammengehalten
werden. Spannung darf der Leser nicht mehr vom Geschehen her, sondern nur von dessen Analyse und Deutung
erwarten. Solcher »Essayismus«, die ständige Suche nach
neuen Lösungen und Zusammenhängen, nach Prototypen,
Konstanten und Variablen, ist »utopisch«, das heißt: die
denkbaren Möglichkeiten der zufällig existenten Wirklichkeit vorziehend.
Wiederum ist auch damit wenig Erschöpfendes über das
Werk mitgeteilt, da sich dessen mathematisch-kaleidosko-
pische Aufreihung von Reflexionen – eben das »Essayistische« – ohnehin der Zusammenfassung entzieht. Es ist klar,
daß eine Gesamtdarstellung des Romans allein schon dadurch die Intention des Autors verfehlt, daß sie sich an das

Gegebene, Wirkliche – Struktur, Handlung des Romans usw. – zu halten hat, während es Musil und Ulrich ja ständig um die Überwindung dieser als zufällig entlarvten Wirklichkeit zugunsten des Möglichen, Utopischen geht.

Um so berechtigter erscheint es deshalb, die hier versammelten Auszüge aus dem Roman in einen Zusammenhang zu stellen, der vom Gesamtrahmen des vorliegenden Bandes aus besonders interessieren muß.

Auffällig ist, daß auch dieser Epoche und Gesellschaft spiegelnde Roman deutlich im Zeichen der überall zu beobachtenden Krise der Ratio steht. Ulrichs Denken ist so komplex geworden, daß es sich in einem Circulus vitiosus zu befinden scheint, besonders dann, wenn sich auf seiner Grundlage schließlich eine Tätigkeit ereignen soll. Daß dies unmöglich ist, daß über der Vielfalt der geistig erkennbaren Möglichkeiten die Entscheidung zur konkreten einen, zu wählenden und auszuführenden, unerreichbar geworden ist, zeigt sich an der ganzen Unternehmung der »Parallelaktion« ebenso wie zum Beispiel an Ulrichs individuellen Bemühungen beim Einrichten seines Hauses. Noch deutlicher veranschaulicht Musil diese Krise der Ratio vielleicht dadurch, daß er die intellektuell höchst regsamen Personen seines Romans einer Faszination erliegen läßt, die von einem Geisteskranken, dem Mörder Moosbrugger, ausgeht. Ähnliches wiederholt sich in deren Verhältnis zu einem Ludwig Klages nachgezeichneten »falschen Propheten«. Und schließlich bricht die ganze Bemühung der »Parallelaktion« (und des Autors?) zusammen und weicht einer Sehnsucht nach »Krieg«, »Rausch« und »Wahn«. Innerhalb des vorliegenden Bandes nimmt deshalb »Der Mann ohne Eigenschaften« (neben Brochs »Schlafwandlern«) eine ganz besondere Stellung ein: er illustriert einen der wesentlichen Gründe für diese Krise der Ratio – die Aufsplitterung des intellektuellen Geistes – ausführlich und als Grundmerkmal einer ganzen Klasse und Epoche. Die Vorzeichen des 1933 wirklich einsetzenden Massenwahns sind denn auch in diesem Roman – wie in den

*andern bedeutenden Werken der Zeit – mit erschreckender
Deutlichkeit festgehalten. Nicht allein, daß der Ruf nach
dem »Führer« schon wörtlich vor der Zeit laut wird. Dieser
Ruf erscheint auch als eine unmittelbare Konsequenz der im
Roman geschilderten geistigen und gesellschaftlichen Krise.*

1. Ulrich richtet sich ein

*Die folgenden Auszüge aus einem mit »Ulrich« überschrie-
benen Kapitel dienen Musil offenbar zur Charakterisierung
des »Mannes ohne Eigenschaften«: Die zu große Kenntnis
aller je geschaffenen Stile hindert Ulrich daran, sich auf
einen festzulegen.*

[...] erinnerte sich Ulrich, daß man der Heimat die geheimnisvolle Fähigkeit zuschreibe, das Sinnen wurzelständig
und bodenecht zu machen, und er ließ sich in ihr mit dem
Gefühl eines Wanderers nieder, der sich für die Ewigkeit
auf eine Bank setzt, obgleich er ahnt, daß er sofort wieder
aufstehen wird.
Als er dabei sein Haus bestellte, wie es die Bibel nennt,
machte er eine Erfahrung, auf die er eigentlich nur gewartet
hatte. Er hatte sich in die angenehme Lage versetzt, sein
verwahrlostes kleines Besitztum nach Belieben vom Ei an
neu herrichten zu müssen. Von der stilreinen Rekonstruk-
tion bis zur vollkommenen Rücksichtslosigkeit standen ihm
dafür alle Grundsätze zur Verfügung, und ebenso boten
sich seinem Geist alle Stile, von den Assyrern bis zum Ku-
bismus an. Was sollte er wählen? Der moderne Mensch wird
in der Klinik geboren und stirbt in der Klinik: also soll er
auch wie in einer Klinik wohnen! – Diese Forderung hatte
soeben ein führender Baukünstler aufgestellt, und ein anderer Reformer der Inneneinrichtung verlangte verschiebbare
Wände der Wohnungen, mit der Begründung, daß der
Mensch dem Menschen zusammenlebend vertrauen lernen

müsse und nicht sich separatistisch abschließen dürfe. [...]
Aber wenn er sich soeben eine wuchtige Eindrucksform aus-
gedacht hatte, fiel ihm ein, daß man an ihre Stelle doch
ebensogut eine technisch-schmalkräftige Zweckform setzen
könnte, und wenn er eine von Kraft ausgezehrte Eisen-
betonform entwarf, erinnerte er sich an die märzhaft mage-
ren Formen eines dreizehnjährigen Mädchens und begann
zu träumen, statt sich zu entschließen.

Es war das – in einer Angelegenheit, die ihm im Ernst nicht
besonders nahe ging – die bekannte Zusammenhanglosigkeit
der Einfälle und ihre Ausbreitung ohne Mittelpunkt, die
für die Gegenwart kennzeichnend ist und deren merkwürdige Arithmetik ausmacht, die vom Hundertsten ins Tau-
sendste kommt, ohne eine Einheit zu haben. Schließlich
dachte er sich überhaupt nur noch unausführbare Zimmer
aus, Drehzimmer, kaleidoskopische Einrichtungen, Umstell-
vorrichtungen für die Seele, und seine Einfälle wurden immer inhaltsloser. Da war er endlich auf dem Punkt, zu dem
es ihn hinzog. Sein Vater würde es ungefähr so ausgedrückt
haben: Wen man tun ließe, was er wolle, der könnte sich
bald vor Verwirrung den Kopf einrennen. Oder auch so:
Wer sich erfüllen kann, was er mag, weiß bald nicht mehr,
was er wünschen soll. Ulrich wiederholte sich das mit gro-
ßem Genuß. Diese Altvordernweisheit kam ihm als ein
außerordentlich neuer Gedanke vor. Es muß der Mensch in
seinen Möglichkeiten, Plänen und Gefühlen zuerst durch
Vorurteile, Überlieferungen, Schwierigkeiten und Beschrän-
kungen jeder Art eingeengt werden wie ein Narr in seiner
Zwangsjacke, und erst dann hat, was er hervorzubringen
vermag, vielleicht Wert, Gewachsenheit und Bestand; – es
ist in der Tat kaum abzusehen, was dieser Gedanke bedeutet! Nun, der Mann ohne Eigenschaften, der in seine Heimat zurückgekehrt war, tat auch den zweiten Schritt, um
sich von außen, durch die Lebensumstände bilden zu lassen,
er überließ an diesem Punkt seiner Überlegungen die Einrichtung seines Hauses einfach dem Genie seiner Lieferanten,

in der sicheren Überzeugung, daß sie für Überlieferung, Vorurteile und Beschränktheit schon sorgen würden.

2. Diotima und das »Leiden des zeitgenössischen Menschen«: die »Zivilisation«

Diotima, in deren Haus sich die führenden Geister Kakaniens versammeln, um den »krönenden Gedanken« der Parallelaktion zu definieren, sieht sich vor ähnlichen Schwierigkeiten wie Ulrich bei der Einrichtung seines Hauses. Sogar die »unmittelbar nahegehenden Fragen [...] lösten sich, wenn man mit Kennern sprach, in eine unüberblickbare Vielfältigkeit von Zweifeln und Möglichkeiten auf«.

Von Automobilen und Röntgenstrahlen kann man ja sprechen, das löst noch Gefühle aus, aber was sollte man mit allen unzähligen anderen Erfindungen und Entdeckungen, die heute jeder Tag hervorbringt, anderes anfangen, als ganz im allgemeinen die menschliche Erfindungsgabe zu bewundern, was auf die Dauer recht schleppend wirkt! Se. Erlaucht kam gelegentlich und sprach mit einem Politiker oder ließ sich einen neuen Gast vorstellen, er hatte es leicht, von vertiefter Bildung zu schwärmen; wenn man aber so eingehend mit ihr zu tun hatte wie Diotima, zeigte es sich, daß nicht die Tiefe, sondern ihre Breite das Unüberwindliche war. Sogar die dem Menschen unmittelbar nahegehenden Fragen wie die edle Einfachheit Griechenlands oder der Sinn der Propheten lösten sich, wenn man mit Kennern sprach, in eine unüberblickbare Vielfältigkeit von Zweifeln und Möglichkeiten auf. Diotima machte die Erfahrung, daß sich auch die berühmten Gäste an ihren Abenden immer paarweise unterhielten, weil ein Mensch schon damals höchstens noch mit einem zweiten Menschen sachlich und vernünftig sprechen konnte, und sie konnte es eigentlich mit

keinem. Damit hatte Diotima aber an sich das bekannte
Leiden des zeitgenössischen Menschen entdeckt, das man
Zivilisation nennt. Es ist ein hinderlicher Zustand, voll von
Seife, drahtlosen Wellen, der anmaßenden Zeichensprache
mathematischer und chemischer Formeln, Nationalökono-
mie, experimenteller Forschung und der Unfähigkeit zu
einem einfachen, aber gehobenen Beisammensein der Menschen.

3. »Die Utopie des exakten Lebens«

Der »unüberblickbaren Vielfältigkeit von Zweifeln und
Möglichkeiten« wird – schon im Titel des folgenden Kapi-
tels – »die Utopie des exakten Lebens« entgegengestellt.

Ihren bedeutendsten Ausdruck gewinnt diese Geistesverfas-
sung, die für das Nächste so scharfsichtig und für das Ganze
so blind ist, in einem Ideal, das man das Ideal eines Lebenswerks nennen könnte, das aus nicht mehr als drei Abhandlungen besteht. Es gibt geistige Tätigkeiten, wo nicht die
großen Bücher, sondern die kleinen Abhandlungen den
Stolz eines Mannes ausmachen. Wenn jemand beispielsweise
entdeckte, daß die Steine unter bisher noch nicht beobachteten Umständen zu sprechen vermögen, er würde nur wenige
Seiten zur Darstellung und Erklärung einer so umwälzen-
den Erscheinung brauchen. Über die gute Gesinnung dagegen kann man immer wieder ein Buch schreiben, und das
ist durchaus nicht bloß eine gelehrte Angelegenheit, denn es
bedeutet eine Methode, bei der man mit den wichtigsten
Lebensfragen niemals ins klare kommt. Man könnte die
menschlichen Tätigkeiten nach der Zahl der Worte einteilen,
die sie nötig haben; je mehr von diesen, desto schlechter ist
es um ihren Charakter bestellt. Alle Erkenntnisse, durch die
unsere Gattung von der Fellkleidung zum Menschenflug
geführt worden ist, würden samt ihren Beweisen in fertigem

Zustand nicht mehr als eine Handbibliothek füllen; wogegen ein Bücherschrank von der Größe der Erde beiweitem
nicht genügen möchte, um alles übrige aufzunehmen, ganz
abgesehen von der sehr umfangreichen Diskussion, die nicht
mit der Feder, sondern mit Schwert und Ketten geführt
worden ist. Der Gedanke liegt nahe, daß wir unser menschliches Geschäft äußerst unrationell betreiben, wenn wir es
nicht nach der Art der Wissenschaften anfassen, die in ihrer
Weise so beispielgebend vorangegangen sind.

Das ist auch wirklich die Stimmung und Bereitschaft eines
Zeitalters – einer Anzahl von Jahren, kaum von Jahrzehnten – gewesen, von der Ulrich noch etwas miterlebt hatte.
Man dachte damals daran – aber dieses »man« ist mit Willen eine ungenaue Angabe; man könnte nicht sagen, wer
und wieviele so dachten, immerhin, es lag in der Luft –,
daß man vielleicht exakt leben könnte. Man wird heute
fragen, was das heiße? Die Antwort wäre wohl die, daß
man sich ein Lebenswerk ebensogut wie aus drei Abhandlungen auch aus drei Gedichten oder Handlungen bestehend
denken kann, in denen die persönliche Leistungsfähigkeit
auf das äußerste gesteigert ist. Es hieße also ungefähr soviel wie schweigen, wo man nichts zu sagen hat; nur das
Nötige tun, wo man nichts Besonderes zu bestellen hat; und
was das Wichtigste ist, gefühllos bleiben, wo man nicht das
unbeschreibliche Gefühl hat, die Arme auszubreiten und
von einer Welle der Schöpfung gehoben zu werden! Man
wird bemerken, daß damit der größere Teil unseres see-
lischen Lebens aufhören müßte, aber das wäre ja vielleicht auch kein so schmerzlicher Schaden. Die These, daß
der große Umsatz an Seife von großer Reinlichkeit
zeugt, braucht nicht für die Moral zu gelten, wo der neuere
Satz richtiger ist, daß ein ausgeprägter Waschzwang auf
nicht ganz saubere innere Verhältnisse hindeutet. Es würde
ein nützlicher Versuch sein, wenn man den Verbrauch an
Moral, der (welcher Art sie auch sei) alles Tun begleitet,
einmal auf das äußerste einschränken und sich damit begnü-

gen wollte, moralisch nur in den Ausnahmefällen zu sein,
wo es dafür steht, aber in allen anderen über sein Tun nicht
anders zu denken wie über die notwendige Normung von
Bleistiften oder Schrauben. Es würde dann allerdings nicht
viel Gutes geschehn, aber einiges Besseres; es würde kein
Talent übrigbleiben, sondern nur das Genie; es würden aus
dem Bild des Lebens die faden Abzugsbilder verschwinden,
die aus der blassen Ähnlichkeit entstehen, welche die Handlungen mit den Tugenden haben, und an ihre Stelle träte
deren berauschendes Einssein in der Heiligkeit treten. Mit einem
Wort, es würde von jedem Zentner Moral ein Milligramm
einer Essenz übrigbleiben, die noch in einem Millionstel-
gramm zauberhaft beglückend ist.
Aber man wird einwenden, daß dies ja eine Utopie sei! Gewiß, es ist eine. Utopien bedeuten ungefähr so viel wie
Möglichkeiten; darin, daß eine Möglichkeit nicht Wirklichkeit ist, drückt sich nichts anderes aus, als daß die Umstände, mit denen sie gegenwärtig verflochten ist, sie daran
hindern, denn andernfalls wäre sie ja nur eine Unmöglichkeit; löst man sie nun aus ihrer Bindung und gewährt ihr
Entwicklung, so entsteht die Utopie. Es ist ein ähnlicher
Vorgang, wie wenn ein Forscher die Veränderung eines
Elements in einer zusammengesetzten Erscheinung betrachtet
und daraus seine Folgerungen zieht; Utopie bedeutet das
Experiment, worin die mögliche Veränderung eines Elements und die Wirkungen beobachtet werden, die sie in
jener zusammengesetzten Erscheinung hervorrufen würde,
die wir Leben nennen. Ist nun das beobachtete Element die
Exaktheit selbst, hebt man es heraus und läßt es sich entwickeln, betrachtet man es als Denkgewohnheit und Lebens-
haltung und läßt es seine beispielgebende Kraft auf alles
auswirken, was mit ihm in Berührung kommt, so wird man
zu einem Menschen geführt, in dem eine paradoxe Verbindung von Genauigkeit und Unbestimmtheit stattfindet. Er
besitzt jene unbestechliche gewollte Kaltblütigkeit, die das
Temperament der Exaktheit darstellt; über diese Eigenschaft

hinaus ist aber alles andere unbestimmt. Die festen Verhältnisse des Inneren, welche durch eine Moral gewährleistet
werden, haben für einen Mann wenig Wert, dessen Phantasie auf Veränderungen gerichtet ist; und vollends wenn die
Forderung genauester und größter Erfüllung vom intellektuellen Gebiet auf das der Leidenschaften übertragen wird,
zeigt sich, wie angedeutet worden, das verwunderliche Er-
gebnis, daß die Leidenschaften verschwinden und an ihrer
Stelle etwas Urfeuerähnliches von Güte zum Vorschein
kommt. – Das ist die Utopie der Exaktheit. Man wird nicht
wissen, wie dieser Mensch seinen Tag zubringen soll, da er
doch nicht beständig im Akt der Schöpfungen schweben
kann und das Herdfeuer eingeschränkter Empfindungen
einer imaginären Feuersbrunst geopfert haben wird? Aber
dieser exakte Mensch ist heute vorhanden! Als Mensch im
Menschen lebt er nicht nur im Forscher, sondern auch im
Kaufmann, im Organisator, im Sportsmann, im Techniker;
wenn auch vorläufig nur während jener Haupttageszeiten,
die sie nicht ihr Leben, sondern ihren Beruf nennen. Denn
er, der alles so gründlich und vorurteilslos nimmt, verab-
scheut nichts so sehr wie die Idee, sich selbst gründlich zu
nehmen, und es läßt sich leider kaum zweifeln, daß er die
Utopie seiner selbst als einen unsittlichen Versuch, begangen
an ernsthaft beschäftigten Personen, ansehen würde.
Darum war Ulrich in der Frage, ob man der mächtigsten
Gruppe innerer Leistungen die übrigen anpassen solle oder
nicht, mit anderen Worten, ob man zu etwas, das mit uns
geschieht und geschehen ist, ein Ziel und einen Sinn finden
kann, sein Leben lang immer ziemlich allein geblieben.

4. »Ulrich huldigt der Utopie des Essayismus«

»Der Mensch als Inbegriff seiner Möglichkeiten, der potentielle Mensch, das ungeschriebene Gedicht seines Daseins« –
solche Wendungen sind Kernbegriffe von Ulrichs utopischem

Essayismus: Ulrich ist ein Mann ohne Eigenschaften, weil er
der Mensch ist, der sich ständig entwirft, die Möglichkeiten
über die zufälligen Wirklichkeiten stellt. »*Solche Erkennt-*
nisse führen [...] dazu, in der moralischen Norm nicht län-
ger die Ruhe starrer Satzungen zu sehen, sondern ein be-
wegliches Gleichgewicht, das in jedem Augenblick Leistun-
gen zu seiner Erneuerung fordert« – *heißt es im gleichen*
Kapitel; ohne solche starren Satzungen zu leben ist aller-
dings von höchster Schwierigkeit, es heißt, sich den »*Viel-*
deutigkeiten« *immer neu auszusetzen. Von Ulrichs steigen-*
der Verzweiflung sprechen daher die letzten Sätze des vor-
liegenden Abschnitts.

Aus der frühesten Zeit des ersten Selbstbewußtseins der
Jugend, die später wieder anzublicken oft so rührend und
erschütternd ist, waren heute noch allerhand einst geliebte
Vorstellungen in seiner Erinnerung vorhanden, und darunter das Wort »hypothetisch leben«. Es drückte noch immer den Mut und die unfreiwillige Unkenntnis des Lebens
aus, wo jeder Schritt ein Wagnis ohne Erfahrung ist, und
den Wunsch nach großen Zusammenhängen und den Hauch
der Widerruflichkeit, den ein junger Mensch fühlt, wenn er
zögernd ins Leben tritt. Ulrich dachte, daß davon eigentlich
nichts zurückzunehmen sei. Ein spannendes Gefühl, zu
irgendetwas ausersehen zu sein, ist das Schöne und einzig
Gewisse in dem, dessen Blick zum erstenmal die Welt
mustert. Er kann, wenn er seine Empfindungen überwacht,
zu nichts ohne Vorbehalt ja sagen; er sucht die mögliche
Geliebte, aber weiß nicht, ob es die richtige ist; er ist imstande zu töten, ohne sicher zu sein, daß er es tun muß. Der
Wille seiner eigenen Natur, sich zu entwickeln, verbietet
ihm, an das Vollendete zu glauben; aber alles, was ihm
entgegentritt, tut so, als ob es vollendet wäre. Er ahnt: diese
Ordnung ist nicht so fest, wie sie sich gibt; kein Ding, kein
Ich, keine Form, kein Grundsatz sind sicher, alles ist in
einer unsichtbaren, aber niemals ruhenden Wandlung be-

griffen, im Unfesten liegt mehr von der Zukunft als im Festen, und die Gegenwart ist nichts als eine Hypothese, über die man noch nicht hinausgekommen ist. Was sollte er da Besseres tun können, als sich von der Welt freizuhalten, in jenem guten Sinn, den ein Forscher Tatsachen gegenüber bewahrt, die ihn verführen wollen, voreilig an sie zu glauben?! Darum zögert er, aus sich etwas zu machen; ein Charakter, Beruf, eine feste Wesensart, das sind für ihn Vorstellungen, in denen sich schon das Gerippe durchzeichnet, das zuletzt von ihm übrig bleiben soll. Er sucht sich anders zu verstehen; mit einer Neigung zu allem, was ihn innerlich mehrt, und sei es auch moralisch oder intellektuell verboten, fühlt er sich wie einen Schritt, der nach allen Seiten frei ist, aber von einem Gleichgewicht zum nächsten und immer vorwärts führt. Und meint er einmal, den rechten Einfall zu haben, so nimmt er wahr, daß ein Tropfen unsagbarer Glut in die Welt gefallen ist, deren Leuchten die Erde anders aussehen macht.

In Ulrich war später, bei gemehrtem geistigen Vermögen, daraus eine Vorstellung geworden, die er nun nicht mehr mit dem unsicheren Wort Hypothese, sondern aus bestimmten Gründen mit dem eigentümlichen Begriff eines Essays verband. Ungefähr wie ein Essay in der Folge seiner Abschnitte ein Ding von vielen Seiten nimmt, ohne es ganz zu erfassen, – denn ein ganz erfaßtes Ding verliert mit einem Male seinen Umfang und schmilzt zu einem Begriff ein – glaubte er, Welt und eigenes Leben am richtigsten ansehen und behandeln zu können. Der Wert einer Handlung oder einer Eigenschaft, ja sogar deren Wesen und Natur erschienen ihm abhängig von den Umständen, die sie umgaben, von den Zielen, denen sie dienten, mit einem Wort, von dem bald so, bald anders beschaffenen Ganzen, dem sie angehörten. Das ist übrigens nur die einfache Beschreibung der Tatsache, daß uns ein Mord als ein Verbrechen oder als eine heroische Tat erscheinen kann und die Stunde der Liebe als die Feder, die aus dem Flügel eines Engels oder einer

Gans gefallen ist. Aber Ulrich verallgemeinerte sie. Dann fanden alle moralischen Ereignisse in einem Kraftfeld statt, dessen Konstellation sie mit Sinn belud, und sie enthielten das Gute und das Böse wie ein Atom chemische Verbindungsmöglichkeiten enthält. Sie waren gewissermaßen das, was sie wurden, und so wie das eine Wort Hart, je nachdem, ob die Härte mit Liebe, Roheit, Eifer oder Strenge zusammenhängt, vier ganz verschiedene Wesenheiten bezeichnet, erschienen ihm alle moralischen Geschehnisse in ihrer Bedeutung als die abhängige Funktion anderer. Es entstand auf diese Weise ein unendliches System von Zusammenhängen, in dem es unabhängige Bedeutungen, wie sie das gewöhnliche Leben in einer groben ersten Annäherung den Handlungen und Eigenschaften zuschreibt, überhaupt nicht mehr gab; das scheinbar Feste wurde darin zum durchlässigen Vorwand für viele andere Bedeutungen, das Geschehende zum Symbol von etwas, das vielleicht nicht geschah, aber hindurch gefühlt wurde, und der Mensch als Inbegriff seiner Möglichkeiten, der potentielle Mensch, das ungeschriebene Gedicht seines Daseins trat dem Menschen als Niederschrift, als Wirklichkeit und Charakter entgegen. Im Grunde fühlte sich Ulrich nach dieser Anschauung jeder Tugend und jeder Schlechtigkeit fähig, und daß Tugenden wie Laster in einer ausgeglichenen Gesellschaftsordnung allgemein, wenn auch uneingestanden, als gleich lästig empfunden werden, bewies ihm gerade das, was in der Natur allenthalben geschieht, daß jedes Kräftespiel mit der Zeit einem Mittelwert und Mittelzustand, einem Ausgleich und einer Erstarrung zustrebt. Die Moral im gewöhnlichen Sinn war für Ulrich nicht mehr als die Altersform eines Kräftesystems, das nicht ohne Verlust an ethischer Kraft mit ihr verwechselt werden darf.

Es mag sein, daß sich auch in diesen Anschauungen eine gewisse Lebensunsicherheit ausdrückte; allein Unsicherheit ist mitunter nichts als das Ungenügen an den gewöhnlichen Sicherungen, und im übrigen darf wohl daran erinnert wer-

den, daß selbst eine so erfahrene Person, wie es die Menschheit ist, scheinbar nach ganz ähnlichen Grundsätzen handelt.
Sie widerruft auf die Dauer alles, was sie getan hat, und
setzt anderes an seine Stelle, auch ihr verwandeln sich im
Lauf der Zeit Verbrechen in Tugenden und umgekehrt, sie
baut große geistige Zusammenhänge aller Geschehnisse auf
und läßt sie nach einigen Menschenaltern wieder einstürzen;
nur geschieht das nacheinander, statt in einem einheitlichen
Lebensgefühl, und die Kette ihrer Versuche läßt keine Stei-
gerung erkennen, während ein bewußter menschlicher Essayismus ungefähr die Aufgabe vorfände, diesen fahrlässi-
gen Bewußtseinszustand der Welt in einen Willen zu verwandeln. [...]
Es gab etwas in Ulrichs Wesen, das in einer zerstreuten,
lähmenden, entwaffnenden Weise gegen das logische Ordnen, gegen den eindeutigen Willen, gegen die bestimmt gerichteten Antriebe des Ehrgeizes wirkte, und auch das hing
mit dem seinerzeit von ihm gewählten Namen Essayismus
zusammen, wenn es auch gerade die Bestandteile enthielt,
die er mit der Zeit und mit unbewußter Sorgfalt aus diesem Begriff ausgeschaltet hatte. Die Übersetzung des Wor-
tes Essay als Versuch, wie sie gegeben worden ist, enthält
nur ungenau die wesentlichste Anspielung auf das literarische Vorbild; denn ein Essay ist nicht der vor- oder neben-
läufige Ausdruck einer Überzeugung, die bei besserer Gelegenheit zur Wahrheit erhoben, ebensogut aber auch als
Irrtum erkannt werden könnte (von solcher Art sind bloß
die Aufsätze und Abhandlungen, die gelehrte Personen als
»Abfälle ihrer Werkstätte« zum besten geben); sondern ein
Essay ist die einmalige und unabänderliche Gestalt, die das
innere Leben eines Menschen in einem entscheidenden Gedanken annimmt. Nichts ist dem fremder als die Unver-
antwortlichkeit und Halbfertigkeit der Einfälle, die man
Subjektivität nennt, aber auch wahr und falsch, klug und
unklug sind keine Begriffe, die sich auf solche Gedanken
anwenden lassen, die dennoch Gesetzen unterstehn, die nicht

weniger streng sind, als sie zart und unaussprechlich erscheinen. Es hat nicht wenige solcher Essayisten und Meister des innerlich schwebenden Lebens gegeben, aber es würde keinen Zweck haben, sie zu nennen; ihr Reich liegt zwischen Religion und Wissen, zwischen Beispiel und Lehre, zwischen amor intellectualis und Gedicht, sie sind Heilige mit und ohne Religion, und manchmal sind sie auch einfach Männer, die sich in ein Abenteuer verirrt haben.

Nichts ist übrigens bezeichnender als die unfreiwillige Erfahrung, die man mit gelehrten und vernünftigen Versuchen macht, solche große Essayisten auszulegen, die Lebenslehre, so wie sie ist, in ein Lebenswissen umzuwandeln und der Bewegung der Bewegten einen »Inhalt« abzugewinnen; es bleibt von allem ungefähr so viel übrig wie von dem zarten Farbenleib einer Meduse, nachdem man sie aus dem Wasser gehoben und in Sand gelegt hat. Die Lehre der Ergriffenen zerfällt in der Vernunft der Unergriffenen zu Staub, Widerspruch und Unsinn. [...] Es wäre sehr zu beklagen, wenn diese Beschreibungen den Eindruck eines Geheimnisses hervorriefen oder auch nur den einer Musik, in der die Harfenklänge und seufzerhaften Glissandi überwiegen. Das Gegenteil ist wahr, und die ihnen zugrunde liegende Frage stellte sich Ulrich durchaus nicht nur als Ahnung dar, sondern auch ganz nüchtern in der folgenden Form: Ein Mann, der die Wahrheit will, wird Gelehrter; ein Mann, der seine Subjektivität spielen lassen will, wird vielleicht Schriftsteller; was aber soll ein Mann tun, der etwas will, das dazwischen liegt? Solche Beispiele, die »dazwischen« liegen, liefert aber jeder moralische Satz, etwa gleich der bekannte und einfache: Du sollst nicht töten. Man sieht auf den ersten Blick, daß er weder eine Wahrheit ist noch eine Subjektivität. Man weiß, daß wir uns in mancher Hinsicht streng an ihn halten, in anderer Hinsicht sind gewisse und sehr zahlreiche, jedoch genau begrenzte Ausnahmen zugelassen, aber in einer sehr großen Zahl von Fällen dritter Art, so in der Phantasie, in den Wünschen, in den Theaterstücken oder

beim Genuß der Zeitungsnachrichten, schweifen wir ganz
ungeregelt zwischen Abscheu und Verlockung. [...] Soll
dieser Satz wirklich nur so verstanden werden? Ulrich
fühlte, daß ein Mann, der etwas mit ganzer Seele tun
möchte, auf diese Weise weder weiß, ob er es tun, noch ob
er es unterlassen soll. Und ihm ahnte doch, daß man es aus
dem ganzen Wesen heraus tun oder lassen könnte. Ein Einfall oder ein Verbot sagten ihm gar nichts. [...]
Und so wenig man aus den echten Teilen eines Essays eine
Wahrheit machen kann, vermag man aus einem solchen Zustand eine Überzeugung zu gewinnen; wenigstens nicht,
ohne ihn aufzugeben, so wie ein Liebender die Liebe verlassen muß, um sie zu beschreiben. Die grenzenlose Rüh-
rung, die ihn zuweilen untätig bewegte, widersprach dem
Tätigkeitstrieb Ulrichs, der auf Grenzen und Formen
drang. [...]
Er wartete hinter seiner Person, sofern dieses Wort den von
Welt und Lebenslauf geformten Teil eines Menschen bezeichnet, und seine ruhige, dahinter abgedämmte Verzweiflung stieg mit jedem Tag höher.

5. »Die Wirklichkeit schafft sich selbst ab!«

*Von äußersten (»utopischen«) Konsequenzen solcher Über-
legungen handelt das folgende Gespräch zwischen Diotima
und Ulrich.*

»Und jetzt glauben Sie, bitte, nicht,« wandte er sich ihr
vollkommen ernst zu »daß ich damit nichts anderes sagen
will, als daß jeden das schwer zu Verwirklichende reizt und
daß er das verschmäht, was er wirklich haben kann. Ich
will sagen: daß in der Wirklichkeit ein unsinniges Verlangen nach Unwirklichkeit steckt!« [...]
»Und was würden denn Sie tun,« fragte Diotima ärgerlich
»wenn Sie einen Tag lang das Weltregiment hätten??«

»Es würde mir wohl nichts übrigbleiben, als die Wirklichkeit abzuschaffen!«

»Ich würde wirklich wissen wollen, wie Sie das anfingen!«

»Das weiß ich auch nicht. Ich weiß nicht einmal genau, was ich damit meine. Wir überschätzen maßlos das Gegenwärtige, das Gefühl der Gegenwart, das, was da ist; ich meine, so wie Sie jetzt mit mir in diesem Tale da sind, als ob man uns in einen Korb gesteckt hätte, und der Deckel des Augenblicks ist daraufgefallen. Wir überschätzen das. Wir werden es uns merken. Wir werden vielleicht noch nach einem Jahr erzählen können, wie wir da gestanden haben. Aber das, was uns wahrhaft bewegt, mich wenigstens, steht – vorsichtig gesprochen; ich will keine Erklärung und keinen Namen dafür suchen! – immer in einem gewissen Gegensatz zu dieser Weise des Erlebens. Es ist verdrängt von Gegenwart; das kann in dieser Weise nicht gegenwärtig werden!« [...]

»Auch die Welt ist nicht mit ganzer Seele das, was sie augenblicklich zu sein vorgibt« erklärte er. »Dieses rundliche Wesen hat einen hysterischen Charakter. Heute spielt es die nährende bürgerliche Mutter. Damals war die Welt frigid und eisig wie ein bösartiges Mädchen. Und noch einige tausend Jahre früher hat sie sich mit heißen Farrenwäldern, glühenden Sümpfen und dämonischen Tieren üppig aufgeführt. Man kann nicht sagen, daß sie eine Entwicklung zur Vollkommenheit durchgemacht hat, noch was ihr wahrer Zustand ist. Und das gleiche gilt von ihrer Tochter, der Menschheit. Stellen Sie sich bloß die Kleider vor, in denen im Lauf der Zeit Menschen hier gestanden haben, wo wir jetzt stehen. In Begriffen eines Narrenhauses ausgedrückt, gleicht das alles lang andauernden Zwangsvorstellungen mit plötzlich einsetzender Ideenflucht, nach deren Ablauf eine neue Lebensvorstellung da ist. Sie sehen also wohl, die Wirklichkeit schafft sich selbst ab!«

6. »Welche sonderbare Angelegenheit ist doch die Geschichte!«

Die Geschichte ist nichts anderes als die Summe aller Wirklichkeiten, die sich im Laufe der Zeit zufällig ereignet haben.

Sie sieht unsicher und verfilzt aus, unsere Geschichte, wenn man sie in der Nähe betrachtet, wie ein nur halb festgetretener Morast, und schließlich läuft dann sonderbarerweise doch ein Weg über sie hin, eben jener »Weg der Geschichte«, von dem niemand weiß, woher er gekommen ist. Dieses Der Geschichte zum Stoff Dienen war etwas, das Ulrich empörte. Die leuchtende, schaukelnde Schachtel, in der er fuhr, kam ihm wie eine Maschine vor, in der einige hundert Kilogramm Menschen hin und her geschüttelt wurden, um Zukunft aus ihnen zu machen. Vor hundert Jahren sind sie mit ähnlichen Gesichtern in einer Postkutsche gesessen, und in hundert Jahren wird weiß Gott was mit ihnen los sein, aber sie werden als neue Menschen in neuen Zukunftsapparaten genau so dasitzen, – fühlte er und empörte sich gegen dieses wehrlose Hinnehmen von Veränderungen und Zuständen, die hilflose Zeitgenossenschaft, das planlos ergebene, eigentlich menschenunwürdige Mitmachen der Jahrhunderte, so als ob er sich plötzlich gegen den Hut auflehnte, den er, sonderbar genug geformt, auf dem Kopf sitzen hatte.

7. »Ideengeschichte statt Weltgeschichte«

Ulrichs utopischer Essayismus zieht die Ideengeschichte (Möglichkeiten der Geschichte) der Weltgeschichte (ihren Wirklichkeiten) vor.

Ulrich entwickelte das Programm, Ideengeschichte statt Weltgeschichte zu leben. Der Unterschied, schickte er voraus, läge zunächst weniger in dem, was geschähe, als in der Bedeutung, die man ihm gäbe, in der Absicht, die man mit ihm verbände, in dem System, das das einzelne Geschehnis umfinge. Das jetzt geltende System sei das der Wirklichkeit und gleiche einem schlechten Theaterstück. Man sage nicht umsonst Welttheater, denn es erstehen immer die gleichen Rollen, Verwicklungen und Fabeln im Leben. Man liebt, weil und wie es die Liebe gibt; man ist stolz wie die Indianer, die Spanier, die Jungfrauen oder der Löwe; man mordet sogar in neunzig von hundert Fällen nur deshalb, weil es für tragisch und großartig gehalten wird. [...] So betrachtet, entsteht Geschichte aus der ideellen Routine und aus dem ideell Gleichgültigen, und die Wirklichkeit entsteht vornehmlich daraus, daß nichts für die Ideen geschieht.

8. General Stumms Bestandsaufnahme des europäischen Geistes

Musils Palette verfügt – wie einige der Beispiele schon gezeigt haben – auch über ironische und humoristische Töne. Besonders General Stumm mit seinem »Kommißverstand«, der eigentlich nur aus Versehen in den illustren Kreis der Mitglieder der Parallelaktion geraten ist, sorgt immer wieder für solche Schattierungen. Gerade in seiner Beschränktheit aber – darin liegt die besondere Ironie Musils – gelingt es ihm eher als seinen feinsinnigen, philosophierenden Freunden, mit militärischer Taktik unverblümt den Nagel auf den Kopf zu treffen. Sein abschließendes Urteil über die Parallelaktion ist verständnislos, brutal – und richtig! Denn immer deutlicher zeichnet sich gegen das Ende des Romans ab, daß höchstens Geister wie Ulrich auf die Krise der unendlichen Aufsplitterung des Wissens mit einer »Haltung« wie derjenigen des »utopischen Essayismus« reagieren können. Einfachere Gemüter, vom falschen Propheten Meingast bis zu Stumm und den meisten Mitgliedern der Parallelaktion, antworten darauf mit einem gesteigerten Bedürfnis nach »Wahn«, nach Rausch oder nach neuer »Ruhe starrer

*Satzungen« (s. Auszug 4). »Die Parallelaktion führt zum
Krieg!« heißt es an einer 1936 geschriebenen Stelle in Musils
Nachlaß. Und etwas später: »Zusammenbruch der Kultur
(und des Kulturgedankens). Das ist in der Tat das, was der
Sommer 1914 eingeleitet hat. Nun stellt sich heraus, daß
dies die große Idee war, die von der Parallelaktion gesucht
wurde, und was sich ereignet hat, ist die unabsehbare Flucht
aus der Kultur . . .«
Die Geschichte – diejenige der Welt, nicht die der Ideen –
scheint diesen Vermutungen nicht nur 1914, sondern auch
1939 recht gegeben zu haben.
»Ulrichs System ist am Ende desavouiert, aber auch das
der Welt«, so schreibt Musil selbst an einer anderen Stelle
des Nachlasses. Und, vielleicht noch bitterer: »Aber ich muß
mein Werk tun, das ohne Aktualität ist . . .«*

General Stumm legte das Blatt beiseite und nahm mit einer
bedeutende Enttäuschungen ankündigenden Miene ein anderes vor. Er hatte nach vollzogener Bestandsaufnahme des
mitteleuropäischen Ideenvorrats nicht nur zu seinem Be-
dauern festgestellt, daß er aus lauter Gegensätzen bestehe,
sondern auch zu seinem Erstaunen gefunden, daß diese Gegensätze bei genauerer Beschäftigung mit ihnen ineinander
überzugehen anfangen. »Daß mir von den berühmten Leuten bei deiner Kusine jeder etwas anderes sagt, wenn ich ihn
um Belehrung bitte, daran habe ich mich schon gewöhnt«
meinte er; »aber daß es mir, wenn ich längere Zeit mit ihnen
gesprochen habe, trotzdem vorkommt, als ob sie alle das
gleiche sagen würden, das ist es, was ich in keiner Weise
kapieren kann, und vielleicht reicht mein Kommißverstand
einfach nicht dafür aus!« [. . .] »Ich habe hier« erzählte er
Ulrich, indem er gleichzeitig die dazugehörenden Blätter vor-
wies »ein Verzeichnis der Ideenbefehlshaber anlegen lassen,
das heißt, es enthält alle Namen, welche in letzter Zeit sozusagen größere Heereskörper von Ideen zum Siege geführt
haben; hier dieses andere ist eine Ordre de bataille; das da

ein Aufmarschplan; dieses ein Versuch, die Depots oder
Waffenplätze festzulegen, aus denen der Nachschub an Gedanken kommt. Aber du bemerkst wohl – ich habe es in der
Zeichnung auch deutlich hervorheben lassen –, wenn du eine
der heute im Gefecht stehenden Gedankengruppen betrach-
test, daß sie ihren Nachschub an Kombattanten und Ideen-
material nicht nur aus ihrem eigenen Depot, sondern auch
aus dem ihres Gegners bezieht; du siehst, daß sie ihre Front
fortwährend verändert und ganz unbegründet plötzlich mit
verkehrter Front, gegen ihre eigene Etappe kämpft; du
siehst andersherum, daß die Ideen ununterbrochen überlaufen, hin und zurück, so daß du sie bald in der einen, bald in
der anderen Schlachtlinie findest: Mit einem Wort, man
kann weder einen ordentlichen Etappenplan, noch eine De-
markationslinie, noch sonst etwas aufstellen, und das Ganze
ist, mit Respekt zu sagen – woran ich aber andererseits doch
wieder nicht glauben kann! – das, was bei uns jeder Vor-
gesetzte einen Sauhaufen nennen würde!«

9. Flucht aus dem »verdammt kompliziert« gewordenen Denken: der Wunsch nach »Wahn«, »Führung«, Krieg

*Die folgenden drei Textbeispiele sind Äußerungen von Ro-
manfiguren, die z. T. historischen Persönlichkeiten nachgezeichnet sind: der falsche Prophet Meingast (Ludwig Klages), Arnheim (Walther Rathenau) und General Stumm
machen mit ihren Vorschlägen für die Lösung der Probleme
Kakaniens und der Welt einige der Gründe verständlich,
welche für die Kriegsbegeisterung von 1914 und wohl auch
für die Bereitschaft zur Übernahme nationalsozialistischer
Ideen verantwortlich gemacht werden müssen.*

Meingast:

»[...] die Welt ist zur Zeit so wahnfrei, daß sie bei nichts
weiß, ob sie es lieben oder hassen soll, und weil alles zwei-

wertig ist, darum sind auch alle Menschen Neurastheniker und Schwächlinge. Mit einem Wort,« schloß der Prophet plötzlich »es fällt dem Philosophen nicht leicht, auf die Erkenntnis zu verzichten, aber es ist wahrscheinlich die große werdende Erkenntnis des zwanzigsten Jahrhunderts, daß man es tun muß. Mir, in Genf, ist es heute geistig wichtiger, daß es dort einen französischen Boxlehrer gibt, als daß der Zergliederer Rousseau dort geschaffen hat!«

Meingast hätte noch mehr gesprochen, da er einmal im Zug war. Erstens davon, daß der Erlösungs-Gedanke immer anti-intellektuell gewesen sei. »Also ist nichts der Welt heute mehr zu wünschen als ein guter kräftiger Wahn«: diesen Satz hatte er sogar schon auf der Zunge gehabt, dann aber zugunsten der anderen Schlußwendung hinuntergeschluckt. Zweitens von der körperlichen Mitbedeutung der Erlösungsvorstellung, die schon durch den Wortkern »lösen«, verwandt mit »lockern«, gegeben sei; eine körperliche Mitbedeutung, die darauf hinweist, daß nur Taten erlösen können, das heißt Erlebnisse, die den ganzen Menschen mit Haut und Haaren einbeziehn.

Arnheim, das Resultat der Parallelaktion im letzten von Musil veröffentlichten Kapitel zusammenfassend:

Arnheim sagte milde: »Es ist der Wunsch der heutigen Jugend nach Festigkeit und Führung.«

»Aber es ist doch nicht nur Jugend dabei,« entgegnete Stumm angewidert »sondern selbst Kahlköpfe sind zustimmend herumgestanden!«

»Dann ist es eben das Bedürfnis nach Führung überhaupt« meinte Arnheim und nickte freundlich. »Es ist heute allgemein.«

Stumm, im selben Schlußkapitel:

Stumm war ärgerlich, aber dann siegte seine Gutmütigkeit, und er sagte abschiednehmend: »Diese Geschichten sind

verdammt kompliziert. Ich habe mir geradezu manchmal
gedacht, das Beste wäre schon, wenn über alle diese Unlös-
barkeiten einmal ein rechter Trottel käme, ich meine so eine
Art Jeanne d'Arc, der könnte uns vielleicht helfen!«

HERMANN BROCH

Geb. 1. November 1886 in Wien, gest. 30. Mai 1951 in New Haven
(USA). Sohn eines jüdischen Textilfabrikanten. Fachstudien und Eintritt
in die väterliche Firma, deren Leitung er bis 1927 innehat. Als führen-
des Mitglied des österreichischen Industriellenverbandes beschäftigte er
sich mit Arbeiterproblemen. 1928 sattelte Broch um: Studium der
Mathematik, Philosophie, Psychologie, Arbeit am Roman *Die Schlafwandler*. Weitere schriftstellerische und essayistische Arbeiten. 1938 bei
der Besetzung Österreichs verhaftet. Freilassung dank Bemühung aus-
ländischer Freunde und Emigration nach den USA. Unterstützt durch
verschiedene Stiftungen und in lockerer Verbindung zur Yale-Universi-
tät, arbeitete er, neben dem *Vergil*, u. a. wissenschaftlich, insbesondere
an einer eigenen Erkenntnistheorie und der *Massenpsychologie*.

Werke: *Logik einer zerfallenden Welt* (1930); *Die Schlafwandler* R.-Trilo-
gie (1931/32); *Die unbekannte Größe* R. (1933); *Das Böse im Wertsystem
der Kunst* (1933); *Das Weltbild des Romans* (1933); *Geist und Zeitgeist*
(1934); *James Joyce und die Gegenwart* (1936); *Der Tod des Vergil* R.
(1945); *The Style of the Mythical Age* (1947); *Die Schuldlosen. Roman
in 11 Erzählungen* (1950); *Einige Bemerkungen zum Problem des Kitsches*
(1950/51); *Hofmannsthal und seine Zeit* (1951); *Der Versucher* R. (1953).

Die Schlafwandler (Auszug)

*Die Trilogie »Die Schlafwandler«, 1931/32 erschienen, um-
faßt die Romane »Pasenow oder die Romantik. 1888«,
»Esch oder die Anarchie. 1903« und »Huguenau oder die
Sachlichkeit. 1918«.*
*»›Ach‹, sagt der Romantiker und zieht sich das Kleid eines
fremden Wertsystems an, ›ach, nun gehöre ich zu euch und
bin nicht mehr einsam.‹« – so charakterisiert ein Aphorismus
aus dem dritten Roman die Haltung des Romantikers.*

Premierleutnant Joachim von Pasenows Kleid ist die Uniform. Es ist »ja der Uniform wahre Aufgabe, die Ordnung in der Welt zu zeigen und zu statuieren und das Verschwimmende und Verfließende des Lebens aufzuheben, so wie sie das Weichliche und Verschwimmende des Menschenkörpers verbirgt«. Das Kleid eines fremden Wertsystems also, denn Pasenows ständig verdrängte Angst vor diesem Weichlichen des Menschenkörpers und seiner erotischen Macht ist realer als die »Ordnung«, an die er sich mit verzweifeltem Straffziehen der Uniform klammert. Mit der Verdrängung des Sexuellen einher geht Pasenows hektisches Bemühen um christliches Denken. Fremd ist für ihn im Grunde auch das religiöse Wertsystem. Denn vor lauter Bemühung darum vergißt er immer wieder die einfachsten und naheliegendsten Gebote der christlichen Nächstenliebe, und seine Vorstellung von der Madonna, die sich so leicht mit der des toten Schneewittchens verbinden läßt, ist eigentlich nur der ins Religiöse pervertierte Wunsch, die Frau, vor der er sich fürchtet, tot – oder himmlisch unerreichbar – zu sehen.

Auch Esch, der Protagonist des zweiten, 1903 spielenden Romans, sucht romantisch nach dem Kleid eines fremden Wertsystems, er findet es weder in den neu aufkommenden sozialistischen Lehren noch im Gedanken, die Welt brauche eine Erlösung, die er, Esch, durch ein ungeheures Opfer zu bringen aufgerufen sei.

Erst im dritten Roman gelingt es Huguenau nicht nur, Pasenow und Esch zu überwinden, sondern sich mit einem neuen Wertsystem vollständig auszusöhnen. Aber Huguenau ist ein Deserteur, Mörder, gewissenloser Opportunist und Profiteur; sein System ist ein »geldlich-kommerzielles«, ein »Partialsystem«, in das er, der »Exponent des europäischen Geistes schlechthin«, sich »flüchtet« aus der »positivistischen Wertauflösung«. Der Preis, den Huguenau dafür zu entrichten hat, ist eine »Kluft«, »eine tote Zone des Schweigens, die ihn von allen anderen Bürgern der Stadt trennte«.

Huguenau merkt davon allerdings kaum mehr als »ein fernes Ahnen«, wo nicht, müßte wohl auch er, um der »Vereinsamung des Ichs« zu entkommen, wie Pasenow zum »Romantiker« werden und versuchen, sich mit dem »Kleid eines fremden Wertsystems« Zugehörigkeit zu erkaufen. Die Trilogie würde zum Zyklus.

Deutlich wird aus dieser Zusammenfassung wie aus Brochs Wahl der drei Romantitel, daß es sich um die Darstellung eines geistesgeschichtlichen Prozesses handelt, um den »Zerfall der Werte«, wie Broch selbst es nennt im Titel einer Folge von Essays, die in den dritten Roman eingestreut sind.

Die Textauswahl beschränkt sich auf die letzten Seiten des Pasenow-Romans, die das »romantische« Suchen nach einem fremden Wertsystem ebenso beleuchten wie Brochs Vorgehen als Schriftsteller, sowie auf Auszüge aus dem Essay über den Wertzerfall und damit in Zusammenhang stehende Stellen aus dem dritten Teil der Trilogie.

1. Pasenow

Es war eine stille Hochzeit auf Lestow. Der Zustand des Vaters war stationär geblieben; er dämmerte dahin, nahm die Umwelt nicht mehr zur Kenntnis und man mußte sich gefaßt machen, daß es noch jahrelang so weitergehen könne. Zwar sagte die Baronin, daß eine stille, innige Feier ihrem und ihres Gatten Sinn viel mehr entspräche als rauschende Festlichkeiten, aber Joachim wußte bereits, welchen Wert die Schwiegereltern auf die Familienfesttage legten und er fühlte sich verantwortlich für den Vater, der den Glanz verhinderte. Auch er selbst hätte vielleicht einen großen und lauten gesellschaftlichen Rahmen gewünscht, um den sozialen Charakter dieser dem Amourösen abgewandten Vermählung zu betonen; andererseits aber schien es dem Ernst und der Christlichkeit solcher Verbindung eher angepaßt,

wenn Elisabeth und er aller Weltlichkeit entrückt zum
Altare schritten. Und so hatte man denn darauf verzichtet,
die Hochzeit in Berlin zu begehen, obwohl es nun auch in
Lestow mancherlei äußere Schwierigkeiten gab, die nicht
leicht zu überwinden waren, besonders da der Rat Bertrands
fehlte. Joachim weigerte sich, die Braut am Hochzeitsabend
heimzuführen; diese Nacht im Hause des Kranken zu verbringen, erfüllte ihn mit Widerwillen, aber noch unmög-
licher erschien es ihm, daß Elisabeth sich vor den Augen der
vertrauten Dienerschaft zur Ruhe begeben solle; er schlug
also vor, daß Elisabeth in Lestow übernachten möge, und er
würde sie am nächsten Tage abholen; sonderbarerweise
stieß dieser Vorschlag auf den Widerstand der Baronin, die
eine solche Lösung für unschicklich befand: »Und wenn wir
uns auch darüber hinwegsetzten, was würde das ungebildete
Gesinde davon halten!« Endlich entschloß man sich, die
Feier so zeitig anzusetzen, daß das junge Paar noch den
Mittagszug erreichen könne. »Ihr kommt dann gleich in
euer behagliches Heim nach Berlin«, hatte die Baronin gesagt, aber auch hievon wollte Joachim nichts wissen. Nein,
das wäre zu entlegen, denn sie wollten doch schon am frühen Morgen weiter und wahrscheinlich würden sie sogar
gleich den Nachtzug nach München benützen. Ja, Nachtrei-
sen waren beinahe die einfachste Lösung des Eheproblems,
waren Rettung aus der Furcht, es könnte einer mitwissend
lächeln, wenn er mit Elisabeth werde schlafen gehen müssen.
[...]
Joachim war gereizt – niemand ließ ihm Zeit zu der Sammlung, die in dieser feierlichen Stunde geboten war, doppelt
geboten für ihn, dem diese Ehe mehr bedeutete als eine Ehe
christlichen Hausstands, für ihn, dem sie Rettung aus Pfuhl
und Sumpf bedeutete und dem sie Verheißung der Gläubig-
keit war auf dem Wege zu Gott. Elisabeth im Brautkleid
sah so madonnenhaft aus wie noch nie, sah aus wie Schnee-
wittchen, und er mußte an das Märchen von der Braut
denken, die am Altar tot zusammengebrochen war, weil sie

plötzlich erkannt hatte, daß in des Bräutigams Gestalt der Leibhaftige sich versteckt hielt. Der Gedanke wollte ihn nicht loslassen, überwältigte ihn so sehr, daß er weder den Gesang des Chors noch die Rede des Pastors vernahm, ja, er verschloß sich sogar, sie zu hören, aus Angst, er müsse ihn unterbrechen, müsse ihm sagen, daß ein Unwürdiger, ein Verstoßener vor dem Altar stehe, einer der die heilige Stätte entweiht, und erschrocken fuhr er auf, als er das »Ja« auszusprechen hatte, erschrocken auch, daß die Zeremonie, die ihm die Offenbarung des neuen Lebens hätte sein sollen, so rasch und fast unbemerkt vorübergegangen war. Er empfand es bloß als wohltuend, daß Elisabeth, ohne es eigentlich noch zu sein, jetzt seine Frau genannt wurde, doch grausam schien es, daß dieser Zustand nicht andauern sollte. Auf der Rückfahrt von der Kirche hatte er ihre Hand genommen und hatte »meine Frau« gesagt und Elisabeth hatte seinen Händedruck erwidert. Dann aber versank alles in dem Trubel der Glückwünsche, des Umkleidens, der Abreise, so daß sie erst am Bahnhof wußten, was geschehen war.

Als Elisabeth in das Coupé stieg, wandte er sich ab, um nicht wieder Beute unreiner Gedanken zu werden. Nun waren sie allein. Elisabeth lehnte müde in einer Ecke und lächelte ihm ein wenig zu. »Du bist müde, Elisabeth«, sagte er hoffnungsfreudig, froh, sie schonen zu müssen, schonen zu dürfen. »Ja, ich bin müde, Joachim.« Er wagte aber nicht, ihr vorzuschlagen, daß sie in Berlin bleiben sollten, fürchtend, sie könnte es ihm als Lüsternheit auslegen. [...]

Er war Elisabeth dankbar, daß sie ihre Unbefangenheit nicht verloren hatte, wenn es vielleicht auch bloß eine scheinbare Unbefangenheit war, denn sie zögerte die Nachtruhe hinaus, verlangte nach Abendbrot und sie saßen recht lange im Speisesaal; die Musiker, welche die Tafelmusik besorgten, hatten ihre Instrumente schon weggetan, nur wenige Gäste waren noch im Saale, und so angenehm Joachim jede Verzögerung war, so fühlte er dennoch wieder jene Kälte verdünnter Luft in dem Raume sich spannen, jene Kälte, die ihnen am Abend ihrer Verlobung furchtbare Todesahnung geworden war. Auch Elisabeth mochte dies fühlen, denn sie sagte, daß es nun Zeit zur Ruhe wäre.

Der Augenblick war also gekommen. Elisabeth hatte ihn mit einem freundlichen »Gute Nacht, Joachim«, verabschiedet, und nun ging er in seinem Zimmer auf und ab. Sollte er sich zu Bett begeben? Er betrachtete die geöffnete Lagerstatt. Er hatte sich doch geschworen, vor ihrer Türe zu wachen, himmlischen Traum zu bewachen, auf daß in ihrer Silberwolke ewig sie träume: und nun hatte es plötzlich Sinn und Ziel verloren, da alles bloß darauf hinauszulaufen schien, daß er sich's hier bequem machen sollte. Er sah an sich herab und empfand den langen Uniformrock als Schutz; es war schamlos, daß die Leute im Frack zur Hochzeit erschienen. Dennoch mußte er daran denken sich zu waschen und leise, als beginge er ein Sakrileg, zog er den Rock aus und goß Waschwasser in das Becken auf dem braunpolierten Waschtisch. Wie peinlich war dies alles, wie sinnlos, es sei denn, daß es ein Glied in der Kette der auferlegten Prüfungen darstellte; es wäre alles leichter, wenn Elisabeth die Türe hinter ihm abgesperrt hätte, aber das hat sie aus Zartgefühl sicherlich nicht getan. [...] Er hatte Gesicht und Hände gereinigt, mit leisen kleinen Bewegungen, um jedes Klingen des Porzellans auf dem Marmor zu vermeiden, aber nun ergab sich etwas Unvorstellbares: wer durfte es wagen, in der Nähe Elisabeths zu gurgeln? Und doch müßte er viel inniger untertauchen im flüssigen reinigenden Kristall, müßte sich ertränken, hervorzugehen aus tieferer Reinigung wie aus der Taufe im Jordan. Aber was nützte selbst ein Bad? Ruzena hatte ihn erkannt und hat die Konsequenzen gezogen. Er schlüpfte rasch wieder in den Rock, knöpfte ihn vorschriftsmäßig zu und ging im Zimmer auf und ab. Im Nebenzimmer rührte sich nichts und er fühlte, daß seine Anwesenheit auf ihr lasten müsse. [...] Eine entsetzensvolle

Reue brach auf: nicht sie war es, die er hatte schützen und
retten wollen, seine eigene Seele wollte er durch ihr Opfer
retten lassen. Lag sie nun drin auf den Knien, betend, daß
Gott sie wieder befreie von der Fessel, die sie aus Mitleid
auf sich genommen hatte? Mußte er ihr nicht sagen, daß er
sie freigebe, heute noch, daß er sie, wenn sie befehle, sofort
in ihr Haus nach Westend, in ihr schönes neues Haus, das
auf sie wartete, bringen werde. In großer Erregung klopfte
er an die Verbindungstüre, wünschte gleichzeitig, es nicht
getan zu haben. Sie sagte leise: »Joachim« und er klinkte
die Tür auf. Sie lag im Bette und die Kerze brannte auf
dem Nachtkästchen. Er blieb an der Türe stehen, nahm eine
leicht vorschriftsmäßige Haltung an und sagte heiser: »Elisabeth, ich wollte dir bloß sagen, daß ich dich freigebe; es
geht nicht an, daß du dich für mich opferst.« Elisabeth war
erstaunt, doch sie empfand es als Erleichterung, daß er sich
ihr nicht als verliebter Gatte näherte. »Meinst du, Joachim,
daß ich mich geopfert habe?« sie lächelte ein wenig, »eigentlich fällt es dir etwas verspätet ein.« – »Es ist noch nicht zu
spät, ich danke Gott, daß es nicht zu spät ist ... mir ist es
erst jetzt zu Bewußtsein gekommen ... soll ich dich nach
Westend bringen?« Nun mußte Elisabeth lachen; jetzt mitten in der Nacht! die Leute draußen würden Augen machen.
»Willst du nicht einfach zu Bett gehen, Joachim. Wir können
dies alles doch morgen in schönster Ruhe besprechen. Du
mußt ja auch müde sein.« Joachim sagte wie ein trotziges
Kind: »Ich bin nicht müde.« [...] Er war ruhiger geworden
und fast hatte er vergessen, warum er hereingekommen
war; jetzt erinnerte er sich und fühlte die Verpflichtung,
sein Angebot zu wiederholen: »Du willst also nicht nach
Westend, Elisabeth?« – »Du bist ja närrisch, Joachim, daß
ich jetzt aufstehen soll! Ich fühle mich hier sehr wohl und
du willst mich hinausjagen.« [...] Er wartete auf das
Wunder, auf das Zeichen der Gnade, das Gott ihm geben
sollte und es war, als stünde die Angst an der Pforte der
Gnade. Er bat: »Elisabeth, sag ein Wort«, und Elisabeth

antwortete langsam, als wären es nicht ihre eigenen Worte:
»Wir sind nicht fremd genug und wir sind nicht vertraut
genug.« Joachim sagte: »Elisabeth, wirst du von mir fortgehen?« Elisabeth antwortete weich: »Nein, Joachim, ich
glaube wohl, daß wir jetzt mitsammen gehen werden. Sei
nicht traurig, Joachim, es wird sich alles noch zum Guten
wenden.« [...] Elisabeth ist das Ziel im Himmlischen, aber
den Weg im Irdischen zu solchem Ziele, den hat er selber
trotz eigener großer Schwachheit für sie beide zu finden
und zu bereiten; indes wo ist der Wegweiser zu jenem
Erkennen in der Einsamkeit? Wo ist die Hilfe? Clausewitz'
Ausspruch fiel ihm ein, daß es immer nur ein Ahnen und
Herausfühlen der Wahrheit ist, nach dem gehandelt wird,
und sein Herz ließ es ahnend erkennen, daß ihnen in einem
christlichen Hausstand die rettende Hilfe der Gnade beschieden sein werde, sie schützend, damit sie nicht unbelehrt,
hilflos und sinnlos auf Erden wandeln und ins Nichts eingehen müßten. Nein, das war nicht Gefühlskonvention zu
nennen. Er richtete sich auf und fuhr mit der Hand sanft
über die Seidendecke, unter der ihr Körper lag; er fühlte sich
ein wenig als Krankenpfleger, und von ferne war es, als
wollte er den kranken Vater oder dessen Sendboten strei-
cheln. »Arme kleine Elisabeth«, sagte er; es war das erste
Kosewort, das er auszusprechen wagte. Sie hatte die Hand
freibekommen und fuhr nun über seine Haare. [...] Doch
sie sagte leise: »Joachim, wir sind noch nicht vertraut genug.« Er hatte sich ein wenig höher geschoben und saß nun
auf der Bettkante, streichelte ihren Scheitel. Dann stützte er
sich auf den Ellbogen, betrachtete ihr Gesicht, das noch
immer bleich und fremd, nicht das Gesicht einer Frau, nicht
das Gesicht seiner Frau, in den Kissen lag, und es ergab sich,
daß er langsam und ohne es selber zu merken, in eine
liegende Stellung neben sie gelangte. Sie war ein wenig zur
Seite gerückt und ihre Hand, die mit spitzenumfangenem
Gelenk allein noch aus der Decke hervorschaute, ruhte in
der seinen. Sein Uniformrock war durch die Lage ein wenig

in Unordnung geraten, die auseinandergefallenen Schöße
ließen das schwarze Beinkleid sehen, und als Joachim das
bemerkte, brachte er es eilig wieder in Ordnung und deckte
die Stelle. Er hatte nun auch die Beine heraufgezogen und
um mit seinen Lackschuhen das Linnen nicht zu berühren,
hielt er die Füße ein wenig angestrengt auf dem Stuhl, der
neben dem Bette stand. Die Kerzen flackerten; erst erlosch
die eine, dann die andere. Hie und da hörte man gedämpfte
Schritte auf dem Teppich des Korridors, einmal fiel eine
Türe zu, und von ferne hörte man die Geräusche der Rie-
senstadt, deren gigantischer Verkehr auch des Nachts nicht
völlig erschweigt. Sie lagen regungslos und sahen zur Decke
des Zimmers, darauf sich gelbe Lichtstreifen von den Spalten
der Fensterjalousien abzeichneten, und es glich ein wenig
den Rippen eines Skeletts. Dann war Joachim eingeschlum-
mert, und als Elisabeth es bemerkte, mußte sie lächeln. Und
dann schlief sogar auch sie ein.

Nichtsdestoweniger hatten sie nach etwa achtzehn Monaten
ihr erstes Kind. Es geschah eben. Wie sich dies zugetragen
hat, muß nicht mehr erzählt werden. Nach den gelieferten
Materialien zum Charakteraufbau kann sich der Leser dies
auch allein ausdenken.

2. Zerfall der Werte

*Die Zeit des Ersten Weltkriegs erscheint Broch als »Klimax
des Unlogischen«, nicht nur wegen der Greuel des Krieges,
sondern weil »es ein einziges Individuum ist, in welchem
Henker und Opfer vereint sich vorfinden«: eine »Zerspaltung des Gesamtlebens und -Erlebens« hat stattgefunden.
Es gibt kein »Wertzentrum« mehr, von dem aus alle Handlungen und Empfindungen des Individuums sich koordi-
nieren ließen. Aus diesem Chaos erwächst die Sehnsucht
»nach dem ›Führer‹«.*

Das Unwirkliche ist das Unlogische. Und diese Zeit scheint die Klimax des Unlogischen, des Antilogischen nicht mehr übersteigen zu können: es ist, als ob die ungeheure Realität des Krieges die Realität der Welt aufgehoben hätte. Phantastisches wird zur logischen Wirklichkeit, doch die Wirklichkeit löst sich zu alogischester Phantasmagorie. Eine Zeit, feige und wehleidiger denn jede vorhergegangene, ersäuft in Blut und Giftgasen, Völker von Bankbeamten und Profiteuren werfen sich in Stacheldrähte, eine wohlorganisierte Humanität verhindert nichts, sondern organisiert sich als Rotes Kreuz und zur Herstellung von Prothesen; Städte verhungern und schlagen Geld aus ihrem eigenen Hunger, bebrillte Schullehrer führen Sturmtrupps, Großstadtmenschen hausen in Kavernen, Fabrikarbeiter und andere Zivilisten kriechen als Schleichpatrouillen, und schließlich, wenn sie glücklich wieder im Hinterland sind, werden aus den Prothesen wieder Profiteure. Aufgelöst jedwede Form, ein Dämmerlicht stumpfer Unsicherheit über der gespenstischen Welt, tastet der Mensch, einem irren Kinde gleich, am Faden irgendeiner kleinen kurzatmigen Logik durch eine Traumlandschaft, die er Wirklichkeit nennt und die ihm doch nur Alpdruck ist. [...]

Diese Zeit hatte irgendwo ein reines Erkenntnisstreben, hatte irgendwie einen reinen Kunstwillen, hatte ein immerhin präzises Sozialgefühl; wie kann der Mensch, all dieser Werte Schöpfer und ihrer teilhaftig, wie kann er die Ideologie des Krieges »begreifen«, widerspruchslos sie empfangen und billigen? wie konnte er das Gewehr zur Hand nehmen, wie konnte er in den Schützengraben ziehen, um darin umzukommen oder um daraus wieder zu seiner gewohnten Arbeit zurückzukehren, ohne wahnsinnig zu werden? Wie ist solche Wandelbarkeit möglich? wie konnte die Ideologie des Krieges in diesen Menschen überhaupt Platz finden, wie konnten diese Menschen eine solche Ideologie und deren Wirklichkeitssphäre überhaupt begreifen? von einer, dabei durchaus möglichen, begeisterten Bejahung ganz zu schweigen! sind sie wahnsinnig, weil sie nicht wahnsinnig wurden?

Gleichgültig gegen fremdes Leid? jene Gleichgültigkeit, die den Bürger ruhig schlafen läßt, wenn im nahen Gefängnishof einer unter der Guillotine liegt oder am Pfahl erwürgt wird? jene Gleichgültigkeit, die bloß multipliziert zu werden braucht, damit es von denen daheim keinen anficht, wenn Tausende in Stacheldrähten hängen! Gewiß ist es die nämliche Gleichgültigkeit und es greift trotzdem darüber hinaus, denn hier geht es nicht mehr darum, daß sich eine Wirklichkeitssphäre fremd und teilnahmslos gegen eine andere abschließt, sondern es geht darum, daß es ein einziges Individuum ist, in welchem Henker und Opfer vereint sich vorfinden, daß also ein einziger Bereich die heterogensten Elemente in sich vereinen kann, und daß trotzdem das Individuum als Träger dieser Wirklichkeit sich völlig natürlich und mit absoluter Selbstverständlichkeit darin bewegt. Es ist nicht der Kriegsbejaher und es ist nicht der Kriegsverneiner, die einander gegenüberstehen, es ist auch nicht eine Wandlung innerhalb des Individuums, das sich infolge vierjährigen Nahrungsmittelmangels zu einem andern Typus »verändert« hat und sich jetzt sozusagen selber fremd gegenübersteht: es ist eine Zerspaltung des Gesamtlebens und -Erlebens, die viel tiefer reicht als eine Scheidung nach Einzelindividuen, eine Zerspaltung, die in das Einzelindividuum und in seine einheitliche Wirklichkeit selber hinablangt.

Ach, wir wissen von unserer eigenen Zerspaltung und wir vermögen doch nicht, sie zu deuten, wir wollen die Zeit, in der wir leben, dafür verantwortlich machen, doch übermächtig ist die Zeit, und wir können sie nicht begreifen, sondern nennen sie wahnsinnig oder groß. Wir selbst, wir halten uns für normal, weil ungeachtet der Zerspaltung unserer Seele, alles in uns nach logischen Motiven abläuft. Gäbe es einen Menschen, in dem alles Geschehen dieser Zeit sinnfällig sich darstellte, dessen eigenes logisches Tun das

Geschehen dieser Zeit ist, dann, ja dann wäre auch diese Zeit nicht mehr wahnsinnig. Deshalb wohl sehnen wir uns nach dem »Führer«, damit er uns die Motivation zu einem Geschehen liefere, das wir ohne ihn bloß wahnsinnig nennen können.

Der Verlust des Wertzentrums (das katholische Mittelalter war die letzte Zeit mit einem solchen Wertzentrum, seither ist die »Atomisierung der Wertgebiete« unaufhaltsam fortgeschritten) führte konsequenterweise zu einer Überbetonung der Partialwerte, die einander in »metaphysischer Rücksichtslosigkeit« widersprechen. In dieses Chaos fühlt sich der Mensch »hinausgestoßen«, »von der stets zunehmenden Stummheit des Abstrakten umgeben [...], verfallen dem kältesten Zwange, ins Nichts geschleudert«.

Zur Logik des Soldaten gehört es, dem Feind eine Handgranate zwischen die Beine zu schmeißen;
zur Logik des Militärs gehört es überhaupt, die militärischen Machtmittel mit äußerster Konsequenz und Radikalität auszunützen und wenn es nottut, Völker auszurotten, Kathedralen niederzulegen, Krankenhäuser und Operationssäle zu beschießen;
zur Logik des Wirtschaftsführers gehört es, die wirtschaftlichen Mittel mit äußerster Konsequenz und Absolutheit auszunützen und, unter Vernichtung aller Konkurrenz, dem eigenen Wirtschaftsobjekt, sei es nun ein Geschäft, eine Fabrik, ein Konzern oder sonst irgendein ökonomischer Körper, zur alleinigen Domination zu verhelfen;
zur Logik des Malers gehört es, die malerischen Prinzipien mit äußerster Konsequenz und Radikalität bis zum Ende zu führen, auf die Gefahr hin, daß ein völlig esoterisches, nur mehr dem Produzenten verständliches Gebilde entstehe;
zur Logik des Revolutionärs gehört es, den revolutionären Elan mit äußerster Konsequenz und Radikalität bis zur

Statuierung einer Revolution an sich vorwärtszutreiben, wie es überhaupt zur Logik des politischen Menschen gehört, das politische Ziel zur absoluten Diktatur zu bringen;

zur Logik des bürgerlichen Faiseurs gehört es, mit absoluter Konsequenz und Radikalität den Leitspruch des Enrichissez-vous in Geltung zu setzen: auf diese Weise, in solch absoluter Konsequenz und Radikalität entstand die Weltleistung des Abendlandes – um an dieser Absolutheit, die sich selbst aufhebt, ad absurdum geführt zu werden: Krieg ist Krieg, l'art pour l'art, in der Politik gibt es keine Bedenken, Geschäft ist Geschäft –, dies alles besagt das nämliche, dies ist alles von der nämlichen aggressiven Radikalität, ist von jener unheimlichen, ich möchte fast sagen, metaphysischen Rücksichtslosigkeit, ist von jener auf die Sache und nur auf die Sache gerichteten grausamen Logizität, die nicht nach rechts, nicht nach links schaut, – oh, dies alles ist der Denkstil dieser Zeit!

Man kann sich dieser brutalen und aggressiven Logik, die aus allen Werten und Unwerten dieser Zeit hervorbricht, nicht entziehen, auch wenn man sich in die Einsamkeit eines Schlosses oder einer jüdischen Wohnung verkrochen hat; indes, wer die Erkenntnis fürchtet, ein Romantiker also, dem es um Geschlossenheit des Welt- und Wertbildes geht, und der das ersehnte Bild in der Vergangenheit sucht, er wird mit gutem Grund auf das Mittelalter hinblicken. Denn das Mittelalter besaß das ideale Wertzentrum, auf das es ankommt, besaß einen obersten Wert, dem alle anderen Werte untertan waren: den Glauben an den christlichen Gott. Sowohl die Kosmogonie war von diesem Zentralwert abhängig (ja noch mehr, sie konnte aus ihm scholastisch deduziert werden) als auch der Mensch selber, der Mensch mitsamt seinem ganzen Tun, bildete einen Teil jener Weltordnung, die bloß Spiegelbild einer ekklesiastischen Hierarchie war, in sich geschlossenes und endliches Abbild einer ewigen und unendlichen Harmonie. Für den mittelalterlichen Kaufmann galt kein »Geschäft ist Geschäft«, der Konkurrenzkampf war ihm etwas Verpöntes, der mittelalterliche Künstler kannte kein l'art pour l'art, sondern bloß den Dienst am Glauben, der mittelalterliche Krieg nahm nur dann die Würde der Absolutheit in Anspruch, wenn er im Dienste des einzigen absoluten Wertes, im Dienste des Glaubens geführt wurde. Es war ein im Glauben ruhendes, ein finales, kein kausales Weltganzes, eine Welt, die sich durchaus im Sein, nicht im Werden begründete, und ihre soziale Struktur, ihre Kunst, ihre soziale Verbundenheit, kurzum ihr ganzes Wertgefüge waren dem umfassenden Lebenswert des Glaubens unterworfen: der Glaube war der Plausibilitätspunkt, bei dem jede Fragekette endigte, er war es, der die Logik durchsetzend, jene spezifische Färbung und jene stilbildende Kraft verlieh, die nicht nur als Stil des Denkens, sondern immer wieder solange der Glaube überhaupt lebt, als Stil der Epoche zum Ausdruck kommt.

Doch das Denken hat den Schritt vom Monotheistischen ins Abstrakte gewagt, und Gott, der im Endlich-Unendlichen der Dreieinigkeit sichtbare und persönliche Gott, wurde zu dem, dessen Name nicht mehr auszusprechen und von dem kein Bild mehr zu machen ist, aufgestiegen und versunken in die unendliche Neutralität des Absoluten, verschwunden in einem grausamen Sein, das nicht mehr ruht, sondern unerreichbar ist.

In der Gewalt solcher Umwälzung, getragen von der Radikalisierung, ja, man könnte wohl sagen, von der Entfesselung des Logischen, in dieser Umverlegung des Plausibilitätspunktes auf eine neue Unendlichkeitsebene, in dieser Entrückung des Glaubens aus dem irdischen Wirken, wird das Sein-Ruhende aufgehoben. Die stilbildende Kraft im irdischen Raume scheint erloschen, und neben der Wucht des Kantschen Gebäudes und neben dem Lodern der Revolution steht zierlich noch immer das Rokoko, steht ein sofort zum Biedermeier degeneriertes Empire. Denn mochte auch das Empire und kurz darauf die Romantik die Diskrepanz zwischen der geistigen Umwälzung und den irdisch-räum-

lichen Ausdrucksformen erkannt haben, mochte ihr rückge-
wendeter Blick auch die Antike und die Gotik zu Nothel-
fern anrufen, es war die Entwicklung nicht mehr zu hem-
men; aufgelöst das Sein zu reiner Funktionalität, aufgelöst
selbst das physikalische Weltbild, zu solcher Abstraktheit
aufgelöst, daß es nach zwei Generationen sogar des Raumes
beraubt werden konnte, war die Entscheidung für das reine
Abstraktum bereits getroffen. Und angesichts des unendlich
fernen Punktes, zu dessen unerreichbar noumenaler Ferne
nunmehr jede Frage- und Plausibilitätskette hinzustreben
hat, war die Bindung der einzelnen Wertgebiete an einen
Zentralwert mit einem Schlage unmöglich geworden; mit-
leidslos durchdringt das Abstrakte die Logik jedes einzelnen
Wertschaffens, und ihre Inhaltsentblößung verbietet nicht
nur jegliche Abweichung von der Zweckform, sei es nun die
Zweckform des Bauens oder die einer anderen Tätigkeit,
sondern sie radikalisiert auch die einzelnen Wertgebiete so
sehr, daß diese, auf sich selbst gestellt und ins Absolute
verwiesen, voneinander sich trennen, sich parallelisieren
und, unfähig einen gemeinsamen Wertkörper zu bilden,
paritätisch werden, – gleich Fremden stehen sie nebeneinander, das ökonomische Wertgebiet eines »Geschäftemachens
an sich« neben einem künstlerischen des l'art pour l'art, ein
militärisches Wertgebiet neben einem technischen oder einem
sportlichen, jedes autonom, jedes »an sich«, ein jedes in
seiner Autonomie »entfesselt«, ein jedes bemüht, mit aller
Radikalität seiner Logik die letzten Konsequenzen zu ziehen
und die eigenen Rekorde zu brechen. Und wehe, wenn in
diesem Widerstreit von Wertgebieten, die sich eben noch die
Balance halten, eines das Übergewicht erhält, emporwach-
send über allen anderen Werten, emporgewachsen wie das
Militärische jetzt im Kriege oder wie das ökonomische
Weltbild, dem sogar der Krieg untertan ist, – wehe! denn
es umfaßt die Welt, es umfaßt alle anderen Werte und
rottet sie aus wie ein Heuschreckenschwarm, der über ein
Feld zieht.

Der Mensch aber, der Mensch, einst Gottes Ebenbild, Spiegel des Weltwerts, dessen Träger er war, er ist es nicht mehr; mag er auch noch eine Ahnung von der einstigen Geborgenheit besitzen, mag er sich auch fragen, welch übergeordnete Logik den Sinn ihm verdreht hat, der Mensch, hinausgestoßen in das Grauen des Unendlichen, mag ihn auch schaudern, mag er auch voll Romantik und Sentimentalität sein und sich zurücksehnen in die Obhut des Glaubens, er wird ratlos bleiben im Getriebe der selbständig gewordenen Werte, und nichts bleibt ihm übrig als die Unterwerfung unter den Einzelwert, der zu seinem Berufe geworden ist, nichts bleibt ihm übrig, als zur Funktion dieses Wertes zu werden, – ein Berufsmensch, aufgefressen von der radikalen Logizität des Wertes, in dessen Fänge er geraten ist. [...]

Doch mit dieser Wendung vom zentralistisch ekklesiastischen Organon zur Vielfalt der unmittelbaren Eindrucksmöglichkeiten, mit diesem Übergang vom platonischen Gebilde mittelalterlicher Theokratie zur positivistischen Schau auf die empirisch gegebene und unendlich bewegte Welt, mit dieser Atomisierung der einstigen Ganzheit, mußte notwendigerweise eine Atomisierung der Wertgebiete, soweit sie mit den Objektgebieten zusammenfallen, Hand in Hand gehen. Kurzum, die Werthaltungen werden nicht mehr von einer Zentralstelle aus geleitet, sondern erhalten ihre Prägung vom Objekt aus.

Die Sehnsucht nach dem »Führer« wird noch einmal ganz deutlich im »Epilog«.

Groß ist die Angst des Menschen, der sich seiner Einsamkeit bewußt wird und aus seinem eigenen Gedächtnis flüchtet; ein Bezwungener und Ausgestoßener ist er, zurückgeworfen in tiefste kreatürliche Angst, in die Angst dessen, der Gewalt erleidet und Gewalt tut, und zurückgeworfen in eine übermächtige Einsamkeit, kann seine Flucht und seine Ver-

zweiflung und seine Dumpfheit so groß werden, daß er
daran denken muß, sich ein Leid anzutun, dem steinernen
Gesetz des Geschehens zu entrinnen. Und in der Furcht vor
der Stimme des Gerichtes, die aus dem Dunkel hervorzu-
brechen droht, erwacht in ihm mit doppelter Stärke die
Sehnsucht nach dem Führer, der leicht und milde bei der
Hand ihn nimmt, ordnend und den Weg weisend, der Führer, der keinem mehr nachfolgt und der vorangeht auf der
unbeschrittenen Bahn des geschlossenen Ringes, aufzusteigen
zu immer höheren Ebenen, aufzusteigen zu immer hellerer
Annäherung, er, der das Haus neu erbauen wird, damit aus
Totem wieder das Lebendige werde, er selber auferstanden
aus der Masse der Toten, der Heilsbringer, der in seinem
eigenen Tun das unbegreifbare Geschehen dieser Zeit sinn-
voll machen wird, auf daß die Zeit neu gezählt werde.
Dies ist die Sehnsucht.

*Wie bei Musil ist es auch in den »Schlafwandlern« eine
Nebenfigur, welche die Bereitschaft zu Wahn und Rausch
als Flucht aus dem Wertzerfall am deutlichsten ausspricht.*

»Ach so, ein Buch ... das ist nichts [...], und das ist mit
allem Ernst gesagt: geben Sie mir irgendeine andere, irgendeine neue Besoffenheit, meinetwegen Morphium oder Pa-
triotismus oder Kommunismus oder sonstwas, das den Menschen ganz besoffen macht ... geben Sie mir etwas, damit
wir wieder alle zusammengehören, und ich lasse das Saufen
sein ... von heut auf morgen.«

*Und ebenfalls wie im »Mann ohne Eigenschaften« finden
sich auch hier Zeichen dafür, daß der Schriftsteller an der
eigenen Tätigkeit schließlich zweifelt. Wenn jeder Partial-
wert so unabhängig geworden ist und sich nicht mehr einem
umfassenden System einordnen läßt, droht auch das Philosophieren (über den Wertzerfall etwa) zum »ästhetischen
Spiel« ohne Zusammenhang zu werden.*

Hat diese Zeit, hat dieses zerfallende Leben noch Wirklichkeit? Meine Passivität wächst von Tag zu Tag, nicht weil ich mich an einer Wirklichkeit zerreibe, die stärker wäre als ich, sondern weil ich allenthalben ins Unwirkliche stoße. Ich bin mir durchaus bewußt, daß bloß im Aktiven der Sinn und das Ethos meines Lebens zu suchen ist, aber ich ahne, daß diese Zeit für die einzig wahre Aktivität, für die kontemplative Aktivität des Philosophierens keine Zeit mehr hat. Ich versuche zu philosophieren, – doch wo ist die Würde der Erkenntnis geblieben? ist sie nicht längst erstorben, ist die Philosophie angesichts des Zerfalls ihres Objektes nicht selber zu bloßen Worten zerfallen. Diese Welt ohne Sein, Welt ohne Ruhen, diese Welt, die ihr Gleichgewicht nur in der steigenden Geschwindigkeit noch finden und erhalten kann, ihr Rasen ist zur Schein-Aktivität des Menschen geworden, ins Nichts ihn zu schleudern, – oh, gibt es eine tiefere Resignation als die einer Zeit, die nicht mehr zu philosophieren vermag! Selbst das Philosophieren ist zu einem ästhetischen Spiel geworden, einem Spiel, das es nicht mehr gibt, es ist in den Leerlauf des Bösen geraten, ein Geschäft für Bürger, die sich des Abends langweilen! nichts bleibt uns mehr als die Zahl, nichts bleibt uns mehr als das Gesetz!

Die Frage, ob mit Schreiben etwas auszurichten sei, hat alle, die die deutsche Katastrophe kommen und dann vom Exil aus sich ereignen sahen, verständlicherweise in höchstem Maße beschäftigt. Broch, für den die totale Beziehungslosigkeit der Partialwerte untereinander eine Tatsache war, mußte erst recht daran zweifeln, aus dem Gebiet der Dichtung, vom Schreibtisch aus auf soziale und politische Wirklichkeiten Einfluß nehmen zu können. Sein letztes Werk, »Der Tod des Vergil«, ist ein Roman gegen den Roman, der dichterische Nachweis dafür, daß Dichtung unmöglich ist. Denn ein Autor, der wie Broch in einer Zeit der unterein-

ander beziehungslosen Partialwerte lebt, kann zum Zentrum, das seit dem Mittelalter verloren und nur in romantischer Täuschung wiederzufinden ist, nicht vorstoßen. Dieses Zentrum des Dichterischen nennt Broch »Mythus«, neue Mythen zu schaffen ist dem Dichter nicht mehr möglich. Verzweifelt versucht er, diesen unerreichbaren Kern einzukreisen, indem er alle Formen, in denen sich der Mythos jemals manifestierte, der Reihe nach im selben Werk verwendet (»Die Schlafwandler« enthalten Passagen von epischer Prosa, von essayistischer Prosa, Gedichte und sogar eine dramatische Szene); in »Der Tod des Vergil« werden die verschiedenen Stilformen sogar kombiniert, aufeinandergetürmt. Wobei es dem Dichter selbst nur allzu klar ist, daß gerade so der Mythos noch unerreichbarer, die Zersplitterung des Wertzentrums in endlose Reihen von Partialwerten noch weiter vorangetrieben wird.

HERMANN HESSE

Geb. 2. Juli 1877 in Calw (Württ.), gest. 9. August 1962 in Montagnola (Schweiz). Flucht aus dem Internat im Kloster Maulbronn. Verschiedene Berufsversuche, schließlich Buchhändler in Tübingen und Basel. Seit 1904 freier Schriftsteller. 1911 Indien-Reise. Seit 1912 in der Schweiz. 1946 Nobelpreis.

Werke: *Peter Camenzind* R. (1904); *Unterm Rad* R. (1906); *Knulp* R. (1915); *Demian* E. (1919); *Klingsors letzter Sommer* En. (1920); *Siddharta* E. (1922); *Der Steppenwolf* R. (1927); *Narziß und Goldmund* R. (1930); *Diesseits* En. (1930); *Weg nach Innen* En. (1931); *Morgenlandfahrt* E. (1932); *Das Glasperlenspiel* R. (1943). Gedichte.

Der Steppenwolf (Auszug)

In den letzten Jahren hat das in der Tradition der schwäbischen Romantik stehende Werk Hesses eine außerordentliche Renaissance erfahren. Vor allem in den USA glaubte die der »Hippie«- und »Flower«-Bewegung nahestehende Jugend sich wiederzuerkennen in den Gestalten Hesses und in der Spannung, in der sich diese als »künstlerische« Individuen gegenüber der »bürgerlichen« Gesellschaft befinden. Als »Künstler« gilt bei Hesse der Intellektuelle ebenso wie der schöpferische Mensch: seine Sensibilität, seine Empfänglichkeit für das Musische und sein kompromißloser Anspruch auf Selbstverwirklichung setzen ihn in Widerspruch zum »Bürger«, dem er Feigheit, Undifferenziertheit und Gleichgültigkeit vorwirft.

In seinem Versuch, das Wesen des Ich zu bestimmen, erweitert Hesse die von ihm übernommene romantische Deutungsweise um die Erkenntnisse der Psychoanalyse, der Psychologie C. G. Jungs und um dessen archetypische Interpretation fernöstlicher Mythologien. Der abendländisch-christlichen Zweiteilung in Animalität und Geistigkeit stellt der Dichter sein Bild vom unbestimmbar vielfältigen, vom »ganzen« Menschen entgegen, der alle Schichten seiner Seele kennt und lernt, sie als gleichwertig zu akzeptieren.

Dieser ganze Mensch bleibt allerdings weitgehend ein Postulat. Die Gestalten Hesses befinden sich auf dem Weg, sie sind hin- und hergerissen, nicht reine »Künstler«, sondern sie bleiben im Bürgerlichen gebunden, auf dessen »Sauberkeit« und »Ordnung« sie nicht verzichten können und wollen.

So zerfällt z. B. der »Steppenwolf« Harry Haller – trotz seiner Behauptung, er sei »schizophren« – nicht wirklich in zwei Hälften, in die »wölfische« und in die »geistige«. Auch in seinen schlimmsten Ausfällen bleibt er gerade das, was nicht zu sein er vorgibt: Durchschnitt, ein »Jedermann«, und den heutigen Leser muten seine Klagen weinerlich an. Ähnliches trifft auch auf den Autor selbst zu: Sein Werk bietet eher – wie der Steppenwolf zu Recht befürchtet – einen »Kompromiß« als eine durch Aussöhnung wirklicher, extremer Gegensätze erreichte Fülle. Gerade auf diese Zwi-

schenstellung aber – Ausdruck einer Krise der bürgerlichen
Werte, denen aber keine echte Alternative gegenübergestellt
werden kann – haben in den USA jene Kreise angesprochen,
die das herrschende System als unzulänglich erkannten,
ohne sich selbst von ihm lösen zu können.

Mit der fortschreitenden Zerstörung dessen, was ich früher
meine Persönlichkeit genannt hatte, begann ich auch zu
verstehen, warum ich trotz aller Verzweiflung den Tod so
entsetzlich hatte fürchten müssen, und begann zu merken,
daß auch diese scheußliche und schmähliche Todesfurcht
ein Stück meiner alten, bürgerlichen, verlogenen Existenz
war. Dieser bisherige Herr Haller, der begabte Autor, der
Kenner Mozarts und Goethes, der Verfasser lesenswerter
Betrachtungen über die Metaphysik der Kunst, über Genie
und Tragik, über Menschlichkeit, der melancholische Einsiedler in seiner mit Büchern überfüllten Klause, wurde
Zug für Zug der Selbstkritik ausgeliefert und bewährte sich
nirgends. Dieser begabte und interessante Herr Haller hatte
zwar Vernunft und Menschlichkeit gepredigt und gegen die
Roheit des Krieges protestiert, er hatte sich aber während
des Krieges nicht an die Wand stellen und erschießen lassen,
wie es die eigentliche Konsequenz seines Denkens gewesen
wäre, sondern hatte irgendeine Anpassung gefunden, eine
äußerst anständige und edle natürlich, aber doch eben einen
Kompromiß. Er war ferner ein Gegner der Macht und Aus-
beutung, aber er hatte auf der Bank mehrere Wertpapiere
von industriellen Unternehmungen liegen, deren Zinsen er
ohne alle Gewissensbisse verzehrte. Und so stand es mit
allem. Harry Haller hatte sich zwar wundervoll als Idealist
und Weltverächter, als wehmütiger Einsiedler und als grol-
lender Prophet verkleidet, im Grunde aber war er ein
Bourgeois, fand ein Leben wie das Herminens verwerflich,
ärgerte sich über die im Restaurant vertanen Nächte, über
die ebendort vergeudeten Taler, hatte ein schlechtes Gewissen und sehnte sich keineswegs nach seiner Befreiung und

Vollendung, sondern sehnte sich im Gegenteil heftig zurück in die bequemen Zeiten, als seine geistigen Spielereien ihm noch Spaß gemacht und Ruhm eingebracht hatten. Genau so sehnten sich die von ihm verachteten und verhöhnten Zeitungsleser nach der idealen Zeit vor dem Kriege zurück, weil das bequemer war, als aus dem Erlittenen zu lernen. Pfui Teufel, er war zum Erbrechen, dieser Herr Haller! Und dennoch klammerte ich mich an ihn oder an seine schon sich auflösende Larve, an sein Kokettieren mit dem Geistigen, an seine Bürgerfurcht vor dem Ungeordneten und Zufälligen (wozu auch der Tod gehörte) und verglich den werdenden neuen Harry, diesen etwas schüchternen und komischen Dilettanten der Tanzsäle, höhnisch und voll Neid mit jenem einstigen, verlogen-idealen Harrybild, an welchem er inzwischen alle fatalen Züge entdeckt hatte, die ihn damals an des Professors Goethe-Radierung so sehr gestört hatten. Er selbst, der alte Harry, war genau solch ein bürgerlich idealisierter Goethe gewesen, so ein Geistesheld mit allzu edlem Blick, von Erhabenheit, Geist und Menschlichkeit strahlend wie von Brillantine und beinahe über den eigenen Seelenadel gerührt! Teufel, dies holde Bild hatte nun allerdings arge Löcher bekommen, kläglich war der ideale Herr Haller demontiert worden! Wie ein von Straßenräubern geplünderter Würdenträger in zerfetzten Hosen sah er aus, der klug daran getan hätte, jetzt die Rolle des Abgerissenen zu lernen, der aber seine Lumpen trug, als hingen noch Orden dran, und die verlorene Würde weinerlich weiter prätendierte.

Hesse sieht und postuliert einen Übergang, ein Gegengewicht zum fragwürdig gewordenen Bürgerlichen. Aber auch wenn gedanklich dieses Neue schon erfaßt werden mag – etwa in Hesses Annäherung an C. G. Jung, oder in seiner Beschäftigung mit fernöstlichen Religionen –, so wird doch diese Welt in seinen Werken nicht dargestellt. Insbesondere Hesses Stilmittel bleiben bürgerlich (ästhetisierend, roman-

tisch klischeehaft), selbst dort, wo gerade das Un-Bürgerliche
beschrieben werden soll. So soll z. B. Harry Haller die von
der bürgerlichen Moral tabuisierten Freuden der körperli-
chen Liebe erfahren und bejahen lernen. Das Vokabular
der folgenden Szene erscheint deshalb in geradezu stören-
dem Maße durchsetzt von bürgerlichen Klischees. Auch von
der Handlung her wird hier gerade nicht ein neuer, unbür-
gerlicher Bereich erobert, sondern körperliche Liebe und
Prostitution werden idyllisiert (und diskret und heimlich
ins Haus gebracht).

So von Gedanken und vom Nachklang der Musik erfüllt,
das Herz schwer von Trauer und verzweifelter Sehnsucht
nach Leben, nach Wirklichkeit, nach Sinn, nach unwiederbringlich Verlorenem, war ich endlich heimgekehrt, hatte
meine Treppen erstiegen, hatte im Wohnzimmer Licht gemacht und vergebens ein wenig zu lesen versucht, hatte an
die Verabredung gedacht, die mich zwang, morgen abend
zu Whisky und Tanz in die Cécil-Bar zu gehen, und hatte
nicht nur gegen mich selbst, sondern auch gegen Hermine
Groll und Bitterkeit empfunden. Mochte sie es gut und
herzlich meinen, mochte sie ein wundervolles Wesen sein –
sie hätte mich doch damals lieber zugrunde gehen lassen
sollen, statt mich in diese wirre, fremde, flirrende Spielwelt
hinein- und hinabzuziehen, wo ich doch immer ein Fremder
bleiben würde und wo das Beste in mir verkam und Not
litt!
Und so hatte ich traurig mein Licht gelöscht, traurig mein
Schlafzimmer aufgesucht, traurig mit dem Entkleiden begonnen, da machte ein ungewohnter Duft mich stutzig, es
roch leicht nach Parfüm, und umblickend sah ich in meinem
Bett die schöne Maria liegen, lächelnd, etwas bange, mit
großen blauen Augen.
»Maria!« sagte ich. Und mein erster Gedanke war, daß
meine Hauswirtin mir kündigen würde, wenn sie das
wüßte.

»Ich bin gekommen«, sagte sie leise. »Sind Sie mir böse?«
»Nein, nein. Ich weiß, Hermine hat Ihnen den Schlüssel
gegeben. Nun ja.«
»Oh, Sie sind böse darüber. Ich gehe wieder.«
»Nein, schöne Maria, bleiben Sie! Nur bin ich gerade heut
abend sehr traurig, lustig sein kann ich heute nicht, das
kann ich dann morgen vielleicht wieder.«
Ich hatte mich etwas zu ihr hinabgebeugt, da faßte sie meinen Kopf mit ihren beiden großen, festen Händen, zog ihn
herab und küßte mich lange. Dann setzte ich mich zu ihr
aufs Bett, hielt ihre Hand, bat sie, leise zu reden, da man
uns nicht hören dürfe, und sah in ihr schönes, volles Gesicht
hinab, das fremd und wunderbar wie eine große Blume da
auf meinem Kissen lag. Langsam zog sie meine Hand an
ihren Mund, zog sie unter die Decke und legte sie auf ihre
warme, still atmende Brust.
»Du brauchst nicht lustig zu sein«, sagte sie, »Hermine hat
mir schon gesagt, daß du Kummer hast. Das versteht ja
jeder. Gefalle ich dir denn noch, du? Neulich beim Tanzen
warst du sehr verliebt.«
Ich küßte sie auf Augen, Mund, Hals und Brüste. Eben
noch hatte ich an Hermine gedacht, bitter und mit Vor-
würfen. Nun hielt ich ihr Geschenk in Händen und war
dankbar. Die Liebkosungen Marias taten der wunderbaren
Musik nicht weh, die ich heut gehört hatte, sie waren ihr
würdig und ihre Erfüllung. Langsam zog ich die Decke von
der schönen Frau, bis ich mit meinen Küssen zu ihren Füßen
gelangt war. Als ich mich zu ihr legte, lächelte ihr Blumen-
gesicht mich allwissend und gütig an.
In dieser Nacht, an Marias Seite, schlief ich nicht lange,
aber tief und gut wie ein Kind. Und zwischen den Schlaf-
zeiten trank ich ihre schöne heitere Jugend und erfuhr im
leisen Plaudern eine Menge wissenswerter Dinge über ihr
und Herminens Leben. Ich hatte über diese Art von Wesen
und Leben sehr wenig gewußt, nur beim Theater hatte ich
früher gelegentlich ähnliche Existenzen, Frauen wie Männer,

angetroffen, halb Künstler, halb Lebewelt. Jetzt erst sah ich ein wenig in diese merkwürdigen, diese seltsam unschuldigen, seltsam verdorbenen Leben hinein. Diese Mädchen, von Hause meist arm, zu klug und zu hübsch, um ihr ganzes Leben einzig auf irgendeinen schlecht bezahlten und freudlosen Broterwerb zu stellen, lebten alle bald von Gelegenheitsarbeit, bald von ihrer Anmut und Liebenswürdigkeit. Sie saßen zuweilen ein paar Monate an einer Schreibmaschine, waren zeitweise die Geliebten wohlhabender Lebemänner, bekamen Taschengelder und Geschenke, lebten zu Zeiten in Pelz, Auto und Grand Hotel, zu andern Zeiten in Dachkammern und waren zur Ehe zwar unter Umständen durch ein hohes Angebot zu gewinnen, im ganzen aber keineswegs auf sie erpicht. Manche von ihnen waren in der Liebe ohne Begehrlichkeit und gaben ihre Gunst nur widerwillig und unter Feilschen um den höchsten Preis. Andre, und zu ihnen gehörte Maria, waren ungewöhnlich liebesbegabt und liebesbedürftig, die meisten auch in der Liebe mit beiden Geschlechtern erfahren; sie lebten einzig der Liebe wegen und hatten stets neben den offiziellen und zahlenden Freunden noch andre Liebesbeziehungen blühen. Emsig und geschäftig, sorgenvoll und leichtsinnig, klug und doch besinnungslos lebten diese Schmetterlinge ihr ebenso kindliches wie raffiniertes Leben.

JOSEPH ROTH

Geb. 2. September 1894 in Schwabendorf b. Brody (Ostgalizien), gest. 27. Mai 1939 in Paris. Sohn jüdischer Eltern, später katholisch getauft. Studium der Literaturgeschichte und Philosophie in Wien. Soldat in der österreichisch-ungarischen Armee, russische Kriegsgefangenschaft. Nach der Heimkehr als Journalist in Wien und Berlin, dann als freier Schriftsteller in Frankfurt am Main. Zahlreiche Reisen. Lebte meist in Hotels, zuletzt als Emigrant in Paris.

Werke: *Hotel Savoy* R. (1924); *Die Flucht ohne Ende* R. (1927);
Hiob R. (1930); *Radetzkymarsch* R. (1932); *Beichte eines Mörders* E.
(1936); *Die Kapuzinergruft* R. (1938); *Die Legende vom heiligen
Trinker* E. (1939); *Der Leviathan* E. (1940). Essays.

Die Kapuzinergruft (Auszug)

*Der Zerfall der alten Welt steht – ähnlich wie bei Musil,
Broch, dem jungen Thomas Mann (»Buddenbrooks«) – auch
bei Joseph Roth im Zentrum des epischen Werks. Der
»große Krieg« von 1914 bis 1918 werde »mit Recht«
»›Weltkrieg‹« genannt: »weil wir alle infolge seiner eine
Welt, unsere Welt, verloren haben«, heißt es in der »Kapuzinergruft«.*

*Der Untergang der österreichischen Monarchie ist für Roth
allerdings weniger ein Gleichnis des allgemeinen erkenntnis-
theoretischen und moralisch-ästhetischen Zerfalls als unmittelbarer Verlust einer in der Vergangenheit politisch vor-
handenen »Heimat«. Somit sind Roths Romane eher »historisch« als diejenigen der erwähnten Autoren; und ihre
Hauptgestalten, in ihrer Sehnsucht nach der für immer verlorenen Vergangenheit, reine Verstoßene, »Exterritoriale«,
für die es nicht einmal die scheinbare Zukunft von Ulrichs
Utopismus (in Musils »Mann ohne Eigenschaften«) oder
Brochs Hoffnung auf ein neues Wertzentrum mehr gibt.*

*Ein »Exterritorialer« war Roth als Emigrant im vollstän-
digsten Sinn: mittellos, von Hotel zu Hotel ziehend, trank
er sich im Pariser Exil zu Tode. Einer ganz auf die un-
wiederbringliche Vergangenheit ausgerichteten Existenz entspricht die Tonlage des 1938 erschienenen Romans »Die
Kapuzinergruft«: Obwohl Hauptgestalten und Thema die-
selben sind wie im »Radetzkymarsch« (1932) – der Niedergang der Habsburger Monarchie, dargestellt anhand des
Schicksals der Familie von Trotta –, gibt Roth im späteren
Roman keine Schilderung eines erfüllten österreichischen
Lebens mehr. Die Erinnerung beschwört – die Handlung*

setzt ein im Jahre 1914 – nur noch eine Vergangenheit, die ihrerseits schon von der »Dekadenz« und vom unmittelbar drohenden Untergang gekennzeichnet ist; der nationalsozialistischen Katastrophe der Gegenwart (1938), mit der der Roman schließt, wird nur noch eine Vergangenheit, die ihrerseits fast nur aus Vergangenheit besteht, gegenübergestellt.

Die folgenden Auszüge entstammen den drei wesentlichen Themenkreisen des Romans:

1. Roths (und Trottas) Konzeption der Monarchie

Den modernen »widerwärtigen Entdeckern der sogenannten Nationalitäten« wird der folgende Begriff einer übernationalen Verbindung, das alte Österreich, entgegengehalten:

»Merkwürdig« – sagte der junge Festetics – »diese Slowenen! Die Ungarn nehmen ihnen die primitivsten nationalen Rechte, sie wehren sich, sie rebellieren sogar gelegentlich oder haben zumindest den Anschein zu rebellieren, aber sie feiern den Geburtstag des Königs.«

»In dieser Monarchie« – erwiderte Graf Chojnicki, er war der älteste unter uns – »ist nichts merkwürdig. Ohne unsere Regierungstrottel« (er liebte starke Ausdrücke) »wäre ganz gewiß auch dem äußerlichen Anschein nach gar nichts merkwürdig. Ich will damit sagen, daß das sogenannte Merkwürdige für Österreich-Ungarn das Selbstverständliche ist. Ich will zugleich damit auch sagen, daß nur diesem verrückten Europa der Nationalstaaten und der Nationalismen das Selbstverständliche sonderbar erscheint. Freilich sind es die Slowenen, die polnischen und ruthenischen Galizianer, die Kaftanjuden aus Boryslaw, die Pferdehändler aus der Bacska, die Moslems aus Sarajevo, die Maronibrater aus Mostar, die Gott erhalte singen. Aber die deutschen Studenten aus Brünn und Eger, die Zahnärzte, Apotheker, Friseurgehilfen, Kunst-Photographen aus Linz, Graz, Knittelfeld, die Kröpfe aus den Alpentälern, sie alle singen die Wacht am Rhein. Österreich wird an dieser Nibelungentreue zu Grunde gehn, meine Herren! Das Wesen Österreichs ist nicht Zentrum, sondern Peripherie. Österreich ist nicht in den Alpen zu finden, Gemsen gibt es dort und Edelweiß und Enzian, aber kaum eine Ahnung von einem Doppeladler. Die österreichische Substanz wird genährt und immer wieder aufgefüllt von den Kronländern.«

Unmittelbar vor dem Ausbruch des Krieges hat der Protagonist des Romans, Franz Ferdinand Trotta, auf einer Reise durch die Provinzen noch einmal Gelegenheit, das die verschiedenen Völker Verbindende, den »Geist der Monarchie«, zu erfahren:

Dennoch, auf so viel Fremdes, mehr als dies: nämlich Weites und Entferntes ich mich auch vorbereitet hatte, erschien mir auch das meiste heimisch und vertraut. Viel später erst, lange nach dem großen Krieg, den man den »Weltkrieg« nennt, mit Recht, meiner Meinung nach, und zwar nicht etwa, weil ihn die ganze Welt geführt hatte, sondern, weil wir alle infolge seiner eine Welt, unsere Welt, verloren haben, viel später also erst sollte ich einsehen, daß sogar Landschaften, Äcker, Nationen, Rassen, Hütten und Kaffeehäuser verschiedenster Art und verschiedenster Abkunft dem durchaus natürlichen Gesetz eines starken Geistes unterliegen müssen, der imstande ist, das Entlegene nahe zu bringen, das Fremde verwandt werden zu lassen und das scheinbar Auseinanderstrebende zu einigen. Ich spreche vom mißverstandenen und auch mißbrauchten Geist der alten Monarchie, der da bewirkte, daß ich in Zlotogrod ebenso zu Hause war, wie in Sipolje, wie in Wien. Das einzige Kaffeehaus in Zlotogrod, das Café Habsburg, gelegen im Parterre des Hotels zum Goldenen Bären, in dem ich abgestiegen war, sah nicht anders aus, als das Café Wimmerl in der Josefstadt, wo ich gewohnt war, mich mit meinen Freunden am Nachmittag zu treffen. Auch hier saß hinter der

Theke die wohlvertraute Kassiererin, so blond und so füllig
wie zu meiner Zeit nur die Kassiererinnen sein konnten,
eine Art biedere Göttin des Lasters, eine Sünde, die sich
selbst preisgibt, indem sie sich nur andeutet, lüstern, ver-
derblich und geschäftstüchtig lauernd zugleich. Desgleichen
hatte ich schon in Agram, in Olmütz, in Brünn, in Kecs-
kemet, in Szombathely, in Ödenburg, in Sternberg, in Müglitz gesehen. Die Schachbretter, die Dominosteine, die ver-
rauchten Wände, die Gaslampen, der Küchentisch in der
Ecke, in der Nähe der Toiletten, die blaugeschürzte Magd,
der Landgendarm mit dem lehmgelben Helm, der auf einen
Augenblick eintrat, ebenso autoritär wie verlegen und der
das Gewehr mit dem aufgepflanzten Bajonett schüchtern
fast in den Regenschirmständer lehnte, und die Tarockspie-
ler mit den Kaiserbärten und den runden Manschetten, die
sich jeden Tag pünktlich um die gleiche Stunde versammelten: all dies war Heimat, stärker als nur ein Vaterland,
weit und bunt, dennoch vertraut und Heimat: die kaiser-
und königliche Monarchie. Der Bezirkshauptmann Baron
Grappik und der Oberst der Neuner Dragoner Földes, sie
sprachen beide das gleiche näselnde ärarische Deutsch der
besseren Stände, eine Sprache, hart und weich zugleich, als
wären Slaven und Italiener die Gründer und Väter dieser
Sprache, einer Sprache voller diskreter Ironie und voll gra-
ziöser Bereitschaft zur Harmlosigkeit, zum Plausch und sogar zum holden Unsinn. Es dauerte kaum eine Woche, und
ich war in Zlotogrod ebenso heimisch, wie ich es in Sipolje,
in Müglitz, in Brünn und in unserem Café Wimmerl in der
Josefstadt gewesen war.

2. Vor dem Zusammenbruch, 1914

Franz Ferdinand Trotta

*Vom Bruder jenes Trotta, »der dem Kaiser Franz Joseph in
der Schlacht bei Solferino das Leben gerettet hat« und der*

der Großvater der »geadelten Trottas« aus dem »Radetzky-
marsch« war, stammt Franz Ferdinand ab, in dritter Gene-
ration. Dieser Zweig des »Geschlechts« ist zwar ebenso
kaisertreu und patriotisch wie »die fromm-ergebenen Diener
Franz Josephs«, die Nachkommen des »Helden von Solfe-
rino«, aber, um »Habsburg zu retten«, war Franz Ferdi-
nands Vater bereit, »das Reich zu reformieren«. »Er war
ein Rebell und ein Patriot, mein Vater – eine Spezies, die es
nur im alten Österreich-Ungarn gegeben hat. [...] Er be-
griff den Sinn der österreichischen Monarchie zu gut.«
Die treue – aber nicht kritiklose – Liebe zur österreichischen
Monarchie lebt auch in Franz Ferdinand, dem jüngsten
Trotta. Anders als seine Offizierskameraden erfährt Trotta
deshalb den Ausbruch des Krieges: er kennt die Schwächen
der Monarchie und die Gefahren, die ihr drohen. Einer
impulsiven Eingebung gehorchend, läßt er sich deshalb ver-
setzen zum Regiment derjenigen, die er eben auf seiner
Reise als die wahren Vertreter des »Geistes der Monarchie«
wieder zu achten gelernt hat.

Wir saßen nun wieder zusammen, im Posamentiererladen,
wie einst in Einjährigen-Zeiten. Und gerade die Unbeküm-
mertheit meiner Kameraden, mit der sie heute dem bevor-
stehenden Sieg ebenso zujubelten, wie sie vor Jahren dem
nahenden Offiziers-Prüfung entgegengetrunken hatten, be-
leidigte mich tief. Damals mochte in mir die prophetische
Ahnung sehr stark gewesen sein, die Ahnung, daß diese
meine Kameraden wohl imstande seien, eine Offiziersprü-
fung zu bestehen, keineswegs aber einen Krieg. Zu sehr
verwöhnt aufgewachsen waren sie in dem von den Kronländern der Monarchie unaufhörlich gespeisten Wien, harmlose, beinahe lächerlich harmlose Kinder der verzärtelten,
viel zu oft besungenen Haupt- und Residenzstadt, die einer
glänzenden, verführerischen Spinne ähnlich, in der Mitte
des gewaltigen, schwarzgelben Netzes saß und unaufhörlich
Kraft und Saft und Glanz von den umliegenden Kron-

ländern bezog. Von den Steuern, die mein armer Vetter, der Maronibrater Joseph Branco Trotta aus Sipolje, von den Steuern, die mein elendiglich lebender jüdischer Fiaker Manes Reisiger aus Zlotogrod bezahlten, lebten die stolzen Häuser am Ring, die der baronisierten jüdischen Familie Todesco gehörten und die öffentlichen Gebäude, das Parlament, der Justizpalast, die Universität, die Bodenkreditanstalt, das Burgtheater, die Hofoper und sogar noch die Polizeidirektion. Die bunte Heiterkeit der Reichs-, Haupt- und Residenzstadt nährte sich ganz deutlich – mein Vater hatte es so oft gesagt – von der tragischen Liebe der Kronländer zu Österreich: der tragischen, weil ewig unerwiderten. Die Zigeuner der Puszta, die subkarpathischen Huzulen, die jüdischen Fiaker von Galizien, meine eigenen Verwandten, die slowenischen Maronibrater von Sipolje, die schwäbischen Tabakpflanzer aus der Bacska, die Pferdezüchter der Steppe, die osmanischen Sibersna, jene von Bosnien und Herzegowina, die Pferdehändler aus der Hanakei in Mähren, die Weber aus dem Erzgebirge, die Müller und Korallenhändler aus Podolien: sie alle waren die großmütigen Nährer Österreichs; je ärmer, desto großmütiger. So viel Weh, so viel Schmerz, freiwillig dargeboten, als wäre es selbstverständlich, hatten dazu gehört, damit das Zentrum der Monarchie in der Welt gelte als die Heimat der Grazie, des Frohsinns und der Genialität. Unsere Gnade wuchs und blühte, aber ihr Feld war gedüngt von Leid und von der Trauer. Ich dachte, während wir so zusammen saßen, an Manes Reisiger und an Joseph Branco. Diese beiden: sie wollten gewiß nicht so graziös in den Tod, in einen graziösen Tod gehen, wie meine Bataillonskameraden. Und ich auch nicht; ich auch nicht! Wahrscheinlich war ich in jener Stunde der einzige, der die finstere Wucht des Kommenden fühlte, zum Unterschied und also im Gegensatz zu meinen Kameraden. Deshalb also stand ich plötzlich auf und sagte, zu meiner eigenen Überraschung, folgendes: »Meine Kame-

raden! Ich habe Euch alle sehr lieb, so wie es sein soll, immer unter Kameraden, insbesondere aber eine Stunde vor
dem Tode.« – Hier konnte ich nicht mehr weiter. Das Herz
stockte, die Zunge versagte. Ich erinnerte mich an meinen
Vater – und Gott verzeih mir die Sünde! –: ich log. Ich log
meinem toten Vater etwas an, was er niemals wirklich gesagt hatte, was er aber wirklich gesagt haben konnte. Ich
fuhr also fort: »Es war einer der letzten Wünsche meines
Vaters, daß ich im Falle eines Krieges, den er wohl in aller-
nächster Zeit vorausgesehen hatte, nicht mit Euch zu unseren teueren Einundzwanzigern einrücke, sondern in ein Regiment, wo mein Vetter Joseph Branco dient.«
Sie schwiegen alle. Niemals in meinem Leben hatte ich solch
ein Schweigen vernommen. Es war, als hätte ich ihnen ihre
ganze leichtfertige Freude am Kriege geraubt; ein Spiel-
Verderber: ein Kriegs-Spiel-Verderber.
Deutlich empfand ich, daß ich hier nichts mehr zu suchen
hatte. Ich erhob mich und reichte allen die Hand. Ich fühle
heute noch die kalten, enttäuschten Hände meiner Einundzwanziger. Sehr weh tat es mir. Aber ich wollte mit Joseph
Branco zusammen sterben, mit Joseph Branco, meinem Vetter, dem Kastanienbrater und mit Manes Reisiger, dem
Fiaker von Zlotogrod und nicht mit Walzer-Tänzern.
So verlor ich zum ersten Mal meine erste Heimat, nämlich
die Einundzwanziger, mitsamt unserer geliebten »Wasser-
wiese« im Prater.

Bis über das Kriegsende hinaus bewahrt sich Trotta diese
»rebellische« Kaisertreue. Seinen endgültigen Zusammen-
bruch löst, am Ende des Romans, nicht nur der Tod der
Mutter aus, die in »heroischer« Weise die alte Form auf-
rechterhalten und für Trotta ein scheinbares Refugium der
Vergangenheit geschaffen hatte; es ist ebensosehr die bru-
tale, blutige Niederwerfung der Linken durch die wieder
zur Macht gelangte rechtsradikale Regierung, die das Ende
einleitet: »Ich kümmerte mich nicht mehr um die Welt. Mei-

nen Sohn schickte ich zu meinem Freund Laveraville nach Paris. Allein blieb ich, allein, allein, allein. Ich ging in die Kapuzinergruft.«

Dekadenz

»Wir liebten die Wehmut ebenso leichtfertig, wie das Vergnügen« – das anmutig-frivole Spiel der Wiener Jeunesse dorée, der der junge Franz Ferdinand angehört, ist ein Tanz über dem Abgrund. Leitmotivisch wiederholt Roth in seinen Schilderungen dieser Atmosphäre den im folgenden Passus erstmals erwähnten Satz vom *»unsichtbaren Tod«, der über den noch ahnungslos Scherzenden »schon seine knochigen Hände«* kreuzt.

Der Form halber, als Ausrede und, um meine Mutter zu beruhigen, hatte ich Jus inskribiert. Ich studierte freilich nicht. Vor mir breitete sich das große Leben aus, eine bunte Wiese, kaum begrenzt von einem sehr, sehr fernen Horizontrand. Ich lebte in der fröhlichen, ja, ausgelassenen Gesellschaft junger Aristokraten, jener Schicht, die mir neben den Künstlern im alten Reich die liebste war. Ich teilte mit ihnen den skeptischen Leichtsinn, den melancholischen Fürwitz, die sündhafte Fahrlässigkeit, die hochmütige Verlorenheit, alle Anzeichen des Untergangs, den wir damals noch nicht kommen sahen. Über den Gläsern, aus denen wir übermütig tranken, kreuzte der unsichtbare Tod schon seine knochigen Hände. Wir schimpften fröhlich, wir lästerten sogar bedenkenlos. Einsam und alt, fern und gleichsam erstarrt, dennoch uns allen nahe und allgegenwärtig im großen bunten Reich lebte und regierte der alte Kaiser Franz Joseph. Vielleicht schliefen in den verborgenen Tiefen unserer Seelen jene Gewißheiten, die man Ahnungen nennt, die Gewißheit vor allem, daß der alte Kaiser starb, mit jedem Tage, den er länger lebte und mit ihm die Monarchie, nicht so sehr unser Vaterland, wie unser Reich, etwas Größeres,

Weiteres, Erhabeneres als nur ein Vaterland. Aus unsern schweren Herzen kamen die leichten Witze, aus unserem Gefühl, daß wir Todgeweihte seien, eine törichte Lust an jeder Bestätigung des Lebens: an Bällen, am Heurigen, an Mädchen, am Essen, an Spazierfahrten, Tollheiten aller Art, sinnlosen Eskapaden, an selbstmörderischer Ironie, an ungezähmter Kritik, am Prater, am Riesenrad, am Kasperltheater, an Maskeraden, am Ballett, an leichtsinnigen Liebesspielen in den verschwiegenen Logen der Hofoper, an Manövern, die man versäumte und sogar noch an jenen Krankheiten, die uns manchmal die Liebe bescherte.

Selbst hier ist der Sohn des rebellischen Trotta nicht ganz konform: wo nur »liaisons« am Platze waren, erfährt er Liebe. Allein – der Spätling versucht nicht mehr, sich durchzusetzen, er spielt mit, den Rest verbirgt er. Ebensowenig wird es ihm nach der Rückkehr aus dem Krieg gelingen, Elisabeth, die nun seine Frau ist, vor denjenigen Einflüssen zu schützen, die ihm, dem Vertreter des Adels und der Alten Welt, als besonders zersetzend erscheinen müssen. Franz Ferdinand Trotta, drei Generationen nach dem »Helden von Solferino«, sieht das Ende kommen, aber er vermag nicht mehr, sich dagegen aufzulehnen.

Ich kämpfte lange Zeit vergebens gegen diese Liebe, nicht so sehr deshalb, weil ich mich gefährdet glaubte, sondern weil ich den stillen Spott meiner skeptischen Freunde fürchtete. Es war damals, kurz vor dem großen Kriege, ein höhnischer Hochmut in Schwung, ein eitles Bekenntnis zur sogenannten »Dekadenz«, zu einer halb gespielten und outrierten Müdigkeit und einer Gelangweiltheit ohne Grund. In dieser Atmosphäre verlebte ich meine besten Jahre. In dieser Atmosphäre hatten Gefühle kaum einen Platz, Leidenschaften gar waren verpönt. Meine Freunde hatten kleine, ja, unbedeutende »Liaisons«, Frauen, die man ablegte, manchmal sogar herlieh wie Überzieher; Frauen,

die man vergaß, wie Regenschirme, oder absichtlich liegen-
ließ, wie lästige Pakete, nach denen man sich nicht umsieht,
aus Angst, sie könnten einem nachgetragen werden. In dem
Kreis, in dem ich verkehrte, galt die Liebe als eine Ver-
irrung, ein Verlöbnis war so etwas, wie eine Apoplexie und
eine Ehe ein Siechtum. Wir waren jung. An eine Heirat
dachte man zwar als eine unausbleibliche Folge des Lebens,
aber ähnlich, wie man an eine Sklerose denkt, die wahrscheinlich in zwanzig oder dreißig Jahren notwendig eintreten muß.

*Er vermag nicht mehr, sich dagegen aufzulehnen: Die »eige-
nen Sünden« – wiedergutzumachen nur solange sie die
»eigenen« sind – erscheinen als »Vorzeichen« des allgemeinen und somit vom einzelnen nicht mehr aufzuhaltenden
Verhängnisses.*

Meine Freunde also waren es, die mich hinderten, der Stimme der Natur und der Vernunft zu gehorchen und meinem
Gefühl für die geliebte Elisabeth ebenso freien Ausdruck
zu verleihen, wie meiner kindlichen Liebe zu meiner Mutter.
Aber es sollte sich ja auch darauf zeigen, daß diese Sünden,
die meine Freunde und ich auf unsere Häupter luden, gar
nicht unsere persönlichen waren, sondern nur die schwachen
Vorzeichen der kommenden Vernichtung, von der ich bald
erzählen werde.

3. Nach dem Zusammenbruch, 1918.
Das Wiedersehen mit Wien

*Man vergleiche diese Schilderung der Rückkehr aus dem
Krieg mit derjenigen von Erich Maria Remarque (s. »Der
Weg zurück«), um sich einen Begriff von dem zu machen,
was Roth, den auf die Vergangenheit Bezogenen, von Re-*

*marque, der sich von der Vergangenheit ablösen will, trennt:
der entscheidende Bruch, den der Erste (und zum Teil der
Zweite) Weltkrieg für Europa bedeutete, kann kaum deutlicher in der Literatur gefaßt werden.*

Am Weihnachtsabend des Jahres 1918 kehrte ich heim. Elf
zeigte die Uhr am Westbahnhof. Durch die Mariahilfer-
straße ging ich. Ein körniger Regen, mißratener Schnee und
kümmerlicher Bruder des Hagels, fiel in schrägen Strichen
vom mißgünstigen Himmel. Meine Kappe war nackt, man
hatte ihr die Rosette abgerissen. Mein Kragen war nackt,
man hatte ihm die Sterne abgerissen. Ich selbst war nackt.
Die Steine waren nackt, die Mauern und die Dächer. Nackt
waren die spärlichen Laternen. Der körnige Regen prasselte
gegen ihr mattes Glas, als würfe der Himmel sandige Kie-
sel gegen arme große Glasmurmeln. Die Mäntel der Wachtposten vor den öffentlichen Gebäuden wehten, und die
Schöße blähten sich, trotz der Nässe. Die aufgepflanzten
Bajonette erschienen gar nicht echt, die Gewehre hingen
halb schief an den Schultern der Leute. Es war, als wollten
sich die Gewehre schlafen legen, müde, wie wir, von vier
Jahren Schießen. Ich war keineswegs erstaunt, daß mich die
Leute nicht grüßten, meine nackte Kappe, mein nackter
Blusenkragen verpflichteten niemanden. Ich rebellierte nicht.
Es war nur jämmerlich. Es war das Ende. Ich dachte an den
alten Traum meines Vaters, den von einer dreifältigen Monarchie und, daß er mich dazu bestimmt hatte, einmal seinen
Traum wirklich zu machen. Mein Vater lag begraben auf
dem Hietzinger Friedhof, und der Kaiser Franz Joseph,
dessen treuer Deserteur er gewesen war, in der Kapuzinergruft. Ich war der Erbe, und der körnige Regen fiel über
mich, und ich wanderte dem Hause meines Vaters und meiner Mutter zu. Ich machte einen Umweg. Ich ging an der
Kapuzinergruft vorbei. Auch vor ihr ging ein Wachtposten
auf und ab. Was hatte er noch zu bewachen? Die Sarko-
phage? Das Andenken? Die Geschichte? Ich, ein Erbe, ich

blieb eine Weile vor der Kirche stehen. Der Posten kümmerte sich nicht um mich. Ich zog die Kappe. Dann ging ich
weiter dem väterlichen Hause zu, von einem Haus zum
andern.

Für eine Zeitlang vermag die Mutter – aus Größe? aus Er-
starrung? – die Ordnung von vor dem Krieg scheinbar im
Hause aufrechtzuerhalten. Das Klavier zum Beispiel bleibt
stehen; aber es »war hohl: die Saiten fehlten. Es ist ja leer,
Mutter! – sagte ich. Sie senkte den Kopf.«
Selbst ihren eigenen Zerfall, das Gebrechen des Alters, ver-
heimlicht Frau von Trotta lange erfolgreich.

Eines Abends kam ich zu einer ungewohnten Stunde nach
Hause. Ich wollte meine Mutter begrüßen, ich suchte sie.
Das Mädchen sagte mir, daß sie in der Bibliothek sitze. Die
Tür unseres Bibliothekzimmers, das an den Salon grenzte,
stand offen, ich brauchte nicht anzuklopfen. Meinen Gruß
überhörte die alte Frau offenbar. Ich dachte zuerst, sie sei
über dem Buch eingeschlafen. Sie saß überdies mit dem
Rücken zu mir, mit dem Gesicht zum Fenster. Ich ging
näher, sie schlief nicht, sie las und blätterte sogar eine Seite
um, in dem Augenblick, in dem ich an sie herantrat. Guten
Abend, Mama! – sagte ich. Sie sah nicht auf. Ich berührte
sie. Sie erschrak. Wie kommst Du jetzt daher? – fragte sie. –
Auf einen Sprung, Mama, ich wollte mir die Adresse Stias-
nys heraussuchen. – Der hat lang nichts mehr von sich hören
lassen. Ich glaub', er ist gestorben. Der Doktor Stiasny war
Polizeiarzt, jung, wie ich, meine Mutter mußte mich miß-
verstanden haben. – Ich mein' den Stiasny – sagte ich. –
Gewiß, ich glaub', vor zwei Jahren ist er gestorben. Er war
ja schon mindestens achtzig! – So, gestorben! – wiederholte
ich – und ich wußte nun, daß meine Mutter schwerhörig
war. Lediglich dank ihrer Disziplin, jener ungewöhnlichen
Disziplin, die uns Jüngeren nicht mehr von Kindheit an
auferlegt worden war, gelang ihr diese rätselhafte Stärke,

ihr Gebrechen während jener Stunden zu unterdrücken, in denen sie mich zu Hause erwartete, mich und andere. In den langen Stunden, in denen sie wartete, bereitete sie sich auf das Hören vor. Sie selbst mußte ja wissen, daß sie das Alter mit einem seiner Schläge getroffen hatte. Bald – so dachte ich – wird sie ertaubt sein, wie das Klavier ohne Saiten! Ja, vielleicht war damals schon, als sie in einem Anfall von Verwirrung die Saiten hatte herausnehmen lassen, in ihr eine Ahnung ihrer nahenden Taubheit lebendig gewesen und eine vage Furcht, daß sie bald nicht mehr exakte Töne würde vernehmen können! Von allen Schlägen, die das Alter auszuteilen hatte, mußte dieser für meine Mutter, ein wahres Kind der Musik, der schwerste sein. In diesem Augenblick erschien sie mir fast überirdisch groß, entrückt war sie in ein anderes Jahrhundert, in die Zeit einer längst versunkenen heroischen Noblesse. Denn es ist nobel und heroisch, Gebrechen zu verbergen und zu verleugnen.

Aber der Zerfall läßt sich nicht aufhalten. Das Vermögen ist aufgebraucht, das Haus muß in eine Pension verwandelt werden. Die Ehe mit Elisabeth, nur für eine kurze Zeit wirklich vollzogen, zerbricht. Mit dem Tod der alten Frau von Trotta zerreißt das letzte greifbare Band mit der Vergangenheit. Franz Ferdinand erstarrt.

Ich hatte schon wochenlang keine Zeitungen mehr gelesen, und die Reden meiner Freunde, die von den Zeitungen zu leben, ja geradezu von Nachrichten und Gerüchten am Leben erhalten zu sein schienen, rauschten ohne jede Wirkung an meinem Ohr vorbei, wie die Wellen der Donau, wenn ich manchmal am Franz-Joseph-Kai saß, oder auf der Elisabeth-Promenade. Ich war ausgeschaltet; ausgeschaltet war ich. Ausgeschaltet unter den Lebendigen bedeutet so etwas Ähnliches wie: exterritorial. Ein Exterritorialer war ich eben unter den Lebenden.

1938. Die Nationalsozialisten sind an die Macht gekommen. Im Stammlokal, aus dem die letzten alten Freunde bei der Nachricht fluchtartig aufbrechen, bleibt Franz Ferdinand von Trotta allein zurück, während die Rolläden geschlossen werden. Die Szene erinnert an das Ende von Tschechows Schauspiel »Der Kirschgarten«: Auch hier ist eine »Welt« – eine Klasse der Gesellschaft – untergegangen, nur der alte Diener ist schlafend im Landhaus zurückgeblieben. Von draußen werden die Fenster mit Brettern zugenagelt.

ERICH KÄSTNER

Geb. 23. Februar 1899 in Dresden, gest. 29. Juli 1974 in München. Satiriker, Moralist, Journalist, Autor von Romanen, Kabarettversen, Epigrammen, »Gebrauchslyrik«, Kinderbüchern. Mehrere Literaturpreise. Germanistikstudium, Dr. phil. 1933 wurden seine Bücher von den Nationalsozialisten verbrannt. Kästner blieb trotzdem in Deutschland, veröffentlichte seine Bücher im Ausland.

Werke: *Herz auf Taille* G. (1927); *Lärm im Spiegel* G. (1929); *Emil und die Detektive* Kdb. (1929); *Ein Mann gibt Auskunft* G. (1930); *Fabian* R. (1931); *Pünktchen und Anton* Kdb. (1931); *Der 35. Mai* Kdb. (1931); *Gesang zwischen den Stühlen* G. (1932); *Das fliegende Klassenzimmer* Kdb. (1933); *Drei Männer im Schnee* R. (1934); *Die verschwundene Miniatur* R. (1935); *Doktor Erich Kästners lyrische Hausapotheke* (1935); *Bei Durchsicht meiner Bücher* (Sammlung älterer und neuer Gedichte, 1946); *Das doppelte Lottchen* Kdb. (1949); *Der kleine Grenzverkehr* R. (1949).

Fabian. Die Geschichte eines Moralisten (Auszug)

Auch Kästners »Fabian« hält seiner Zeit – am Beispiel Berlin 1930 – einen »Zerrspiegel« vor, aber was diesen Roman unterscheidet von den Werken Musils, Brochs, A. Zweigs, sind die überraschende Schlagfertigkeit, der teilnahmsvolle, aber beißende Spott, Melancholie und Sarkasmus, Witz, Charme und Bitterkeit.

Kästners Humor hat die unwiderstehliche Eigenart, auch dort, wo er bitter, ja sogar verbittert zu sein scheint, an das »Positive« zu appellieren: denn so bitter kann nur sein, wer – wie Kästner es im Vorwort zum »Fabian« erklärt – ein unverbesserlicher Optimist ist, ein »Moralist«, der das Gute für so möglich hält, daß ihn die verpaßte Chance immer wieder enttäuscht. Resignation ist für einen solchen Humoristen ausgeschlossen.

Der Verzicht auf die Resignation entspricht auch einer anderen in der deutschen Literatur allzu spärlich vertretenen Tradition, auf die sich Kästner beruft: wie Lessing und Heine verschreibt er sich nie bedingungslos einer Partei – auch nicht dem lockendsten Pessimismus –, dazu sind diese Geister zu wach, kritisch und hellhörig, sie haben keine Begabung zum Fanatismus. Eine politische Entscheidung wird zwar, aus der Situation des Augenblicks heraus, vollzogen: daß Fabian den »Roten« näher steht als den »Braunen«, geht eindeutig aus dem folgenden Text hervor. Ebenso deutlich aber ist, daß er gegenüber jeder Partei in Reserve bleibt, ein Fabian läßt sich nicht mitschwemmen. Fabian ist »Nichtschwimmer«. Er ertrinkt beim Versuch, ein Kind zu retten. Der Knabe rettet sich selbst.

Noch deutlicher als in den andern Darstellungen der Epoche sind im »Fabian« die Anzeichen des drohenden Verhängnisses; als Moralist begnügt sich Kästner nicht damit, sie aufzuzeigen, er will warnen, drohen. »Ich saß in einem großen Wartesaal, und der hieß Europa«, berichtet Fabian über sein Gefühl unmittelbar vor dem Ausbruch des Ersten Weltkriegs. Und schon 1930 konstatiert Fabian: »Und jetzt sitzen wir wieder im Wartesaal, und wieder heißt er Europa!«

Labude zog den Freund weiter. Sie bogen langsam in eine Nebenstraße ein, kamen an einem Denkmal, auf dem Herr Schulze-Delitzsch stand, und am Märkischen Museum vorbei, der Steinerne Roland lehnte finster in einer Efeuecke, und auf der Spree jammerte ein Dampfer. Oben auf der

Brücke blieben sie stehen und blickten auf den dunklen
Fluß und auf die fensterlosen Lagerhäuser. Über der Fried-
richstadt brannte der Himmel.
»Lieber Stephan«, sagte Fabian leise, »es ist rührend, wie
du dich um mich bemühst. Aber ich bin nicht unglücklicher
als unsere Zeit. Willst du mich glücklicher machen, als sie es
ist? Und wenn du mir einen Direktorenposten, eine Million
Dollar oder eine anständige Frau, die ich lieben könnte,
verschaffst, oder alle drei Dinge zusammen, es wird dir
nicht gelingen.« Ein kleines schwarzes Boot, mit einer roten
Laterne am Heck, trieb den Fluß entlang. Fabian legte die
Hand auf die Schulter des Freundes. »Als ich vorhin sagte,
ich verbrächte die Zeit damit, neugierig zuzusehen, ob die
Welt zur Anständigkeit Talent habe, war das nur die halbe
Wahrheit. Daß ich mich so herumtreibe, hat noch einen anderen Grund. Ich treibe mich herum, und ich warte wieder,
wie damals im Krieg, als wir wußten: Nun werden wir
eingezogen. Erinnerst du dich? Wir schrieben Aufsätze und
Diktate, wir lernten scheinbar, und es war gleichgültig, ob
wir es taten oder unterließen. Wir sollten ja in den Krieg.
Saßen wir nicht wie unter einer Glasglocke, aus der man
langsam, aber unaufhörlich die Luft herauspumpt? Wir begannen zu zappeln, doch wir zappelten nicht aus Übermut,
sondern weil uns die Luft wegblieb. Erinnerst du dich? Wir
wollten nichts versäumen, und wir hatten einen gefährlichen
Lebenshunger, weil wir glaubten, es sei die Henkersmahl-
zeit.«
Labude lehnte am Geländer und blickte auf die Spree hinunter. Fabian ging erregt hin und her, als liefe er in seinem
Zimmer auf und ab. »Erinnerst du dich?« fragte er. »Und
ein halbes Jahr später waren wir marschbereit. Ich bekam
acht Tage Urlaub und fuhr nach Graal. Ich fuhr hin, weil
ich als Kind einmal dort gewesen war. Ich fuhr hin, es war
Herbst, ich lief melancholisch über den schwankenden Boden der Erlenwälder. Die Ostsee war verrückt, und die
Kurgäste konnte man zählen. Zehn passable Frauen waren

am Lager, und mit sechsen schlief ich. Die nächste Zukunft hatte den Entschluß gefaßt, mich zu Blutwurst zu verarbeiten. Was sollte ich bis dahin tun? Bücher lesen? An meinem Charakter feilen? Geld verdienen? Ich saß in einem großen Wartesaal, und der hieß Europa. Acht Tage später fährt der Zug. Das wußte ich. Aber wohin er fuhr und was aus mir werden sollte, das wußte kein Mensch. Und jetzt sitzen wir wieder im Wartesaal, und wieder heißt er Europa! Und wieder wissen wir nicht, was geschehen wird. Wir leben provisorisch, die Krise nimmt kein Ende!«

»Zum Donnerwetter!« rief Labude, »wenn alle so denken wie du, wird nie stabilisiert! Empfinde ich vielleicht den provisorischen Charakter der Epoche nicht? Ist dieses Mißvergnügen dein Privileg? Aber ich sehe nicht zu, ich versuche, vernünftig zu handeln.«

»Die Vernünftigen werden nicht an die Macht kommen«, sagte Fabian, »und die Gerechten noch weniger.«

»So?« Labude trat dicht vor den Freund und packte ihn mit beiden Händen am Mantelkragen. »Aber sollten sie es nicht trotzdem wagen?«

In diesem Augenblick hörten beide einen Schuß und einen Aufschrei und kurz danach drei Schüsse aus anderer Richtung. Labude rannte ins Dunkel, die Brücke entlang, auf das Museum zu. Wieder klang ein Schuß. »Viel Spaß!« sagte Fabian zu sich selber, während er lief, und suchte, obwohl sein Herz schmerzte, Labude zu erreichen.

Am Fuße des Märkischen Roland kauerte ein Mann, fuchtelte mit dem Revolver und brüllte: »Warte nur, du Schwein!« Und dann schoß er wieder über die Straße weg auf einen unsichtbaren Gegner. Eine Laterne zerbrach. Glas klirrte aufs Pflaster. Labude nahm dem Mann die Waffe aus der Hand, und Fabian fragte: »Warum schießen Sie eigentlich im Sitzen?«

»Weil mich's am Bein erwischt hat«, knurrte der Mann. Es war ein junger stämmiger Mensch, und er trug eine Mütze.

»So ein Mistvieh!« brüllte er. »Aber ich weiß, wie du heißt.« Und er drohte der Dunkelheit.

»Quer durch die Wade«, stellte Labude fest, kniete nieder, zog ein Taschentuch aus dem Mantel und probierte einen Notverband.

»Drüben in der Kneipe ging's los«, lamentierte der Verwundete. »Er schmierte ein Hakenkreuz aufs Tischtuch. Ich sagte was. Er sagte was. Ich knallte ihm eine hinter die Ohren. Der Wirt schmiß uns raus. Der Kerl lief mir nach und schimpfte auf die Internationale. Ich drehte mich um, da schoß er schon.«

»Sind Sie nun wenigstens überzeugt?« fragte Fabian und blickte auf den Mann hinunter, der die Zähne zusammenbiß, weil Labude an der Schußwunde hantierte.

»Die Kugel ist nicht mehr darin«, bemerkte Labude. »Kommt denn hier gar kein Auto? Es ist wie auf dem Dorf.«

»Nicht einmal ein Schutzmann ist da«, stellte Fabian bedauernd fest.

»Der hätte mir gerade noch gefehlt!« Der Verletzte versuchte aufzustehen. »Damit sie wieder einen Proleten einsperren, es so unverschämt war, sich von einem Nazi die Knochen kaputtschießen zu lassen.«

Labude hielt den Mann zurück, zog ihn wieder zu Boden und befahl dem Freund, ein Taxi zu besorgen. Fabian rannte davon, quer über die Straße, um die Ecke, den nächtlichen Uferweg entlang.

In der nächsten Nebenstraße standen Wagen. Er gab dem Chauffeur den Auftrag, zum Märkischen Museum zu fahren, am Roland gäbe es eine Fuhre. Das Auto verschwand. Fabian folgte zu Fuß. Er atmete tief und langsam. Das Herz schlug wie verrückt. Es hämmerte unterm Jackett. Es schlug im Hals. Es pochte unterm Schädel. Er blieb stehen und trocknete die Stirn. Dieser verdammte Krieg! Dieser verdammte Krieg! Ein krankes Herz dabei erwischt zu haben, war zwar eine Kinderei, aber Fabian genügte das

Andenken. In der Provinz zerstreut sollte es einsame Gebäude geben, wo noch immer verstümmelte Soldaten lagen.
Männer ohne Gliedmaßen, Männer mit furchtbaren Gesichtern, ohne Nasen, ohne Münder. Krankenschwestern, die
vor nichts zurückschreckten, füllten diesen entstellten Krea-
turen Nahrung ein, durch dünne Glasröhren, die sie dort in
wuchernd vernarbte Löcher spießten, wo früher einmal ein
Mund gewesen war. Ein Mund, der hatte lachen und sprechen und schreien können.

Fabian bog um die Ecke. Drüben war das Museum. Das
Auto hielt davor. Er schloß die Augen und entsann sich
schrecklicher Fotografien, die er gesehen hatte und die mitunter in seinen Träumen auftauchten und ihn erschreckten.
Diese armen Ebenbilder Gottes! Noch immer lagen sie in
jenen von der Welt isolierten Häusern, mußten sich füttern
lassen und mußten weiterleben. Denn es war ja Sünde, sie
zu töten. Aber es war recht gewesen, ihnen mit Flammen-
werfern das Gesicht zu zerfressen. Die Familien wußten
nichts von diesen Männern und Vätern und Brüdern. Man
hatte ihnen gesagt, sie wären vermißt. Das war nun fünfzehn Jahre her. Die Frauen hatten wieder geheiratet. Und
der Selige, der irgendwo in der Mark Brandenburg durch
Glasröhren gefüttert wurde, lebte zu Hause nur noch als
hübsche Fotografie überm Sofa, ein Sträußchen im Gewehr-
lauf, und darunter saß der Nachfolger und ließ sich's
schmecken. Wann gab es wieder Krieg? Wann würde es
wieder soweit sein?

Plötzlich rief jemand »Hallo«! Fabian öffnete die Augen und
suchte den Rufer. Der lag auf der Erde, hatte sich auf den
Ellenbogen gestützt und preßte seine Hand aufs Gesäß.

»Was ist denn mit Ihnen los?«

»Ich bin der andere«, sagte der Mann. »Mich hat's auch erwischt.«

Da stellte sich Fabian breitbeinig hin und lachte. Von der
anderen Seite her, aus dem Gemäuer des Museums, lachte
ein Echo mit.

»Entschuldigen Sie«, rief Fabian, »meine Heiterkeit ist nicht gerade höflich.« Der Mann zog ein Knie hoch, schnitt eine Grimasse, betrachtete die Hände, die voll Blut waren, und sagte verbissen: »Wie's beliebt. Der Tag wird kommen, wo Ihnen das Lachen vergeht.«

»Warum stehst du denn da herum?« schrie Labude und kam ärgerlich über die Straße.

»Ach Stephan«, sagte Fabian, »hier sitzt die andere Hälfte des Duells mit einem Steckschuß im Allerwertesten.«

Sie riefen den Chauffeur und transportierten den National-sozialisten ins Auto, neben den kommunistischen Spielge-fährten. Die Freunde kletterten hinterdrein und gaben dem Chauffeur Anweisung, sie zum nächsten Krankenhaus zu bringen.

Das Auto fuhr los.

»Tut's sehr weh?« fragte Labude.

»Es geht«, antworteten die beiden Verwundeten gleichzeitig und musterten sich finster.

»Volksverräter!« sagte der Nationalsozialist. Er war größer als der Arbeiter, etwas besser gekleidet und sah etwa wie ein Handlungsgehilfe aus.

»Arbeiterverräter!« sagte der Kommunist.

»Du Untermensch!« rief der eine.

»Du Affe!« rief der andere.

Der Kommis griff in die Tasche.

Labude faßte sein Handgelenk. »Geben Sie den Revolver her!« befahl er. Der Mann sträubte sich. Fabian holte die Waffe heraus und steckte sie ein.

»Meine Herren«, sagte er. »Daß es mit Deutschland so nicht weitergehen kann, darüber sind wir uns wohl alle einig. Und daß man jetzt versucht, mit Hilfe der kalten Diktatur unhaltbare Zustände zu verewigen, ist eine Sünde, die bald genug ihre Strafe finden wird. Trotzdem hat es keinen Sinn, wenn Sie einander Reservelöcher in die entlegensten Körperteile schießen. Und wenn Sie besser getroffen hätten und nun ins Leichenschauhaus führen, statt in die Klinik, wäre auch nichts Besonderes erreicht. Ihre Partei«, er meinte den Faschisten, »weiß nur, wogegen sie kämpft, und auch das weiß sie nicht genau. Und Ihre Partei«, er wandte sich an den Arbeiter, »Ihre Partei . . .«

»Wir kämpfen gegen die Ausbeuter des Proletariats«, erklärte dieser, »und Sie sind ein Bourgeois.«

»Freilich«, antwortete Fabian, »ich bin ein Kleinbürger, das ist heute ein großes Schimpfwort.«

Der Handlungsgehilfe hatte Schmerzen, saß, zur Seite geneigt, auf der heilen Sitzhälfte und hatte Mühe, mit seinem Kopf nicht an den des Gegners zu stoßen.

»Das Proletariat ist ein Interessenverband«, sagte Fabian. »Es ist der größte Interessenverband. Daß ihr euer Recht wollt, ist eure Pflicht. Und ich bin euer Freund, denn wir haben denselben Feind, weil ich die Gerechtigkeit liebe. Ich bin euer Freund, obwohl ihr darauf pfeift. Aber, mein Herr, auch wenn *Sie* an die Macht kommen, werden die Ideale der Menschheit im Verborgenen sitzen und weiterweinen. Man ist noch nicht gut und klug, bloß weil man arm ist.«

»Unsere Führer . . .« begann der Mann.

»Davon wollen wir lieber nicht reden«, unterbrach ihn Labude.

Das Auto hielt. Fabian klingelte am Portal des Krankenhauses. Der Portier öffnete. Krankenwärter kamen und trugen die Verletzten aus dem Wagen. Der wachhabende Arzt gab den Freunden die Hand.

»Sie bringen mir zwei Politiker?« fragte er lächelnd. »Heute nacht sind insgesamt neun Leute eingeliefert worden, einer mit einem schweren Bauchschuß. Lauter Arbeiter und Angestellte. Ist Ihnen auch schon aufgefallen, daß es sich meist um Bewohner von Vororten handelt, um Leute, die einander kennen? Diese politischen Schießereien gleichen den Tanzbodenschlägereien zum Verwechseln. Es handelt sich hier wie dort um Auswüchse des deutschen Vereinslebens. Im übrigen hat man den Eindruck, sie wollen die

Arbeitslosenziffer senken, indem sie einander totschießen. Merkwürdige Art von Selbsthilfe.«

»Man kann es verstehen, daß das Volk erregt ist«, meinte Fabian.

»Ja, natürlich.« Der Arzt nickte. »Der Kontinent hat den Hungertyphus. Der Patient beginnt bereits zu phantasieren und um sich zu schlagen. Leben Sie wohl!« Das Portal schloß sich.

Labude gab dem Chauffeur Geld und schickte den Wagen weg. Sie gingen schweigend nebeneinander. Plötzlich blieb Labude stehen und sagte: »Ich kann jetzt noch nicht nach Hause gehen. Komm, wir fahren ins Kabarett der Anonymen.«

»Was ist das?«

»Ich kenne es auch noch nicht. Ein findiger Kerl hat Halbverrückte aufgelesen und läßt sie singen und tanzen. Er zahlt ihnen ein paar Mark, und sie lassen sich dafür vom Publikum beschimpfen und auslachen. Wahrscheinlich merken sie es gar nicht. Das Lokal soll sehr besucht sein. Das ist ja auch verständlich. Es gehen sicher Leute hin, die sich darüber freuen, daß es Menschen gibt, die noch verrückter sind als sie selber.«

Fabian war einverstanden. Er blickte noch einmal zum Krankenhaus zurück, über dem der Große Bär funkelte. »Wir leben in einer großen Zeit«, sagte er, »und sie wird jeden Tag größer.«

ERICH MARIA REMARQUE

Geb. 22. Juni 1898 in Osnabrück, gest. 25. September 1970 in Ascona (Schweiz). Galt zeitweilig als der »meistgelesene Schriftsteller der Gegenwart«. Von der Schulbank in den Ersten Weltkrieg, danach Lehrer, Kaufmann, Journalist, Redakteur. Seit dem Durchbruch des Erfolges mit *Im Westen nichts Neues* (1929) lebte er vor allem in der Schweiz (Tessin) und in den USA (New York).

Werke: *Der Weg zurück* R. (1931); *Drei Kameraden* R. (1937); *Liebe Deinen Nächsten* R. (1941); *Arc de Triomphe* R. (1946); *Zeit zu leben und Zeit zu sterben* R. (1954); *Der schwarze Obelisk* R. (1956); *Die Nacht von Lissabon* R. (1963).

Der Weg zurück (Auszug)

Remarques Roman »Im Westen nichts Neues« gehört seit seinem Erscheinen im Jahre 1929 zu den erfolgreichsten Büchern überhaupt. In rund 50 Sprachen übersetzt, erreichte er, laut Remarques eigenen Schätzungen, eine Auflage von beinahe 30 Millionen. Sein Autor hat sich zeitlebens über den Vorwurf der Kritik, er sei ein »Direktschreiber« ohne literarischen Ehrgeiz, mit dem ausdrücklichen Verzicht auf »dichterische Spinnereien« und »Ewigkeitsanspruch« hinweggesetzt. Die Diskrepanz zwischen der literarischen Würdigung und dem Erfolg aller Werke Remarques ist erstaunlich: das Elend zweier Weltkriege, ihrer Soldaten an der Front, ihrer umherirrenden Flüchtlinge, ihrer zur Wiedereinordnung nicht mehr fähigen Heimkehrer fanden zwei Generationen der internationalen Leserschaft ihrer eigenen Erfahrung oder Vorstellung gemäß ausgedrückt in der langen Reihe der Remarqueschen Romane, von denen im deutschen Sprachraum keiner Anerkennung durch die literarische Fachkritik erfuhr.

Die Sprache Remarques in »Der Weg zurück« entspricht dem darzustellenden Milieu, besonders in der direkten Rede bedient der Autor sich des Jargons des Soldaten. Die oftmals schockartige Wirkung, die davon auf die zeitgenössische, an eine stilisierte und überhöhte Literatursprache gewöhnte Leserschaft ausging, beruht allerdings nicht nur auf der Verwendung von Kraftwörtern (wie es Remarque oft vorgeworfen wurde), sondern auch auf geschickt zugespitzten dramatisch-dialogischen Arrangements. Gerade die Hemingway-ähnliche Technik hatte schon in »Im Westen nichts Neues« die nachhaltigsten Wirkungen hervorgerufen:

der Tod des neunzehnjährigen Paul Bäumer – der Anteil-
nahme des Lesers an dessen Ängsten, Verzweiflung und
Hoffnungen dienten alle im Verlauf des Romans eingesetz-
ten Mittel – wurde abschließend dahingehend berichtet, daß
von diesem westlichen Teil der Front »nichts Neues« zu
melden sei. Remarques Werk ist Provokation, Anklage,
Pamphlet gegen den Krieg und seine Folgen, nichts mehr,
nichts weniger. Das Schicksal der 1918 von der Front heim-
kehrenden ehemaligen Kompaniekameraden Paul Bäumers
erzählt Remarque im 1931 erschienenen Roman »Der Weg
zurück«. Von der Schulbank weg waren sie an die Front
geholt worden, nun sollen sie wieder ins Gymnasium zu-
rück.

Wir gehen hinein. Der Hof, auf dem wir um zehn Uhr
unsere Butterbrote aßen, die Klassenzimmer mit den Tafeln
und Bänken, die Gänge mit den Reihen der Mützenhaken
– sie sind noch genau wie früher, aber uns erscheinen sie wie
aus einer anderen Welt. Nur den Geruch der halbdunklen
Räume kennen wir wieder; er ist nicht so derbe, aber ähnlich dem der Kasernen.
Groß, mit hundert Pfeifen schimmert in der Aula die Orgel.
Rechts davon steht die Gruppe der Lehrer. Auf dem Pult
des Direktors sind zwei Topfgewächse mit lederartigen
Blättern aufgestellt. Davor hängt ein Lorbeerkranz mit
Schleife. Der Direktor ist im Gehrock. Es gibt also eine
Begrüßungsfeier.
Wir drängen uns zu einem Haufen zusammen. Keiner hat
Lust, in der ersten Reihe zu stehen. Nur Willy nimmt un-
befangen dort Aufstellung. Sein Schädel leuchtet im Halb-
dunkel des Raumes wie die rote Lampe eines Puffs.
Ich betrachte die Gruppe der Lehrer. Früher bedeuteten sie
für uns mehr als andere Menschen; nicht allein, weil sie
unsere Vorgesetzten waren, sondern weil wir im Grunde
doch an sie glaubten, auch wenn wir uns über sie lustig

machten. Heute sind sie für uns nur noch eine Anzahl älterer Männer, die wir freundlich verachten.

Da stehen sie nun und wollen uns wieder belehren. Man sieht ihnen an, daß sie bereit sind, etwas von ihrer Würde zu opfern. Aber was können sie uns schon lehren. Wir kennen das Leben jetzt besser als sie, wir haben ein anderes Wissen erworben, hart, blutig, grausam und unerbittlich. Heute könnten wir sie lehren, aber wer will das! – Wenn jetzt ein überraschender Sturmangriff auf die Aula erfolgte, würden sie ängstlich und ratlos wie Karnickel umherhopsen, während von uns keiner den Kopf verlöre. Ruhig und entschlossen würden wir sofort das Zweckmäßigste tun, nämlich sie einsperren, damit sie uns nicht stören könnten, und die Verteidigung beginnen.

Der Direktor räuspert sich zu einer Ansprache. Die Worte springen rund und glatt aus seinem Munde, er ist ein vorzüglicher Redner, das muß man zugeben. Er spricht vom heldenhaften Ringen der Truppen, von Kampf, Sieg und Tapferkeit. Aber trotz aller schönen Worte empfinde ich einen Stachel dabei; vielleicht gerade wegen der schönen Worte. So glatt und rund war das nicht. Ich sehe Ludwig an; der sieht mich an; Albert, Walldorf, Westerholt, Reinersmann, allen paßt es nicht.

Der Direktor gerät an sich selbst in Schwung. Er feiert jetzt nicht nur das Heldentum draußen, sondern auch das stillere daheim. »Auch wir hier in der Heimat haben unsere volle Schuldigkeit getan, wir haben uns eingeschränkt und gehungert für unsere Soldaten, wir haben gebangt und gezittert, schwer war es, und oft mag das Durchhalten fast schwerer gewesen sein für uns, als für unsere braven Feldgrauen draußen –«

»Hoppla«, sagt Westerholt. Gemurmel entsteht. Der Alte wirft einen schiefen Blick herüber und fährt fort: »Doch das können wir wohl nicht so gegeneinanderstellen. Sie haben dem Tode furchtlos ins eherne Antlitz gesehen und ihre große Pflicht getan, und wenn auch der Endsieg unseren Waffen nicht beschieden war, so wollen wir jetzt um so mehr in heißer Liebe zu unserm schwergeprüften Vaterlande zusammenstehen, wir wollen wiederaufbauen trotz aller feindlichen Mächte, im Sinne unseres Altmeisters Goethe, der so knorrig aus den Jahrhunderten in unsere verworrene Zeit herübermahnt: Allen Gewalten zum Trutz sich erhalten!«

Die Stimme des Alten sinkt um eine Terz. Sie trägt jetzt einen Flor und ist in Salböl gebadet. Ein Ruck geht durch die schwarze Schar der Lehrer. Ihre Gesichter zeigen Sammlung und Ernst. »Besonders gedenken aber wollen wir der gefallenen Zöglinge unserer Anstalt, die freudig hinausgeeilt sind, um die Heimat zu schützen, und geblieben sind auf dem Felde der Ehre. Einundzwanzig Kameraden sind nicht mehr unter uns; – einundzwanzig Kämpfer haben den ruhmreichen Tod der Waffen gefunden; – einundzwanzig Helden ruhen in fremder Erde aus vom Klirren der Schlacht und schlummern den ewigen Schlaf unterm grünen Rasen –«

In diesem Augenblick ertönt ein kurzes, brüllendes Gelächter. Der Direktor hält peinlich betroffen inne. Das Gelächter geht von Willy aus, der klotzig wie ein Kleiderschrank dasteht. Sein Gesicht ist puterrot, so wütend ist er.

»Grüner Rasen – grüner Rasen –«, stottert er, »ewiger Schlaf? Im Trichterdreck liegen sie, kaputtgeschossen, zerrissen, im Sumpf versackt –. Grüner Rasen! Wir sind hier doch nicht in der Gesangstunde!« Er fuchtelt mit den Armen wie eine Windmühle im Sturm. »Heldentod! Wie ihr euch das vorstellt! Wollen Sie wissen, wie der kleine Hoyer gestorben ist? Den ganzen Tag hat er im Drahtverhau gelegen und geschrien, und die Därme hingen ihm wie Makkaroni aus dem Bauch. Dann hat ihm ein Sprengstück die Finger weggerissen und zwei Stunden später einen Fetzen vom Bein, und er hat immer noch gelebt und versucht, sich mit der anderen Hand die Därme reinzustopfen, und schließlich abends war er fertig. Als wir dann herankonnten nachts,

war er durchlöchert wie ein Reibeisen. Erzählen Sie doch
seiner Mutter, wie er gestorben ist, wenn Sie Courage
haben!«

Der Direktor ist bleich geworden. Er schwankt, ob er die
Disziplin wahren oder begütigen soll. Aber er kommt
weder zum einen noch zum andern.

»Herr Direktor«, fängt Albert Troßke an, »wir sind nicht
hier, um von Ihnen zu hören, daß wir unsere Sache gut gemacht haben, trotzdem wir leider nicht siegen konnten.
Darauf scheißen wir –«

Der Direktor zuckt zusammen, mit ihm das ganze Kolle-
gium, die Aula wankt, die Orgel bebt. »Ich muß doch bitten, wenigstens im Ausdruck –«, versucht er entrüstet –

»Scheiße, Scheiße und nochmals Scheiße!« wiederholt Albert,
»das war jahrelang unser drittes Wort, damit Sie es endlich
einmal wissen! Wenn es uns draußen so dreckig ging, daß
wir Ihren ganzen Quatsch schon längst vergessen hatten,
haben wir die Zähne zusammengebissen und Scheiße gesagt,
und dann ging es wieder. Sie scheinen ja gar nicht zu ahnen,
was los ist! Hier kommen keine braven Zöglinge, hier kommen keine lieben Schüler, hier kommen Soldaten!«

»Aber meine Herren«, ruft der Alte fast flehentlich, »ein
Mißverständnis – ein peinliches Mißverständnis –«

Er kann nicht zu Ende reden. Er wird unterbrochen von
Helmuth Reinersmann, der an der Yser seinen verwundeten
Bruder im schwersten Feuer zurückholte und ihn tot am
Verbandsplatz abladen mußte.

»Gefallen«, sagt er wild, »gefallen sind die nicht, damit
Reden darüber gehalten werden. Das sind unsere Kameraden, fertig, und wir wollen nicht, daß darüber gequatscht
wird!«

Ein mächtiges Durcheinander entsteht. Der Direktor steht
entsetzt und völlig hilflos da. Das Lehrerkollegium gleicht
einer Schar aufgescheuchter Hühner. Nur zwei Lehrer sind
ruhig. Sie waren Soldaten.

Der Alte versucht, uns auf jeden Fall zu besänftigen. Wir

sind zu viele und Willy steht zu mächtig trompetend vor ihm. Wer weiß auch, was von diesen verwilderten Kerlen noch zu erwarten ist, vielleicht ziehen sie in der nächsten Minute sogar noch Handgranaten aus den Taschen. Er wedelt mit seinen Armen, wie ein Erzengel mit den Flügeln. Aber niemand hört auf ihn.

Doch auf einmal ebbt der Tumult ab. Ludwig Breyer ist vorgetreten. Es wird ruhig. »Herr Direktor«, sagt Ludwig mit seiner klaren Stimme. »Sie haben den Krieg auf Ihre Weise gesehen. Mit fliegenden Fahnen, mit Begeisterung und Marschmusik. Aber Sie haben ihn nur bis zum Bahnhof gesehen, von dem wir abfuhren. Wir wollen Sie deshalb nicht tadeln. Wir alle haben ja ebenso gedacht wie Sie. Aber inzwischen haben wir die andere Seite kennengelernt. Das Pathos von 1914 zerstob davor bald zu nichts. Wir haben trotzdem durchgehalten, denn etwas Tieferes hielt uns zusammen, etwas, das erst draußen entstanden ist, eine Verantwortung, von der Sie nichts wissen und über die man nicht reden kann.«

Ludwig sieht einen Augenblick vor sich hin. Dann streicht er sich über die Stirn und spricht weiter. »Wir verlangen keine Rechenschaft von Ihnen; – das wäre töricht, denn niemand hat gewußt, was kam. Aber wir verlangen von Ihnen, daß Sie uns nicht wieder vorschreiben, wie wir über diese Dinge denken sollen. Wir sind begeistert ausgezogen, das Wort Vaterland auf den Lippen; – und wir sind still heimgekehrt, den Begriff Vaterland im Herzen. Darum bitten wir Sie jetzt, zu schweigen. Lassen Sie die großen Worte. Sie passen nicht mehr für uns. Sie passen auch nicht für unsere toten Kameraden. Wir haben sie sterben sehen. Die Erinnerung daran ist noch so nahe, daß wir es nicht ertragen können, wenn über sie so gesprochen wird, wie Sie es tun. Sie sind für mehr gestorben als dafür.«

Es ist ganz still geworden. Der Direktor preßt die Hände zusammen. »Aber Breyer«, sagt er leise, »so – so war es doch nicht gemeint –«

Ludwig schweigt.

Nach einer Weile fährt der Direktor fort. »Dann sagen Sie mir doch selbst, was Sie wollen.«

Wir sehen uns an. Was wir wollen? Ja, wenn das so einfach in einem Satz zu sagen wäre. Ein starkes Gefühl brodelt unklar in uns, – – aber gleich Worte? Worte haben wir dafür noch nicht. Vielleicht werden wir sie später einmal haben!

KLAUS MANN

Geb. 18. November 1906 in München, gest. 22. Mai 1949 in Cannes (Südfrankreich). Journalistische, essayistische, theaterkritische und erzählerische Arbeiten. Aus dem Exil (seit 1933) briefliche Kontroverse mit Gottfried Benn über dessen Haltung gegenüber dem NS-Staat. Im Zentrum der antifaschistischen Publizistik stehend. Mit Aldous Huxley und André Gide Leiter der Emigrantenzeitschrift *Die Sammlung* (1933 bis 1935). 1936 Übersiedlung nach den USA. Rückkehr nach Deutschland nach dem Krieg.

Werke: *Kindernovelle* (1926); *Alexander. Roman der Utopie* (1929); *Kind dieser Zeit* Aut. (1932); *Flucht in den Norden* R. (1934); *Symphonie Pathétique* Tschaikowsky-R. (1935); *Mephisto. Roman einer Karriere* über die opportunistische Laufbahn eines Schauspielers im ›Dritten Reich‹ (1936); *Der Vulkan. Roman unter Emigranten* (1939); *André Gide. Die Geschichte eines Europäers* (engl. 1943, dt. 1948); *Der Wendepunkt* Aut. (1953).

Der Vulkan (Auszug)

Klaus Mann war nicht nur als Sohn von Thomas Mann so eng mit dem literarischen Erbe Deutschlands verbunden, daß es ihm schwerfiel, seinen eigenen Weg zu finden. Im »Wendepunkt«, einer autobiographischen Darstellung der Jahre 1906 bis 1945 (wohl eine der lebendigsten und bestgeschriebenen Chroniken jener Zeit), charakterisierte er seine Lebensgeschichte so: »Die Geschichte eines Intellek-

*tuellen zwischen zwei Weltkriegen, eines Mannes also, der
die entscheidenden Lebensjahre in einem sozialen und geistigen Vakuum verbringen mußte: innig – aber erfolglos –
darum bemüht, den Anschluß an irgendeine Gemeinschaft
zu finden, sich irgendeiner Ordnung einzufügen: immer
schweifend, immer ruhelos, beunruhigt, umgetrieben, immer
auf der Suche.«* Den Zusammenbruch des alten Europa hat
Klaus Mann nicht überwunden, er beging Selbstmord.

Seit 1933 im Exil, versuchte er, die Weltöffentlichkeit auf
die Gefahren des nationalsozialistischen Deutschlands aufmerksam zu machen und den emigrierten Autoren im Exil
in ihrer bedrängten Lage zu helfen.

Im »Wendepunkt« charakterisiert er sich selbst als einen
Schriftsteller, »dessen primäre Interessen in der ästhetisch-
religiös-erotischen Sphäre liegen, der aber unter dem Druck
der Verhältnisse zu einer politisch verantwortungsbewuß-
ten, sogar kämpferischen Position« zu gelangen sucht. Dem-
entsprechend liegt seine schriftstellerische Stärke in der
Schilderung persönlich-psychologischer Szenen und nicht im
angestrebten Engagement in einem neuen politischen oder
literarischen Programm.

Emigrantenschicksale in Europa und Amerika schildert der
Autor in seinem Roman »Der Vulkan«:

Tilly von Kammer, eine junge Emigrantin in Zürich, hat
Nachrichten von ihrem von den Nationalsozialisten verhafteten Freund nur über dessen nach Prag geflohenen
Kameraden, Hans Schütte, erhalten. Auf einer weiteren
notwendig gewordenen Flucht aus der Tschechoslowakei
müssen sich Hans und sein Schicksalsgefährte Ernst trennen;
in Zürich kommt Ernst mit Tilly, von der Hans ihm erzählt hat, zusammen.

Es regnete in Strömen. An Spazierengehen war nicht zu
denken. Zum Kino hatten Tilly und Ernst keine Lust. Sie
waren überhaupt bei weitem nicht so lustig wie den Abend

zuvor. Beide schauten viel vor sich hin, oder der eine dem anderen ins Gesicht, ohne zu reden. Wenn die Gier in ihren Blicken zu deutlich wurde, senkten sie die Augen, wie beschämt. Aber bald ertappten sie sich wieder dabei, daß der eine versunken saß in das Bild des anderen. Nach dem Essen blieben sie noch eine Weile in der halbdunklen Wirtsstube sitzen. Endlich war es Tilly, die sagte: »Wir sollten gehen.« Er antwortete nicht gleich. Unersättlich ließ er die Blicke über ihr Antlitz wandern. ›Sowas Hübsches habe ich lange nicht gesehen‹, dachte er. ›Sowas Schönes sehe ich lange nicht wieder. Merke dir, was du siehst, damit du es nicht gleich wieder vergißt, dummer Kerl! – Ihre Stirn, alabasterweiß, ernst gerahmt vom schlichten rötlichen Haar. Wie brav und fromm ihr Haar in der Mitte gescheitelt ist – und dazu der große, weiche, schlampige Mund, und die langen, schräggestellten feuchten Augen. Und dieses schlichte dunkle Kleidchen, das sie heute trägt –: die nackten Arme kommen so reizend unterm dunklen, leichten Tuch hervor, und die Form ihrer Brüste hebt sich so deutlich ab.‹ – Er merkte, daß sie sich zusammenzog, weil er sie anstarrte. Es war ihm peinlich, er sagte, gleichsam um Entschuldigung bittend: »Ja, es wird wirklich Zeit . . .« Keiner von beiden wußte, wofür es Zeit war und wohin sie gehen wollten.

Auf der Straße war wieder sie es, die zu reden begann. »Es regnet immer noch.« Ihre Stimme klang traurig. Er sagte tröstlich: »Aber nur noch ein bißchen. Und es wird wohl bald aufhören.« – Tilly, mit einem betrübten Blick nach oben: »Der Himmel ist doch so schwarz.« Dann schwiegen sie wieder und gingen. [. . .]

Sie blieben noch eine Weile nebeneinander unter dem offenen Schirm stehen, als wagten sie sich nicht ins Hotel, oder als fühlten sie sich hier draußen sicherer. Schließlich traten sie ein.

Die Wirtin musterte sie etwas mißtrauisch; stellte jedoch keine Fragen, weder nach den Pässen noch nach dem Gepäck, sondern sperrte ihnen schweigsam ein Zimmer auf.

»Numero 7 ist das einzige, das ich heute abend frei habe«,
sagte sie mürrisch. Es war ein langer und schmaler Raum,
mehr einem Korridor als einer Schlafstube ähnlich. Die beiden Betten standen mit den Kopfenden gegeneinander gerückt; eins neben dem anderen hätte kaum Platz gehabt.
Als die Wirtin hinaus war, bemerkte Ernst: »Das sieht auch
nicht übermäßig sauber hier aus ... Die Flecke an den Wänden stammen von zerdrückten Wanzen«, stellte er sachver-
ständig fest. »Hoffentlich ist keine übriggeblieben. – Wie
heißt denn die schöne Wirtin?« – »Ich weiß es nicht, wie sie
heißt«, sagte Tilly. – »Hast du mir nicht erzählt, daß du
sie kennst?« – »Ja, ich kenne sie. Aber ich habe ihren Namen
vergessen.« – »Das scheint ja keine sehr intime Bekannt-
schaft zu sein.« Ernst war etwas enttäuscht. Er stand vorm
Spiegel und trocknete sich den Kopf mit einem Handtuch.
Sie bemerkte, daß seine Haare dünn wurden – schütteres
Haar, und die Farbe war wie ausgebleicht von vielen Wet-
tern: ein fahles Blond, Stürme und Regengüsse schienen
ihm den Glanz genommen und es fast entfärbt zu haben.
»Mir gefällt das Zimmer ganz gut«, sagte Tilly, die hinter
ihm stand. »Aber kalt ist es!« Sie schauderte. Ernst hörte,
daß ihre Zähne aufeinanderschlugen. Er wandte sich um.
Ihr Gesicht war blaß, rötlich glühte nur die Nasenspitze.
»Du hast einen Schnupfen.« Er legte ihr die Arme auf die
Schultern. Sie zitterte und wußte, daß es nicht vor Kälte
war.
Hilflos sagte sie: »Jetzt gehe ich wohl besser nach
Hause ...«
Er antwortete gar nicht, sondern zog sie an sich.
Sie versuchte, sich freizumachen. »Aber ich habe keine Zahn-
bürste mit, und kein Pyjama ...« – »Ich auch nicht!« Er
hielt sie fest. »Wozu brauchen wir eine Zahnbürste? ...
Kannst du mir vielleicht verraten, wozu wir eine Zahn-
bürste und ein Pyjama brauchen?«
»Aber es geht nicht ... Es geht nicht ...« Sie zitterte stär-
ker. Nun fürchtete sie auch, es könnte ein Asthma-Anfall

kommen. Er hatte die Arme fester um sie geschlossen. Da
gestand sie: »Ich war schon so lange nicht mit einem Mann
zusammen . . .«
Er blieb stumm. Sprachlos und lächelnd legte er seine Stirne
an ihre. Es vergingen Sekunden – oder viele Minuten, sie
wußten es nicht. Das Schweigen hatte schon zu lange ge-
dauert, als er mit gedämpfter Stimme wieder zu sprechen
begann. »Komisch sehen die Augen von einem anderen
Menschen aus, wenn man sie so dicht vor den eigenen Augen
hat! Sie scheinen ganz nah beieinander zu liegen, und ganz
groß zu werden – wie Eulenaugen . . . Genau wie Eulenaugen!« wiederholte er erstaunt – und sie mußte plötzlich
lachen über dieses Wort. Sie lachte heftig und krampfhaft,
ohne aber ihre Stirn dabei von seiner zu lösen. Sie blieben
stehen, mit herabhängenden Armen jetzt, und es schien, als
wären ihre Stirnen aneinandergewachsen. [. . .]
. . . Erst gegen Morgen schliefen sie ein. Sie blieben im gleichen Bett, obwohl es viel zu schmal für sie beide war. Sie
schliefen aneinander geschmiegt, als es an die Tür klopfte.
Da mochte es halb sechs Uhr morgens sein. Beim ersten
Klopfen erwachte keiner von beiden. Tilly fabrizierte sich
aus dem klopfenden Geräusch an der Türe ganz schnell
einen Traum. So leicht werden ja große Träume aus kleinen
Geräuschen: nur ein Klopfen ist da, aber im Traum vollzieht sich blitzschnell eine lange Geschichte, in die das Klopfen paßt, zu der es gehört. Eine Mauer wird gebaut, das
verursacht Lärm. Tilly träumte, daß eine hohe rote Mauer
gebaut wurde – vielleicht war es die Mauer zu dem Gefängnis, in das man Ernst sperren würde, zur Strafe, weil er
ohne Paß in der Schweiz war und weil er hier mit ihr geschlafen hatte. Die Mauer wuchs, das Geräusch steigerte sich
tobend. Tilly fuhr auf; es hatte stärker geklopft.
Auch Ernst war inzwischen erwacht. »Es hat geklopft«,
sagte Tilly, mit den Handrücken vor ihren verschlafenen
Augen. – »Das merke ich«, versetzte Ernst ziemlich unfreundlich. Während es noch immer klopfte, sagte er, mit

einer vor Müdigkeit ganz heiseren Stimme: »Man muß
wohl aufmachen.« Sein Gesicht sah alt und verfallen aus
– fahl, mit hängenden Zügen –, und er hatte einen ange-
widerten Zug um den Mund, während er das Bett verließ
und langsam durchs Zimmer ging. »Ich komme schon«, sagte
er zu dem Unbekannten, der sich draußen immer heftiger
bemerkbar machte. Aber Ernst sprach so leise, daß die Person vor der Türe ihn keinesfalls verstehen konnte.

»Du solltest dir etwas überziehen«, mahnte Tilly, denn er
stand nackt da – nackt und ein wenig zitternd vor dieser
verschlossenen Türe, die zu öffnen er noch ein paar Sekunden lang zögerte. »Du wirst dich erkälten«, sagte das Mädchen im Bett. So verschlafen sie war – daß er zitterte, bemerkte sie doch, und sie sah auch die Gänsehaut auf seinen
Armen und auf seinem Rücken. Aber da hatte er die Türe
schon aufgemacht.

Vor ihm stand ein Herr in dunklem Überzieher, mit steifem
schwarzen Hut, einem hohen, blendend weißen Kragen und
schwarzen, blankgewichsten Stiefeln, die unter hellen Bein-
kleidern sichtbar wurden. Er trug eine gelbe Aktentasche
unter dem Arm und sah aus wie ein übelgelaunter Ge-
schäftsreisender.

Der Herr musterte, mit einem kalten, feindlichen Blick
durch den Zwicker, den nackten jungen Menschen, der ihm
gegenüberstand. Die korrekte Figur des Herrn drückte von
den Stiefelspitzen bis zum Scheitel Mißbilligung aus. Er
stand einige Sekunden lang unbeweglich, und auch Ernst,
der Zitternde, rührte sich nicht. Der Herr betrachtete, ausführlich und unbarmherzig, diese frierende Nacktheit. Er
schien die Rippen zählen zu wollen, die sich abzeichneten
unter der gespannten Haut. Er mißbilligte das zerzauste
Haar und das verstörte Gesicht des jungen Menschen; er
nahm Anstoß an den gar zu sichtbaren Rippen, dem totalen
Mangel an Bauch –: Menschen, die in einer anständigen Beziehung zur bürgerlichen Weltordnung leben, müssen einen
etwas gepolsterten Bauch zeigen – und er empfand Ekel

DIE SAMMLUNG

LITERARISCHE MONATSSCHRIFT
UNTER DEM PATRONAT VON ANDRÉ GIDE
ALDOUS HUXLEY · HEINRICH MANN
HERAUSGEGEBEN VON KLAUS MANN

1. JAHRGANG   1. HEFT   SEPTEMBER 1933

Die Sammlung. Umschlag der von Klaus Mann in den Jahren 1933 bis 1935 herausgegebenen Zeitschrift für Exilliteratur

MASS UND WERT

Zweimonatsschrift für freie deutsche Kultur

Herausgegeben von Thomas Mann und Konrad Falke

II. Jahrgang   September Oktober 1938   Heft 1

Einzelheft Fr. 2.50   Jahresabonnement (6 Hefte) Fr. 12.-

VERLAG OPRECHT ZÜRICH

Maß und Wert. Umschlag der von Thomas Mann und Konrad Falke herausgegebenen Exilzeitschrift der Jahre 1937 bis 1940

sowohl als Entrüstung angesichts der provokanten Entblö-
ßung des Geschlechts.
»Fremdenpolizei«, stellte er sich unheilverkündend vor.
»Ziehen Sie sich bitte sofort etwas an!« Während Ernst
stumm zu seinen Sachen ging, sprach der Mann mit der
Aktentasche – wobei sein ungnädiger Blick an dem benutz-
ten und dem unbenutzten Bett vorbei zum Fenster ging –:
»Zeigen Sie Ihre Pässe!«

Ernst wird verhaftet und an die Grenze gebracht. In einem
späteren Kapitel kehrt Tilly von Kammer in das trostlose
Hotelzimmer zurück, wo sie sich das Leben nimmt.

ERNST WIECHERT

Geb. 18. Mai 1887 in Kleinort bei Sensberg (Ostpr.), gest. 24. August
1950 in Uerikon (Schweiz). Pädagoge und Schriftsteller. Studium und
Lehrtätigkeit in philologischen Fächern. Teilnahme am Ersten Weltkrieg.
Teils zögernde, teils entschiedene Stellungnahme gegen den Nationalsozialismus, schließlich Eintreten für zwei Opfer des Regimes, weshalb
er (1938) im KZ Buchenwald inhaftiert wurde. Hier entstand *Der
Totenwald* (1939). Nach der Entlassung Schreibverbot und unter Ge-
stapoaufsicht gestellt. Nach dem Krieg Mahnungen *An die deutsche
Jugend* und Aufruf zur inneren Erneuerung. Aus Enttäuschung Emigration in die Schweiz (1948). Der Schaffung eines Refugiums im Geistigen
vor den bedrängenden Unruhen der Zeit, der inneren Emigration in ein
»einfaches Leben«, galt die ehrliche, heute aber oft als fragwürdig
empfundene dichterische Bemühung Wiecherts.

Werke: *Wälder und Menschen* Aut. (1936); *Die Majorin* R. (1934); *Das
einfache Leben* R. (1939); *Der Totenwald* R. (1945); *Die Jerominkinder*
R. (1945); *Missa sine nomine* R. (1950).

Der Totenwald (Auszug)

Ein Bibelwort – der Vers »Wir bringen unsere Jahre zu
wie ein Geschwätz« aus den Psalmen des Alten Testa-

*ments – bewegt den Korvettenkapitän Orla in Wiecherts
Roman »Das einfache Leben«, Familie und Beruf aufzugeben und in der ewigen Natur Trost und Ruhe zu
suchen.*
*»Leise«, »traurig«, »schön« sind Adjektive, die besonders in
den »Jerominkindern« dieses »einfache« Leben in der Resignation, seinen stillen Zauber ohne Rausch und Trugbilder,
häufig charakterisieren. Dieses naturnahe Dasein fern der
modernen Zivilisation ist von Wiechert zweifellos gemeint
als zeitkritische Mahnung, als Gegenentwurf. Aber es trägt
allzu deutlich rührend-utopische Züge, sein Mangel an
Realismus ist eher Zeichen der Flucht in den Traum vom
schöneren und besseren Leben als der Konfrontation mit
den Fragen der Zeit. Der häufig diskutierte Begriff der
»inneren Emigration« trifft deshalb auf Wiechert im dop-
pelten Sinne zu: als Bezeichnung der inneren Opposition
zum herrschenden Regime, aber auch der Fragwürdigkeit
dieser Opposition – weniger wegen ihrer relativen Unge-
fährlichkeit als wegen ihrer faktischen Bedeutungslosigkeit,
ja Manipulierbarkeit im Sinne des faschistischen Regimes.
Denn die »romantisch apolitische« Haltung des Bürgertums
(Thomas Mann) hat ja zweifellos die Machtergreifung und
Machtbefestigung der Nationalsozialisten nicht nur nicht
verhindert, sondern, zum Teil wenigstens, erst ermöglicht.
Dabei ist Wiecherts persönliche Haltung eindeutig und inte-
ger. Gerade der erste Teil von »Der Totenwald« illustriert
aber die Problematik des intellektuellen Deutschen und seiner inneren Emigration – Wiechert war sich ihrer so bewußt, daß er sie schließlich wie die Hauptgestalt seines
Romans aufgab und die Konsequenz, das Konzentrationslager, auf sich nahm. Darüber (Buchenwald) der zweite Teil
der Textbeispiele. Gerade am Falle Wiecherts läßt sich feststellen, wie tief die realitätsfeindliche, romantisch-irrationale Tradition in der deutschen Literatur verwurzelt ist:
Sogar dem Autor, der sich selbst dem Regime entgegenstellt
und dessen Brutalität am eigenen Leib erfährt, gelingt es*

*nicht, das Entsetzliche als Auswuchs einer Tradition zu be-
greifen, in der er selbst – wenn auch nur am Rande –
steht.
Unfreiwillig – aber nur um so deutlicher – macht er dies dem
heutigen Leser bewußt, wenn mitten in der Schilderung der
äußersten Leiden der jüdischen Häftlinge in Buchenwald
Wendungen wie »Geist«, »Liebe«, »Schönheit« auftauchen.
Die ehrliche Beschwörung dieser Werte in diesem Augenblick,
die Hilflosigkeit dieser Geste, offenbart die ganze Problematik der »inneren Emigration« schlagartig.*

1. Johannes am Ende der »inneren Emigration«

Er sollte raten und wußte sich selbst keinen Rat. Er sollte
helfen und vermochte es nicht. Er wußte, daß die Kerker
gefüllt waren mit Unschuldigen. Daß in den Lagern der
Tod auf eine grauenvolle Weise erntete. Daß die Ämter
von Unwürdigen besetzt, die Zeitungen von Marktschreiern
geleitet wurden. Daß man Gott und sein Buch verhöhnte,
die Götzen auf den Thron setzte und die Jugend unterwies,
das zu verachten und anzuspeien, was die Hände der Alten
aufgerichtet und verehrt hatten. Er wußte, daß ein ganzes
Volk in wenigen Jahren zu einem Volk von Knechten geworden war. Knechte auf den Lehrstühlen der Universitäten, auf den Sesseln der Richter, auf den Pulten der Schulen,
hinter dem Pfluge, der die Erde umbrach, auf den Kom-
mandobrücken der Schiffe, vor der Front der Armeen, hinter dem Schreibtisch der Dichter. Knechte überall, wo ein
Wort zu sprechen, eine Gebärde zu vollführen, eine Anklage zu unterlassen, ein Glaube zu bekennen war.
Er wußte auch, mit welchen Schmerzen, mit welcher Scham
und mit welchem Zorn diese Knechtschaft sich erkaufte,
und nicht immer brachte er fertig, zu verurteilen, wenn er
sah und hörte, wie die Würde des Mannes vor der Angst
der Verfolgung sich beugte und zurückwich, nicht anders

wie der Hund vor der Peitsche sich beugt und zurück-
weicht.

Er vermochte es nicht, weil vor jedem Urteil die Frage ihn
anrührte, ob er selbst denn so tapfer und ohne Fehl sei, daß
das Richten ihm zustehe. Zwar hatte er in Reden und
Schriften, in Briefen und Vorlesungen bekannt, was wenige
seiner Zeit gesagt und bekannt hatten. Doch war ihm dies
nicht nur durch den weiten und wohl auch tiefen Widerhall
erleichtert worden, den seine Worte im Reich und jenseits
seiner Grenzen gefunden hatten. Er war auch darüber hinaus zuzeiten der Meinung, daß man nicht wagen würde,
sich seiner Person mit den üblichen Mitteln der Gewalt und
Gesetzlosigkeit zu bemächtigen, weil man das Aufsehen
scheuen werde, das solch eine Tat bei allen rechtlich Denkenden erzeugen mußte.

Wäre es aber in Wahrheit so, sagte er sich, so gehörte auch
kein besonderer Mut dazu, wie es auch keine besondere
Leistung sei, mit einem kugelsicheren Panzer in einen
Kampf zu gehen.

Auch fehlte es natürlich nicht an Gelegenheiten, wenn auch
an gering und unbedeutend erscheinenden, bei denen eine
unbeugsame Haltung ein Nein gefordert hätte, indes er sich
zu einem widerwilligen Ja bequemte. So daß das Gefühl
der Scham ihm durchaus nicht fremd blieb und, immer
wachsend, die reine Sicherheit seines Lebens zu zerstören
begann, ohne Ausweg anscheinend als den des Märtyrer-
tums, das die Schuld des Lebens mit Leiden zahlt und dessen Siegel mitunter das Zeichen des Todes trägt. [...]

So verging ihm der Winter als eine dunkle Zeit, und sein
Tagebuch war erfüllt mit Worten der Bitterkeit, die er aus
den Büchern vergangener Geschlechter entnahm, so mit dem
Raabes von der Kanaille, die zu allen Zeiten Herr sei und
Herr bleiben werde. Kein Tag verging, an dem er das Unrecht, die Gewalt, die Phrase, die Lüge nicht triumphieren
sah, und wiewohl es ihm immer noch gelang, sich vom Haß
als einem unreinen Gefühl freizuhalten, so sah er doch die

Zerstörung seiner Seele sich langsam ausbreiten, wie er den Rost auf Pflanzen und Büschen seines Gartens sich mitunter hatte ausbreiten sehen.

Zu Beginn der ersten Vorfrühlingstage nun schien das Schicksal auf seinem schweigenden Gang auch an seine Tür klopfen zu wollen. Vielleicht hätte Johannes zu anderen Zeiten die leise Mahnung überhört und sich über das Leid anderer mit dem billigen Trost hinweggeholfen, der allen lauen Herzen so reichlich zur Hand zu sein pflegt. Nun aber, da er mit einer gleichsam verbrannten Haut den leisesten Hauch des Unrechts wie ein glühendes Eisen empfand, traf ihn die Nachricht wie ein Schlag gegen sein eigenes Herz.

Es war nämlich soeben der Pfarrer, dessen Name in vieler Munde war, dessen Lebensweg von der Kommandobrücke eines Schiffes zur Kanzel geführt hatte und der als ein tapferer Bekenner für viele ein Licht in der Finsternis gewesen war, nach langer Haft vor ein Gericht gestellt worden. Das Gericht hatte auf eine Festungshaft erkannt und sie als verbüßt betrachtet. Am gleichen Tage aber hatte man den Freigesprochenen in ein Lager geschleppt, auf höchsten Befehl, wie es hieß, und die Wissenden sagten voraus, daß er dort sterben und verderben würde.

Hier war nun etwas geschehen, was Johannes den Sinn aller menschlichen und göttlichen Ordnung zu zerstören schien. Hier waren Recht und Gesetz gebrochen, Menschlichkeit und Dankespflicht, Anstand und Sitte. Hier wurde der Mensch getrieben, wie man »Vieh mit dem Stecken treibt«. Hier war das barbarische Zeitalter und das Reich des Antichrist. Und gleichviel, ob der Unglückliche die Kanzel mißbraucht hatte oder nicht: hier wollte man weder strafen noch bessern noch sühnen. Hier wollte man nur vernichten, wie der Mörder seinen Zeugen vernichtet.

Johannes kannte den Pfarrer nicht, aber schon in den Träumen der ersten Nacht nach dieser Botschaft hob sein Gesicht sich aus den Schatten der Zwischenwelt deutlich und mahnend auf, ein wissendes und schrecklich verlassenes Gesicht, das ihn mit einem fremden Blick streifte, als erwarte es sich auch von ihm nicht mehr als von den anderen. Er blickte vor sich hin, durch alle Nähe hindurch, bis in eine Ferne, an der nur die Todbestimmten teilhaben mochten und deren Einzelheiten sich auch den schrankenlosen Möglichkeiten des Traumes entzogen.

2. Das Leid der Juden im KZ und das »leuchtende Banner« von »Geist«, »Liebe« und »Schönheit«

Es war nämlich so, daß man hier einen großen Teil der jüdischen Belegschaft und unter ihr anscheinend auch die Schwächsten und Hinfälligsten zusammengetrieben hatte, um sich ihrer am leichtesten entledigen zu können. Hier standen die rohesten Posten, die rohesten Unterführer, die rohesten Vorarbeiter. Hier bekam der Siebzigjährige, der nur noch wie ein Schatten dahinwankte, dieselbe Last auf die Schultern geworfen wie der Siebzehnjährige, und wenn er dreimal zusammenbrach, so wurde sie ihm viermal aufgelegt, und wenn er liegen blieb, so »meuterte« er eben, und auf Meuterei stand die Todesstrafe.

Was im Steinbruch selbst sich abspielte, konnte Johannes nicht sehen, aber dieses hier mußte er sehen, wenn er nicht die Augen schloß, und wenn er die Augen schloß, so hörte er es, und er hatte keine Hand frei, um seine Ohren zuzuhalten.

Zunächst sah er jedesmal, wenn sie von der Höhe herabgestiegen kamen, einen oder zwei von ihnen am Boden liegen, unfähig, selbst bei den größten Martern, sich wieder zu erheben. Hier waren eben Körper, aus denen der letzte Hauch des Lebens schon im Entweichen war. Verhungerte, denn die Juden bekamen nur die halbe Brotration, am Sonntag kein Essen und bei jedem geringen Anlaß einen Hungertag. Verhungerte also, Entkräftete, Mißhandelte, Schwerkranke wie solche mit offener Tuberkulose, und vor allem Verzweifelte, die den Willen zum Leben nicht mehr besaßen. Die den Posten um eine Kugel anflehten, wie man um einen Trunk kalten Wassers fleht, und doch nicht bedachten, daß eine Kugel jenen ja den Spaß beendete und zerstörte. Die Kugel war eine Gnade, und das Wort »Gnade« war ausgestrichen aus dem Wörterbuch dieses Lagers wie aus dem einer »herrischen« Weltanschauung.

Johannes sah, wie nach einer Weile die Stockschläge auf den Entkräfteten niederfuhren. Wie das Opfer sich aufbäumte, um die Qual noch einmal zu beginnen, und wieder zusammenbrach. Und wie nach einer Weile dasselbe von neuem geschah, bis eine Krümmung des Weges ihm den barmherzigen Vorhang vor das Ende schob.

Johannes sah, wie einer von ihnen, taumelnd, schon voller Blut im Gesicht, zum Scharführer gerufen wurde, um sich zu verantworten. Wie er mit eisigem Hohn übergossen wieder zurückwankte und der Scharführer, lächelnd, einen kopfgroßen Stein mit voller Wucht in den Rücken des Nichtsahnenden schleuderte, so daß dieser auf seinem Gesicht liegen blieb.

Johannes sah, während sie auf der oberen Straße ein wenig ausruhen durften, den langen Zug der Verdammten aus der Tiefe den Hang heraufsteigen, mit Lasten, die für die Schultern von Athleten gedacht waren. Er sah die Gesichter, eines nach dem andern, wie sie an ihm vorüberkamen, erloschen, ertötet, bis auf die Knochen eingedörrt. Er sah die gekrümmten Gestalten, Skelette mit gespenstischen Armen und Beinen, von Wunden bedeckt, gefärbt von geronnenem Blut. Und er sah den Blick ihrer Augen. Nicht nur die Augen eines uralten Volkes, schwer von Wissen und Leid. Sondern die Augen von Sterbenden, abgewandt schon den Dingen dieser Welt, aber nicht getröstet von den Hoffnungen auf eine jenseitige. Augen, aus denen der Sinn des Lebens gewichen war und somit auch der des Todes. Irre, verstörte Augen, die wie leere Linsen in ihren Gesichtern stan-

den. Die wohl die Formen dieser Erde noch spiegelten, aber
nur auf eine mechanische, automatenhafte Weise. Die nichts
mehr begriffen, weil alles Begreifbare in der Hölle der
Qualen untergegangen war. Der Begriff des Menschen und
auch der Begriff Gottes. Kinder und Tiere in der letzten
Todesangst mochten solche Augen haben, wenn das Dunkel
schon über ihnen zusammenschlägt und die Tafeln aller Gesetze, auch der einfachsten, klirrend in Scherben zerbrachen.

Johannes sah, wie einer von ihnen, verkrümmt und mit
weißem Haar, geschlagen wurde. Er sah, wie der Scharführer, hinter ihm stehend, abwartete, wie die Schläge des
Vorarbeiters fielen, und den Augenblick abpaßte, in dem
die Arme des Halbbewußtlosen das Gesicht frei ließen.
Dann schlug er mit einem fingerstarken Stock zu, auf die
Wangen, die Ohren, die Schläfen.

Johannes sah, indes sie selbst wieder aufbrachen, wie der
Taumelnde von dem Vorarbeiter auf einen Weg gestoßen
wurde, der in den Wald hineinführte und an dem Posten
standen. Dessen Betreten also verboten war. Und eine halbe
Minute später, während ihr eigener Weg nun in das Ge-
büsch abzweigte, hörte er fast gleichzeitig zwei Schüsse fallen, die dem Ganzen ein Ende machten.

Johannes sah dies alles, während das leere, eiskalte Gefühl
in seinem Innern wuchs und wuchs. Er ging unter seiner
Last dahin, wortlos, fühllos gegen die eigenen Schmerzen,
den Blick vor sich hin auf den schmalen, steinigen Weg gerichtet. Die Sonne schien wohl, und die Wolken zogen wohl
über ihnen dahin. Aber es war nicht mehr Gottes Sonne
und es waren nicht mehr Gottes Wolken. Gott war gestorben. Die Vorstellung von ihm, die Jahrtausend alte Idee,
der Glaube an sein Regiment, und mochte es auch ein hartes Regiment sein sollen, zerbrachen so, wie jenen Verdammten das Bild der Erde zerbrochen war. Wenn Gottes
Erbarmen geringer war als menschliches Erbarmen, dann
war dies alles ein Trugbild, auf einen Kinderhimmel gemalt,

und wo der Kinderhimmel zerbrach, zerbrach auch das Trugbild.

Und mochten jene schuldig sein an manchem in der Summe ihres Lebens, mochte das ganze Volk schuldiger sein als andere Völker: hier zerging ihre Schuld in nichts vor der Schuld derjenigen, die sich als das neue Volk priesen. Furchtbarer war niemals gebüßt worden als jene büßten. Und mehr Schande war niemals auf die Stirn eines Volkes gefallen als auf jenes, das nun ihre Henker stellte.

Sein Volk, dachte Johannes, sein eigenes Volk! Für dessen Erhellung und Reinigung und Tröstung sie alle ihr Leben verbracht hatten, zu denen auch er als ein Arbeiter im Weinberg gehörte. Das Volk, von dem sie sagten, daß an seinem Wesen einmal die Welt genesen werde, und das sich erhob über andere Völker, um eine neue Sittlichkeit aufzurichten, einen neuen Himmel, einen neuen Gott. Besser als die Sittlichkeit und der Himmel und die Götter »absterbender« Völker.

In dieser Stunde erkannte er mit einer unbeirrbaren Sicherheit, daß dieses Reich zerfallen würde, nicht in einem Jahr und vielleicht nicht in zehn Jahren, aber in einem menschlichen Zeitraum. So zerfallen und zerbrechen, daß keine Spur von ihm bleiben würde. Ausgebrannt wie ein Geschwür, und nur die grauenhafte Narbe würde zurückbleiben. Es gab keine Kultur, die auf Menschenblut sich aufbauen ließ. Staaten konnte man auf Blut oder Gewalt bauen, aber Staaten waren nur Kartenhäuser vor dem Wind der Ewigkeit. Was blieb, das stifteten die anderen. Nicht die Henker und Mörder. Nicht einmal die Feldherren. Und diese anderen vergossen kein Blut, außer daß sie ihr eigenes in das unsterbliche Werk verströmten. Noch war der Geist nicht ausgestorben in der Welt, die Liebe, die Schönheit. Noch waren sie da, wenn auch geschändet und geschlagen. Und einmal würden sie sich wieder aufheben aus dem Staube mit ihrem schmerzlichen Kinderlächeln und ihr leuchtendes Banner wieder aufrichten über den Schädelstätten der Völker.

THOMAS MANN

Geb. 6. Juni 1875 in Lübeck, gest. 12. August 1955 in Kilchberg b. Zürich. Sohn eines Kaufmanns und Senators, Mutter brasilianischer Abstammung. Ab 1914 in München, Vortragsreisen als repräsentativer deutscher Schriftsteller. Träger verschiedener Auszeichnungen und Preise, 1929 Nobelpreis. Kehrte 1933 von einer Vortragsreise nicht mehr ins nationalsozialistische Deutschland zurück. Entschied sich aber erst zum publizistischen Kampf gegen den NS-Staat, nachdem ihm der 1919 erteilte Ehrendoktor von der Universität Bonn aberkannt, die Ausbürgerung vollzogen und die ins Exil gegangenen Autoren – zu denen Thomas Mann nicht gehörte – in einem Artikel in der *Neuen Zürcher Zeitung* angegriffen wurden. Harvard (USA) promovierte ihn als »Wahrer der großen deutschen Kultur« zum Dr. h. c., andere Universitäten folgten. Von 1933 bis 1939 in Küsnacht bei Zürich, dann zwei Jahre Gastprofessor an der Princeton-Universität (USA), darauf Wohnsitz in Pacific Palisades in Kalifornien, 1944 erhielt er das amerikanische Bürgerrecht. Nach Kriegsende internationale Ehrungen.

Das erzählerische Werk: *Buddenbrooks* R., Niedergang des Bürgertums dargestellt anhand einer Familienchronik über vier Generationen (1901); *Tonio Kröger* N., den Mannschen Gegensatz zwischen Künstlertum und Bürgertum ironisch-wehmütig illustrierend (1903); *Tristan* N., wiederum über den schmerzlichen Widerspruch zwischen Kunst und Leben (1903); *Der Tod in Venedig* N. (1912); *Königliche Hoheit*, »Lustspiel in Romanform« (1909); *Der Zauberberg*, Bildungsroman, der im Bild der Gemeinschaft eines Davoser Sanatoriums die europäische Gesellschaft vor dem Ersten Weltkrieg spiegelt (1924); *Mario und der Zauberer* N. (1930).

Mit dem vierbändigen Roman *Joseph und seine Brüder* (1933–42) beginnt die Absage Manns an das rein Individuell-Besondere, seine neue Bemühung um das »Typische, Immer-Menschliche«. *Das Gesetz* E. (1944); *Lotte in Weimar*, Goethe-R. mit autobiographischen Zügen (1939); *Doktor Faustus* R., thematisch umfassendstes Werk, Versuch, das eigene und das deutsche Wesen und dessen Nebeneinander von Genialität und Unmenschlichkeit zu erfassen (1947); *Die Entstehung des Doktor Faustus*, »Roman eines Romans« (1949); *Der Erwählte* R., zurückgreifend auf die Legende des Versepos von Hartmann von Aue, »Gregorius« (1951); *Bekenntnisse des Hochstaplers Felix Krull* R., viele Mannsche Themen aufs liebenswürdigste ineinanderspielend (um 1910 begonnen, mit Unterbrechungen bis 1954).

Das essayistische Werk spiegelt ebenfalls Thomas Manns Wandlung vom neuromantischen, ironisch-pessimistischen bürgerlichen Ästheten zum Weltbürger humanistisch-sozialistischer Prägung wider. *Friedrich und die große Koalition* (1915) und die *Betrachtungen eines Unpolitischen* (1918) gegen den dem Sozialismus nahestehenden Bruder Heinrich. Seit

der Berliner Rede *Von deutscher Republik* (1923) für bürgerlich-sozial-
demokratische Zusammenarbeit zunehmende Entfernung von der »ro-
mantisch apolitischen Bürgerlichkeit«. *Appell an die Vernunft* (1930);
Achtung, Europa! (1938); Radiosendungen nach Deutschland an *Deutsche
Hörer* (1944); *Leiden an Deutschland* Tgb. (1946); *Deutschland und die
Deutschen* (1947).
Die Sammlungen literarischer Essays enthalten u. a. Beiträge über
Wagner, Nietzsche, Schopenhauer, Freud, Hauptmann, Kleist, Schiller
und Goethe.

Joseph und seine Brüder (Auszug)

*Die Arbeit an der Roman-Tetralogie »Joseph und seine
Brüder« beanspruchte rund zwei Jahrzehnte, Teile des
»Mythenspiels« entstanden in Deutschland, Frankreich und
schließlich im kalifornischen Exil. Die Geschichte des biblischen Joseph wird in vier weit ausholenden, aber zusam-
mengehörenden Bänden in vorwiegend humoristisch-ironi-
scher Tonlage erzählt: »Die Geschichten Jaakobs« (1933)
berichten von Josephs Vorfahren, den Patriarchen; »Der
junge Joseph« (1934) zeigt Josephs jugendliche Überheblichkeit und seinen ersten Sturz in die »Grube«; in »Joseph
in Ägypten« (1936) werden Aufstieg des Sklaven Joseph
im Hause Potiphars und sein zweiter Sturz ins Gefängnis
ausgeführt, während im letzten Band, »Joseph der Ernährer«, Joseph als Erretter des Landes von Pharao erhöht
wird und er Brüder und Vater nach Ägypten holt.
Die Wahl eines biblischen Themas ist nun aber keineswegs
Zeichen eines Ausweichens ins Historische oder Zeitlose –
der Autor steht im Laufe dieser Jahre immer entschiedener
in der öffentlichen Auseinandersetzung mit dem Dritten
Reich, auf internationaler Ebene ist die Stimme Thomas
Manns zu der meistbeachteten aller Exilautoren geworden.
Den Josephs-Romanen legt Mann einen ganz bestimmten
Begriff des »Mythos« zugrunde, einen psychologisch-ratio-
nalen, und damit will der Autor in aller Deutlichkeit
Stellung beziehen gegen die rauschhaft irrationale und*

Thomas Mann (Ullstein-Bilderdienst)

*anti-intellektuelle Auffassung, die der Mythos durch die
Nationalsozialisten und deren Literatur erfahren hat. Zum
Verständnis der aktuell-politischen Bedeutung der Josephs-
Romane sind Thomas Manns theoretische Äußerungen zu
seinem Werk unerläßlich (vgl. dazu den Abschnitt »Essay
und Literaturtheorie«).* »Man muß dem intellektuellen
Faschismus den Mythos wegnehmen und ihn ins Humane
umfunktionieren. Ich tue längst nichts anderes mehr« – *so
äußert sich Mann im Zusammenhang mit dem* »Joseph«. *Zu
diesem* »Humanen« *gehört für Mann unabdingbar* »die
Würde des Wissens und des Geistes [...], und die weist den
Veitstanz des Fanatismus von sich«. *Die Beiträge von Gottfried Benn und Ernst Jünger (in* »Essay und Literaturtheorie«*) mögen die ausgesprochen intellektfeindliche, anti-
rationale Tendenz des Geisteslebens in Deutschland selbst
dokumentieren. Indem Thomas Mann versucht, gerade den
Mythos, Zentralbegriff der Nationalsozialisten und deren
Vorläufer, ins Rationale* »umzufunktionieren«, *hofft er, die
Ideologie im Kern zu treffen und zu widerlegen.*

*Wie zeitgemäß aber Thomas Manns Behandlung des Mythi-
schen auch sei – die Josephs-Romane lassen sich durchaus
einordnen in die künstlerische Entwicklung des Autors seit
dem Frühwerk. Dem von Wagner, Schopenhauer und
Nietzsche beeinflußten jungen Verfasser der* »Buddenbrooks« *(1901) und des* »Tonio Kröger« *(1903) schien der*
»Künstler« *mit seiner hochentwickelten Sensibilität und
Intelligenz ausgeschlossen zu sein vom vollen, naiven* »Leben«, *das stets unreflektiert ist. Vom Standpunkt des gesunden Bürgers aus haftet dem Künstler etwas Mißtrauen
Erweckendes, Unverläßliches an, Kunst, die ja nur Leben
vorspiegelt, aber niemals Leben ist, hat etwas Betrügerisches
an sich.*

*Das schlechte Gewissen, das Tonio Kröger – neben und mit
aller ironischen Überheblichkeit – als ein* »in die Kunst
verirrter Bürger« *weder ablegen kann noch mag, verliert
sich in dem Maße, wie der Exponent des Mannschen Er-*

zählens sich der schwerelosen Liebenswürdigkeit einer Ro-
manfigur, wie sie der »Hochstapler Felix Krull« ist, nähert.
Konstant bleibt aber im gesamten Werk, daß der künstle-
rische Mensch das Leben nur als Brechung erfährt, indem er
darüber reflektiert, es ironisiert oder es bewußt nachahmt,
das »als ob« ist stets das Hauptcharakteristikum aller dieser
Figuren. Dem entspricht die distanzierte Haltung des Er-
zählers und seine häufige Verwendung von Ironie, Stil-
imitation, kunstvoll verschachtelter Rahmentechnik. Joseph
gehört unbedingt in die Reihe dieser Gestalten. Denn er
»ist« keineswegs mythisch, er erfährt den Mythos nicht
naiv als Schicksal. Schon als aufgeweckter Knabe wird er,
von seiner Ausbildung her, so sehr durchtränkt von den
»biblischen« Geschichten seiner Vorfahren, daß er deren
Leben und Gedanken immer wieder imitiert, bald fromm,
bald frivol, aber immer bewußt. Er treibt ein »Spiel«
(»Mammut-Spaß« nennt Mann selbst die Tetralogie); erst
als Joseph der »Ernährer« geworden ist und gemäß seiner
sozialen Verantwortung handelt, wird daraus ein »heiliges«.
Wiederum unterstreicht Thomas Manns Erzähltechnik diese
Brechungen: Schon die humoristisch-ironische Tonlage
schafft Distanz, aber vor allem ist es das Durchsetzen der
Erzählung mit Reflexion, Bibel- und Religionskritik, psy-
chologischen und philosophischen Ausführungen, Mischung
der Stilebenen, direkten Bemerkungen an den Leser usw.,
was dem Werk seine Vielschichtigkeit und gleichzeitig auch
das Einheitliche, das unverwechselbar Thomas-Mannsche,
verleiht.
Und es ist klar, daß gerade diese spielerische, intellektuell
spiegelnde Behandlung des Stoffes sich wie von selbst ein-
fügt in die literarisch-politische Zielsetzung des Werks: ins
»Umfunktionieren« des Mythischen ins Rationale.

1. Aus: »Vorspiel. Höllenfahrt«. Definition der Vergangenheit

Der Brunnen der Vergangenheit

Die Vergangenheit ist, wie es heißt, »unergründlich«, »un-erlotbar«. Nur »Anfänge bedingter Art« können gefunden werden, man mag sich zwar bei irgendeinem »solchen Ur national beruhigen«, aber die »Brunnenteufe« kann »damit keineswegs ernstlich als ausgepeilt gelten«, jeder Absolut-heitsanspruch muß dahinfallen. Was einem – wie Joseph – erscheint als »Anfang aller Dinge«, ist letztlich nur der Anfang »seiner persönlichen«.

Tief ist der Brunnen der Vergangenheit. Sollte man ihn nicht unergründlich nennen?

Dies nämlich dann sogar und vielleicht eben dann, wenn nur und allein das Menschenwesen es ist, dessen Vergangen-heit in Rede und Frage steht: dies Rätselwesen, das unser eigenes natürlich-lusthaftes und übernatürlich-elendes Da-sein in sich schließt und dessen Geheimnis sehr begreiflicher-weise das A und das O all unseres Redens und Fragens bildet, allem Reden Bedrängtheit und Feuer, allem Fragen seine Inständigkeit verleiht. Da denn nun gerade geschieht es, daß, je tiefer man schürft, je weiter hinab in die Unter-welt des Vergangenen man dringt und tastet, die Anfangs-gründe des Menschlichen, seiner Geschichte, seiner Gesittung, sich als gänzlich unerlotbar erweisen und vor unserem Senk-blei, zu welcher abenteuerlichen Zeitenlänge wir seine Schnur auch abspulen, immer wieder und weiter ins Boden-lose zurückweichen. Zutreffend aber heißt es hier »wieder und weiter«; denn mit unserer Forscherangelegentlichkeit treibt das Unerforschliche eine Art von foppendem Spiel: es bietet ihr Scheinhalte und Wegesziele, hinter denen, wenn sie erreicht sind, neue Vergangenheitsstrecken sich auftun, wie es dem Küstengänger ergeht, der des Wanderns kein

Ende findet, weil hinter jeder lehmigen Dünenkulisse, die er erstrebte, neue Weiten zu neuen Vorgebirgen vorwärts-locken.

So gibt es Anfänge bedingter Art, welche den Ur-Beginn der besonderen Überlieferung einer bestimmten Gemein-schaft, Volkheit oder Glaubensfamilie praktisch-tatsächlich bilden, so daß die Erinnerung, wenn auch wohl belehrt darüber, daß die Brunnenteufe damit keineswegs ernstlich als ausgepeilt gelten kann, sich bei solchem Ur denn auch national beruhigen und zum persönlich-geschichtlichen Still-stande kommen mag.

Der junge Joseph zum Beispiel, Jaakobs Sohn und der lieb-lichen, zu früh gen Westen gegangenen Rahel, Joseph zu seiner Zeit, als Kurigalzu, der Kossäer, zu Babel saß, Herr der vier Gegenden, König von Schumir und Akkad, höchst wohltuend dem Herzen Bel-Marudugs, ein zugleich strenger und üppiger Gebieter, dessen Bartlöckchen so künstlich ge-reiht erschienen, daß sie einer Abteilung gut ausgerichteter Schildträger glichen; – zu Theben aber, in dem Unterlande, das Joseph ›Mizraim‹ oder auch ›Keme, das Schwarze‹, zu nennen gewohnt war, seine Heiligkeit der gute Gott, ge-nannt ›Amun ist zufrieden‹ und dieses Namens der dritte, der Sonne leiblicher Sohn, zum geblendeten Entzücken der Staubgeborenen im Horizont seines Palastes strahlte; als Assur zunahm durch die Kraft seiner Götter und auf der großen Straße am Meere, von Gaza hinauf zu den Pässen des Zederngebirges, königliche Karawanen Höflichkeitskon-tributionen in Lapislazuli und gestempeltem Golde zwischen den Höfen des Landes der Ströme und dem Pharao's hin und her führten; als man in den Städten der Amoriter zu Beth-San, Ajalon, Ta'anek, Urusalim der Aschtarti diente, zu Sichem und Beth-Lahama das siebentägige Klagen um den Wahrhaften Sohn, den Zerrissenen, erscholl und zu Gebal, der Buchstadt, El angebetet ward, der keines Tem-pels und Kultus bedurfte: Joseph also, wohnhaft im Distrikte Kenana des Landes, das ägyptisch das Obere Re-

tenu hieß, in seines Vaters von Terebinthen und immer-
grünen Steineichen beschattetem Familienlager bei Hebron,
ein berühmt angenehmer Jüngling, angenehm namentlich in
erblicher Nachfolge seiner Mutter, die hübsch und schön
gewesen war, wie der Mond, wenn er voll ist, und wie
Ischtars Stern, wenn er milde im Reinen schwimmt, außerdem aber, vom Vater her, ausgestattet mit Geistesgaben,
durch welche er diesen wohl gar in gewissem Sinne noch
übertraf, – Joseph denn schließlich (zum fünften- und sech-
stenmal nennen wir seinen Namen und mit Befriedigung;
denn um den Namen steht es geheimnisvoll, und uns ist, als
gäbe sein Besitz uns Beschwörerkraft über des Knaben zeit-
versunkene, doch einst so gesprächig-lebensvolle Person) –
Joseph für sein Teil erblickte in einer südbabylonischen
Stadt namens Uru, die er in seiner Mundart ›Ur Kasch-
dim‹, ›Ur der Chaldäer‹ zu nennen pflegte, den Anfang
aller, das heißt: seiner persönlichen Dinge.

Verwechslung

Hier schwindelte es den jungen Joseph, genau wie uns, indem wir uns über den Brunnenrand neigen, und trotz kleiner uns unzukömmlicher Ungenauigkeiten, die sein hübscher
und schöner Kopf sich erlaubte, fühlen wir uns ihm nahe
und zeitgenössisch in Hinsicht auf die Unterweltschlünde
von Vergangenheit, in die auch er, der Ferne, schon blickte.
Ein Mensch wie wir war er, so kommt uns vor, und trotz
seiner Frühe von den Anfangsgründen des Menschlichen
(um vom Anfange der Dinge überhaupt nun wieder ganz
zu schweigen) mathematisch genommen ebenso weit entfernt
wie wir, da diese tatsächlich im Abgründig-Dunklen des
Brunnenschlundes liegen und wir bei unserem Forschen uns
entweder an bedingte Scheinanfänge zu halten haben, die
wir mit dem wirklichen Anfange auf dieselbe Art verwechseln, wie Joseph den Wanderer aus Ur einerseits mit dessen
Vater und andererseits mit seinem eigenen Urgroßvater

verwechselte, oder von einer Küstenkulisse zur anderen
rückwärts und aber rückwärts ins Unermeßliche gelockt
werden.

Vergangenheit und Zukunft

*Die Vergangenheit ist »unerlotbar« – zu den wirklichen
Anfängen zurückzukehren, indem man etwa wie die Nationalsozialisten versuchte, die geistige Entwicklung des
Menschen rückgängig zu machen und zu den ursprünglich-
sten Kräften, »Blut«, »Boden«, »Rasse« usw. zurückzukehren, ist schon aus diesem Grund unmöglich.*

*Zudem ist laut der »hochzeitlichen Erkenntnis«, der Philo-
sophie Hegels z. B., der Gang der Geschichte ein Dreitakt,
wobei die erste und die letzte Stufe einander entsprechen,
Ur-Anfang und letztes Ende sind identisch, Vergangenheit
und Zukunft sind austauschbar. Thomas Mann versucht
mit kritisch-ironischem Vergnügen, diese moderne Denk-
form in die Erörterung der biblischen Vergangenheit ein-
zuschieben. Denn durch die Verbindung von Vergangenheit
und Zukunft erhält das mythische »Spiel« seines Josephs
einen besonderen Sinn: Zum vergangenheitsbezogenen »Es
war« der Frömmigkeit gehört jetzt auch das auf die Zukunft gerichtete »Es soll sein«, und diese moralische Verpflichtung, an der endgültigen Verwirklichung des Mythischen aktiv mitzuarbeiten, setzt natürlich Wissen (nicht
Emotionalität) voraus, das Ziel muß erkannt sein, bevor
man darauf zustreben kann.*

*Damit erhält auch der folgende humoristisch-philosophische
Exkurs seinen genauen Stellenwert im Ganzen der Tetralogie. Wörtlich werden denn auch, am Ende des vierten Romans, die letzten Sätze dieses Exkurses wieder aufgenommen, nicht mehr als Abhandlung allgemeiner Art allerdings,
sondern als speziell an Joseph gerichtet: als Wesensbestim-
mung seines Charakters und als Segen, den ihm sein Vater
Jaakob sterbend erteilt (1. Mose 49, 25).*

*Entsprechend der »hochzeitlichen Erkenntnis« – so heißt es
also kurz vor Beginn des folgenden Textbeispiels – besteht
»der Auftrag des Geistes« darin, »der selbstvergessen in
Form und Tod verstrickten Seele das Gedächtnis ihrer
höheren Herkunft zu wecken; sie zu überzeugen, daß es ein
Fehler war, sich mit der Materie einzulassen und so die
Welt hervorzurufen; endlich ihr das Heimweh bis zu dem
Grade zu verstärken, daß sie sich eines Tages völlig aus
Weh und Wollust löst und nach Hause schwebt, – womit
ohne weiteres das Ende der Welt erreicht [...] wäre«. Dar-
auf bezieht sich die folgende Stelle:*

Es ist möglich, daß die Aussage, Seele und Geist seien eins
gewesen, eigentlich aussagen will, daß sie einmal eins werden sollen. Ja, dies erscheint um so denkbarer, als der Geist
von sich aus und ganz wesentlich das Prinzip der Zukunft,
das Es wird sein, es soll sein, darstellt, während die Frömmigkeit der formverbundenen Seele dem Vergangenen gilt
und dem heiligen Es war. Wo hier das Leben ist und wo
der Tod, bleibt strittig; denn beide Teile, die naturverfloch-
tene Seele und der außerordentliche Geist, das Prinzip der
Vergangenheit und das der Zukunft, nehmen, jedes nach
seinem Sinn, in Anspruch, das Wasser des Lebens zu sein,
und jedes beschuldigt das andere, es mit dem Tode zu halten: keiner mit Unrecht, da Natur ohne Geist sowohl als
Geist ohne Natur wohl schwerlich Leben genannt werden
kann. Das Geheimnis aber und die stille Hoffnung Gottes
liegt vielleicht in ihrer Vereinigung, nämlich in dem echten
Eingehen des Geistes in die Welt der Seele, in der wechsel-
seitigen Durchdringung der beiden Prinzipien und der Hei-
ligung des einen durch das andere zur Gegenwart eines
Menschentums, das gesegnet wäre mit Segen oben vom
Himmel herab und mit Segen von der Tiefe, die unten
liegt.

2. Aus den »Geschichten Jaakobs«

Joseph, in dem der Leser erwartete, den Mythos unmittelbar verkörpert zu finden, ist seinerseits nur einer, der, bewußt und spielerisch, Mythen, von denen er gehört hat, wiederholt. Auch noch weiter zurückreichendes Ausloten der endlosen »Brunnenteufe« der Vergangenheit ändert daran nichts; auch Josephs Vorfahren, Jaakob und dessen Vater Isaak, sind nicht »mythisch«, sondern Wiederholer von Mythen.

Isaaks Wiederholung von Mythen ist noch recht primitiv, wenig bewußt, er »verwechselt« sich. Er verwechselt sich nicht nur mit biblischen Vor-Bildern, sondern auch mit dem Widder, der einst für ihn – oder einen seiner Ahnen – geopfert worden war. Da der Widder auch in nicht- und vorbiblischen Religionen als Symbol auftauchte, gibt dieses Motiv Thomas Mann eine weitere Gelegenheit, den Mythos zu entnationalisieren und den Raum der An-Spielungen und Spiegelungen zu erweitern. Ein Verfahren, über dessen wissenschaftliche Berechtigung er sich eingehend informiert hat (z. B. in seinem Briefwechsel mit Karl Kerény). Die mythische Verwechslung des sterbenden Isaak ist absichtlich auf einer noch sehr primitiv-schauerlichen Stufe gehalten. Schon Jaakobs Verwechslungen und Wiederholungen sind ungleich bewußter. Aber erst Joseph gelingt im letzten Teil der Romanfolge mit seinem »heiligen Spiel« die volle Ausgestaltung des Mythischen.

Wiederum spiegeln nicht nur die Gestalten des Werks, sondern auch die Technik des Autors Vorgänge auf verschiedenen Zeit- und Kulturstufen ineinander, um das Gleichbleibende, Mythische sichtbar zu machen. So deutet z. B. Mann Josephs Gefangenschaft in Ägypten als Wiederholung des früheren Sturzes in die Grube, aus der Joseph von seinen Brüdern als Sklave verkauft worden war; eine Bewegung des Untergangs und der Auferstehung, die schon lange vor Thomas Mann unter dem Begriff der Präfiguration Christi in der Josephsgestalt bekannt war.

»Wer Jaakob war«

»Die Schwierigkeit, von Leuten zu erzählen, die nicht recht wissen, wer sie sind«, kennzeichnet die Aufgabe, die Thomas Mann sich mit den Josephs-Romanen gestellt hat. Alle Figuren erscheinen nicht als geschlossene Charaktere, ihre »Identität« bleibt »offen«: sei es, daß sie »zwischen Ich und Nicht-Ich weniger scharf« unterscheiden, »als wir es [...] zu tun gewohnt sind«, sich »selbst« also fromm-naiv »verwechseln«, oder sei es, daß sie – auf verschiedenen Stufen des Bewußtseins – »die Aufgabe des individuellen Daseins darin« erblicken, »gegebene Formen, ein mythisches Schema, das von den Vätern gegründet wurde, mit Gegenwart auszufüllen und wieder Fleisch werden zu lassen«.

Der Mythos wird also nicht als etwas (historisch) Einmaliges gefaßt, sondern, im Sinne von C. G. Jung, als archetypisch: *als grundsätzliche, sich auf jeder Zeitstufe und in jedem individuellen Dasein wiederholende Struktur des Menschlichen. Es ist also angelegt in jedem Menschen jeder Epoche, je vollständiger er alle seine Anlagen entwickelt (also auch die Ratio), desto ungestörter vollzieht sich der als Struktur angelegte mythische Ablauf.*

Die Begriffe »Blut« und »Boden«, die vor-rationalen Quellen des noch nicht denkenden Menschen, verfehlen deshalb das Wesen des Mythos gänzlich: sie sind irrational und vergangenheitsbezogen und somit viel zu verengend, um die Eigenart der modernen Menschen, der »Späteren«, zu dem die hochentwickelte Ratio gehört, zu erfassen.

Es geschieht durchaus in diesem Zusammenhang, daß man auf die Entstehung von Abrahams Reichtum die Rede bringt. Als er nämlich (es muß unter der zwölften Dynastie gewesen sein) nach Unter-Ägypten kam, war er noch keineswegs so schwer an Gütern wie zu der Zeit, als er sich von Lot trennte. Mit der außerordentlichen Bereicherung aber, die er dort erfuhr, verhielt es sich so. Von vornherein erfüllte ihn das tiefste Mißtrauen gegen des Volkes Sittlichkeit, die er sich, zutreffend oder nicht, schilfsumpfig dachte, wie einen Mündungsarm des Nilstromes. Er fürchtete sich, und zwar im Hinblick auf Sarai, sein Weib, das ihn begleitete und sehr schön war. Ihn schreckte der lüsterne Eifer der Dortigen, die wahrscheinlich sofort Begierde nach Sarai tragen und ihn erschlagen würden, um sie sich anzueignen; und die Überlieferung hat festgehalten, daß er in diesem Sinn, das heißt in dem der Besorgnis um sein eigenes Wohl, gleich beim Betreten des Landes mit ihr redete und ihr anbefahl, sie möge sich, um die Scheelsucht der schamlosen Bevölkerung von ihm abzulenken, nicht als sein Weib, sondern als seine Schwester bezeichnen, — was sie tun mochte, ohne geradehin zu lügen: denn erstens nannte man, namentlich im Lande Ägypten, die Geliebte gern seine Schwester. Zweitens aber war Sarai eine Schwester Lots, den Abraham als seinen Neffen zu betrachten und Bruder zu nennen pflegte; so konnte er allenfalls Sarai als seine Nichte ansehen und ihr den Schwesternamen im üblicherweise erweiterten Sinne beilegen, wovon er auch zum Zwecke der Irreführung und des Selbstschutzes Gebrauch machte. Was er erwartet, geschah, und mehr, als er vorausgesehen. Sarai's dunkle Schönheit erregt im Lande die Aufmerksamkeit von hoch und nieder, die Nachricht davon dringt bis zum Sitze des Herrschers, und die glutäugige Asiatin wird von ihres ›Bruders‹ Seite genommen — nicht gewaltsam, nicht räuberischerweise, sondern zu einem hohen Preise, — ihm abgekauft also, da sie würdig befunden ist, den erlesenen Bestand von Pharao's Frauenhaus zu bereichern. Dorthin wird sie gebracht, und ihr ›Bruder‹, den man mit dieser Ordnung der Dinge nicht im geringsten zu kränken glaubt, sondern der nach der Meinung aller von Glück sagen mag, darf sich nicht nur in ihrer Nähe halten, sondern wird auch von Hofes wegen mit Wohltaten, Geschenken, Entschädigungen fortlaufend überschüttet, die er denn unverzagt sich gefallen läßt, so daß er bald schwer ist an Schafen, Rindern,

Eseln, Sklaven und Sklavinnen, Eselinnen und Kamelen. Unterdessen aber ereignet sich, dem Volke sorgfältig verschwiegen, am Hofe ein Ärgernis sondergleichen. Amenemhet (oder Senwosret; es ist nicht mit letzter Bestimmtheit zu sagen, welcher Besieger Nubiens es war, der eben den beiden Ländern den Segen seiner Herrschaft spendete) – Seine Majestät also, ein Gott in der Blüte seiner Jahre, ist, da er sich anschickt, die Neuigkeit zu versuchen, mit Ohnmacht geschlagen, – nicht einmal, sondern wiederholt, und gleichzeitig, wie sich zögernd herausstellt, unterliegt seine ganze Umgebung, unterliegen die höchsten Würdenträger und Vorsteher des Reiches demselben schmählichen und – wenn man die höhere kosmische Bedeutung der Zeugungskraft in Betracht zieht – überaus erschreckenden Übel. Daß hier etwas nicht stimmt, daß ein Mißgriff geschehen, ein Zauber waltet, ein höherer Widerstand sich bemerkbar macht, liegt auf der Hand. Der Ebräerin Bruder wird vor den Thron beschieden, wird befragt und dringlich befragt und bekennt die Wahrheit. Das Verhalten Seiner Heiligkeit ist an Vernunft und Würde über alles Lob erhaben. »Warum«, fragt er, »hast du mir das getan? Warum mich durch doppelsinnige Rede dem Unannehmlichen ausgesetzt?« Und ohne einen Gedanken daran, den Abraham um irgendeins der Geschenke zu büßen, womit er ihn so freigebig überhäuft, händigt er ihm sein Weib wieder ein und heißt sie in der Götter Namen ihres Weges ziehn, wobei er die Gruppe noch mit sicherem Geleit bis an die Landesgrenze versieht. Der Vater aber, nicht nur im Besitz einer unversehrten Sarai, sondern auch an Habe so viel schwerer als vorher, darf sich eines gelungenen Hirtenstreiches freuen. Denn um so lieber nimmt man an, er habe von vornherein darauf gerechnet, daß Gott die Verunreinigung Sarai's schon so oder so zu verhindern wissen werde, habe auch nur unter dieser bestimmten Voraussetzung die Geschenke eingesteckt und sei sicher gewesen, auf die Weise, wie er es anfing, der ägyptischen Wollust am besten ein Schnippchen zu schlagen,

– als unter diesem Aspekt sein Verhalten, die Verleugnung
seines Gattentums und die Aufopferung Sarai's um seines
eigenen Heiles willen, erst in das rechte Licht, und zwar ein
sehr geistreiches gerückt wird.

Dies die Geschichte, deren Wahrheit die Überlieferung noch
besonders dadurch unterstreicht und erhärtet, daß sie sie ein
zweites Mal berichtet, mit dem Unterschied, daß sie hier
nicht in Ägypten, sondern im Philisterlande und dessen
Hauptstadt Gerar, am Hofe des Königs Abimelek, sich
zuträgt, wohin der Chaldäer mit Sarai von Hebron gekommen war und wo denn von der Bitte Abrahams an sein
Weib bis zum glücklichen Ausgang alles, wie oben, sich
abspielt. Die Wiederholung eines Berichtes als Mittel zu
dem Zweck, seine Wahrhaftigkeit zu betonen, ist ungewöhnlich, ohne sehr aufzufallen. Weit merkwürdiger ist,
daß, der Überlieferung zufolge, deren schriftliche Befesti-
gung zwar aus spätern Tagen stammt, die aber *als* Überlieferung natürlich immer bestand und zuletzt auf die Aussagen und Berichte der Väter selbst zurückgeführt werden
muß, – daß also dasselbe Erlebnis, zum drittenmal erzählt,
dem Isaak zugeschrieben wird und daß folglich er es als
sein Erlebnis – oder gleichfalls als das seine – dem Gedächtnis vermacht hat. Denn auch Isaak kam (es war einige Zeit
nach der Geburt seiner Zwillinge) aus Anlaß einer Teuerung
mit seinem schönen und klugen Weibe in das Philisterland
an den Hof von Gerar; auch er gab dort, aus denselben
Gründen wie Abraham die Sarai, Rebekka für seine
›Schwester‹ aus – nicht ganz mit Unrecht, da sie die Tochter seines Vetters Bethuel war –, und die Geschichte setzte
sich in seinem Falle nun dahin fort, daß König Abimelek
»durchs Fenster«, das ist: als ein heimlicher Späher und
Lauscher, Isaak mit Rebekka ›scherzen‹ sah und von dieser
Beobachtung so erschreckt und enttäuscht war, wie ein
Liebhaber es nur sein mag, der gewahr wird, daß der
Gegenstand seiner Wünsche, den er für frei gehalten, sich in
festen Händen befindet. Seine Worte verraten ihn. Denn

da Jizchak, zur Rede gestellt, die Wahrheit zugab, rief der
Philister vorwurfsvoll: »Welche Gefahr hast du, Fremdling,
über uns heraufbeschworen! Wie leicht hätte es geschehen
können, daß jemand aus meinem Volk sich mit dem Weibe
vertraut gemacht hätte, und welche Schuld wäre somit auf
uns gekommen!« Die Wendung »jemand vom Volk« ist
unmißverständlich. Das Ende aber war, daß die Gatten sich
unter den besonderen und persönlichen Schutz des frommen,
wenn auch lüsternen Königs gestellt sahen und daß Isaak
unter diesem Schutz im Philisterlande ebenso zunahm wie
einst Abraham dort oder in Ägypten und an Vieh und
Gesinde dermaßen groß ward, daß es den Philistern sogar
zuviel wurde und sie ihn behutsam von dannen nötigten.

Gesetzt, auch Abrahams Abenteuer habe sich in Gerar zugetragen, so ist nicht glaubhaft, daß der Abimelek, mit dem
Jizchak es zu tun hatte, noch derselbe war, der sich verhindert gefunden hatte, Sarai's eheliche Reinheit zu verletzen.
Die Charaktere sind unterscheidbar; denn während Sarai's
fürstlicher Liebhaber diese kurzerhand seinem Harem ein-
verleiben ließ, verhielt Isaaks Abimelek sich weit schüchter-
ner und schamhafter, und die Annahme, sie seien ein und
derselbe gewesen, wäre höchstens unter dem Gesichtspunkt
zu vertreten, des Königs vorsichtiges Verhalten im Falle
Rebekka's sei darauf zurückzuführen, daß er erstens seit
Sarai's Tagen viel älter geworden und zweitens durch das
Vorkommnis mit ihr bereits gewarnt gewesen sei. Aber nicht
auf des Abimelek Person kommt es uns an, sondern auf
Isaaks, auf die Frage seines Verhältnisses zu der Frauen-
geschichte, und auch sie beunruhigt uns, genaugenommen,
nur unmittelbar, um der weiteren Frage willen, *wer Jaakob
war:* der Jaakob nämlich, den wir mit seinem Söhnchen
Joseph, Jaschup oder Jehosiph im Mondschein haben plaudern hören.

Erwägen wir die Möglichkeiten! Entweder hat Jizchak zu
Gerar in leichter Abwandlung dasselbe erlebt, was sein Vater
ebendort oder in Ägypten erlebt hatte. In diesem Falle liegt

eine Erscheinung vor, die wir als Imitation oder Nachfolge bezeichnen möchten, eine Lebensauffassung nämlich, die die Aufgabe des individuellen Daseins darin erblickt, gegebene Formen, ein mythisches Schema, das von den Vätern gegründet wurde, mit Gegenwart auszufüllen und wieder Fleisch werden zu lassen. – Oder aber Rebekka's Gatte hat die Geschichte nicht ›selbst‹, nicht in den engeren fleischlichen Grenzen seines Ichs erlebt, sie aber gleichwohl als zu seiner Lebensgeschichte gehörig betrachtet und den Späteren überliefert, weil er zwischen Ich und Nicht-Ich weniger scharf unterschied, als wir es (mit wie zweifelhaftem Recht, wurde schon angedeutet) zu tun gewohnt sind oder bis zum Eintritt in diese Erzählung zu tun gewohnt waren; weil für ihn das Leben des Einzelwesens sich oberflächlicher von dem des Geschlechtes sonderte, Geburt und Tod ein weniger tiefreichendes Schwanken des Seins bedeutete, – so daß also der schon betrachtete Fall des späten Eliezer vorläge, welcher dem Joseph Abenteuer des Ur-Eliezer in der ersten Person erzählte; die Erscheinung offener Identität, mit einem Wort, die derjenigen der Imitation oder Nachfolge an die Seite tritt und in Verschränkung mit ihr das Selbstgefühl bestimmt.

Wir geben uns keiner Täuschung hin über die Schwierigkeit, von Leuten zu erzählen, die nicht recht wissen, wer sie sind; aber wir zweifeln nicht an der Notwendigkeit, mit einer solchen schwankenden Bewußtseinslage zu rechnen, und wenn der Isaak, der Abrahams ägyptisches Abenteuer wiedererlebte, sich für den Isaak hielt, den der Ur-Wanderer hatte opfern wollen, so ist das für uns kein bündiger Beweis, daß er sich nicht täuschte, – es sei denn, die Opfer-Anfechtung habe zum Schema gehört und sich wiederholt zugetragen. Der chaldäische Einwanderer war der Vater Isaaks, den er schlachten wollte, aber so unmöglich es ist, daß dieser der Vater von Josephs Vater war, den wir am Brunnen beobachteten, so möglich ist es, daß der Isaak, der Abrahams Hirtenstreich imitierte oder in sein persönliches Leben ein-

bezog, sich wenigstens zum Teil mit dem um ein Haar
geschlachteten Isaak verwechselte, obgleich er in Wirklichkeit ein viel späterer Isaak war und von dem Ur-Abiram
generationsweise weit abstand. Es hat unmittelbare Gewißheit und bedarf zwar der Klarstellung, aber keines Beweises,
daß die Geschichte von Josephs Vorfahren, wie die Überlieferung sie bietet, eine fromme Abkürzung des wirklichen
Sachverhaltes darstellt, das heißt: der Geschlechterfolge, die
die Jahrhunderte gefüllt haben muß, welche zwischen dem
Jaakob, den wir sahen, und Ur-Abraham liegen; und ebenso wie Ur-Abrahams natürlicher Sohn und Hausvogt Eliezer
seit den Tagen, da er für seinen Jungherrn Rebekka gefreit
hatte, oft im Fleische gewandelt war, auch wohl oft überm
Wasser Euphrat eine Rebekka erworben hatte und jetzt
eben wieder, als Josephs Lehrer, sich des Lichtes freute:
ebenso hatte seither so mancher Abraham, Isaak und Jaakob
die Geburt des Tages aus der Nacht geschaut, ohne daß der
einzelne es mit der Zeit und dem Fleische übertrieben genau
genommen, seine Gegenwart von ehemaliger Gegenwart
sonnenklar unterschieden und die Grenzen seiner ›Individualität‹ gegen die der Individualität früherer Abrahams,
Isaaks und Jaakobs sehr deutlich abgesetzt hätte.
Diese Namen waren geschlechtserblich, – wenn das Wort
richtig oder genügend ist in Hinsicht auf die Gemeinschaft,
in der sie wiederkehrten. Denn das war eine Gemeinschaft,
deren Wachstum nicht dasjenige eines Familienstammes war,
sondern eines Bündels von solchen, außerdem aber zum
guten Teile von jeher auf Seelengewinnung, Glaubenspro-
pagation beruht hatte. Es ist notwendig, Abrahams, des Ur-
Einwanderers, Stammvaterschaft hauptsächlich geistig zu
verstehen, und ob Joseph wirklich im Fleische mit ihm
verwandt war, ob sein Vater es war – und zwar in so gera-
der Linie, wie sie annahmen –, steht stark dahin. Das tat
es übrigens auch für sie selbst; nur daß das Zwielicht ihres
und des allgemeinen Bewußtseins ihnen erlaubte, es auf eine
träumerische und fromm benommene Weise dahinstehen zu

lassen, Worte für Wirklichkeit und Wirklichkeit halb nur
für ein Wort zu nehmen und Abraham, den Chaldäer, ungefähr in dem Geiste ihren Groß- und Urgroßvater zu
nennen, wie dieser selbst den Lot aus Charran seinen
›Bruder‹ und Sarai seine ›Schwester‹ genannt hatte, was
ebenfalls zugleich wahr und nicht wahr gewesen ist.

3. Aus »Joseph der Ernährer«

»Der Himmelstraum« (aus »Der junge Joseph«)

*Der junge Joseph war ein »Träumer«: Im Traum nahm er
seine Auserwählung durch Gott vorweg und deutete sie eher
als Bevorzugung denn als Verpflichtung. Die in der Bibel
erwähnten Träume Josephs, in denen sich einmal Garben,
einmal Sterne vor ihm neigen, ergänzt Thomas Mann mit
diesem expliziteren »Himmelstraum«, der schon deutlich auf
Josephs zukünftige Rolle als Ernährer seines Vaters und
seiner Brüder vorausweist – allerdings liegt in dem Bericht
Josephs über diesen Traum die Betonung noch ganz auf der
ihm widerfahrenen Erhöhung; daß diese es ihm dann ermöglicht, seine Sippe nach Ägypten »nachkommen zu lassen«, wird von dem noch nicht zur sozialen Verantwortung
erwachten Joseph nur am Rande und nur auf die ausdrück-
liche Frage seines Bruders Benjamin hin erwähnt.
Diese Träume werden später als »heiliges Spiel« in Ägypten kunstvoll inszeniert, wiederholt und nachgeahmt, aber
gerade dadurch als »ganz einfache, praktische Sache« der
Ernährung um alle Überheblichkeit gebracht.
Aber auch auf den Mythos von Ganymeds Entführung
durch den Adler des Zeus spielt der Traum an – Auserwählung, Erhöhung, Himmelfahrt erweisen sich als grundsätzliche, nicht national beschränkte Formen der menschlichen
Vorstellung.*

»Es träumte mir«, begann Joseph, »daß ich auf dem Felde sei bei der Herde und war allein unter den Schafen, die weideten um den Hügel, auf dem ich lag, und an seinen Hängen. Und ich lag auf dem Bauche, einen Halm im Munde, und hatte die Füße in der Luft, und meine Gedanken waren nachlässig wie meine Glieder. Da geschah es, daß ein Schatten fiel auf mich und meinen Ort, wie von einer Wolke, die die Sonne verdunkelt, und ein Rauschen gewaltiger Art geschah zugleich damit in den Lüften, und als ich aufblickte, siehe, da war's ein Adler, der über mir klafterte ungeheuer, wie ein Stier so groß und mit Hörnern des Stiers an der Stirn, – der war's, der mich beschattete. Und war um mich ein Tosen von Wind und Kraft, denn schon war er über mir, packte mich an den Hüften mit seinen Fängen und raubte mich empor von der Erde mit schlagenden Fittichen, mitten aus meines Vaters Herde.«

»O Wunder!« warf Benjamin ein. »Nicht, daß ich mich fürchtete, aber riefst du denn nicht: ›Zu Hilfe, ihr Leute!‹?«

»Aus drei Gründen nicht«, versetzte Joseph. »Denn erstens war niemand da auf dem weiten Felde, mich zu hören; zum zweiten verschlug's mir den Atem, daß ich nicht hätte rufen können, wenn ich gewollt hätte, und drittens wollte ich nicht, sondern eine große Freude war in mir, und es kam mich an, als hätte ich's längst erwartet. Der Adler hielt mich an den Hüften von hinten und hielt mich vor sich mit seinen Klauen, seinen Kopf über meinem, und meine Beine hingen hinab im Winde des Aufstiegs. Zuweilen neigte er sein Haupt neben meines und sah mich mit einem mächtigen Auge an. Da sprach er aus seinem erzenen Schnabel: ›Halte ich dich gut, Knabe, und packe ich dich nicht allzu fest zu mit den unwiderstehlichen Klauen? Ich nehme sie wohl in acht, mußt du wissen, um dir kein Leid damit zuzufügen an deinem Fleische, denn täte ich's, dann wehe mir!‹ Ich fragte: ›Wer bist du?‹ Er antwortete: ›Der Engel Amphiel bin ich,

dem diese Gestalt verliehen ward zu gegenwärtigem Behuf.
Denn deines Bleibens, mein Kind, ist auf Erden nicht, son-
dern sollst versetzt werden, das ist der Ratschluß.‹ [. . .]«
»Joseph«, rief Benjamin, »um Gottes willen, sahst du das
Alleinige Antlitz?!«
»Ich sah es sitzen im Saphirlicht auf dem Stuhl«, sprach
Joseph, »gestaltet gleich wie ein Mensch und nach dem
Mannesbilde geschaffen, in vertraulicher Majestät. Denn es
schimmerte ihm der Bart mit dem Schläfenhaar seitlich dahin, und liefen Furchen hinein, gut und tief. Unter seinen
Augen war's zart und müde drunter her, und waren nicht
allzu groß, aber braun und glänzend, und spähten besorgt
nach mir, da ich näher kam.«
»Mir ist«, sagte Benjamin, »als sähe ich Jaakob auf dich
blicken, unsern Vater.«
»Es war der Vater der Welt«, antwortete Joseph, »und ich
fiel auf mein Angesicht. Da hörte ich einen reden, der sprach
zu mir: ›Du Menschenkind, tritt auf deine Füße! Denn
fortan sollst du vor meinem Stuhle stehen als Metatron
und Knabe Gottes, und ich will dir Schlüsselgewalt geben,
meinen Araboth zu öffnen und zu schließen, und sollst zum
Befehlshaber gesetzt sein über alle Scharen, denn der Herr
hat Wohlgefallen an dir.‹ Da ging es durch die Menge der
Engel wie ein Rauschen und wie ein Tosen großer Heere.
Aber siehe, es traten vor Aza und Azaël, die ich hatte reden
hören miteinander. Und Aza, der Saraph, sprach: ›Herr aller
Welten, was für einer ist dieser hier, daß er nach den Oberen
Regionen kommt, seinen Dienst unter uns zu nehmen?‹
Und Azaël setzte hinzu und bedeckte sein Angesicht mit
zwei Flügeln, um seine Worte abzuschwächen: ›Ist er nicht
vom weißen Samentropfen entstanden und vom Geschlechte
derer, die Unrecht trinken wie Wasser?‹ Und ich sah das
Antlitz des Herrn sich überziehen mit Ungnade, und seine
Worte fuhren sehr hoch, da er antwortete und sprach: ›Was
seid ihr, daß ihr mir dazwischenredet? Ich gönne, wem ich
gönne, und erbarme, wes ich erbarme! Wahrlich, eher denn

euch alle will ich ihn zum Fürsten und Herrscher in den
Himmelshöhen machen!‹

Da ging wieder das Rauschen und Tosen durch die Heere
und war wie ein Beugen und Zurückweichen. Es schlugen
die Cherubim mit ihren Flügeln, und alles Himmelsgesinde
rief, daß es schallte: ›Gelobt sei die Herrlichkeit des Herrn
an ihrem Ort!‹

Der König aber übertrieb seine Worte und sprach: ›Auf
diesen hier lege ich die Hand und segne ihn mit dreihundert-
fünfundsechzigtausend Segen und mache ihn groß und
erhaben. Ich mache ihm einen Stuhl, ähnlich meinem eigenen,
mit einem Teppich darüber aus eitel Glanz, Licht, Schönheit
und Herrlichkeit. Den stelle ich an den Eingang zum
Siebenten Söller und setze ihn darauf, denn ich will's über-
treiben. Es gehe ein Ruf vor ihm her von Himmel zu Himmel: Obacht, und nehmt euer Herz zu euch! Henoch, meinen Knecht, habe ich zum Fürsten und zum Mächtigen über
alle Fürsten meines Reiches ernannt und über alle Himmels-
kinder, außer höchstens den acht Gewaltigen und Schrecklichen, die mit dem Namen Gott genannt werden nach dem
Namen des Königs. Und jeglicher Engel, so ein Anliegen
an mich hat, soll erst vor ihn treten und mit ihm sprechen.
Ein jedes Wort aber, das er zu euch spricht in meinem Namen, sollt ihr hüten und befolgen, denn die Fürsten der
Weisheit und der Vernunft stehen ihm zur Seite! So weit
der Ruf, der da vor ihm hergehe. Gebt mir das Kleid und
die Krone!‹ [...]«

»Ich zittere am ganzen Leibe«, sagte Benjamin, »Joseph,
von deinem Traum, denn er ist übermäßig. Und auch du
zitterst leicht, sollte ich denken, und bist selbst etwas blaß,
ich erkenne es daran, daß das Dunkelblanke in deinem Gesicht, worüber du hingehst mit dem Schermesser, sichtbar-
licher hervortritt.«

»Lächerlich«, antwortete Joseph. »Soll ich zittern vor meinem eigenen Traum?«

»Und warst du nun verherrlicht auf ewig in den Höhen

ohne Wiederkehr und gedachtest überhaupt der Deinen
nicht mehr, zum Beispiel des Kleinen hier, der ich bin?«
fragte Benjamin.

»Du kannst dir denken bei aller Einfalt«, erwiderte Joseph,
»daß ich ein wenig verwirrt war ob all der Willkür und
Gnadenwahl und nicht viel Zeit hatte für Rückgedanken.
Aber über ein kleines, des bin ich gewiß, hätte ich euer gedacht und euch nachkommen lassen, daß auch ihr wäret
erhöht worden neben mir, der Vater, die Weiber, die Brüder und du. Das wäre mir ohne Zweifel ein kleines gewesen
bei meiner Vollmacht.«

Der »Höhepunkt« des »heiligen Spiels«

Die weitausgesponnene Handlung des Romans gipfelt in
der großen Szene, in der Joseph sich seinen Brüdern zu
erkennen gibt. Um ein »Spiel« handelte es sich schon in der
biblischen Vorlage: Joseph hatte seine Brüder schon mehr-
mals empfangen, sie zum Vater zurückgeschickt und sie gar
des Diebstahls bezichtigt und damit den großen Augenblick
kunstvoll hinausgezögert.

Der Ausdruck »heiliges Spiel« ist symptomatisch für Tho-
mas Manns »ins Rationale umfunktionierten« antifaschisti-
schen Mythos-Begriff. Spielerisch, frivol – also intellektuell,
nicht irrational – verwendet Joseph das alte Wort der
göttlichen Offenbarung »Ich bin's«. Aber zur rein frivolen
Gottes-Nachahmung des jungen Joseph kommt neu das
Verständnis für die soziale Verantwortung hinzu: Als Vize-
könig von Ägypten inszeniert Joseph jetzt dieses Spiel im
Zusammenhang mit seiner Aufgabe, während der Hungers-
not für die Bedürftigen zu sorgen. Deshalb ist das Spiel
»heilig«.

Vorbereitung

Als diesmal Joseph, der Ernährer, vom Amte nach Hause
kam, die Nachricht im Herzen, daß die zehn Leute von
Kanaan die Grenze passiert hatten, merkte Mai-Sachme,
sein Haushalter, ihm gleich alles an und fragte:
»Nun denn, Adôn, es ist wohl an dem, und um ist die
Wartezeit?«
»Es ist an dem«, antwortete Joseph, »und sie ist um. Gekommen ist es, wie es kommen sollte, und sie sind gekommen. Von heute den dritten Tag werden sie hier sein – mit
dem Kleinen«, sagte er, »mit dem Kleinen! Diese Gottes-
geschichte stand still eine Weile, und wir hatten zu warten.
Aber Geschehen ist immerfort, auch wenn keine Geschichte
zu sein scheint, und sachte wandert der Sonnenschatten.
Man muß sich nur gleichmütig der Zeit anvertrauen und
sich fast nicht um sie kümmern – das lehrten mich schon die
Ismaeliter, mit denen ich reiste –, denn sie zeitigt es schon
und bringt alles heran.«
»Gar viel also«, sagte Mai-Sachme, »wäre denn nun zu
bedenken und der Fortgang des Spiels genau zu veranstal-
ten. Sind dir Vorschläge gefällig?«
»Ach, Mai, als ob ich's nicht alles längst bedacht und ver-
ordnet hätte und hätte beim Dichten irgend die Sorgfalt
gespart! Das wird sich abspielen, als ob's schon geschrieben
stände und spielte sich eben nur ab nach der Schrift. Über-
raschungen gibt es da nicht, sondern nur die Ergriffenheit
davon, daß Gegenwart gewinnt das Vertraute. Auch bin ich
gar nicht aufgeregt dieses Mal, sondern nur feierlich ist mir
zumut, da wir zu Weiterem schreiten, und höchstens vor
dem ›Ich bin's‹ schlägt mir denn doch das Herz, nämlich
für *sie* erschrecke ich davor – für sie hältst du da besser
wohl einen Braus bereit.«

»Ich bin's«

Dort aber breitete Joseph, ohne des Geschmeides auf seinen
Backen zu achten, die Arme aus und gab sich zu erkennen.
Er hatte sich oft zu erkennen gegeben und die Leute stutzen
gemacht, indem er zu verstehen gab, daß ein Höheres sich
in ihm darstellte, als was er war, so daß dies Höhere träu-
merisch-verführerisch ineinanderlief mit seiner Person. Jetzt
sagte er einfach und trotz der gebreiteten Arme sogar mit
einem kleinen bescheidenen Lachen:
»Kinder, ich bin's ja. Ich bin ja euer Bruder Joseph.«
»Aber er ist's ja natürlich doch!« schrie Benjamin, fast er-
stickt von Jubel und stürzte vorwärts, die Stufen hinan zur
Erhöhung, fiel auf seine Knie und umfing mit Ungestüm
die Knie des Wiedergefundenen. [...]
»Tretet doch her zu mir«, sagte Joseph, während er selber
zu ihnen trat. »Ja, ja, ich bin's. Ich bin Joseph, euer Bruder,
den ihr nach Ägypten verkauft habt, – macht euch nichts
draus, es war schon recht. Sagt, lebt mein Vater noch? Redet
mir doch ein bißchen und bekümmert euch nicht! Juda, das
war eine gewaltige Rede! Die hast du für immer und ewig
gehalten. Innig umarm' ich dich zur Beglückwünschung, wie
auch zum Willkomm und küsse dein Löwenhaupt. Siehe, es
ist der Kuß, den du mir gabst vor den Minäern, – heute
geb' ich ihn dir wieder, mein Bruder, und ist nun ausge-
löscht. Alle küss' ich in einem, denn denkt doch nur nicht,
daß ich darum zürne, daß ihr mich hierher verkauftet! Das
mußte alles so sein, und Gott hat's getan, nicht ihr, El
Shaddai hat mich abgesondert schon frühzeitig vom Vater-
haus und mich verfremdet nach seinem Plan. Er hat mich
vor euch hergesandt, euch zum Ernährer, – und hat eine
schöne Errettung veranstaltet, daß ich Israel speise mitsamt
den Fremden in Hungersnot. Das ist eine zwar leiblich
wichtige, aber ganz einfache, praktische Sache und ist weiter
kein Hosiannah dabei. Denn euer Bruder ist kein Gottesheld
und kein Bote geistlichen Heils, sondern ist nur ein Volks-

wirt, und daß sich eure Garben neigten vor meiner im
Traum, wovon ich euch schwatzte, und sich die Sterne
verbeugten, das wollte so übertrieben Großes nicht heißen,
sondern nur, daß Vater und Brüder mir Dank wissen würden für leibliche Wohltat. Denn für Brot sagt man ›Recht
schönen Dank‹ und nicht ›Hosiannah‹. Muß aber freilich
sein, das Brot. Brot kommt zuerst und dann das Hosiannah.
– Nun habt ihr verstanden, wie einfach der Herr es meinte,
und wollt ihr nicht glauben, daß ich noch lebe? Ihr wißt es
doch selbst, daß mich die Grube nicht hielt, sondern daß
die Kinder Ismaels mich herauszogen, und daß ihr mich
ihnen verkauftet. Hebt nur die Hände auf und faßt mich
an, daß ihr seht, ich lebe als euer Bruder Joseph!«

Jaakob segnet Joseph

*Sterbend bestimmt Jaakob in seinem Segen das Wesen
Josephs in der folgenden Weise. Viele der bekannten, z. B.
im »Vorspiel« erwähnten Motive klingen an, während die
letzten Äußerungen auf die Worte Christi vorausweisen.
Der Mythos ist zeitlos, der Dichter gibt ihm, wie es im
»Vorspiel« hieß, »Gegenwart« mit dem »Fest« des Er-
zählens.*

»Siebzehn Jahre lebte er mir und hat mir gelebt noch andere siebzehn Jahre nach Gottes Gnade; dazwischen lag
meine Starre und lag des Gesonderten Schicksal. Seiner
Anmut stellten sie nach, – töricht, denn Klugheit war innig
eines mit ihr, daran ward ihre Gier zuschanden. Lockender,
als man je gesehen, sind die Frauen, die hinaufsteigen, um
ihm von Mauern und Türmen und von den Fenstern nach-
zusehen, aber sie haben das Nachsehen. Da machten's ihm
bitter die Menschen und befeindeten ihn mit Pfeilen der
Nachrede. Aber in Kraft blieb sein Bogen, sein Muskel in
Kraft, und ihn hielten des Ewigen Hände. Nicht ohne Entzücken wird seines Namens gedacht werden, denn ihm

gelang, was wenigen glückt: Gunst zu finden vor Gott und den Menschen. Das ist ein seltener Segen, denn meist hat man die Wahl, Gott zu gefallen oder der Welt; ihm aber gab es der Geist anmutigen Mittlertums, daß er beiden gefiel. Überhebe dich nicht, mein Kind, – muß ich dich mahnen? Nein, ich weiß, deine Klugheit hütet dich vor Hoffart. Denn es ist ein lieblicher Segen, aber der höchste und strengste nicht. Siehe, dein teures Leben liegt vor des Sterbenden Blick in seiner Wahrheit. Spiel und Anspiel war es, vertraulich, freundliche Lieblingsschaft, anklingend ans Heil, doch nicht ganz im Ernste berufen und zugelassen. Wie sich Heiterkeit und Traurigkeit darin vermischen, das ergreift mein Herz mit Liebe, – so liebt dich keiner, Kind, der nur deines Lebens Glanz, nicht auch, wie das Vaterherz, seine Traurigkeit sieht. Und so segne ich dich, Gesegneter, aus meines Herzens Kraft in des Ewigen Namen, der dich gab und nahm und gab und mich nun von dir hinwegnimmt. Höher sollen meine Segen gehen, als meiner Väter Segen ging auf mein eigenes Haupt. Sei gesegnet, wie du es bist, mit Segen von oben herab und von der unteren Tiefe, mit Segen quellend aus Himmelsbrüsten und Erdenschoß! Segen, Segen auf Josephs Scheitel, und in deinem Namen sollen sich sonnen, die von dir kommen. Breite Lieder sollen strömen, die deines Lebens Spiel besingen, immer aufs neue, denn ein heilig Spiel war es doch, und du littest und konntest verzeihen. So verzeihe auch ich dir, daß du mich leiden machtest. Und Gott verzeihe uns allen!«

ANNA SEGHERS

Netty Radvanyi, geb. Reiling, geb. 19. November 1900 in Mainz als Tochter eines Kunsthändlers. Abitur (1918), Dr. phil. in Kunstgeschichte, heiratete den ungarischen Schriftsteller und Soziologen Radvanyi (1925), Kleist-Preis (1928), Eintritt in die Kommunistische Partei Deutschlands (1928). Ihr Werk von den Nationalsozialisten verboten und verbrannt.

Emigration über Frankreich nach Mexiko (1941). Büchner-Preis (1947). Überzeugte Marxistin, dabei Verurteilung jeder »scholastischen Schreibart«. Seit 1947 in Berlin (Ost), Ausübung verschiedener offizieller kultureller Funktionen in der DDR.

Werke: *Aufstand der Fischer von St. Barbara* E. (1928); *Auf dem Wege zur Amerikanischen Botschaft* En. (1930); *Die Gefährten* R. (1932); *Der Kopflohn* R. (1933); *Das siebte Kreuz* R. (1942); *Transit* R. (1944, dt. 1948); *Der Ausflug der toten Mädchen* En. (1946); *Die Toten bleiben jung* R. (1949); *Die Entscheidung* R. (1959).

Das Obdach

Anna Seghers bekannte sich schon sehr jung zum Kommunismus, ihr von Anfang an ausgeprägter Sinn für das Soziale führte sie fast von selbst zu dieser Klärung ihrer politischen Ansichten. Darin unterscheidet sie sich von andern Autoren, die sich ihr Einschwenken ins kommunistische Lager – oft erst unter dem Druck des wachsenden Faschismus – abringen mußten. Die Selbstverständlichkeit von Anna Seghers' politischer Entscheidung kennzeichnet auch ihr Werk: Während bei Arnold Zweig die endlich erkämpfte Identifikation mit dem marxistischen Programm eine Verschärfung der Fronten zur Folge hat, so daß die politische Aussage des Werks deutlicher, die Personenzeichnung aber undifferenzierter wird, bleibt Anna Seghers' spontane Anteilnahme an allem Menschlichen ungebrochen, Gestalten, Ereignisse und Umstände sprechen für sich selbst, die politisch-moralische Conclusio wird – allerdings wirkungsvoll genug – dem Leser überlassen.

Wie in ihrem bekanntesten Werk, dem Roman »Das siebte Kreuz« (1942), bestimmt auch in der Erzählung »Das Obdach« ein zufälliges, unvorhergesehenes und unbedeutendes Ereignis und die Entscheidung, zu der sich ein anwesender Mensch plötzlich aufgerufen fühlt, den Gang der Handlung. Im Roman hängt das Schicksal eines Flüchtlings aus dem Konzentrationslager ab vom Verhalten der Personen, denen er begegnet; hier ist es irgendeine Pariser Hausfrau, deren

Weg sich mit demjenigen eines von der Gestapo gesuchten jüdischen Kindes kreuzt und die ohne Pathos zur Lebensretterin wird. Der Glaube an die »einfachen« Leute verbindet Anna Seghers mit Brecht. Die Bereitschaft der meisten, angesichts der Not eines andern zu helfen, widerlegt jede Form des bürgerlichen Fatalismus: Selbst wo wie hier die nationalsozialistische Katastrophe als Folge einer ganz bestimmten Klassenordnung der Gesellschaft begriffen wird, bleibt dem Einzelnen sogar im totalitären System immer wieder Raum zur Manifestation seiner Menschlichkeit.

An einem Morgen im September 1940, als auf der Place de la Concorde in Paris die größte Hakenkreuzfahne der deutsch besetzten Länder wehte und die Schlangen vor den Läden so lang wie die Straßen selbst waren, erfuhr eine gewisse Luise Meunier, Frau eines Drehers, Mutter von drei Kindern, daß man in einem Geschäft im XIV. Arrondissement Eier kaufen könnte.

Sie machte sich rasch auf, stand eine Stunde Schlange, bekam fünf Eier, für jedes Familienmitglied eins. Dabei war ihr eingefallen, daß hier in derselben Straße eine Schulfreundin lebte, Annette Villard, Hotelangestellte. Sie traf die Villard auch an, jedoch in einem für diese ruhige, ordentliche Person befremdlich erregten Zustand.

Die Villard erzählte, Fenster und Waschbecken scheuernd, wobei ihr die Meunier manchen Handgriff tat, daß gestern mittag die Gestapo einen Mieter verhaftet habe, der sich im Hotel als Elsässer eingetragen, jedoch, wie sich inzwischen herausgestellt hatte, aus einem deutschen Konzentrationslager vor einigen Jahren entflohen war. Der Mieter, erzählte die Villard, Scheiben reibend, sei in die Santé gebracht worden, von dort aus würde er bald nach Deutschland abtransportiert werden und wahrscheinlich an die Wand gestellt. Doch was ihr weit näher gehe als der Mieter, denn schließlich Mann sei Mann, Krieg sei Krieg, das sei der Sohn des Mieters. Der Deutsche habe nämlich ein Kind,

einen Knaben von zwölf Jahren, der habe mit ihm das
Zimmer geteilt, sei hier in die Schule gegangen, rede fran-
zösisch wie sie selbst, die Mutter sei tot, die Verhältnisse
seien undurchsichtig wie meistens bei den Fremden. Der
Knabe habe, heimkommend von der Schule, die Verhaf-
tung des Vaters stumm, ohne Tränen, zur Kenntnis genommen. Doch von dem Gestapooffizier aufgefordert, sein
Zeug zusammenzupacken, damit er am nächsten Tag ab-
geholt werden könne und nach Deutschland zurückgebracht
zu seinen Verwandten, da habe er plötzlich laut erwidert,
er schmisse sich eher unter ein Auto, als daß er in diese
Familie zurückkehre. Der Gestapooffizier habe ihm scharf
erwidert, es drehe sich nicht darum, zurück oder nicht zurück, sondern zu den Verwandten zurück oder in die Kor-
rektionsanstalt. – Der Knabe habe Vertrauen zu ihr, Annette, er habe sie in der Nacht um Hilfe gebeten, sie habe
ihn auch frühmorgens weg in ein kleines Café gebracht,
dessen Wirt ihr Freund sei. Da sitze er nun und warte. Sie
habe geglaubt, es sei leicht, den Knaben unterzubringen,
doch bisher habe sie immer nur nein gehört, die Furcht sei zu
groß. Die eigene Wirtin fürchte sich sehr vor den Deutschen
und sei erbost über die Flucht des Knaben.
Die Meunier hatte sich alles schweigend angehört; erst als
sie fertig war, sagte sie: »Ich möchte gern einmal einen solchen Knaben sehen.« Worauf ihr die Villard das Café
nannte und noch hinzufügte: »Du fürchtest dich doch nicht
etwa, dem Jungen Wäsche zu bringen?«
Der Wirt des Cafés, bei dem sie sich durch einen Zettel
der Villard auswies, führte sie in sein morgens geschlossenes
Billardzimmer. Da saß der Knabe und sah in den Hof. Der
Knabe war so groß wie ihr ältester Sohn, er war auch
ähnlich gekleidet, seine Augen waren grau, in seinen Zügen
war nichts Besonderes, was ihn als den Sohn eines Fremden
stempelte. Die Meunier erklärte, sie brächte ihm Wäsche. Er
dankte nicht, er sah ihr nur plötzlich scharf ins Gesicht. Die
Meunier war bisher eine Mutter gewesen wie alle Mütter:

Schlange stehen, aus nichts etwas, aus etwas viel machen, Heimarbeit zu der Hausarbeit übernehmen, das alles war selbstverständlich. Jetzt, unter dem Blick des Jungen, wuchs mit gewaltigem Maß das Selbstverständliche, und mit dem Maß ihre Kraft. Sie sagte: »Sei heute abend um sieben im Café Biard an den Hallen.«

Sie machte sich eilig heim. Um weniges ansehnlich auf den Tisch zu bringen, braucht es lange Küche. Ihr Mann war schon da. Er hatte ein Kriegsjahr in der Maginotlinie gelegen, er war seit drei Wochen demobilisiert, vor einer Woche hatte sein Betrieb wieder aufgemacht, er war auf Halbtagsarbeit gesetzt, er verbrachte den größten Teil der Freizeit in der Wirtschaft, dann kam er wütend über sich selbst heim, weil er von den wenigen Sous noch welche in der Wirtschaft gelassen hatte. Die Frau, zu bewegt, um auf seine Miene zu achten, begann zugleich mit dem Eierschlagen ihren Bericht, der bei dem Mann vorbauen sollte. Doch wie sie auf dem Punkt angelangt war, der fremde Knabe sei aus dem Hotel gelaufen, er suche in Paris Schutz vor den Deutschen, unterbrach er sie folgendermaßen: »Deine Freundin Annette hat wirklich sehr dumm getan, einen solchen Unsinn zu unterstützen. Ich hätte an ihrer Stelle den Jungen eingesperrt. Der Deutsche soll selbst sehn, wie er mit seinen Landsleuten fertig wird ... Er hat selbst nicht für sein Kind gesorgt. Der Offizier hat also auch recht, wenn er das Kind nach Haus schickt. Der Hitler hat nun einmal die Welt besetzt, da nützen keine Phrasen was dagegen.« Worauf die Frau schlau genug war, rasch etwas anderes zu erzählen. In ihrem Herzen sah sie zum erstenmal klar, was aus dem Mann geworden war, der früher bei jedem Streik, bei jeder Demonstration mitgemacht hatte und sich am 14. Juli stets so betragen, als wollte er ganz allein die Bastille noch einmal stürmen. Er glich aber jenem Riesen Christophorus in dem Märchen – ihm gleichen viele –, der immer zu dem übergeht, der ihm am stärksten scheint und sich als stärker erweist als sein jeweiliger Herr, so daß

er zuletzt beim Teufel endet. Doch weder in der Natur der
Frau noch in ihrem ausgefüllten Tag war Raum zum Trau-
ern. Der Mann war nun einmal ihr Mann, sie war nun
einmal die Frau, da war nun einmal der fremde Junge, der
jetzt auf sie wartete. Sie lief daher abends in das Café bei
den Hallen und sagte zu dem Kind: »Ich kann dich erst
morgen zu mir nehmen.« Der Knabe sah sie wieder scharf
an, er sagte: »Sie brauchen mich nicht zu nehmen, wenn Sie
Angst haben.« Die Frau erwiderte trocken, es handle sich
nur darum, einen Tag zu warten. Sie bat die Wirtin, das
Kind eine Nacht zu behalten, es sei mit ihr verwandt. An
dieser Bitte war nichts Besonderes, da Paris von Flücht-
lingen wimmelte.
Am nächsten Tag erklärte sie ihrem Mann: »Ich habe meine
Kusine Alice getroffen, ihr Mann ist in Pithiviers im Ge-
fangenenlazarett, sie will ihn ein paar Tage besuchen. Sie
hat mich gebeten, ihr Kind solange aufzunehmen.« Der
Mann, der Fremde in seinen vier Wänden nicht leiden
konnte, erwiderte: »Daß ja kein Dauerzustand daraus
wird.« Sie richtete also für den Knaben eine Matratze. Sie
hatte ihn unterwegs gefragt: »Warum willst du eigentlich
nicht zurück?« Er hatte geantwortet: »Sie können mich
immer noch hierlassen, wenn Sie Angst haben. Zu meinen
Verwandten werde ich doch nicht gehen. Meine Mutter und
mein Vater wurden beide von Hitler verhaftet. Sie schrieben und druckten und verteilten Flugblätter. Meine Mutter
starb. Sie sehen, mir fehlt ein Vorderzahn. Den hat man
mir dort in der Schule ausgeschlagen, weil ich ihr Lied nicht
mitsingen wollte. Auch meine Verwandten waren Nazis.
Die quälten mich am meisten. Die beschimpften Vater und
Mutter.« Die Frau hatte ihn nur darauf gebeten zu schweigen, dem Mann gegenüber, den Kindern, den Nachbarn.
Die Kinder konnten den fremden Knaben weder gut noch
schlecht leiden. Er hielt sich abseits und lachte nicht. Der
Mann konnte den Knaben sofort nicht leiden; er sagte, der
Blick des Knaben mißfalle ihm. Er schalt seine Frau, die von

der eigenen Ration dem Knaben abgab, er schalt auch die Kusine, es sei eine Zumutung, anderen Kinder aufzuladen. Und solche Klagen pflegten bei ihm in Belehrungen überzugehen, der Krieg sei nun einmal verloren, die Deutschen hätten nun einmal das Land besetzt, die hätten aber Disziplin, die verstünden sich auf Ordnung. Als einmal der Junge die Milchkanne umstieß, sprang er los und schlug ihn. Die Frau wollte später den Jungen trösten, der aber sagte: »Noch besser hier als dort.«

»Ich möchte«, sagte der Mann, »einmal wieder ein richtiges Stück Käse zum Nachtisch haben.« Am Abend kam er ganz aufgeregt heim. »Stell dir vor, was ich gesehen habe. Ein riesiges deutsches Lastauto, ganz voll mit Käse. Die kaufen, was sie Lust haben. Die drucken Millionen und geben sie aus.«

Nach zwei, drei Wochen begab sich die Meunier zu ihrer Freundin Annette. Die war über den Besuch nicht erfreut, bedeutete ihr, sich in diesem Stadtviertel nicht mehr blicken zu lassen, die Gestapo hätte geflucht, gedroht. Sie hätte sogar herausbekommen, in welchem Café der Knabe gewartet habe, auch daß ihn dort eine Frau besuchte, daß beide den Ort zu verschiedenen Zeiten verließen. – Auf ihrem Heimweg bedachte die Meunier noch einmal die Gefahr, in die sie sich und die Ihren brachte. Wie lange sie auch erwog, was sie ohne Erwägen in einem raschen Gefühl getan hatte, der Heimweg selbst bestätigte ihren Entschluß: die Schlangen vor den offenen Geschäften, die Läden vor den geschlossenen, das Hupen der deutschen Autos, die über die Boulevards sausten, und über den Toren die Hakenkreuze. So daß sie bei ihrem Eintritt in ihre Küche dem fremden Knaben in einem zweiten Willkomm übers Haar strich.

Der Mann aber fuhr sie an, sie hätte an diesem Kind einen Narren gefressen. Er selber ließ seine Mürrischkeit, da die eigenen Kinder ihn dauerten – alle Hoffnungen hatten sich plötzlich in eine klägliche Aussicht verwandelt auf eine trübe, unfreie Zukunft –, an dem fremden aus. Da der Knabe zu vorsichtig war und zu schweigsam, um einen An-

laß zu geben, schlug er ihn ohne solchen, indem er behaup-
tete, der Blick des Knaben sei frech. Er selber war um sein
letztes Vergnügen gebracht worden. Er hatte noch immer
den größten Teil seiner freien Zeit in der Wirtschaft verbracht, was ihn etwas erleichtert hatte. Jetzt war einem
Schmied am Ende der Gasse die Schmiede von den Deutschen beschlagnahmt worden.

Die Gasse, bisher recht still und hakenkreuzfrei, fing plötzlich von deutschen Monteuren zu wimmeln an. Es stauten
sich deutsche Wagen, die repariert werden sollten, und Nazisoldaten besetzten die Wirtschaft und fühlten sich dort
daheim. Der Mann der Meunier konnte den Anblick nicht
ertragen. Oft fand ihn die Frau stumm vor dem Küchentisch. Sie fragte ihn einmal, als er fast eine Stunde reglos
gesessen hatte, den Kopf auf den Armen, mit offenen
Augen, woran er wohl eben gedacht habe. »An nichts und
an alles. Und außerdem noch an etwas ganz Abgelegenes.
Ich habe soeben, stell dir vor, an diesen Deutschen gedacht,
von dem dir deine Freundin Annette erzählt hat, ich weiß
nicht, ob du dich noch erinnerst, der Deutsche, der gegen
Hitler war, der Deutsche, den die Deutschen verhafteten.
Ich möchte wohl wissen, was aus ihm geworden ist. Aus
ihm und seinem Sohn.« Die Meunier erwiderte: »Ich habe
kürzlich die Villard getroffen. Sie haben damals den Deutschen in die Santé gebracht. Er ist inzwischen vielleicht schon
erschlagen worden. Das Kind ist verschwunden. Paris ist
groß. Es wird sich ein Obdach gefunden haben.«

Da niemand gern zwischen Nazisoldaten sein Glas aus-
trank, zog man oft mit ein paar Flaschen in Meuniers
Küche, was ihnen früher ungewohnt gewesen wäre und
beinah zuwider. Die meisten waren Meuniers Arbeitskolle-
gen aus demselben Betrieb, man sprach freiweg. Der Chef
in dem Betrieb hatte sein Büro dem deutschen Kommissar
eingeräumt. Der ging und kam nach Belieben. Die deutschen
Sachverständigen prüften, wogen, nahmen ab. Man gab
sich nicht einmal mehr Mühe, in den Büros der Verwaltung

geheimzuhalten, für wen geschuftet wurde. Die Fertigteile aus dem zusammengeraubten Metall wurden nach dem Osten geschickt, um anderen Völkern die Gurgel abzudrehen. Das war das Ende vom Lied, verkürzte Arbeitszeit, verkürzter Arbeitslohn, Zwangstransporte. Die Meunier ließ ihre Läden herunter, man dämpfte die Stimmen. Der fremde Junge senkte die Augen, als fürchte er selbst, sein Blick sei so scharf, daß er sein Herz verraten könne. Er war so bleich, so hager geworden, daß ihn der Meunier mürrisch betrachtete und die Furcht äußerte, er möge von einer Krankheit befallen sein und die eigenen Kinder noch anstecken. Die Meunier hatte an sich selbst einen Brief geschrieben, in dem die Kusine bat, den Knaben noch zu behalten, ihr Mann sei schwerkrank, sie ziehe vor, sich für eine Weile in seiner Nähe einzumieten. – »Die macht sich's bequem mit ihrem Bengel«, sagte der Mann. Die Meunier lobte eilig den Jungen, er sei sehr anstellig, er ginge schon jeden Morgen um vier Uhr in die Hallen, zum Beispiel hätte er heute dieses Stück Rindfleisch ohne Karten ergattert.

Auf dem gleichen Hof mit den Meuniers wohnten zwei Schwestern, die waren immer recht übel gewesen, jetzt gingen sie gern in die Wirtschaft hinüber und hockten auf den Knien der deutschen Monteure. Der Polizist sah sich's an, dann nahm er die beiden Schwestern mit aufs Revier, sie heulten und sträubten sich, er ließ sie in die Kontrolliste eintragen. Die ganze Gasse freute sich sehr darüber, doch leider wurden die Schwestern jetzt noch viel übler, die deutschen Monteure gingen bei ihnen jetzt aus und ein, sie machten den Hof zu dem ihren, man hörte den Lärm in Meuniers Küche. Dem Meunier und seinen Gästen war es längst nicht mehr zum Lachen, der Meunier lobte jetzt nicht mehr die deutsche Ordnung, mit feiner, gewissenhafter, gründlicher Ordnung war ihm das Leben zerstört worden, im Betrieb und daheim, seine kleinen und großen Freuden, sein Wohlstand, seine Ehre, seine Ruhe, seine Nahrung, seine Luft.

Eines Tages fand sich der Meunier allein mit seiner Frau. Nach langem Schweigen brach es aus ihm heraus, er rief: »Sie haben die Macht, was willst du! Wie stark ist dieser Teufel! Wenn es nur auf der Welt einen gäbe, der stärker wäre als er! Wir aber, wir sind ohnmächtig. Wir machen den Mund auf, und sie schlagen uns tot. Aber der Deutsche, von dem dir einmal deine Annette erzählt hat, du hast ihn vielleicht vergessen, ich nicht. Er hat immerhin was riskiert. Und sein Sohn, alle Achtung! Deine Kusine mag sich selbst aus dem Dreck helfen mit ihrem Bengel. Das macht mich nicht warm. Den Sohn dieses Deutschen, den würde ich aufnehmen, der könnte mich warm machen. Ich würde ihn höher halten als meine eigenen Söhne, ich würde ihn besser füttern. Einen solchen Knaben bei sich zu beherbergen, und diese Banditen gehen aus und ein und ahnen nicht, was ich wage und was ich für einer bin und wen ich versteckt habe! Ich würde mit offenen Armen einen solchen Jungen aufnehmen.« Die Frau drehte sich weg und sagte: »Du hast ihn bereits aufgenommen.«

Ich habe diese Geschichte erzählen hören in meinem Hotel im XIV. Arrondissement von jener Annette, die dort ihren Dienst genommen hatte, weil es ihr auf der alten Stelle nicht mehr geheuer war.

HANS HENNY JAHNN

Geb. 17. Dezember 1894 in Hamburg-Stellingen, gest. 29. November 1959 in Hamburg. 1915–18 als Kriegsgegner in Norwegen. 1920 Kleist-Preis. Dramatiker, Orgelbauer, Musikwissenschaftler. Emigriert 1933. Landwirt auf der Insel Bornholm. Rückkehr nach Hamburg 1945. Proteste gegen atomare Rüstung.

Dramen. Erzählungen. *Perrudja* R. (1929); *Fluß ohne Ufer* R.-Trilogie (1949).

Das Holzschiff (Auszug)

*Auf einem Holzschiff mit unbekanntem Ziel und unbe-
kanntem Auftrag befindet sich Gustav Anias Horn als blin-
der Passagier. Die Geheimnisse der Fracht und der selbst
über dem Kapitän stehenden Instanz, die von Zeit zu Zeit
das Kommando zu übernehmen scheint, kann Horn mit
den bloßen Mitteln des Verstandes ebensowenig fassen wie
das unerklärliche Verschwinden seiner Verlobten Ellena.
Fast schwerfällig wirkt Jahnns sinnbildhafte Verwendung
von Schiff und Schiffsreise, aber die dunkle, unergründliche
Atmosphäre, der Horn ausgesetzt ist, entspricht der Vorstellung des Schriftstellers von Natur und Naturgeschehen,
dessen gewaltsamen Verlauf der Einzelne erfährt, dessen
einfach-mächtige Gesetzlichkeit er ahnt, aber nicht rational
zu begreifen vermag.
Die Gestalten Jahnns sind nicht individuell psychologisch
gezeichnet. Ihr Handeln »ergibt« sich, wie der Autor sagt,
»aus ihrer Veranlagung«, sie sind »Ergebnisse einer inner-
sekretorischen Beschaffenheit«. Sie sind unfrei, Getriebene,
regiert vor allem von einem Trieb: dem Geschlecht. Dieser
Trieb an sich ist gut, Zeichen einer Einheitlichkeit von
Mensch und Mensch oder Mensch und Tier – die Liebe zum
Pferd ist eines der häufigen Themen Jahnns. Vor allem das
Christentum macht Jahnn dafür verantwortlich, daß diese
ursprüngliche, triebgemäße Einheit von Mensch und Natur
verlorenging, er nennt es eine »Zweijahrtausende sausende
Fahrt in die verkehrte Richtung«. Die damit verbundene
Diskriminierung des Physischen bedarf – in einem verzwei-
felt-pessimistischen Versuch der Korrektur – jener Exzesse
von »dunkler« Leidenschaftlichkeit und Konfrontation mit
unbewußten und verdrängten Schichten der Persönlichkeit,
die Jahnns monumentale, beinahe barbarische Dichtung gestaltet.
Dem »Holzschiff« (1949), dem ersten Teil der Roman-
Trilogie »Fluß ohne Ufer«, ist die folgende, in die Hand-*

lung eingelegte Erzählung vom Sterbenwollen eines Mannes entnommen, dessen »Sünde« in der zügellosen sinnlichen Liebe zu seinem Pferd besteht.

Zu seinem Trost kamen die Nachbarn früher, als er erwartet hatte. Den Sarg, den sie zuvor ins Haus gestellt hatten, schoben sie ins Zimmer. Das Stroh, das Kebad Kenya hatte hereintragen lassen, raschelte unter ihren Füßen. Er wurde an die Stute erinnert, die er zuschanden geritten und dann hatte erschlagen lassen. Seine Gedanken verweilten aber halb bei den Nachbarn. Wozu sie sich anschicken würden. Die Augen öffnete er nicht mehr, wie er vor Stunden noch zeitweilig getan, wenn er sich allein im Zimmer gefühlt hatte. Er spürte, wie er aufgehoben wurde. Hände faßten seinen Kopf und seine Füße. Nicht sanft, eher widerwillig und voll Ekel. Er hatte Mühe, sich starr zu halten und wäre am liebsten eingeknickt. Er mußte sich gewiß nur noch wenige Augenblicke zusammennehmen. Danach konnte er den Gang der Ereignisse nicht mehr verderben. Man warf ihn mehr, als daß man ihn legte, in den Sarg. Von den brandigen Schenkeln löste sich Haut und Borke, sodaß Blut und Wasser heraustropfte. Er fühlte einen stechenden Schmerz und mußte sich hart bezähmen, um nicht zu schreien. Er beklagte sich heimlich, daß er nackt auf hartes Holz gelegt worden war. Ohne ein Laken. Und es gab doch deren viele in den Truhen. Er hörte, jemand sagte, daß die Wunde stinke. Das war vielleicht üble Nachrede. Eilends wurde eine Planke als Deckel auf den Sarg gelegt. Es erwies sich, der Mann lag schief in dem engen Raum, und die eine seiner Schultern stand über den Rand des Kastens hinaus. Man legte die Bohle darauf, jemand benutzte die Bohle als Bank. So stauchte man Kebad Kenyas Körper hinab. Mochte er sich einrichten. Dann begann man, Nägel in das Holz zu treiben. Es mußten starke und lange Nägel sein, zu erkennen am Ton, den sie ansteigend sangen, an der Härte der Hammerschläge. Die Nachbarn hatten daran nicht gespart.

Kebad Kenya zählte zweimal zwanzig Nägel. Das Holz ächzte und knisterte. Gerade über seinem Kopfe zersprang es, und ein Splitter trieb sich ihm ins Haar. Es wurde eine Stille und eine Dunkelheit, wie Kebad Kenya sie noch niemals erfahren hatte. Er begann sich zu fürchten, er wollte rufen. Aber seine Stimme versagte. Es wäre auch gegen seinen innersten Wunsch gewesen, einen Laut von sich zu geben. Vielleicht überfiel ihn ein kurzer Schlaf. Oder war es eine Ohnmacht? Jedenfalls war die Bewußtlosigkeit tief. Er erwachte daraus, indem er eine schwankende Bewegung feststellte, die der Kasten und damit er selbst, vollführte. Sie trug nicht dazu bei, seine unbequeme Lage wohltuender zu machen. Sollte das bootsähnliche Schaukeln lange währen, so würde er sich erbrechen müssen. Einstweilen versuchte er, die Übelkeit zu bekämpfen. Die Tage des Hungerns erwiesen sich jetzt als nützliche Vorbereitung. Er hatte die Einzelheiten seiner Erlebnisse nicht vorbedacht, aber der Ablauf schien auch ohne den Aufwand berechnender Weisheit fügsam den schlimmeren Zwischenfällen auszuweichen. Geräusche, die zu dem Eingesargten drangen, erlaubten die Folgerung, er war getragen worden und wurde nun, höchst unfeierlich und rücksichtslos auf einen Wagen geschoben. Die Pferde zogen sogleich an. Die Nachbarn schienen große Eile zu haben. Sie schämten sich nicht einmal, Galopp anzuschlagen. Der Weg war holperig. Schlaglöcher und Knüppel reihten sich aneinander. Die Knechte hatten ihre Pflicht versäumt. Aber es war jetzt zu spät, an ihre Bestrafung zu denken. Hätte der liegende Mann seine Stimme erhoben, niemand hätte ihn gehört, zu laut ratterten die Räder über den unebenen Weg. Gräßlich nur, daß der Sarg unregiert hin und her geschleudert wurde, plumpe Sprünge ausführte und wie ein Baumstamm krachend gegen die Schotten des Wagens schlug. Kebad Kenya streckte die Hände aus, als ob es ihm möglich gewesen wäre, die Zügel zu fassen. Doch er griff ins Leere. Sein Gesicht stieß gegen die nahe Begrenzung. Er glich schon einem Ding. Er war festgeschraubt in dem engen Raum. Die Schmerzen, die er empfand, schienen keinen Platz neben ihm zu haben; sie lagen wie feuchter Tau außen über dem Sarg. Die Wegstrecke wollte kein Ende nehmen. Sobald die Pferde in langsame Gangart fielen, sauste die Peitsche auf ihre Kruppe. Es gab einen Ruck, ein Poltern, ein Tanzen der Kiste. Die Nachbarn hatten große Eile.

Da alle Vorgänge in der Zeit geschahen und nicht in der Ewigkeit, kam der Wagen ans Ziel. Vorübergehend hatte es Kebad Kenya geschienen, als sei er auf der niemals endenden Straße der Unendlichkeit. Und er versuchte, eine Rede vorzubereiten, um seine Sünde zu erklären oder zu entschuldigen. Wiewohl sein Vortrag erst hinter den Sternen angehört werden würde. Sehr spät. Und möglich, daß man dort garnicht begriff, wovon er redete. Daß er einsam gewesen war. Als ob die unendlichen Weiten nicht noch einsamer dastünden. Als ob der unendliche Ablauf nicht auch tausendmal der Menschen Schicksal durchgekostet. Welchen Gefährten hatte der Wind? Immerhin, Kebad Kenya konnte seinen Betrug, gestorben zu sein, nicht mehr widerrufen. Und wenn der Tod den einen Mann haßte, mußte die Geduld aufgebracht werden oder die Überwindung, abzuwarten, was ihm geschehen würde. Nachdem der Wagen zum Halten gebracht war, die Pferde, es mußten ihrer vier sein, prusteten sich ab, spürte Kebad Kenya nur noch wenige und kurz dauernde Bewegungen. Er stellte sich vor, er war irgendwo hinabgelassen worden. An Tauen, wie er vermutete. Vielleicht auch hatte man eine größere Veranstaltung getroffen, eine Baugrube, die an einer Seite schräg abfiel. Davonfahrende Wagen, das Knirschen von Pferdehufen im Kies. Tritte von Männerfüßen waren über ihm. Schwere Steine, in quellenden Kalkbrei gebettet, legten sich über ihn. Es wurde stiller und stiller. Die Schritte der Männer, noch immer geschäftig, klangen gedämpft, wie aus fernen Gelassen, herab. Allmählich wurde ihr Klang so mager wie ein Lispeln im Gras. Und wie Kebad Kenya nach einer

Weile hinhorchte, war es stumm über ihm. Möglich, ein Wind fuhr durch das Geäst des Buschwerks. Es war unwichtig. Eine Täuschung. Ein Nichts. Er wollte bei sich ausmachen, ob er den Tod nun überlistet hätte. Aber es fiel ihm schwer, seine Gedanken bei dieser Frage verweilen zu lassen. Nicht, daß sie ihm überflüssig geworden. Es war nur unfaßbar schwer inzwischen, die Begriffe bei den Worten zu erhalten. Es war Kebad Kenya, als ob er einen Tag und noch länger benötigte, um eine Silbe in die ihr gemäße Vorstellung einzuordnen. Begreiflich, er war müde. Die Nachbarn – um sich ihrer und ihres Krams zu entsinnen, er mußte darauf ein Jahr verwenden, so schläfrig war er.

Inmitten der ausgedehnten Langsamkeit erlebte er doch das eine oder andere. Er hörte nicht auf, zu fühlen. Dieser Sinn schien sich im Gegenteil zu verfeinern und wie ein Netz, aus dünnerem Stoff als Haar, ihn einzuspinnen. Das Gehör schien sich mit Taubheit zu beschlagen. Ob nun Taubheit in ihm oder Stille um ihn her, die Entscheidung darüber war unwichtig. Und wäre es auch bedeutsam gewesen, dies genau zu ermitteln, welche Maßnahmen hätte er ergreifen sollen, da er sich nicht bewegen konnte, sondern nur langsam, gewissermaßen auffallend langsam denken? Auch die Augen schienen in Blindheit unterzutauchen. Die Dunkelheit war ja nicht an das Öffnen und Schließen der Lider gebunden. Der Einfachheit halber, es war ziemlich unverständlich, warum er gerade diese Lösung wählte, ließ er sie dauernd geöffnet. Ob nun die Blindheit in ihm oder die Dunkelheit außer ihm der Grund für die Schwärze war, eine Streitfrage, die ganz der anderen inbezug auf das Ohr glich. Kebad Kenya hätte sich gewiß für gestorben gehalten und als Sieger über seinen Gegner, den männlichen Engel des Todes, gefühlt, wenn dies Spinnwebnetz feinster Wahrnehmungen nicht über ihn geworfen worden wäre. Er fühlte sich aufquellen. Es war ohne jede Beunruhigung für ihn. Er nahm zu. Es war gegen die Vernunft. Er füllte den Sarg allmählich bis in die letzte Ecke aus und bekam so die Ge-

264   III. Epik

stalt eines großen vierseitigen Prismas. Er fürchtete das
Grab, den Sarg, das Gemäuer zu sprengen. Es war nicht
eigentliche Furcht, nicht einmal Unbehagen; derlei Worte
waren zu handfest, verankert in einer unausweichbaren Bedeutung; man mußte sie widerrufen. Erwartung einer locke-
ren, nicht endgültigen Überraschung. Ehe die groben Worte
hinab und widerrufen waren, erlosch das eintönige halb-
dumpfe Erwägen einer Möglichkeit. Aber der Exzeß blieb
aus. So wie Kebad Kenya zugenommen hatte, verfiel er
auch wieder. Das Spinnweb, in dem er lag, teilte ihm mit,
daß er jetzt einfalle, sich entblättere. Entblättere, sagte das
Spinnweb. Und dürr werde. Und wie ein Baum im Winter
anzuschauen sei. Daß das Knochen wären, seine, die er immer besessen, er verstand das nicht ganz richtig. Mit Küm-
mernis erfüllte es ihn, daß er sein Antlitz einbüßte. Langsam wurde es ihm zur Gewißheit, sein Angesicht war fort.
Es gab keine Kontrolle mehr für sein Aussehen. Er war wie
jedermann. Hätte man ihm einen Spiegel vorgehalten – diese
Spur eines Gedankens war jenseit seines Zieles; im Laufe
der Jahrzehnte erdämmerte dennoch ihr Abdruck – er hätte
sich nicht mehr erkannt. Langsam schlich es sich in sein Bewußtsein ein, daß nicht nur der Kopf, daß die ganze Gestalt ihm fremd geworden war. Das Schmerzgefühl war
ganz von ihm gewichen. Er empfand sich ziemlich allgemein. Seine Sünde, er gedachte ihrer nur selten, schien auch
ein Bestandteil einer allgemeinen Ordnung geworden. Und
er hatte die Rede, die er hinter den Sternen hatte halten
wollen, vergessen. Schwer zu ermitteln, auf was sie sich
bezog. Zwischen der Sünde und ihrem Erkennen schien so
viel Zeit verloren zu gehen, solche Einöden von Einsamkeit
taten sich auf, daß die Identität zwischen dem Sünder und
dem Zerknirschten nicht aufrechtzuerhalten war. Wieso bei
dieser Sachlage in den Ewigkeiten jemals ein Urteil, gar ein
gerechtes Urteil entstehen sollte, lag ganz außerhalb aller
Vorstellungen. Wahrscheinlich würde sich der Ablauf der
Ewigkeit in Instanzen erschöpfen. Und so war das Schwei-

gen das klügste. Die Mißverständnisse, falls solche aufkommen sollten, erzeugten sich dann aus sich selbst.

Je langsamer Kebad Kenyas Wahrnehmungen waren, oder er seine Feststellungen machte, desto schneller lief die Zeit. Er verwunderte sich sehr, daß er nach zweihundert Jahren sich sehr ausgeruht fühlte. Er verwunderte sich, daß er ein Ächzen und Knirschen über sich hörte. Es kam eine Schnelligkeit in seine Vorstellungen, die das Gegenteil seines bisherigen Verhaltens war. Er fühlte, sofern bei der rasenden Flucht, zu der er sich anschickte, die Wichtigkeit allen Fühlens nicht verblaßte, daß seine Brust eingestoßen wurde. Daß er, nach ein paar Jahrhunderten, starb. Aber er sah das Antlitz des männlichen Engels nicht. Der Tod war zugleich der Anfang einer ständig wachsenden Beschleunigung. Oder die Fortsetzung der Flucht.

IV. Dramatik

*Die entscheidenden Impulse verdankt die Bühnenliteratur
der Zeit dem theoretischen und dramatischen Schaffen
Brechts. Sein »episches Theater« (s. Abschnitt »Essay und
Literaturtheorie«) stellte die Aristotelisch-Lessingsche Definition der Tragödie als den Zuschauer durch »Furcht und
Mitleid« reinigende Kunst grundsätzlich in Frage. Brecht
forderte ein nicht-realistisches Theater, weil dessen »Illusion« das Publikum nur passiv mit-empfinden lasse; statt
dessen sollte es, z. B. durch den »Verfremdungseffekt«, in
kritischer Distanz vom Bühnengeschehen und den Charakteren des Stückes gehalten werden und aktiv deren Verhaltensweisen als historisch bedingt erkennen und beurteilen
können. Brechts Theater ist revolutionär: Es will die gesellschaftlichen Verhältnisse und deren Auswirkungen bewußt
machen und den Zuschauer dazu führen, die aus dem Stück
zu ziehende »Lehre« auf seine eigene Situation anzuwen-
den. Die neuen Möglichkeiten, auf die Brecht mit seinem
anti-illusionären Theater aufmerksam machte, sind bis heute
nicht ausgeschöpft; Formen wie das »Dokumentationstheater« z. B. stehen in direktem Zusammenhang mit den Überlegungen Brechts.*

*Aber nicht nur der Bedeutung seines Schaffens ist es zuzu-
schreiben, wenn die dramatische Literatur dieses Zeitraums
keine anderen nennenswerten Neuerungen aufzuweisen hat.
Bis zur »Kulturregelung« im nationalsozialistischen Deutschland war der Impetus des expressionistischen Dramas noch
nicht gebrochen; und danach verlor die Bühne ihre Funktion als Konfrontation von Autor und Gesellschaft: Als
öffentliche Institution stand sie in Deutschland unter schärf-
ster Zensur, und für die große Zahl der Exilautoren, die
sich fast alle in nicht-deutschsprachigen Ländern aufhalten
mußten, war sie gänzlich unerreichbar geworden. (Viele*

dramatisch begabte Autoren haben versucht, in Hollywood Scripts für amerikanische Filme herzustellen.)

Immerhin war es auch Zuckmayer gelungen, mit traditionelleren Mitteln die Bühne – solange sie ihm noch zugänglich war – für das nichtexpressionistische Theater in Anspruch zu nehmen. Und mit »Des Teufels General« erreichte er noch einmal, nach dem Kriege, weltweite Beachtung.

BERTOLT BRECHT

Geb. 10. Februar 1898 in Augsburg, gest. 14. August 1956 in Berlin. Entstammt dem bürgerlichen Mittelstand, Abitur 1917. Frühe Balladen unter Einfluß Wedekinds. Vordialektische Schaffensperiode: Lyrik; Dramenentwurf *Baal* (1922); *Trommeln in der Nacht* (1922 uraufgeführt in München, Kleist-Preis); *Im Dickicht der Städte* (1924). Die Bearbeitung von Christopher Marlowes *Leben Eduards des Zweiten von England*, unter Mitwirkung von Lion Feuchtwanger, vermittelt Brecht entscheidende dramatische Erfahrung und Kenntnis des elisabethanischen Theaters (1924). Übersiedlung nach Berlin (1924), Dramaturg bei Max Reinhardt (bis 1926), *Mann ist Mann*, Lustspiel. Beschäftigung mit Marx und Parteikommunismus (seit 1926): *Bertolt Brechts Hauspostille*, Gedichte, didaktisch (1927); *Die Dreigroschenoper*, vertont von Kurt Weill, Erfolg, schon mit meisten Merkmalen des »epischen« Theaters (1928), *Aufstieg und Fall der Stadt Mahagonny* (1929). Lehrstücke: *Die Maßnahme* (1931) und *Die Ausnahme und die Regel* (1938). *Die heilige Johanna der Schlachthöfe*, ökonomische Thesen des Marxismus illustrierend, mit Parodien auf Szenen und Pathos der Klassiker (1932).

Exil: Schweiz, Frankreich (1933), Dänemark (1934), Schweden, Finnland, USA (1941), Rückkehr nach Europa 1947.

Mutter Courage und ihre Kinder (1941); *Der aufhaltsame Aufstieg des Arturo Ui* (1941); *Der gute Mensch von Sezuan* (1942); *Leben des Galilei* (1943); *Furcht und Elend des Dritten Reiches* (1945); *Der kaukasische Kreidekreis* (1947); *Herr Puntila und sein Knecht Matti* (1948).

Seit 1949 Niederlassung in Berlin (Ost). Gründung des »Berliner Ensembles« unter der Leitung von Helene Weigel, Brechts Frau (1949, seit 1954 im Theater am Schiffbauerdamm).

Theoretische Schriften zum Theater. Lyrik.

Bertolt Brecht (1928). Gemälde von Rudolf Schlichter (Städtische Galerie im Lenbachhaus, München)

270   IV. Dramatik

Leben des Galilei (Auszug)

*Vor allem die großen Stücke Brechts haben zu sehr wider-
sprüchlichen Deutungen Anlaß gegeben. Vom Autor aufgrund einer intensiven Auseinandersetzung mit dem Marxismus konzipiert, sind sie von kommunistischer Seite auf
ihren dogmatischen Gehalt hin untersucht worden und
– zweifellos in Übereinstimmung mit den Absichten Brechts –
als Kronzeugen einer Literatur ausgelegt worden, die sich
ganz in den Dienst der Veränderung der bestehenden Gesellschaftsordnung stellt. Die »bürgerliche« Reaktion auf
das Werk hingegen bestand darin, auf die deutlichen traditionellen Elemente hinzuweisen, die sich – »zum Glück«
und gegen den Willen des Dichters – darin erhalten hätten,
kurz: zu unterscheiden zwischen dem »Stückeschreiber« und
dem Theoretiker Brecht.
Eines steht für alle Interpreten hingegen fest: seine außerordentliche, geniale Begabung für das Theater. Vielleicht
noch größer als die Wirkung seiner theoretischen, das moderne Theater revolutionierenden Überlegungen ist diejenige seiner Gestalten und seiner Stücke selbst. Über die
für den Dramatiker entscheidende Fähigkeit, Vorgänge und
Zustände sichtbar zu machen, verfügt Brecht in höchstem
Maße. Nicht nur die Bilder, die er mit seiner visionären
Kraft auf die Bühne bringt, sind unvergeßlich – man denke
etwa an die ihren Wagen über die Bühne ziehende Marke-
tenderin Mutter Courage –; es gelingt Brecht auch durchaus,
geistige Vorgänge szenenreif, direkt anschaulich zu machen.
Am Anfang des Stückes »Leben des Galilei« sieht sich Brecht,
der nie für ein »gebildetes« Publikum schreibt, vor der
Schwierigkeit, den Kern der Lehren des Galilei zu erklären
– nur unter dieser Voraussetzung würde der Zuschauer begreifen können, weshalb die Kirche diesen Lehren entgegen-
trat und worin das revolutionär Neue, die unmittelbar
politische und soziale Folgerung der Lehren bestand. Aus
dem zu informierenden Publikum macht Brecht den kleinen*

*Schüler Galileis, Andrea, der »Waschschüsselständer in der
Mitte des Zimmers« wird zur stillstehenden Sonne, und der
Stuhl, auf dem Galilei den Andrea um die »Sonne« trägt,
»ist die Erde«. Wissenschaft ist, gemäß dem wichtigen Gesetz des Theaters, übersetzt in sichtbares Geschehen.*

*Den Optimismus, daß die Erkenntnis der Wissenschaft die
Welt verändern wird, umreißt Galileis Satz: »Die Himmel,
hat es sich herausgestellt, sind leer. Darüber ist ein fröhliches Gelächter entstanden.« Jetzt rolle die Erde »fröhlich
um die Sonne, und die Fischweiber, Kaufleute, Fürsten und
die Kardinäle und sogar der Papst rollen mit ihr«. Wie die
Erde als Mittelpunkt des Universums enthront ist, so seien
es auch die Fürsten und der Papst. »So daß jeder jetzt als
Mittelpunkt angesehen wird und keiner.« Nichts weniger
als eine umwälzende Gesellschaftsreform, die Abschaffung
der Klassen und Privilegien, verspricht sich Galilei als Resultat seiner Wissenschaft.*

GALILEO GALILEI, LEHRER DER MATHEMATIK ZU PADUA,
WILL DAS NEUE KOPERNIKANISCHE WELTSYSTEM BEWEISEN

> In dem Jahr sechzehnhundertundneun
> Schien das Licht des Wissens hell
> Zu Padua aus einem kleinen Haus.
> Galileo Galilei rechnete aus:
> Die Sonn steht still, die Erd kommt von der Stell.

*Das ärmliche Studierzimmer des Galilei in Padua. Es ist
morgens. Ein Knabe, Andrea, der Sohn der Haushälterin,
bringt ein Glas Milch und einen Wecken.*

G a l i l e i *(sich den Oberkörper waschend, prustend und
fröhlich).* Stell die Milch auf den Tisch, aber klapp kein
Buch zu.

A n d r e a. Mutter sagt, wir müssen den Milchmann bezahlen. Sonst macht er bald einen Kreis um unser Haus,
Herr Galilei.

G a l i l e i. Es heißt: er beschreibt einen Kreis, Andrea.

A n d r e a. Wie Sie wollen. Wenn wir nicht bezahlen, dann beschreibt er einen Kreis um uns, Herr Galilei.

G a l i l e i. Während der Gerichtsvollzieher, Herr Cambione, schnurgerade auf uns zu kommt, indem er was für eine Strecke zwischen zwei Punkten wählt?

A n d r e a *(grinsend)*. Die kürzeste.

G a l i l e i. Gut. Ich habe was für dich. Sieh hinter den Sterntafeln nach.
(Andrea fischt hinter den Sterntafeln ein großes hölzernes Modell des Ptolemäischen Systems hervor.)

A n d r e a. Was ist das?

G a l i l e i. Das ist ein Astrolab; das Ding zeigt, wie sich die Gestirne um die Erde bewegen, nach Ansicht der Alten.

A n d r e a. Wie?

G a l i l e i. Untersuchen wir es. Zuerst das erste: Beschreibung.

A n d r e a. In der Mitte ist ein kleiner Stein.

G a l i l e i. Das ist die Erde.

A n d r e a. Drum herum sind, immer übereinander, Schalen.

G a l i l e i. Wie viele?

A n d r e a. Acht.

G a l i l e i. Das sind die kristallnen Sphären.

A n d r e a. Auf den Schalen sind Kugeln angemacht ...

G a l i l e i. Die Gestirne.

A n d r e a. Da sind Bänder, auf die sind Wörter gemalt.

G a l i l e i. Was für Wörter?

A n d r e a. Sternnamen.

G a l i l e i. Als wie?

A n d r e a. Die unterste Kugel ist der Mond, steht drauf. Und darüber ist die Sonne.

G a l i l e i. Und jetzt laß die Sonne laufen.

A n d r e a *(bewegt die Schalen)*. Das ist schön. Aber wir sind so eingekapselt.

Galilei *(sich abtrocknend)*. Ja, das fühlte ich auch, als ich das Ding zum ersten Mal sah. Einige fühlen das. *(Er wirft Andrea das Handtuch zu, daß er ihm den Rücken abreibe.)* Mauern und Schalen und Unbeweglichkeit! Durch zweitausend Jahre glaubte die Menschheit, daß die Sonne und alle Gestirne des Himmels sich um sie drehten. Der Papst, die Kardinäle, die Fürsten, die Gelehrten, Kapitäne, Kaufleute, Fischweiber und Schulkinder glaubten, unbeweglich in dieser kristallenen Kugel zu sitzen. Aber jetzt fahren wir heraus, Andrea, in großer Fahrt. Denn die alte Zeit ist herum, und es ist eine neue Zeit. Seit hundert Jahren ist es, als erwartete die Menschheit etwas.

Die Städte sind eng, und so sind die Köpfe. Aberglauben und Pest. Aber jetzt heißt es: da es so ist, bleibt es nicht so. Denn alles bewegt sich, mein Freund.

Ich denke gerne, daß es mit den Schiffen anfing. Seit Menschengedenken waren sie nur an den Küsten entlang gekrochen, aber plötzlich verließen sie die Küsten und liefen aus über alle Meere.

Auf unserm alten Kontinent ist ein Gerücht entstanden: es gibt neue Kontinente. Und seit unsere Schiffe zu ihnen fahren, spricht es sich auf den lachenden Kontinenten herum: das große gefürchtete Meer ist ein kleines Wasser. Und es ist eine große Lust aufgekommen, die Ursachen aller Dinge zu erforschen: warum der Stein fällt, den man losläßt, und wie er steigt, wenn man ihn hochwirft. Jeden Tag wird etwas gefunden. Selbst die Hundertjährigen lassen sich noch von den Jungen ins Ohr schreien, was Neues entdeckt wurde.

Da ist schon viel gefunden, aber da ist mehr, was noch gefunden werden kann. Und so gibt es wieder zu tun für neue Geschlechter.

In Siena, als junger Mensch, sah ich, wie ein paar Bauleute eine tausendjährige Gepflogenheit, Granitblöcke zu bewegen, durch eine neue und zweckmäßigere Anordnung der Seile ersetzten, nach einem Disput von fünf Minuten. Da und dann wußte ich: die alte Zeit ist herum, und es ist eine neue Zeit. Bald wird die Menschheit Bescheid wissen über ihre Wohnstätte, den Himmelskörper, auf dem sie haust. Was in den alten Büchern steht, das genügt ihr nicht mehr.

Denn wo der Glaube tausend Jahre gesessen hat, eben da sitzt jetzt der Zweifel. Alle Welt sagt: ja, das steht in den Büchern, aber laßt uns jetzt selbst sehn. Den gefeiertsten Wahrheiten wird auf die Schulter geklopft; was nie bezweifelt wurde, das wird jetzt bezweifelt.

Dadurch ist eine Zugluft entstanden, welche sogar den Fürsten und Prälaten die goldbestickten Röcke lüftet, so daß fette und dürre Beine darunter sichtbar werden, Beine wie unsere Beine. Die Himmel, hat es sich herausgestellt, sind leer. Darüber ist ein fröhliches Gelächter entstanden.

Aber das Wasser der Erde treibt die neuen Spinnrocken, und auf den Schiffswerften, in den Seil- und Segelhäusern regen sich fünfhundert Hände zugleich in einer neuen Anordnung.

Ich sage voraus, daß noch zu unsern Lebzeiten auf den Märkten von Astronomie gesprochen werden wird. Selbst die Söhne der Fischweiber werden in die Schulen laufen. Denn es wird diesen neuerungssüchtigen Menschen unserer Städte gefallen, daß eine neue Astronomie nun auch die Erde sich bewegen läßt. Es hat immer geheißen, die Gestirne sind an einem kristallenen Gewölbe angeheftet, daß sie nicht herunterfallen können. Jetzt haben wir Mut gefaßt und lassen sie im Freien schweben, ohne Halt, und sie sind in großer Fahrt, gleich unseren Schiffen, ohne Halt und in großer Fahrt.

Und die Erde rollt fröhlich um die Sonne, und die Fischweiber, Kaufleute, Fürsten und die Kardinäle und sogar der Papst rollen mit ihr.

Das Weltall aber hat über Nacht seinen Mittelpunkt verloren, und am Morgen hatte es deren unzählige. So daß jetzt jeder als Mittelpunkt angesehen wird und keiner. Denn da ist viel Platz plötzlich.

Unsere Schiffe fahren weit hinaus, unsere Gestirne bewegen sich weit im Raum herum, selbst im Schachspiel die Türme gehen neuerdings weit über alle Felder.

Wie sagt der Dichter? »O früher Morgen ...«

A n d r e a.

»O früher Morgen des Beginnens!

O Hauch des Windes, der

Von neuen Küsten kommt!«

Und Sie müssen Ihre Milch trinken, denn dann kommen sofort wieder Leute.

G a l i l e i. Hast du, was ich dir gestern sagte, inzwischen begriffen?

A n d r e a. Was? Das mit dem Kippernikus seinem Drehen?

G a l i l e i. Ja.

A n d r e a. Nein. Warum wollen Sie denn, daß ich es begreife? Es ist sehr schwer, und ich bin im Oktober erst elf.

G a l i l e i. Ich will gerade, daß auch du es begreifst. Dazu, daß man es begreift, arbeite ich und kaufe die teuren Bücher, statt den Milchmann zu bezahlen.

A n d r e a. Aber ich sehe doch, daß die Sonne abends woanders hält als morgens. Da kann sie doch nicht stillstehn! Nie und nimmer.

G a l i l e i. Du siehst! Was siehst du? Du siehst gar nichts. Du glotzt nur. Glotzen ist nicht sehen. *(Er stellt den eisernen Waschschüsselständer in die Mitte des Zimmers.)* Also das ist die Sonne. Setz dich. *(Andrea setzt sich auf den einen Stuhl. Galilei steht hinter ihm.)* Wo ist die Sonne, rechts oder links?

A n d r e a. Links.

G a l i l e i. Und wie kommt sie nach rechts?

A n d r e a. Wenn Sie sie nach rechts tragen, natürlich.

G a l i l e i. Nur so? *(Er nimmt ihn mitsamt dem Stuhl auf und vollführt mit ihm eine halbe Drehung.)* Wo ist jetzt die Sonne?

A n d r e a. Rechts.

G a l i l e i. Und hat sie sich bewegt?

A n d r e a. Das nicht.

G a l i l e i. Was hat sich bewegt?

A n d r e a. Ich.

G a l i l e i *(brüllt)*. Falsch! Dummkopf! Der Stuhl!

A n d r e a. Aber ich mit ihm!

G a l i l e i. Natürlich. Der Stuhl ist die Erde. Du sitzt drauf.

F r a u S a r t i *(ist eingetreten, das Bett zu machen. Sie hat zugeschaut)*. Was machen Sie eigentlich mit meinem Jungen, Herr Galilei?

G a l i l e i. Ich lehre ihn sehen, Sarti.

F r a u S a r t i. Indem Sie ihn im Zimmer herumschleppen?

A n d r e a. Laß doch, Mutter. Das verstehst du nicht.

F r a u S a r t i. So? Aber du verstehst es, wie? Ein junger Herr, der Unterricht wünscht. Sehr gut angezogen und bringt einen Empfehlungsbrief. *(Übergibt diesen.)* Sie bringen meinen Andrea noch so weit, daß er behauptet, zwei mal zwei ist fünf. Er verwechselt schon alles, was Sie ihm sagen. Gestern abend bewies er mir schon, daß die Erde sich um die Sonne dreht. Er ist fest überzeugt, daß ein Herr namens Kippernikus das ausgerechnet hat.

A n d r e a. Hat es der Kippernikus nicht ausgerechnet, Herr Galilei? Sagen Sie es ihr selber!

F r a u S a r t i. Was, Sie sagen ihm wirklich einen solchen Unsinn? Daß er es in der Schule herumplappert und die geistlichen Herren zu mir kommen, weil er lauter unheiliges Zeug vorbringt. Sie sollten sich schämen, Herr Galilei.

G a l i l e i *(frühstückend)*. Auf Grund unserer Forschungen, Frau Sarti, haben, nach heftigem Disput, Andrea und ich Entdeckungen gemacht, die wir nicht länger der Welt

gegenüber geheimhalten können. Eine neue Zeit ist an-
gebrochen, ein großes Zeitalter, in dem zu leben eine
Lust ist.

Frau Sarti. So. Hoffentlich können wir auch den
Milchmann bezahlen in dieser neuen Zeit, Herr Galilei.
(*Auf den Empfehlungsbrief deutend.*) Tun Sie mir den
einzigen Gefallen und schicken Sie den nicht auch wieder
weg. Ich denke an die Milchrechnung. (*Ab.*)

*Vieles stellt sich Galileis großen Hoffnungen entgegen. Frau
Sartis Hinweis auf die »Milchrechnung« deutet auf die stän-
digen finanziellen Schwierigkeiten, in denen sich der Gelehrte befindet. Aber Galilei ist nicht fähig, sich seiner
Notlage anzupassen: Er lebt allzu gerne bequem; und wenn
er sich schließlich an die von ihm verachtete Behörde verkauft, geschieht dies nur zum Teil, um Gelder für seine
Forschung sicherzustellen.*
*Aber nicht nur die ökonomischen Probleme spitzen sich zu.
Auch als Forscher und Denker wird Galilei immer mehr zur
Entscheidung gedrängt, und auch hier wählt er den Weg
des geringsten Widerstands: der Druck, den die Kirche auf
ihn ausübt, hat zugenommen, es kommt zum Prozeß, Galilei soll abschwören, oder er muß riskieren, als Ketzer verbrannt zu werden. Er schwört ab. Nicht einmal das Volk
will von seiner Lehre wissen und die Rechte auf Revolution
daraus ableiten: es fürchtet sich vor der Freiheit, vor der
Umstellung auf die eigene Entscheidung. Ist Galilei ein
Versager? Brecht ist, zeitweise wenigstens, sicher, die nega-
tiven Züge Galileis – seine Feigheit und seine Freßsucht –
herausgearbeitet zu haben, in weiteren Fassungen des Stücks
unterstreicht er sie sogar. Aber Galilei, wie viele der
großen Charaktere Brechts, bleibt zweideutig. Auch die
Mutter Courage ist nicht nur Kriegsgewinnlerin, selbst am
Tod ihrer Kinder schuldig, abschreckendes Lehrbeispiel für
das Publikum: ihre Gestalt reißt mit, sie ist vom Dichter so
lebhaft entworfen, daß der Zuschauer ihr gerade das nicht*

versagt, was Brecht mit allen technischen Mitteln zu verhindern suchte, die »Einfühlung«.

Dem Zuschauer des »Leben des Galilei« geht es nicht anders: Der Charakter ist so voll und mächtig, daß man spürt, wie seine Lebenslust und seine wissenschaftliche Tätigkeit unmittelbar zusammenhängen; Galilei rechtfertigt sich übrigens selbst: daß er nur abgeschworen habe, um weiter arbeiten zu können, und in der Tat läßt er auch einen Schüler eines seiner weiteren Werke, das er trotz Überwachung geschrieben hat, außer Landes schmuggeln.

Besonders die folgende Szene zwischen Galilei und dem kleinen Mönch vermag wohl diese Doppeldeutigkeit zu illustrieren. Woran dem Politiker Brecht – wie Galilei – sicher gelegen war, ist die Einsicht, daß das Leiden der ausgebeuteten Campagna-Bauern weltanschaulich nicht mehr zu rechtfertigen sei, daß der Anspruch der Kirche auf den »Zehnten« nur dem kapitalistischen Interesse der herrschenden Klasse entstamme, daß ihm nicht mehr entsprochen werden soll. Aber Brechts grundsätzliches Verhältnis zum Volk, zu den Menschen, war geprägt durch Verständnis und spontane Sympathie; die Theorie – die seines Theaters und die seiner zeitweise streng marxistischen Anschauungen – erwuchs aus ihr, sollte sie nützlich machen. Deshalb gelingt es ihm nicht, wie ein rein abstrakter Geist die Forderung des Aufstandes an die Campagna-Bauern zu stellen und dessen Ausbleiben zu verurteilen. Seine Vorstellung, wie diese Bauern die neue Lehre aufnehmen werden, ihr Schrecken über das, was sie zunächst bloß als Verlust ihrer religiösen Geborgenheit erfahren können, ist so intensiv, er kennt und versteht seine Bauern so gut, daß unter der Hand die theoretisch-politische Aussage des Stücks unklar, die Reaktionen seiner Charaktere aber immer plastischer werden: Die Angst der Campagna-Bauern vor der Neuerung wird in der folgenden Szene mindestens ebenso überzeugend wie Galileis politischer Aufruf.

EIN GESPRÄCH

> Galilei las den Spruch
> Ein junger Mönch kam zu Besuch
> War eines armen Bauern Kind
> Wollt wissen, wie man Wissen find't.
> Wollt es wissen, wollt es wissen.

Im Palast des Florentinischen Gesandten in Rom hört Galilei den kleinen Mönch an, der ihm nach der Sitzung des Collegium Romanum den Ausspruch des päpstlichen Astronomen zugeflüstert hat.

Galilei. Reden Sie, reden Sie! Das Gewand, das Sie tragen, gibt Ihnen das Recht zu sagen, was immer Sie wollen.

Der kleine Mönch. Ich habe Mathematik studiert, Herr Galilei.

Galilei. Das könnte helfen, wenn es Sie veranlaßte einzugestehen, daß zwei mal zwei hin und wieder vier ist!

Der kleine Mönch. Herr Galilei, seit drei Nächten kann ich keinen Schlaf mehr finden. Ich wußte nicht, wie ich das Dekret, das ich gelesen habe, und die Trabanten des Jupiter, die ich gesehen habe, in Einklang bringen sollte. Ich beschloß, heute früh die Messe zu lesen und zu Ihnen zu gehen.

Galilei. Um mir mitzuteilen, daß der Jupiter keine Trabanten hat?

Der kleine Mönch. Nein. Mir ist es gelungen, in die Weisheit des Dekrets einzudringen. Es hat mir die Gefahren aufgedeckt, die ein allzu hemmungsloses Forschen für die Menschheit in sich birgt, und ich habe beschlossen, der Astronomie zu entsagen. Jedoch ist mir noch daran gelegen, Ihnen die Beweggründe zu unterbreiten, die auch einen Astronomen dazu bringen können, von einem weiteren Ausbau der gewissen Lehre abzusehen.

Galilei. Ich darf sagen, daß mir solche Beweggründe bekannt sind.

Der kleine Mönch. Ich verstehe Ihre Bitterkeit. Sie denken an die gewissen außerordentlichen Machtmittel der Kirche.

Galilei. Sagen Sie ruhig Folterinstrumente.

Der kleine Mönch. Aber ich möchte andere Gründe nennen. Erlauben Sie, daß ich von mir rede. Ich bin als Sohn von Bauern in der Campagna aufgewachsen. Es sind einfache Leute. Sie wissen alles über den Ölbaum, aber sonst recht wenig. Die Phasen der Venus beobachtend, kann ich nun meine Eltern vor mir sehen, wie sie mit meiner Schwester am Herd sitzen und ihre Käsespeise essen. Ich sehe die Balken über ihnen, die der Rauch von Jahrhunderten geschwärzt hat, und ich sehe genau ihre alten abgearbeiteten Hände und den kleinen Löffel darin. Es geht ihnen nicht gut, aber selbst in ihrem Unglück liegt eine gewisse Ordnung verborgen. Da sind diese verschiedenen Kreisläufe, von dem des Bodenaufwischens über den der Jahreszeiten im Ölfeld zu dem der Steuerzahlung. Es ist regelmäßig, was auf sie herabstößt an Unfällen. Der Rücken meines Vaters wird zusammengedrückt nicht auf einmal, sondern mit jedem Frühjahr im Ölfeld mehr, so wie auch die Geburten, die meine Mutter immer geschlechtsloser gemacht haben, in ganz bestimmten Abständen erfolgten. Sie schöpfen die Kraft, ihre Körbe schweißtriefend den steinigen Pfad hinaufzuschleppen, Kinder zu gebären, ja zu essen, aus dem Gefühl der Stetigkeit und Notwendigkeit, das der Anblick des Bodens, der jedes Jahr von neuem grünenden Bäume, der kleinen Kirche und das Anhören der sonntäglichen Bibeltexte ihnen verleihen können. Es ist ihnen versichert worden, daß das Auge der Gottheit auf ihnen liegt, forschend, ja beinahe angstvoll; daß das ganze Welttheater um sie aufgebaut ist, damit sie, die Agierenden, in ihren großen oder kleinen Rollen sich bewähren können. Was würden meine Leute sagen, wenn sie von mir erführen, daß sie sich auf einem kleinen Steinklum-

pen befinden, der sich unaufhörlich drehend im leeren
Raum um ein anderes Gestirn bewegt, einer unter sehr
vielen, ein ziemlich unbedeutender! Wozu ist jetzt noch
solche Geduld, solches Einverständnis in ihr Elend nötig
oder gut? Wozu ist die Heilige Schrift noch gut, die alles
erklärt und als notwendig begründet hat, den Schweiß,
die Geduld, den Hunger, die Unterwerfung, und die
jetzt voll von Irrtümern befunden wird? Nein, ich sehe
ihre Blicke scheu werden, ich sehe sie die Löffel auf die
Herdplatte senken, ich sehe, wie sie sich verraten und
betrogen fühlen. Es liegt also kein Auge auf uns, sagen
sie. Wir müssen nach uns selber sehen, ungelehrt, alt und
verbraucht, wie wir sind? Niemand hat uns eine Rolle
zugedacht außer dieser irdischen, jämmerlichen auf einem
winzigen Gestirn, das ganz unselbständig ist, um das sich
nichts dreht? Kein Sinn liegt in unserm Elend, Hunger
ist eben Nichtgegessenhaben, keine Kraftprobe; Anstren-
gung ist eben Sichbücken und Schleppen, kein Verdienst.
Verstehen Sie da, daß ich aus dem Dekret der Heiligen
Kongregation ein edles mütterliches Mitleid, eine große
Seelengüte herauslese?

Galilei. Seelengüte! Wahrscheinlich meinen Sie nur, es
ist nichts da, der Wein ist weggetrunken, ihre Lippen ver-
trocknen, mögen sie die Soutane küssen! Warum ist denn
nichts da? Warum ist die Ordnung in diesem Land nur
die Ordnung einer leeren Lade und die Notwendigkeit
nur die, sich zu Tode zu arbeiten? Zwischen strotzenden
Weinbergen, am Rand der Weizenfelder! Ihre Campagna-
bauern bezahlen die Kriege, die der Stellvertreter des
milden Jesus in Spanien und Deutschland führt. Warum
stellt er die Erde in den Mittelpunkt des Universums?
Damit der Stuhl Petri im Mittelpunkt der Erde stehen
kann! Um das letztere handelt es sich. Sie haben recht, es
handelt sich nicht um die Planeten, sondern um die Cam-
pagnabauern. Und kommen Sie mir nicht mit der Schönheit von Phänomenen, die das Alter vergoldet hat! Wis-

sen Sie, wie die Auster Margaritifera ihre Perle produ-
ziert? Indem sie in lebensgefährlicher Krankheit einen
unerträglichen Fremdkörper, z. B. ein Sandkorn, in eine
Schleimkugel einschließt. Sie geht nahezu drauf bei dem
Prozeß. Zum Teufel mit der Perle, ich ziehe die gesunde
Auster vor. Tugenden sind nicht an Elend geknüpft, mein
Lieber. Wären Ihre Leute wohlhabend und glücklich,
könnten sie die Tugenden der Wohlhabenheit und des
Glücks entwickeln. Jetzt stammen diese Tugenden Er-
schöpfter von erschöpften Äckern, und ich lehne sie ab.
Herr, meine neuen Wasserpumpen können da mehr Wun-
der tun als ihre lächerliche übermenschliche Plackerei. –
»Seid fruchtbar und mehret euch«, denn die Äcker sind
unfruchtbar, und die Kriege dezimieren euch. Soll ich
Ihre Leute anlügen?

Der kleine Mönch (in großer Bewegung). Es sind
die allerhöchsten Beweggründe, die uns schweigen machen
müssen, es ist der Seelenfrieden Unglücklicher!

Galilei. Wollen Sie eine Cellini-Uhr sehen, die Kardinal
Bellarmins Kutscher heute morgen hier abgegeben hat?
Mein Lieber, als Belohnung dafür, daß ich zum Beispiel
Ihren guten Eltern den Seelenfrieden lasse, offeriert mir
die Behörde den Wein, den sie keltern im Schweiße ihres
Antlitzes, das bekanntlich nach Gottes Ebenbild geschaffen ist. Würde ich mich zum Schweigen bereit finden,
wären es zweifellos recht niedrige Beweggründe: Wohl-
leben, keine Verfolgung etc.

Der kleine Mönch. Herr Galilei, ich bin Priester.

Galilei. Sie sind auch Physiker. Und Sie sehen, die
Venus hat Phasen. Da, sieh hinaus! (Er zeigt durch das
Fenster.) Siehst du dort den kleinen Priap an der Quelle
neben dem Lorbeer? Der Gott der Gärten, der Vögel und
der Diebe, der bäurische obszöne Zweitausendjährige! Er
hat weniger gelogen. Nichts davon, schön, ich bin ebenfalls ein Sohn der Kirche. Aber kennen Sie die achte
Satire des Horaz? Ich lese ihn eben wieder in diesen

Tagen, er verleiht einiges Gleichgewicht. *(Er greift nach
einem kleinen Buch.)* Er läßt eben diesen Priap sprechen,
eine kleine Statue, die in den Esquilinischen Gärten auf-
gestellt war. Folgendermaßen beginnt es:
»Ein Feigenklotz, ein wenig nützes Holz
War ich, als einst der Zimmermann, unschlüssig
Ob einen Priap machen oder einen Schemel
Sich für den Gott entschied...«
Meinen Sie, Horaz hätte sich etwa den Schemel verbieten
und einen Tisch in das Gedicht setzen lassen? Herr, mein
Schönheitssinn wird verletzt, wenn die Venus in meinem
Weltbild ohne Phasen ist! Wir können nicht Maschine-
rien für das Hochpumpen von Flußwasser erfinden, wenn
wir die größte Maschinerie, die uns vor Augen liegt, die
der Himmelskörper, nicht studieren sollen. Die Winkelsumme im Dreieck kann nicht nach den Bedürfnissen der
Kurie abgeändert werden. Die Bahnen fliegender Körper
kann ich nicht so berechnen, daß auch die Ritte der Hexen
auf Besenstielen erklärt werden.

Der kleine Mönch. Und Sie meinen nicht, daß die
Wahrheit, wenn es Wahrheit ist, sich durchsetzt, auch
ohne uns?

Galilei. Nein, nein, nein. Es setzt sich nur so viel Wahrheit durch als wir durchsetzen; der Sieg der Vernunft
kann nur der Sieg der Vernünftigen sein. Eure Cam-
pagnabauern schildert ihr ja schon wie das Moos auf
ihren Hütten! Wie kann jemand annehmen, daß die
Winkelsumme im Dreieck i h r e n Bedürfnissen widersprechen könnte! Aber wenn sie nicht in Bewegung kommen und denken lernen, werden ihnen auch die schönsten
Bewässerungsanlagen nichts nützen. Zum Teufel, ich sehe
die göttliche Geduld ihrer Leute, aber wo ist ihr gött-
licher Zorn?

Der kleine Mönch. Sie sind müde!

Galilei *(wirft ihm einen Packen Manuskripte hin)*. Bist
du ein Physiker, mein Sohn? Hier stehen die Gründe,

warum das Weltmeer sich in Ebbe und Flut bewegt. Aber du sollst es nicht lesen, hörst du? Ach, du liest schon? Du bist also ein Physiker? *(Der kleine Mönch hat sich in die Papiere vertieft.)*

G a l i l e i. Ein Apfel vom Baum der Erkenntnis! Er stopft ihn schon hinein. Er ist ewig verdammt, aber er muß ihn hineinstopfen, ein unglücklicher Fresser! Ich denke manchmal: ich ließe mich zehn Klafter unter der Erde in einen Kerker einsperren, zu dem kein Licht mehr dringt, wenn ich dafür erführe, was das ist: Licht. Und das Schlimmste: was ich weiß, muß ich weitersagen. Wie ein Liebender, wie ein Betrunkener, wie ein Verräter. Es ist ganz und gar ein Laster und führt ins Unglück. Wie lang werde ich es in den Ofen hineinschreien können – das ist die Frage.

D e r k l e i n e M ö n c h *(zeigt auf eine Stelle in den Papieren).* Diesen Satz verstehe ich nicht.

G a l i l e i. Ich erkläre ihn dir, ich erkläre ihn dir.

CARL ZUCKMAYER

Geb. 27. Dezember 1896 in Nackenheim am Rhein, gest. 18. Januar 1977 in Visp (Wallis, Schweiz). Als Soldat im Ersten Weltkrieg. Studium der Naturwissenschaften in Heidelberg. In Berlin als Dramaturg und Regieassistent an verschiedenen Theatern, seit 1924 an Max Reinhardts »Deutschem Theater«. Danach lebte er bis zur Emigration (1938) bei Salzburg, kam über die Schweiz nach den USA (1939), wo er zeitweilig eine Farm betrieb. Nach dem Kriege Rückkehr in die Schweiz (Saas-Fee).

Werke: *Der fröhliche Weinberg* Lsp. (1925); *Katharina Knie* Dr. (1929); *Der Hauptmann von Köpenick* Dr. (1930); *Der Schelm von Bergen* Dr. (1934); *Des Teufels General* Dr. (1946); *Der Gesang im Feuerofen* Dr. (1950); *Das Leben des Horace A. W. Tabor. Ein Stück aus den Tagen der letzten Könige* Dr. (1964). *Als wär's ein Stück von mir* Aut. (1966). Romane und Erzählungen.

Des Teufels General (Auszug)

Mit Bauernschlauheit, Mutterwitz, Vitalität und Unver-
wüstlichkeit meistern die zentralen Gestalten von Zuck-
mayers dramatischem und erzählerischem Werk ihr Leben.
Sprache und Einbildungskraft des Autors sind plastisch:
Gegensätze werden vereinfacht und hervorgehoben, die
Stücke sind volksmäßig, beherrscht von einer derben, lebens-
bejahenden Atmosphäre. Aber angesichts der Pervertierung
des Volkstümlichen ins Völkische, wie sie der National-
sozialismus mit sich brachte, vermögen Zuckmayers bloße
Liebenswürdigkeit und Frische heute nicht ganz darüber
hinwegzutäuschen, daß sein Realismus oft in romantisie-
renden Vorstellungen vom »einfachen Mann« steckenbleibt
und daß es dem Autor nicht immer gelingt, Erlebtes (z. B.
in der Biographie »Als wär's ein Stück von mir«, 1966) und
bühnengerecht Gestaltetes auch gedanklich in genügender
Weise zu durchdringen.

Vom dramatischen Werk Zuckmayers haben sich vor allem
zwei Stücke im Repertoire deutscher Bühnen durchgesetzt.
Obwohl »Der Hauptmann von Köpenick« an Kellers »Klei-
der machen Leute« erinnert, beruht der Stoff der Komödie
auf einem wirklichen Vorfall. Zuckmayer arbeitete ihn aus
zur brillanten Persiflage auf die uniformgläubige Gesell-
schaft im wilhelminischen Deutschland. Aufsehen erregte
das Schauspiel »Des Teufels General« (1946) von Anfang
an nicht so sehr wegen der aktuellen Grundlage des Stoffes
(Tod des Fliegergenerals Udet 1941), sondern wegen Zuck-
mayers außerordentlicher Fähigkeit, aus der Ferne des ame-
rikanischen Exils Zustände im deutschen Heer kraft seiner
Imagination »richtig« zu sehen und darzustellen. Die Ge-
stalt des Generals Harras, leidenschaftlicher Flieger und
trotz seiner entschiedenen Gegnerschaft zum nationalsozia-
listischen Regime »ganz einfach zu vital, um rechtzeitig aus-
zusteigen«, forderte zu leidenschaftlicher Auseinanderset-
zung heraus: die einen kritisierten Zuckmayers Sympathie

für das »Deutsche« an Harras, seine militärische Forschheit,
seine Vorliebe für die Gefahr, seine Bedenkenlosigkeit, als
Opportunist einem verachteten Regime so lange zu dienen;
andere wiederum sahen in Harras' schließlich erfolgtem Ein-
verständnis mit den Saboteuren der Luftwaffe einen Verrat
an Deutschland, der unter keinen Umständen zu rechtferti-
gen sei.
Lebendig ist das Stück jedenfalls geblieben, vielleicht gerade
wegen dieser Zwielichtigkeit des Generals. Darin – und in
Harras' Verbindung von »exakter Berechnung« und »Tech-
nik« mit dem »allerletzten Winkel«, dem »Unberechen-
baren«, »Außerrationalen« und »Teuflischen« – liegt das
Beunruhigende. Zuckmayer stellt – in meisterhaft gebauter
dramatischer Abfolge – die deutsche Gesellschaft unter dem
Nationalsozialismus dar, deren Vertreter: Opfer, Mitläufer,
Gegner und Stützen des Systems, scharf profiliert werden.

General Harras vermittelt zunächst den Eindruck, mit dem
Regime völlig einverstanden zu sein. Aber im folgenden
Gespräch mit Mohrungen, in dem er einen Gleichgesinnten
vermutet, wird plötzlich offenbar, wie sehr er sich von den
politischen Zielen der Regierung distanziert. Bloße Aben-
teuerlust veranlaßte ihn, teilzunehmen am Aufbau der
Luftwaffe: »die beste, exakteste, wirksamste Maschinerie,
die es in der Kriegsgeschichte gegeben hat«. Sein Spiel ist
gewagt, von seinen wirklichen Ansichten darf nichts bekannt
werden.

Mohrungen. Sie denken, man kann Ihnen nichts an-
    haben – Sie sind unentbehrlich. Aber –
Harras. Denk ich ja gar nicht. Weiß ich, bis zum gewis-
    sen Grad. Ihnen brauche ich nicht zu sagen, daß ich mir
    nichts drauf einbilde – aber es ist nu mal so. Schließlich
    wollen die Brüder den Krieg gewinnen – das heißt – sie
    können gar nicht mehr zurück. Und da gibt es halt nur
    eine Handvoll Leute, die an der richtigen Schraube drehen

können und sagen: gewußt wo. Sie haben mich gebraucht
– und sie brauchen mich jetzt erst recht. Außerdem – ist
es mir wurscht. *(Er lehnt sich in einen Klubsessel zurück
und sieht plötzlich sehr müde aus.)*

M o h r u n g e n *(betrachtet ihn sorgenvoll)*. Sind Sie wirklich so pessimistisch?

H a r r a s. Das meine ich jetzt nicht. Mehr das Private. Ich
weiß natürlich – sie können mich jeden Tag liquidieren.
Trotz meiner Unentbehrlichkeit. Für die Jungfrau ist
keiner unentbehrlich – außer dem Brückner, der mit'm
geladenen Revolver neben ihm sitzt, wenn er ausfährt.
Aber – es ist mir wurscht. Ich riskiere mein Leben seit
'nem Vierteljahrhundert – jeden zweiten Tag, mindestens.
Und – es war sehr schön, alles in allem. Genug Mädchen
– genug zu trinken – ziemlich viel Fliegerei – und – 'n
paar bessere Augenblicke. Was will man mehr.

M o h r u n g e n. Sie reden, als wollten Sie Ihren eigenen
Epilog halten.

H a r r a s. Warum nicht? Lieber zu früh als zu spät. Aber
– wenn ich nicht mehr sagen soll, was ich denke – und
nicht zu rasch saufen, damit mir kein fauler Witz raus-
rutscht – und vorsichtig sein – nee. Dann lohnt sich die
ganze Chose überhaupt nicht mehr.

M o h r u n g e n. Was lohnt sich denn überhaupt.

H a r r a s *(beugt sich vor, schlägt ihm leicht aufs Knie)*.
Nun fangen Sie mal nicht auch so an, Herr Präsident.
Sie – ein anständiger Mensch – ein Ehrenmann – kein
halber Abenteurer und Luftikus wie ich – sondern – ein
Vertreter der soliden Wertbeständigkeit. Sie müssen den
Kopf oben behalten.

M o h r u n g e n. Das ist es ja, General. Man versucht, einen
Wert zu verfechten – sagen wir: Deutschland – oder in
meinem Spezialfall – die wirtschaftliche Gesundheit unserer Industrie – und unter der Hand zerrinnt einem alles
in Dunst und schlechte Luft.

H a r r a s. Sie sollten das nicht zu tragisch nehmen – was

ich vorhin gesagt habe. Es ist immer noch eine starke
Chance, daß wir den Krieg gewinnen. Man kann ziemlich viel auf die Dummheit der anderen setzen. Wo wären
wir sonst.

Mohrungen. Gewinnen – oder verlieren. Es ist doch
nicht mehr dasselbe. Ich glaube manchmal, Harras – unser
Deutschland – das wir geliebt haben – das ist dahin. So
oder so. Unwiederbringlich.

Harras. Was für ein Deutschland haben wir geliebt?
Das alte – mit'm steifen Kragen und Einglaszwang? oder
das liberale – mit'm Schmerbauch und Wackelbeenen?

Mohrungen. Sicher nicht das – für das wir beide jetzt
arbeiten.

Harras. Das hätten Sie früher wissen können, Herr
Präsident. Damals – als Sie und Ihresgleichen die Kerls
finanziert haben.

Mohrungen. Man hat es sich anders gedacht. Man
glaubte, man schafft sich eine Waffe gegen den Bolschewismus. Eine Waffe – in unserer Hand.

Harras. Ja, ich weiß. Fritz Thyssen, der Zauberlehrling,
oder die Starke Hand. Eine schöne Lesebuchballade für
künftige Schulkinder. Man glaubt zu schieben, und man
wird geschoben. Nee. Ich hab mir nie was drüber vor-
gemacht.

Mohrungen. Was ist dann eigentlich – Ihre Entschuldigung vor sich selbst? Verzeihung. Das geht zu weit.

Harras. Das geht gar nicht zu weit. Die Frage ist ganz
berechtigt – unter Freunden.

Mohrungen *(mit Wärme)*. Ich danke Ihnen für die
Prämisse. *(Reicht ihm die Hand.)*

Harras *(seine Hand leicht schüttelnd)*. Entschuldigung
– gibt es keine. Das heißt – wenn ich mir eine schreiben
lassen wollte, für den Oberlehrer *(weist mit der Zigarre
zum Himmel)* – dann wäre es – wegen meiner Mutter.
Aber sonst – ich bin ganz kalt in die Sache hineingestie-
gen, und ohne Illusionen. Ich kenne die Brüder – noch

vom letzten Mal. Als die im Jahre 33 drankamen – da
wußte ich genau, daß 'n kleiner Weltkrieg angerichtet
wird. Na, und ich hab nun mal einen Narren dran gefressen – an der Fliegerei, meine ich. Luftkrieg ohne mich
– nee, das könnt ich nicht aushalten. Daher – hab ich mir
gesagt – man muß ja schließlich in der Ecke bleiben, in
der man seine erste Runde angefangen hat. Man kann ja
nicht gut – auf der anderen Seite.

M o h r u n g e n. Natürlich nicht.

H a r r a s. Ist es so natürlich? Ich weiß nicht. Vielleicht –
ist es mehr Gewohnheit. Bequemlichkeit – die Wiege aller
Laster. Trägheitsgesetz, oder Mangel an innerer Wand-
lungsfähigkeit. Unter uns gesagt – hätte ich nicht ein besseres Gefühl im Leibe, wenn ich die Reichskanzlei bom-
bardieren würde – statt den Kreml, oder den Buckingham-
Palace?

M o h r u n g e n *(ist blaß geworden).* Aber – lieber General – um Gottes willen. Um Gottes willen.

H a r r a s. Erschrecken Sie nicht, Präsident. Ich tu's ja nicht.
Den Zug hab ich verpaßt. Und ich hätte auch bei den
andren keine wirkliche Chance gehabt. Als Stunt Flier,
Luftclown, Daredevil, hätte man mich drüben Karriere
machen lassen. Bestenfalls beim Film – aber nicht mehr.
Die haben keine Phantasie. Und das war ja das Positive
an der Sache hier – für mich wenigstens. Nirgends in der
Welt hätte man mir diese Möglichkeiten gegeben – diese
unbegrenzten Mittel – diese Macht. Die fünf Jahre, in
denen wir die Luftwaffe flügge gemacht haben – die
waren nicht verloren. Und wenn ein alter Wolf mal wieder Blut geleckt hat, dann rennt er mit'm Rudel, auf
Deubel komm raus – ob einem nun die Betriebsleitung
paßt oder nicht. Spanien – das war natürlich 'n kleiner
Brechreiz. Aber als es richtig losging, die ersten zwei
Jahre – da hatten wir was zu bieten, da war immerhin
Stil drin. Die beste, exakteste, wirksamste Maschinerie,
die es in der Kriegsgeschichte gegeben hat.

Mohrungen. Das kann man wohl von der ganzen
Armee sagen; unsere Heeresmaschine ist so vollkommen
durchkonstruiert – daß sie jede Belastung aushalten kann.
Harras. Möglich. Oder auch nicht. Ich kenne Maschinen,
wissen Sie. Ich bin Techniker. Ich weiß genau, wieviel
auf exakte Berechnung ankommt. Und doch. Da ist ein
allerletzter Winkel – der ist unberechenbar. Der heißt:
Glück – Griff – Gnade – Idee – Charakter – oder sonst
was. Der kommt – woanders her. Der ist außerrational.
Mohrungen. Sie waren immer eine Art Künstler. Das
haben Sie in sich.
Harras. Nicht ganz so schlimm. Ein kleiner Schuß davon gehört wohl auch zur Technik. Jedenfalls – man ist
dabei – und man hat keine Wahl.

*Harras' »staatsgefährliche« Einstellung bleibt der Gestapo
nicht verborgen: Da sich der General dem immer entschie-
deneren Anspruch der SS auf vollständige Kontrolle der
Luftwaffe widersetzt, versucht sie, ihn zum Einverständnis
zu zwingen, oder ihn unschädlich zu machen. Das rätselhafte, ungeklärte Versagen eines bestimmten Flugzeugtyps
wird deshalb dazu benützt, Harras vor ein Ultimatum
zu stellen: Er habe, um sich selbst vom Verdacht der Sabotage zu reinigen, in kürzester Frist den Schuldigen zu finden.
Das folgende Gespräch stellt wieder Harras und Mohrungen einander gegenüber.*

Mohrungen. Sagen Sie – *(senkt die Stimme)* kann man
hier abgehört werden?
Harras. Nur von seinem Gewissen, Herr Präsident.
Mohrungen. Ich weiß nicht, was Sie meinen, Herr
General! Ich muß Sie ernstlich bitten, seriös zu sein. Es
muß ja jeder zuerst vor seiner eigenen Türe kehren.
Harras. Gut – kehren wir. Sie als der Ältere und als
mein Gast haben den Vortritt. Fangen Sie vor der Ihren

an. Vor meiner Tür hat sowieso schon die Gestapo ge-
kehrt, wie Sie wissen dürften. Und die kehrt anders rum.
Den Dreck ins Haus.

Mohrungen. Ich kann in diesem Ton nicht mit Ihnen
reden –

Harras. Dann gehn wir was essen.

Mohrungen *(hält ihn am Arm)*. Nehmen Sie doch Vernunft an. Es geht ums Leben!

Harras. Das ist Privatsache. Mich interessiert lediglich
die Stellungnahme des Beschaffungsamtes in Sachen der
Materialschäden.

Mohrungen. Ich konnte nicht anders handeln, General.
Es ist auch – ja, es entspricht meiner Überzeugung. Die
Situation – hat sich in einer Richtung entwickelt – der
man sich nicht in den Weg stellen kann. Darf.

Harras. Das heißt: Sie haben gegen mich Stellung genommen. Sie haben den Verdacht und die Verantwortung
einseitig auf meine Ämter abgewälzt.

Mohrungen *(gequält)*. Ich habe nur meine Pflicht getan. Im Bereich der Metallfabrikation sind einwandfreie
Entlastungsbeweise erbracht. Alle Spuren weisen in die –
gegebene Richtung.

Harras. Meines Wissens gibt es keine Spuren, weder hier
noch dort. Sondern nur eine gegebene Richtung. Nämlich
– gegen mich.

Mohrungen. Aber was soll ich denn tun? Ich kann
doch der staatlichen Untersuchung nicht in den Arm fallen – ja gewiß, ich kenne Ihren Verdacht. Er mag richtig
sein – er mag aber auch falsch sein – ich weiß es nicht,
Harras – und – und ich will es nicht wissen! Nein – ich
will es nicht wissen! Meine Lage ist schwierig genug – ich
muß es leider aussprechen – durch Ihre Schuld! *(Flü-
sternd.)* Man hat einen Teil unserer Unterhaltung damals
aufgenommen – Gott sei Dank nicht sehr deutlich. Aber
mir bleibt nichts anderes übrig als – bitte verstehen Sie
mich doch!

Harras *(kühl, aber nicht unfreundlich).* Ich verstehe
durchaus, daß ein Mensch sich retten will.

Mohrungen. Darum dreht es sich nicht.

Harras. Sondern –?

Mohrungen. Hören Sie mich eine Minute an – ohne
Vorurteil. Es dreht sich um *Ihre* Rettung. Es gibt nur den
einen Weg, und ich will alles tun, um ihn für Sie zu ebnen,
ich sage ganz offen, auch in meinem eignen Interesse. Sie
kennen doch Funk – schließlich hat er Humor und trinkt
auch gern – ich weiß, daß er Sie irgendwie schätzt. Ich
könnte eine Zusammenkunft veranlassen – ganz zwang-
los, vielleicht einen Dämmerschoppen in meinem Hotel. –
Er hat genug Einfluß, um das Notwendige zu vermitteln.

Harras. Und das wäre?

Mohrungen. Sie müssen in die Partei eintreten. Sie
müssen eine vollständig andere Stellung beziehen. Die
ganze Sache muß aus der Welt geschafft werden. Sie
müssen sich mit Himmler verständigen –

Harras. – und die Luftwaffe der SS in die Hand spielen.

Mohrungen. Sie können es ja doch nicht verhindern!
Es ist das Gebot der Stunde. Wir stehen in einem Kampf,
in dem Einigkeit über alles geht – auch über irgendwelche
persönlichen Bedenken, oder – Gefühlsmomente. Sie wissen, mir fällt es schwer genug. Aber wir müssen doch –
wir *müssen* doch Deutschland vor dem Bolschewismus
retten! Nicht nur Deutschland. Die Welt.

Harras. Retten Sie, Präsident. Retten Sie feste. Retten
Sie vor allem Ihre Aufsichtsratposten und Ihre Divi-
dende. Aber ohne mich.

Mohrungen. Sie müssen doch einsehen, Harras – man
kann nicht wider den Stachel löcken – es ist – es sind auch
Ihre Ideale, um die es geht. Es geht doch um die gesamte
christliche Zivilisation!

Harras. Dann retten Sie auch die. Es rettet ja jeder
etwas, heutzutage, was er nicht beweisen kann. Die Religion, die Kultur, die Demokratie, das Abendland – wo-

hin man rotzt, ein Kreuzzug. Wenn ich nur einen treffen würde, der zugibt, daß er nichts als seine Haut retten will. Das möcht ich auch sehr gern. Aber nicht mittels Dämmerschoppen. Sollte ich ein Ideal haben, so ist es ein ganz bescheidenes geworden; mich nicht selber anspucken zu müssen. Nicht mal bei Gegenwind.

M o h r u n g e n *(aufbrausend)*. Wollen Sie damit sagen – *(nach einer Pause – leise –)* daß ich meine Ehre preisgegeben hätte?

H a r r a s. Ja.

M o h r u n g e n *(wendet sich ab)*. Man lebt doch nicht zum Spaß. Man muß doch Opfer bringen. Ich weiß – wir gehn alle vor die Hunde. Man hat keinen freien Willen mehr – *(Er schluchzt.)*

H a r r a s. Ich habe Durst. Es gibt Bier in der Küche.

M o h r u n g e n. Können Sie mich denn nicht verstehen?

H a r r a s. Doch, Präsident. Ziemlich genau. Ich habe nichts anderes erwartet. *(Geht zur Küchentür.)*

Unmittelbar vor Ablauf der ultimativen Frist erfährt Harras den Grund der Defekte: Sabotage durch eine Geheimorganisation, deren Ziel es ist, mit einer militärischen Niederlage Deutschlands den Sturz der Nationalsozialisten zu erzwingen. Harras verzichtet auf eine Aufdeckung der Verschwörung und findet beim Fluchtversuch mit einem Flugzeug vom sabotierten Typ nicht unabsichtlich den Tod.

Weiterführende Leseliste

Die ausgewählten Textbeispiele sind, sofern nicht in sich abgeschlossene Arbeiten, zentralen Werken entnommen, deren vollständige Lektüre empfohlen wird. Sie werden deshalb in dieser Rubrik nicht mehr einzeln aufgeführt. Genaue bibliographische Angaben hierzu im Quellenverzeichnis.

Anthologien

Walter A. Berendsohn: Die Humanistische Front. Einführung in die deutsche Emigrantenliteratur. 2 Bde. Worms 1976–78.

Wolfgang Emmerich / Susanne Heil (Hrsg.): Lyrik des Exils. Stuttgart 1985. (Reclams Universal-Bibliothek. 8089.)

Hermann Kesten (Hrsg.): Deutsche Literatur im Exil. Briefe europäischer Autoren 1933–1949. München 1964.

Ernst Loewy: Literatur unterm Hakenkreuz. Das Dritte Reich und seine Dichtung. Eine Dokumentation. Köln / Frankfurt a. M. ³1977.

Marcel Reich-Ranicki (Hrsg.): Notwendige Geschichten 1933–1945. München 1967.

Wolfgang Rothe (Hrsg.): Deutsche Großstadtlyrik vom Naturalismus bis zur Gegenwart. Stuttgart 1973. [u. ö.]. (Reclams Universal-Bibliothek. 9448.)

Egon Schwarz / Matthias Wegner (Hrsg.): Verbannung. Aufzeichnungen deutscher Schriftsteller im Exil. Hamburg 1964.

Franz Carl Weiskopf: Unter fremden Himmeln. Ein Abriß der deutschen Literatur im Exil 1933–1947. Mit einem Anhang von Textproben aus Werken exilierter Schriftsteller. Berlin 1948.

Michael Winkler (Hrsg.): Deutsche Literatur im Exil 1933–1945. Texte und Dokumente. Stuttgart 1977 [u. ö.]. (Reclams Universal-Bibliothek. 9865.)

Joseph Wulf: Literatur und Dichtung im Dritten Reich. Eine Dokumentation. Reinbek bei Hamburg 1966. (rororo 809–811.)

Einzelwerke

Stefan Andres: El Greco malt den Großinquisitor (N., 1935). München o. J. (List-Taschenbuch. 120.)

Johannes R. Becher: Abschied. Einer deutschen Tragödie erster Teil 1900–1914 (R., 1941). Berlin (Ost) 1945 u. ö.

Johannes R. Becher: Gedichte 1926–1935; Gedichte 1936–1941; Gedichte 1942–1948. Berlin/Weimar 1966 f. (J. R. B.: Gesammelte Werke. Bd. 3–5.)

Johannes R. Becher: Gedichte. Frankfurt a. M. 1975. (Bibliothek Suhrkamp. 453.)

Johannes R. Becher / Gottfried Benn: Rundfunkgespräch (um 1930). In: J. R. B.: Lyrik, Prosa, Dokumente. Eine Auswahl. Wiesbaden 1965.

Walter Benjamin: Ausgewählte Schriften. Hrsg. von Siegfried Unseld. Frankfurt a. M. 1977.

Werner Bergengruen: Die drei Falken (N., 1937). Zürich ⁴⁸1970.

Werner Bergengruen: Der Großtyrann und das Gericht (R., 1935). Zürich 1971.

Werner Bergengruen: Am Himmel wie auf Erden (R., 1940). Zürich 1963.

Wolfgang Borchert: Das Gesamtwerk. Hamburg 1949 u. ö.

Bertolt Brecht: Die Dreigroschenoper (Stück m. Musik, 1928). Frankfurt a. M. ⁵1970. (edition suhrkamp. 229.)

Bertolt Brecht: Die Hauspostille (G., 1927). Frankfurt a. M. o. J. (Bibliothek Suhrkamp. 4.)

Bertolt Brecht: Der Jasager. Der Neinsager (Schulopern, 1930). In: B. B.: Gesammelte Werke in 20 Bdn. Bd. 2. Frankfurt a. M. 1967.

Bertolt Brecht: Mutter Courage und ihre Kinder (Sch., 1941). Frankfurt a. M. 1971. (edition suhrkamp. 49.)

Willi Bredel: Die Prüfung. Roman aus einem Konzentrationslager (1934). Berlin (Ost) 1946 u. ö.

Hermann Broch: Der Tod des Vergil (R., 1945). Frankfurt a. M. 1970.

Hans Carossa: Der Arzt Gion (E., 1931). Frankfurt a. M. 1960.

Hans Fallada: Kleiner Mann, was nun? (R., 1932). Reinbek 1971. (rororo. 1.)

Lion Feuchtwanger: Exil (R., 1940). Frankfurt a. M. 1979. (Fischer Bücherei. 2128.)

Lion Feuchtwanger: Jud Süß (Hist. R., 1925). Frankfurt a. M. 1976. (Fischer Bücherei. 1748.)

Leonhard Frank: Karl und Anna (E., 1927). Nachwort Heinrich Vormweg. Stuttgart o. J. (Reclams Universal-Bibliothek. 8952.)

Ernst Glaeser: Jahrgang 1902 (R., 1928). Königstein 1978.

Gerhart Hauptmann: Vor Sonnenuntergang (Sch., 1932). Berlin 1969. (Ullstein Bücher. 4980.)

Hermann Hesse: Das Glasperlenspiel (R., 1943). Frankfurt a. M. 1972. (suhrkamp taschenbuch. 79.)

Hermann Hesse: Narziß und Goldmund (R., 1930). Frankfurt a. M. 1971. (Bibliothek Suhrkamp. 65.)

Ernst Johannsen: Brigadevermittlung (Hörspiel, 1929). Mit einem Nachwort des Autors. Stuttgart 1967 u. ö. (Reclams Universal-Bibliothek. 8778.)

Ernst Jünger: Auf den Marmorklippen (R., 1939). Stuttgart 1967.

Franz Kafka: Das Schloß (R., 1926). Frankfurt a. M. 1967.

Hermann Kesten: Ferdinand und Isabella (R., 1936). München 1972.

Wolfgang Langhoff: Die Moorsoldaten. 13 Monate Konzentrationslager. Unpolitischer Tatsachenbericht (1935). Stuttgart ²1974.

Wilhelm Lehmann: Gedichte. Auswahl von Rudolf Hagelstange. Mit einem Aufsatz ›Vom lyrischen Gedicht‹ und einer ›Biographischen Nachricht‹ vom Verfasser. Stuttgart 1963 u. ö. (Reclams Universal-Bibliothek 8255.)

Oskar Loerke: Das Goldbergwerk (En.). Nachwort Hermann Kasack. Stuttgart o. J. (Reclams Universal-Bibliothek. 8949.)

Heinrich Mann: Die Jugend des Königs Henri Quatre. Die Vollendung des Königs Henri Quatre (R., 1935, 1938). Reinbek 1971. (rororo. 689 und 692.)

Heinrich Mann: Professor Unrat (R., 1905). Reinbek 1951 u. ö. (rororo. 0035.)

Heinrich Mann: Der Sinn dieser Emigration (Ess., 1934). In: H. M.: Essays. Hamburg 1960.

Klaus Mann: Mephisto. Roman einer Karriere (1936). München 1965.

Klaus Mann: Der Wendepunkt (engl. 1942, dt. 1952). München ³1976.

Thomas Mann: Lotte in Weimar (R., 1939). Frankfurt a. M. 1965.

Robert Musil: Die Amsel. Bilder. Nachwort Peter Pütz. Stuttgart o. J. (Reclams Universal-Bibliothek. 8526.)

Theodor Plivier: Stalingrad (R., 1945). In: Th. P.: Moskau, Stalingrad, Berlin. München 1970.

Erich Maria Remarque: Im Westen nichts Neues (R., 1929). Köln 1971.

Joseph Roth: Die Büste des Kaisers. Kleine Prosa. Nachwort Fritz Hackert. Stuttgart o. J. (Reclams Universal-Bibliothek. 8597.)

Joseph Roth: Radetzkymarsch (R., 1932). Köln 1967 u. ö.

Edzard Schaper: Die sterbende Kirche (R., 1935). Köln 1968.

Reinhold Schneider: Las Casas vor Carl V. (R., 1938). Frankfurt a. M. 1979. (Bibliothek Suhrkamp. 622.)

Rudolf Alexander Schröder: Mitte des Lebens (Geistl. G., 1930). Die Ballade vom Wandersmann (G., 1937). In: R. A. Sch.: Fülle des Daseins. Eine Auslese aus dem Werk. Ausgewählt von Siegfried Unseld. Frankfurt a. M. 1959.

Anna Seghers: Der Aufstand der Fischer von St. Barbara (E., 1928). Frankfurt a. M. 1969. (Bibliothek Suhrkamp. 20.)

Anna Seghers: Das siebte Kreuz (R., 1939). Neuwied/Berlin 1973. (Sammlung Luchterhand. 108.)

Ernst Toller: Hinkemann (Tr., 1921/22). Hrsg. von Wolfgang Frühwald. Stuttgart 1971 u. ö. (Reclams Universal-Bibliothek 7950.)

Kurt Tucholsky: Ausgewählte Werke in 2 Bdn. Reinbek [8]1971.

Jakob Wassermann: Der Fall Maurizius (R., 1928). Zürich 1944 u. ö.

Josef Weinheber: Adel und Untergang (G., 1934). In: J. W.: Sämtliche Werke. Salzburg 1954.

Franz Werfel: Der gestohlene (veruntreute) Himmel (R., 1939). Frankfurt a. M. 1965.

Ernst Wiechert: Das einfache Leben (R., 1939). München 1972.

Ernst Wiechert: Die Majorin (R., 1933/34). Berlin 1969. (Ullstein Bücher. 283.)

Arnold Zweig: Das Beil von Wandsbek (R., hebr. 1943, dt. 1947). Berlin (Ost) 1959.

Arnold Zweig: Der Streit um den Sergeanten Grischa (R., 1927). Frankfurt a. M. 1972. (Fischer Bücherei. 1275.)

Stefan Zweig: Schachnovelle (1942). Frankfurt a. M. 1969.

Stefan Zweig: Sternstunden der Menschheit (Zwölf historische Miniaturen, 1927). Frankfurt a. M. 1968.

Carl Zuckmayer: Der Hauptmann von Köpenick (Sch., 1932). Frankfurt a. M. [26]1976. (Fischer Bücherei. 7002.)
Carl Zuckmayer: Der fröhliche Weinberg (Lsp., 1925). Frankfurt a. M. [6]1976. (Fischer Bücherei. 7007.)

Ausgewählte Forschungsliteratur

Bibliographien

Berendsohn, Walter A. (Hrsg.): Deutsche Literatur der Flüchtlinge aus dem Dritten Reich. Bericht I–IV. Stockholm 1967
bis 1969 (masch.).

Berthold, Werner: Katalog zur Ausstellung ›Exilliteratur 1933 bis
1945‹. Deutsche Bibliothek. Frankfurt a. M. 1965.

Maas, Liselotte: Handbuch der deutschen Exilpresse 1933–1945.
2 Bde. München 1976/77.

Soffke, Günther: Deutsches Schrifttum im Exil 1933–1950.
Ein Bestandsverzeichnis. Bonn 1965.

Sternfeld, Wilhelm / Eva Tiedemann: Deutsche Exilliteratur 1933
bis 1945. Eine Bio-Bibliographie. Zweite, verbesserte und stark
erweiterte Auflage. Mit einem Vorwort von Hanns W. Eppels-
heimer. Heidelberg 1970.

Darstellungen

Arnold, Heinz L. (Hrsg.): Deutsche Literatur im Exil 1933–1945.
2 Bde. Frankfurt a. M. 1974. (Geschichte der Deutschen Literatur aus Methoden. 6.7.)

Berendsohn, Walter A.: Emigranten-Literatur 1933–1947. In: Real-
lexikon der deutschen Literaturgeschichte. Bd. 1. Berlin ²1958.
S. 336–343.

Berglund, Gisela: Exilliteratur und ›Innere Emigration‹. Worms
1976.

Bloecker, Günther: Die neuen Wirklichkeiten. München 1968.
(dtv. 470.)

Brekle, Wolfgang: Die antifaschistische Literatur in Deutschland
(1933–1945). In: Weimarer Beiträge 6 (1970) S. 67–128.

Brenner, Hildegard: Deutsche Literatur im Exil 1933–1947. In:
Handbuch der deutschen Gegenwartsliteratur. Bd. 2. Hrsg. von
Hermann Kunisch. München ²1970. S. 365–382.

Bronsen, David: Joseph Roth. Eine Biographie. Köln 1974.

Cazden, Robert: German Literature in America 1933–1950. Chi-
cago 1970.

Denkler, Horst / Prümm, Karl (Hrsg.): Die deutsche Literatur im Dritten Reich. Stuttgart 1976.

Dirschauer, Wilfried: Klaus Mann und das Exil. Worms 1973.

Döblin, Alfred: Die deutsche Literatur (im Ausland seit 1933). Ein Dialog zwischen Politik und Kunst. Paris 1938. (Schriften zu dieser Zeit. 1.)

Drews, Richard / Kantorowicz, Alfred (Hrsg.): Verboten und verbrannt. Deutsche Literatur – 12 Jahre unterdrückt. Berlin / München 1947.

Durzak, Manfred (Hrsg.): Die deutsche Exilliteratur 1933–1945. Stuttgart 1973.

Exil und innere Emigration I und II. Wiesbaden 1972/73.

Exil-Literatur 1933–1945. Bad Godesberg 1968.

Fleming, Donald / Baylin, Bernard (Hrsg.): The intellectual Migration. Harvard University Press 1969.

Geißler, Rolf: Dekadenz und Heroismus. Zeitroman und völkisch-nationalsozialistische Literaturkritik. Stuttgart 1964.

Glaser, Hermann: Spießer-Ideologie. Von der Zerstörung des deutschen Geistes im 19. und 20. Jahrhundert. Freiburg i. Br. ²1964.

Hasubek, Peter: Das Deutsche Lesebuch in der Zeit des Nationalsozialismus. Hannover 1973.

Jarmatz, Klaus: Literatur im Exil. Berlin 1966.

Kerker, Elke: Weltbürgertum, Exil, Heimatlosigkeit. Die Entwicklung der politischen Dimension im Werk Klaus Manns. Königstein 1977.

Ketelsen, Uwe-Karsten: Völkisch-nationale und nationalsozialistische Literatur in Deutschland 1890–1945. Stuttgart 1976. (Sammlung Metzler. 142.)

Lethen, Helmut: Neue Sachlichkeit 1924–1932. Studien zur Literatur des ›Weißen Sozialismus‹. Stuttgart 1970.

Mann, Thomas / Thieß, Frank / Molo, Walter von: Ein Streitgespräch über äußere und innere Emigration. Dortmund [1946].

Rothe, Wolfgang (Hrsg.): Die deutsche Literatur in der Weimarer Republik. Stuttgart 1974.

Schonauer, Franz: Deutsche Literatur im Dritten Reich. Olten / Freiburg i. Br. 1961.

Strothmann, Dietrich: Nationalsozialistische Literaturpolitik. Ein Beitrag zur Publizistik im Dritten Reich. Bonn ²1963.

Tutas, Herbert E.: Nationalsozialismus und Exil. München 1975.

Vondung, Klaus: Völkisch-nationale und nationalsozialistische Literaturtheorie. München o. J.

Wächter, Hans Ch.: Theater im Exil. Sozialgeschichte des deutschen Exiltheaters 1933–1945. München 1973.

Walter, Hans A.: Deutsche Exilliteratur 1933–1950. Bd. 1: Bedrohung und Verfolgung bis 1933. Neuwied ²1974. (Sammlung Luchterhand. 76.) Bd. 2: Asylpraxis und Lebensbedingungen in Europa. Neuwied ²1974. (Sammlung Luchterhand. 77.) Bd. 4: Exilpresse. Stuttgart 1978. Bd. 7: Exilpresse. Neuwied 1974. (Sammlung Luchterhand. 136.)

Wegner, Matthias: Exil und Literatur. Deutsche Schriftsteller im Ausland 1933–1945. Bonn 1967.

Synoptische Tabelle

	Literatur	Geschichte	Künste, Wissenschaft und Technik
1925	H. v. Hofmannsthal: Der Turm (Sch.) F. Kafka: Der Prozeß (R., posthum) C. Zuckmayer: Der fröhliche Weinberg (Sch.) A. Breton: Surrealistisches Manifest J. Dos Passos: Manhattan Transfer (R.) G. B. Shaw erh. Literatur-Nobelpreis	F. Ebert gest. Hindenburg Reichspräsident (bis 1934) Hitler organisiert die NSDAP neu Bildung der SS aus SA Hitler: Mein Kampf Konferenz von Locarno	A. Berg: Wozzeck (O.) R. Steiner gest. A. Weber: Die Krise des modernen Staatsgedankens in Europa W. Heisenberg, M. Born und P. Jordan entwickeln die Quantenmechanik Ch. Chaplin: Goldrausch (Film)
1926	H. Grimm: Volk ohne Raum (R.) F. Kafka: Das Schloß (R., posthum) R. M. Rilke gest. St. Zweig: Verwirrung der Gefühle (En.) A. Gide: Die Falschmünzer (R.) E. Hemingway: Fiesta (R.)	Deutschland tritt dem Völkerbund bei Hitlerjugend gegr.	Cl. Monet gest. E. Barlach: Die Begegnung von Christus und Thomas (Holzplastik) W. Gropius baut Bauhaus in Dessau P. Hindemith: Cardillac (O.) M. Scheler: Die Wissensformen und die Gesellschaft S. Eisenstein: Panzerkreuzer Potemkin (Film)

1927	G. Benn: Gesammelte Gedichte B. Brecht: Hauspostille (G.) H. Hesse: Der Steppenwolf (R.) A. Zweig: Der Streit um den Sergeanten Grischa (R.) H. Bergson erh. Literatur-Nobelpreis M. Proust: Auf der Suche nach der verlorenen Zeit (R.)	Die Anarchisten Sacco und Vanzetti in den USA in einem »Justizmord« hingerichtet	Weißenhofsiedlung in Stuttgart (Architektur der Neuen Sachlichkeit) E. Křenek: Jonny spielt auf (Jazz-O.) I. Strawinsky: Oedipus Rex M. Heidegger: Sein und Zeit L. Klages: Persönlichkeit Leunabenzin aus Braunkohle gew. Ch. Lindbergh überfliegt Nordatlantik
1928	G. Benn: Gesammelte Prosa B. Brecht: Die Dreigroschenoper St. George: Das neue Reich (G.) G. v. Le Fort: Das Schweißtuch der Veronika (R.) J. Nadler: Literaturgeschichte der deutschen Stämme A. Seghers: Aufstand der Fischer von St. Barbara (E.) D. H. Lawrence: Lady Chatterleys Liebhaber (R.)	Große Regierungskoalition SPD bis Volkspartei (bis 1930) Über 2 Mill. Arbeitslose in Deutschland	G. Braque: Stilleben mit Krug (kubist. Gem.) O. Dix: Großstadt (Triptychon) G. Gershwin: Ein Amerikaner in Paris (sinfon. Jazz) M. Ravel: Boléro C. G. Jung: Die Beziehungen zwischen dem Ich und dem Unbewußten A. Fleming entdeckt das Penicillin W. Disney: Erste Micky-Mouse-Filme
1929	A. Döblin: Berlin Alexanderplatz (R.) H. v. Hofmannsthal gest.	G. Stresemann gest. H. Himmler wird »Reichsführer« der SS	F. Lehár: Land des Lächelns (Op.) E. Cassirer: Philosophie der symbolischen Formen

	A. Holz gest. E. Kästner: Emil und die Detektive (R.) Th. Mann erh. Literatur-Nobelpreis E. M. Remarque: Im Westen nichts Neues (R.) K. Tucholsky: Deutschland, Deutschland über alles (Sat.) P. Claudel: Der seidene Schuh (Sch.) J. Cocteau: Les enfants terribles (Sch.) E Hemingway: In einem anderen Land (R.)	L. Trotzki aus der UdSSR ausgewiesen Weltwirtschaftskrise, durch Kursstürze an der New Yorker Börse ausgelöst (»Schwarzer Freitag«) Genfer Konvention über die menschliche Behandlung der Kriegsgefangenen	W. Forßmann erfindet Herzkatheter Der Tonfilm setzt sich durch
1930	H. Hesse: Narziß und Goldmund (R.) Th. Mann: Appell an die Vernunft (Ess.) R. Musil: Der Mann ohne Eigenschaften, 1. Buch (R.) R. A. Schröder: Mitte des Lebens (G.) C. Zuckmayer: Der Hauptmann von Köpenick (Sch.)	H. Brüning Reichskanzler (bis 1932) Deutschland erreicht durch die Annahme des Young-Planes die Räumung des gesamten Rheinlandes vor der Versailler Frist 4,4 Mill. Arbeitslose in Deutschland; Brüningsche Notverordnung Anstieg der NSDAP bei den Reichstagswahlen von 12 auf 107 Mandate, Gewinne der KPD	S. Freud: Das Unbehagen in der Kultur J. Ortega y Gasset: Der Aufstand der Massen A. Rosenberg: Der Mythos des 20. Jahrhunderts J. v. Sternberg: Der blaue Engel (Film nach H. Manns »Professor Unrat« mit M. Dietrich und E. Jannings)

		Kath.-faschist. Heimwehren in Österreich Frankreich baut die Maginot-Linie	L. Feininger: Marktkirche in Halle (Gem.) Empire State Building in New York (381 m) (F.) C. G. Jung: Seelenprobleme der Gegenwart M. Planck: Positivismus und reale Außenwelt A. Schweitzer: Aus meinem Leben und Denken O. Spengler: Der Mensch und die Technik E. Spranger: Der Kampf gegen den Idealismus
1931	H. Broch: Die Schlafwandler (R.) H. Carossa: Der Arzt Gion (R.) F. Kafka: Beim Bau der Chinesischen Mauer (En.) E. Kästner: Fabian (R.) G. v. Le Fort: Die Letzte am Schafott (E.) E. M. Remarque: Der Weg zurück (R.) A. Schnitzler gest. J. Wassermann: Etzel Andergast (R.) A. Zweig: Junge Frau von 1914 (R.)	Harzburger Front zwischen Hitler, Hugenberg (Deutschnationale) und Seldte (Stahlhelm)	
1932	B. Brecht: Die heilige Johanna der Schlachthöfe (Sch.) G. Britting: Lebenslauf eines dicken Mannes, der Hamlet hieß (R.) G. Hauptmann: Vor Sonnenuntergang (Sch.) J. Roth: Radetzkymarsch (R.)	Wiederwahl Hindenburgs Verbot von SS und SA, Aufhebung des Verbots im gleichen Jahr Über 6 Mill. Arbeitslose KPD erhält 100 Sitze im Reichstag Ergebnislose Abrüstungskonferenz in Genf	K. Kollwitz: Mutter (Lith.) O. Schlemmer: Bauhaustreppe (Gem.) A. Schönberg: Moses und Aron (O., Zwölftontechnik) W. Heisenberg erh. Physik-Nobelpreis K. Jaspers: Philosophie L. Klages: Der Geist als Widersacher der Seele; Graphologie

1933	J. R. Becher: Deutscher Totentanz 1933 (G.)	Machtübernahme der Nationalsozialisten; Verbot der SPD und Selbstauflösung der anderen Parteien	H. Matisse: Der Tanz (Gem.)	F. Joliot u. I. Joliot-Curie entdecken künstliche Radioaktivität
	G. Benn: Der neue Staat und die Intellektuellen	Hitler Reichskanzler	E. Barlach: Lesende (Plastik)	Erster Diesel-Pkw
	St. George gest.	Brand des Reichstagsgebäudes	R. Strauss: Arabella (O., Text v. H. v. Hofmannsthal)	
	Th. Mann: Die Geschichten Jaakobs (R.)	Errichtung der nationalsozialistischen Konzentrationslager, bis 1945 etwa 6 Mill. Häftlinge ermordet	R. Guardini: Der Mensch und der Glaube	
	R. Musil: Der Mann ohne Eigenschaften, 2. Buch (R.)	J. Goebbels Reichsminister für Volksaufklärung und Propaganda	Bau von Autobahnen, bes. in Deutschland und den USA	
	E. Wiechert: Die Majorin (R.)	Deutschland tritt aus dem Völkerbund aus		
	J. Galsworthy gest.	Abschluß des Konkordats zwischen dem Deutschen Reich und der Kurie		
		Beginn des Kirchenkampfes in der evangelischen Kirche		
1934	B. Brecht: Dreigroschenroman (R.)	Ermordung E. Röhms und Entmachtung der SA durch die SS		
	Th. Däubler gest.	Hindenburg gest.; Hitler »Führer und Reichskanzler«		
	E. Kästner: Drei Männer im Schnee (R.)	H. Himmler Chef der Gestapo (Geheime Staatspolizei)		
	E. E. Kisch: Eintritt verboten (Rep.)	Nichtangriffspakt Deutschland-Polen		
	H. Mann: Der Sinn dieser Emigration (Ess.)			

K. Mann: Flucht in den Norden (R.)
J. Weinheber: Adel und Untergang (G.)
A. Zweig: Bilanz der deutschen Judenheit (Ess.)
H. Miller: Wendekreis des Krebses (R.)
L. Pirandello erh. Literatur-Nobelpreis

E. Dollfuß, österr. Bundeskanzler, ermordet
Niederwerfung des span. Bergarbeiteraufstandes in Asturien

A. Berg gest.
W. Egk: Die Zaubergeige (O.)
G. Gershwin: Porgy and Bess (O.)
A. Honegger: Johanna auf dem Scheiterhaufen (O., Dichtung von P. Claudel)
N. Hartmann: Zur Grundlage der Ontologie
K. Jaspers: Vernunft und Existenz
A. Weber: Kulturgeschichte als Kultursoziologie
Regelmäßiges Fernsehprogramm in Berlin

1935

St. Andres: El Greco malt den Großinquisitor (E.)
W. Bergengruen: Der Großtyrann und das Gericht (R.)
E. Bloch: Erbschaft dieser Zeit (Ess.)
E. Kästner: Dr. Erich Kästners lyrische Hausapotheke (G.)
W. Langhoff: Die Moorsoldaten
H. Mann: Die Jugend des Königs Henri Quatre (R.)
K. Mann: Symphonie Pathétique (R.)
E. Schaper: Die sterbende Kirche (R.)
K. Tucholskys Selbstmord
A. Zweig: Erziehung vor Verdun (R.)

C. v. Ossietzky erh. Friedens-Nobelpreis
Anschluß des Saarlandes an das Deutsche Reich (Abstimmung)
Arbeitsdienst- und Wehrpflicht in Deutschland
»Nürnberger (Rassen-)Gesetze«
Italien überfällt Abessinien
Beginn der Moskauer Schauprozesse gegen die »Alte Garde« durch Stalin

T. S. Eliot: Mord im Dom (Sch.) J. Giraudoux: Der trojanische Krieg findet nicht statt (Sch.)		Ausstellung »Entartete Kunst« O. Spengler gest. M. de Unamuno gest. Ch. Chaplin: Moderne Zeiten (Film) Olympische Spiele in Berlin
1936 W. Benjamin: Deutsche Menschen (Briefsammlung, hrsg. unter dem Pseud. Detlef Holz) L. Feuchtwanger: Der falsche Nero (R.) H. Kesten: Ferdinand und Isabella (R.) K. Mann: Mephisto (R.) Th. Mann: Joseph in Ägypten (R.) F. v. Unruh: Europa erwache! F. García Lorca erschossen M. Gorki gest. M. Mitchell: Vom Winde verweht (R.) E. O'Neill erh. Literatur-Nobelpreis L. Pirandello gest.	Einmarsch dt. Truppen ins entmilitarisierte Rheinland Antikominternpakt Deutschland-Japan Deutsch-italienischer Vertrag (»Achse Berlin-Rom«) Span. Bürgerkrieg, Anerkennung der faschist. Gegenregierung Francos durch Deutschland	
1937 G. Benn: Ausgewählte Gedichte W. Bergengruen: Die drei Falken (E.) M. Brod: Franz Kafka (Biogr.) H. H. Jahnn: Das Holzschiff (R.) R. Schickele: Die Flaschenpost (R.) R. A. Schröder: Die Ballade vom Wandersmann (G.)	C. J. Burckhardt Völkerbundskommissar in Danzig (bis 1939) Internat. Brigade von Demokraten und Kommunisten gegen den Faschismus, vor allem in Spanien, gegr. Höhepunkt der stalinist. Säuberung der KPdSU	P. Picasso: Guernica (Gem.) C. Orff: Carmina burana M. Ravel gest. K. Lorenz: Über den Begriff der Instinkthandlung J. Renoir: Die große Illusion (Film)

1938	A. Döblin: Die deutsche Literatur (im Ausland seit 1933) (Ess.)	Anschluß Österreichs an Deutschland	E. Barlach gest.
	Ö. v. Horváth: Jugend ohne Gott (R.)	N. Chamberlain bei Hitler in Berchtesgaden und Godesberg	R. Dufy: Regatta (Gem.)
	Th. Mann: Achtung, Europa! Aufsätze zur Zeit	Angliederung der Sudetengebiete an Deutschland	E. L. Kirchner gest.
	J. Roth: Die Kapuzinergruft (R.)	Deutsche Nichtangriffspakte mit England und Frankreich	B. Bartók: 2. Violinkonzert
	R. Schneider: Las Casas vor Karl V. (E.)	Judenpogrom in Deutschland (»Kristallnacht«)	P. Hindemith: Mathis der Maler (O.)
	J. P. Sartre: Der Ekel (R.)		E. Husserl gest.
			Erfindung des Kunststoffes »Nylon«
			40-Stunden-Woche in den USA
1939	V. Baum: Hotel Schanghai (R.)	Nichtangriffspakt zwischen Deutschland und der UdSSR	M. Chagall: Brautpaar mit Eiffelturm (Gem.)
	E. Jünger: Auf den Marmorklippen (R.)	Sieg Francos im Span. Bürgerkrieg	S. Freud gest.
	H. Kesten: Die Kinder von Guernica (R.)	Deutscher Überfall auf Polen, Ausbruch des Zweiten Weltkrieges	J. Huizinga: Homo ludens
	K. Mann: Der Vulkan (R.)	Großbritannien und Frankreich erklären Deutschland den Krieg	A. J. Toynbee: Studie zur Weltgeschichte
	Th. Mann: Lotte in Weimar (R.)		
	J. Roth: Die Legende vom heiligen Trinker (E.)		
	J. Roth gest.		
	F. Werfel: Der veruntreute Himmel (R.)		
	E. Wiechert: Das einfache Leben (R.)		
	W. B. Yeats gest.		
1940	J. R. Becher: Abschied (R.)	Besetzung von Dänemark, Norwegen, Holland, Luxemburg, Belgien, Frankreich	P. Klee gest.
	W. Bergengruen: Am Himmel wie auf Erden (R.)		Ch. Chaplin: Der Diktator (Film, Hitler-Parodie)

	Literatur	Geschichte / Politik	Kunst / Wissenschaft
	L. Feuchtwanger: Exil (R.) W. Hasenclever gest. J. Roth: Der Leviathan (E.) E. Hemingway: Wem die Stunde schlägt (R.)	H. Göring »Reichsmarschall« H.-Ph. Pétain Staatschef der Vichy-Regierung; »Résistance«; Nationalkomitee unter Ch. de Gaulle von England anerkannt Italien tritt auf deutscher Seite in den Krieg ein Finnland von der UdSSR teilweise besiegt L. Trotzki in Mexiko ermordet	G. C. Menotti: Die alte Jungfer und der Dieb (O.) H. Bergson gest. C. G. Jung: Einführung in das Wesen der Mythologie O. Welles: Citizen Kane (Film)
1941	B. Brecht: Mutter Courage und ihre Kinder (Sch.) M. Herrmann-Neiße: Letzte Gedichte O. Loerke gest. F. Werfel: Das Lied von Bernadette (R.) J. Joyce gest. V. Woolf gest.	Deutsche Feldzüge auf dem Balkan und in Nordafrika Hitler greift die UdSSR an, große Anfangserfolge Eintritt der USA in den Krieg »Atlantik-Charta«: Freiheit der Meinung und Religion, Freiheit von Not und Furcht	R. Strauss: Capriccio »Beginn des Atomzeitalters«: E. Fermi gewinnt Atomenergie durch Uranspaltung
1942	B. Brecht: Der gute Mensch von Sezuan (Sch.) K. Mann: The Turning Point (Der Wendepunkt) (Aut.) Th. Mann: Deutsche Hörer! 25 Radiosendungen nach Deutschland A. Seghers: Das siebte Kreuz (R.)	Deutsche Truppen erreichen den Kaukasus und die Wolga bei Stalingrad Militärbündnis Deutschland-Italien-Japan Beginn der systematischen Ermordung von Millionen Juden in den Konzentrationslagern	

Jahr			
	St. Zweig: Schachnovelle A. Camus: Der Fremdling (R.) Th. Wilder: Wir sind noch einmal davongekommen (Sch.)	Selbstversenkung der französischen Kriegsschiffe im Hafen von Toulon	M. Beckmann: Odysseus und Kalypso (Gem.) O. Hammerstein: Oklahoma (Musical) J. P. Sartre: L'Etre et le Néant B. Russell: Philosophie des Abendlandes
1943	B. Brecht: Leben des Galilei (Sch.) H. Hesse: Das Glasperlenspiel (R.) Th. Mann: Joseph der Ernährer (R.) R. Musil: Der Mann ohne Eigenschaften, 3. Buch (R., posthum) A. Seghers: Transit (R.) A. Zweig: Das Beil von Wandsbek (R.)	6. Armee unter General Paulus bei Stalingrad vernichtet Hitlers Politik der »Verbrannten Erde« beim Rückzug aus der UdSSR Landung der Alliierten in Sizilien, Zusammenbruch des italienischen Faschismus Aufstand im Warschauer Ghetto Italien erklärt Deutschland den Krieg »Weiße Rose« (student. Widerstand gegen Hitler) Konferenz von Casablanca (»bedingungslose Kapitulation«) Konferenz von Teheran: der UdSSR wird die Curzon-Linie von 1920 als Westgrenze zugesprochen	
1944	Th. Mann: Das Gesetz (E.) St. Zweig: Die Welt von gestern R. Rolland gest. A. de Saint-Exupéry gest.	20. Juli: mißglücktes Attentat auf Hitler Invasion der Amerikaner und Engländer in der Normandie; Einzug Ch. de Gaulles in Paris	W. Kandinsky gest. A. Maillol gest. P. Mondrian gest. E. Munch gest.

		Sowjettruppen werfen deutsche Wehrmacht bis Warschau zurück; antideutscher Aufstand in Warschau	M. Beckmann: Selbstbildnis vor der Staffelei (Gem.)
			K. Kollwitz gest.
		Die Rote Armee dringt nach Rumänien, Bulgarien und Ungarn vor; Tito besetzt Belgrad; Rückzug dt. Truppen aus Griechenland und Finnland	W. Pauli erh. Physik-Nobelpreis
			M. Picard: Hitler in uns selbst
			P. Tillich: Die christliche Antwort
1945	H. Broch: Der Tod des Vergil (R.)	Konferenz von Jalta: Aufteilung Deutschlands in Besatzungszonen	
	St. Hermlin: Zwölf Balladen von den Großen Städten		
	G. Kaiser gest.	Hitlers Selbstmord in Berlin; deutsche Gesamtkapitulation	
	E. Lasker-Schüler gest.	J. Goebbels' und H. Himmlers Selbstmord	
	Th. Mann: Deutschland und die Deutschen (Ess.)	Gründung der UN	
	J. Weinhebers Selbstmord	USA-Atombomben auf Hiroshima und Nagasaki	
	F. C. Weiskopf: Himmelfahrts-Kommando (R.)	38. Breitengrad Grenze zwischen Nord- und Südkorea	
	F. Werfel gest.		
	E. Wiechert: Die Jerominkinder; Der Totenwald (R.)		
	P. Valéry gest.		

Quellenverzeichnis

Überschriften, die mit einem Sternchen versehen sind, stammen vom Herausgeber, sind aber mitunter dem Text des Autors entnommen.

Adolf Bartels

Geschichte der Deutschen Literatur. Die neueste Zeit. In: A. B.: Hauptwerke zur Deutschen Literaturgeschichte. Bd. 3. Leipzig: Haessel, 1928. S. 1205 f.

Gottfried Benn

Antwort an die literarischen Emigranten. In: G. B.: Der neue Staat und die Intellektuellen. Stuttgart/Berlin: Deutsche Verlags-Anstalt, 1933. S. 28 f.

Bertolt Brecht

Theorie des »epischen Theaters«*. Aus: Über experimentelles Theater. In: B. B.: Gesammelte Werke. Bd. 15: Schriften zum Theater 1. Frankfurt a. M.: Suhrkamp, 1967. (werkausgabe edition suhrkamp.) S. 298 bis 303.
Der Messingkauf. Die Straßenszene. Ebenda. Bd. 16: Schriften zum Theater 2. S. 546–548, 551–554.
Warum soll mein Name genannt werden? Ebenda. Bd. 9: Gedichte 2. S. 561 f.
Schlechte Zeit für Lyrik. Ebenda. Bd. 9. S. 743 f.
An die Nachgeborenen. Ebenda. Bd. 9. S. 722–725.
Über die Bezeichnung Emigranten. Ebenda. Bd. 9. S. 718.
Leben des Galilei. Ebenda. Bd. 3: Stücke 3. S. 1231–36, 1293–98.

Georg Britting

Krähenschrift. In: G. B.: Gedichte 1940–1951. München: Nymphenburger Verlagshandlung, 1957. S. 188.
Mondnacht. In: G. B.: Gedichte 1919–1939. München: Nymphenburger Verlagshandlung, 1957. S. 191.

Hermann Broch

Die Schlafwandler. Bd. 1: Pasenow oder die Romantik. [Frankfurt a. M.:] Suhrkamp, 1969. (Bibliothek Suhrkamp. 92.) S. 192–203. Bd. 3: Huguenau oder die Sachlichkeit. Frankfurt a. M.: Suhrkamp, 1970. (Bibliothek Suhrkamp. 187.) S. 39–41, 112–115, 151, 323, 237, 228.

Louis de Broglie

Die Absage an den Determinismus*. Aus: Licht und Materie. Ergebnisse der Neuen Physik. Hamburg: Goverts, 1939. S. 231–234.

Hans Carossa

Alter Baum im Sonnenaufgang. In: H. C.: Sämtliche Werke. Bd. 1. Frankfurt a. M.: Insel-Verlag, 1962. S. 22.
Finsternisse fallen dichter . . . Ebenda. S. 34.

Alfred Döblin

Berlin Alexanderplatz. Olten / Freiburg i. Br.: Walter, 1961. S. 150 bis 159.

Günter Eich

Die Häherfeder. In: G. E.: Abgelegene Gehöfte. Gedichte. Frankfurt a. M.: Suhrkamp, 1968. (edition suhrkamp. 288.) S. 52.
Der Anfang kühlerer Tage. In: G. E.: Ausgewählte Gedichte. Auswahl und Nachwort von Walter Höllerer. Frankfurt a. M.: Suhrkamp, 1960. S. 17.

Entwurf eines Aktionsprogramms des Bundes proletarisch-revolutionärer Schriftsteller. In: Die Rote Fahne. Nr. 255. 28. Oktober 1928.

Hans Grimm

Volk ohne Raum. München: Langen Müller, 1933. S. 1256–61. – © Klosterhaus-Verlag, Lippoldsberg.

Hermann Hesse

Der Steppenwolf. In: H. H.: Gesammelte Dichtungen. Bd. 4. Frankfurt a. M.: Suhrkamp, 1952. S. 320 f., 327–329.

Adolf Hitler

Rede vor deutschen Offizieren. Zit. nach Golo Mann: Deutsche Geschichte des 19. und 20. Jahrhunderts. Frankfurt a. M.: S. Fischer, 1969. S. 844 f.

Peter Huchel

Späte Zeit. In: P. H.: Die Sternenreuse. Gedichte 1925–1947. München: Piper, 1967. S. 75.
Wintersee. Ebenda. S. 66.

Das Holzschiff. Hamburg: Hoffmann und Campe, 1970. S. 138–144.

Hanns Johst

Aller Gang . . . Aus: Consuela. Aus dem Tagebuch einer Spitzbergenfahrt. München: Langen, 1925. S. 58.
Und aus der Tiefe . . . (Dem Führer). In: H. J.: Maske und Gesicht.
Reise eines Nationalsozialisten von Deutschland nach Deutschland. München: Langen Müller, 1935. S. 208 f.

C. G. Jung

Das kollektive Unbewußte*. Aus: Über die Psychologie des Unbewußten. Fünfte, vermehrte und verbesserte Auflage von »Das Unbewußte
im normalen und kranken Seelenleben«. Zürich: Rascher, 1943. S. 118 f.

Ernst Jünger

In Stahlgewittern. Berlin: Mittler, [13]1931. S. 282.

Franz Kafka

Der Prozeß. Frankfurt a. M.: S. Fischer, 1965. S. 255–265.
Eine kaiserliche Botschaft. In: F. K.: Erzählungen. Frankfurt a. M.:
S. Fischer, 1967. S. 169 f.
© Schocken, Berlin, 1935. © Schocken Books Inc., New York, 1946/63.
(Europäische Lizenzausgabe im S. Fischer Verlag, Frankfurt a. M.)

Erich Kästner

Fabian. Die Geschichte eines Moralisten. München: Droemer, Zürich:
Atrium Verlag.

Erwin Guido Kolbenheyer

Über dich hin. In: E. G. K.: Gesammelte Werke in acht Bänden. München: Langen Müller, [1939 ff.]. Bd. 6: Dramen und Gedichte. S. 639.
Der Führer. Ebenda. S. 672.

Ernst Kretschmer

Körperbau und Charakter. Berlin: Springer, 1921. S. 11 f.

Elisabeth Langgässer

In den Mittag gesprochen. In: E. L.: Gedichte. Hamburg: Claassen,
1959. S. 136.
Rose im Oktober. Ebenda. S. 142 f.

Wilhelm Lehmann

Ahnung im Januar. In: W. L.: Sämtliche Werke in 3 Bänden. [Gütersloh:] Mohn, 1962. Bd. 3. S. 539.
Oberon. Ebenda. S. 462.
Atemholen. Ebenda. S. 586.
© Klett-Cotta, Stuttgart.

Oskar Loerke

Blauer Abend in Berlin. In: O. L.: Gedichte und Prosa. Hrsg. von Peter Suhrkamp. Bd. 1: Die Gedichte. Frankfurt a. M.: Suhrkamp, 1958. S. 29 f.
Strom. Ebenda. S. 100 f.

Klaus Mann

Der Vulkan. Roman unter Emigranten. München: Nymphenburger Verlagshandlung, 1968. S. 158–160, 162 f.
© Ellermann Verlag, München.

Thomas Mann

Deutsche Ansprache. Ein Appell an die Vernunft. In: Th. M.: Gesammelte Werke in 12 Bänden. Bd. 11: Reden und Aufsätze 3. Frankfurt a. M.: S. Fischer, 1960. S. 877 f., 881 f.
Deutschland und die Deutschen. Ebenda. S. 1144–46.
© Katja Mann, 1965.
Briefe an Karl Kerényi. Ebenda. S. 630, 632, 653, – © S. Fischer, Frankfurt a. M., 1953 (Altes und Neues. Kleine Prosa aus fünf Jahrzehnten).
Joseph und seine Brüder (Vortrag). Ebenda. S. 666–669. – © Bermann-Fischer, Stockholm, 1948 (Neue Studien).
Joseph und seine Brüder. Ebenda. Bd. 4 und 5. S. 9–11, 18 f., 48 f., 123 bis 129, 460 f., 465–469, 1645 f., 1684–87, 1803 f. © S. Fischer, Frankfurt a. M., 1934.

Arthur Moeller van den Bruck

Das dritte Reich. Hamburg: Hanseatische Verlagsanstalt, 1931. S. 15 bis 17, 244 f.

Robert Musil

Der Mann ohne Eigenschaften. Hamburg: Rowohlt, 1952. S. 19–21, 105, 252–254, 256–258, 260–264, 296 f., 369, 373, 382 f., 852, 1057, 1063.

Erich Maria Remarque

Der Weg zurück. Berlin: Propyläen Verlag, 1931. S. 134–140. © Verlag Kiepenheuer & Witsch, Köln.

Thomas Ring

Schlaf der Ausrangierten. In: Texte der proletarisch-revolutionären Literatur Deutschlands 1919–1933. Hrsg. von Günter Heintz. Stuttgart: Reclam, 1974. (Universal-Bibliothek. 9707.) S. 39.

Alfred Rosenberg

Der Mythus des 20. Jahrhunderts. München: Hoheneichen Verlag, ³1932. S. 683.

Joseph Roth

Die Kapuzinergruft. In: J. R.: Werke in 3 Bänden. Bd. 1. Köln/Berlin: Kiepenheuer & Witsch, 1956. S. 322 f., 339 f., 357 f., 321, 323 f., 327, 382, 408 f., 427. – © Verlag Allert de Lange, Amsterdam, und Verlag Kiepenheuer & Witsch, Köln.

Rudolf Alexander Schröder

Die Zwillingsbrüder (1). In: R. A. Sch.: Gesammelte Werke in 8 Bänden. Bd. 1: Die Gedichte. Frankfurt a. M.: Suhrkamp, 1952. S. 217.

Gerhard Schumann

Deutschland. In: G. Sch.: Die Lieder vom Reich. München: Langen Müller, 1935. S. 35.
Lied der Kämpfer. In: G. Sch.: Wir aber sind das Korn. Gedichte. München: Langen Müller, 1936. S. 71.
Die Lieder von der Umkehr (VI). Ebenda. S. 41.
Die Lieder vom Reich (III). München: Langen Müller, 1935. S. 18.
Mit freundlicher Genehmigung von Herrn Gerhard Schumann, Bodman (Bodensee).

Anna Seghers

Das Obdach. In: A. S.: Erzählungen. Bd. 1. Berlin/Neuwied: Luchterhand, 1964. S. 199–206. – Auch in: A. S.: Bauern von Hruschowo und andere Erzählungen. Darmstadt/Neuwied: Luchterhand, 1982. (Sammlung Luchterhand. 359.)

Oswald Spengler

Jahre der Entscheidung. T. 1: Deutschland und die weltgeschichtliche Entwicklung. München: Beck, 1933. S. 12–14.

Kurt Tucholsky

Ideal und Wirklichkeit. In: K.T.: Gesammelte Werke. Bd. 3. Reinbek: Rowohlt, 1960. S. 238.

Josef Weinheber

Treue. In: J.W.: Sämtliche Werke in 10 Bänden. Salzburg: Müller, 1954. Bd. 4. S. 699.
An den Genius Friedrich Hölderlins. Ebenda. Bd. 2. S. 432 f.

Ernst Wiechert

Der Totenwald. In: E.W.: Sämtliche Werke in 10 Bänden. Bd. 9. Wien/München/Basel: Desch, 1957. S. 202–205, 272–276.
© Albert Langen Georg Müller Verlag, München.

Carl Zuckmayer

Des Teufels General. In: C.Z.: Meisterdramen. [Frankfurt a. M.:] G.B. Fischer, 1966. S. 360–362, 422–424. – © Bermann-Fischer, Stockholm, 1946. (Alle Rechte bei S. Fischer Verlag, Frankfurt a. M.)

Die deutsche Literatur

Ein Abriß in Text und Darstellung in 16 Bänden
Herausgegeben von Otto F. Best und Hans-Jürgen Schmitt

IN RECLAMS UNIVERSAL-BIBLIOTHEK

Auch in Kassette erhältlich

Philipp Reclam jun. Stuttgart